표암 강세황

단원 김홍도의 스승

민병삼 장편소설

지은이 **민병삼** | 발행인 **김윤태** | 발행처 **도서출판 선** | 북디자인 **디자인이즈**
등록번호 **제15-201** | 등록일자 **1995년 3월 27일** | 초판 1쇄 발행 **2013년 5월 30일**
주소 **서울시 종로구 낙원동 58-1 종로오피스텔 1020호** | 전화 **02-762-3335** | 전송 **02-762-3371**

값 **15,000원**
ISBN 978-89-6312-467-4 03810

책머리에 덧붙여

조선 후기 화가들 중에 삼원(三園)으로 전해지는 〈단원 김홍도〉 〈혜원 신윤복〉 〈오원 장승업〉 그리고 〈칠칠 최북〉 등의 삶과 예술 세계를 이미 소설로 출간했기 때문에, 조선시대의 화가들을 더는 다루지 않기로 했었다.

당대의 인물들을 소설 공간에 가둬놓고 내 마음대로 재생하다 보니 그게 사위한 짓 같았고, '표암 강세황'까지 소설 속으로 끌어들이기가 부담스러웠던 것이다. 그러던 중에 우연히 표암에 관한 연구서와 서화집을 보게 되었다. 나도 모르게 그의 삶과 예술 세계에 빠졌고, 이로 인해서 조선시대 화가를 더는 다루지 않겠다는 결심이 슬그머니 꼬리를 내렸던 것이다.

마침 표암이 단원 김홍도의 스승으로 동시대에 함께 활동했던 인물이라, 내 마음 속에서 아직도 생생하게 살아 있을 만큼 낯설지 않은 탓이었다.

표암 강세황은 계사년(癸巳年:1713년 5월 21일. 숙종39)에 태어나 영조와 정조임금 때에 시(詩)·서(書)·화가(畵家)로 활동하다가 신해년(辛亥年:1791년. 정조15)에 작고한 인물로, 금년 계사년이 마침 탄생 3백주 년이 되는 해다.

조선시대 화가들이 대개 중인 출신이었다. 그러나 표암은 학덕 높은 조선의 전형적인 사대부 출신으로, 당시에 시·서·화 삼절(三絶)로 불리웠던 예원(藝苑)의 총수였다.

그렇다고 해서 일생이 영화로웠던 것만은 아니었다. 오랜 세월 처가살이를 했을 만큼 궁핍했던 시절이 그에게 있었고, 나이 예순이 넘도록 벼슬길에 오르지 못했을 만큼 불우하고 한스런 시절이 있었고, 아내가 먼저 세상을 뜨고, 두 자식마저 가슴에 묻는 애통함도 겪었다. 그러나 표암의 말년은 영조와 정조임금의 총애가 각별할 만큼 매우 영화로웠다. 그렇다고 영화에 안주한 사람이 아니었다. 그는 시·서·화의 삼절답게, 또 예원의 태두답게 평생에 붓을 놓지 않았다.

조선시대에는 사대부 출신이 그림 그리는 일을 천하게 생각했고, 그림은 그렸으되 후대에 남기기를 꺼려했다. 그러나 표암은 그런 사회 풍조에 조금도 개의치 않아, 수많은 작품을 남겨 지금까지 전해지고 있다. 그래서 그의 예술혼이 더욱 돋보이는 것이다.

단원과 혜원과 오원과 최북 등의 조선시대 화가들에 대해서 학문적 연구는 있었지만, 소설의 인물로 등재한 작가들은 거의 없는 형편이다. 그 점은 표암 강세황에 대해서도 마찬가지였다.

내가 수 세기 전의 이들 인물들을 굳이 소설 속으로 끌어들인 이유가 그들의 예술적 업적을 다시 기리고자 한 것이 아니다. 그들의 예술적 삶은 하나같이 치열했다.

나는 그 같은 삶에 감동을 받았고, 평생을 소설 창작에 매달리면서도 그들처럼 치열한 정신이 부족했던 내 자신이 부끄러웠다. 내가 이들 예술가들의 삶을 소설로 쓰는 동안 진정한 예술의 혼이 무엇인가를 조금이나마 깨닫게 되었고, 이 깨달음을 나 혼자만 품고 있을 수가 없어 독자들과 공유하고 싶었던 것이다. 내가 모두에서 이들 화가의 삶을 소설로 꾸미는 일이 사위한 짓이라는 걸 이미 고백했다. 내가 그들과 동시대 사람도 아니면서도, 마치 그들의 세계를 넘나들었던 것처럼 뻔뻔하게 넉살을 부린 것이다.

그러나 넉살을 부리지 않고는 소설이 안 되니 어쩌겠는가. 그래서 소설은 허구이고, 소설가는 뻔뻔한 거짓말쟁이일 수밖에 없다.

만약에 단원·혜원·오원·칠칠·표암이 다시 살아난다면, 내 소설을 읽고는 그만 기가 차서 요절복통하다가 지하로 되돌아갈 게 분명하다.

마지막으로 이 자리를 빌어, 독자들에게 꼭 해 두고 싶은 말이 있다. 그건 표암의 선대와 그의 자식들과 관계 되는 역사적 진위 문제다. 표암을 연구한 학자들의 사관에 따라서 그 견해가 각기 다를 수가 있다.

이러한 문제를 어떻게 하면 객관적 관점에서 서술할 것인가에 대해서 작가로서 고심하지 않을 수 없었고, 또한 작가의 역량 문제로까지 이어지게 된다.

그러나 나는 표암과 그의 가문이 겪어야 했던 갖가지 환난에 초점을 맞추기보다는 그의 예술 세계와 인생 역정 중에 겪어야 했던 고뇌를 드러내는 데 역점을 두고 싶었던 것이다.

그러므로 표암의 선대가 겪었던 환난의 원인과 그 과정, 그리고 결과가 혹자에 따라서는 왜곡되었다고 생각할 수도 있을 것이다. 설사 그렇더라도 그건 이 소설을 만들기 위한 작가의 편의적 견해로 받아들일 문제라고 생각했다. 그리고 이 소설이 표암 후손들에게 누가 되지 않기를 바라는 마음 또한 한편에 있었다.

2013년 5월 寓居에서 민 병 삼

1

갑자년(1744) 겨울.

하늘에 구름이 낮게 내려앉아 있었고, 칼바람이 코를 도려낼 듯이 몰아치는 음산한 날씨였다. 세황[1]은 동이 트자마자, 아내와 함께 아들 셋을 데리고 남대문 밖 염초교동[2] 집을 나섰다.

큰아이 인(儐)과 둘째 흔(俒)은 이삿짐 마차에 올라가 있고, 셋째 관(寬)만이 어미 등에 업혔다.

음침한 하늘과 스산한 날씨로 보아, 아무래도 눈이 내릴 것만 같았다. 하늘을 올려보는 세황의 마음이 몹시 산란했다. 게다가

---

1) 강세황(姜世晃) : 자(字)는 광지(光之). 계사생(1713). 호는 표암, 산향재 등 10여 개를 썼음.
2) 염초교동(焰硝橋洞) : 지금의 서울 중구 장충동 장충체육관 부근.

마차에 올라앉아 이불을 둘러쓰고 있는 두 아들의 모습을 바라보자, 가슴이 맷돌에 눌려 있는 것처럼 답답했다.

'장차, 저것들을 어떻게 키울까.'

큰아이는 이미 열여섯 살이 되었으니 걱정이 덜하나, 둘째가 겨우 여섯 살에 불과했다. 더구나 어미 등에 업혀 있는 셋째는 이제 두 살이다. 장차 살림이 더 궁할 게 뻔할 것을 생각하면, 벌써부터 가슴이 답답했다. 나이 서른둘이 되도록 처자를 안락하게 보살피지 못하고 있는 가장의 처지가 새삼 한심스럽고 부끄러웠다.

'예부터 남편은 두레박이요, 아내는 항아리라고 했거늘…'

두레박이 물을 길어다 항아리를 채우듯이 남편이 밖에서 돈을 벌어오면, 아내가 그것을 잘 관리하여 살림을 키우는 것이 가정의 경영이다. 그러나 세황은 두레박 노릇은커녕 아예 살림을 모르고 살았다. 그게 갑자기 회한이 되어, 가슴을 아프게 하는 것이다.

세황이 하늘을 올려보며 거푸 한숨을 내쉬자, 아내가 얼굴도 돌리지 않은 채 "아까부터 웬 한숨을 그리 쉬십니까?" 하고 안타까운 듯한 음색을 조심스럽게 내뱉었다.

"장차, 살아갈 일이 막막해서 그럽니다."

"오늘은 새삼스러우십니다. 언제는 서방님께서 살림 걱정하셨습니까. 그리 염려하지 마십시오. 설마, 산 입에 거미줄이야 치겠습니까."

"허허. 부인이 내 마음을 위로하시는구려."

"부부 아닙니까. 백년해로하다 보면, 언젠가는 좋은 날이 있을 것입니다."

"고맙구려."

세황은 아내를 곁눈질로 바라보며 흐뭇이 웃었다. 그러고는 아내 등에 업힌 막내의 포대기를 잘 여며주었다. 남바위[1]를 쓰고 있는 아내의 목덜미가 허전해 보였다. 찬바람이 몰아칠 때마다, 아내가 목을 자라처럼 움츠렸다. 세황은 보기에 안타까워, 자신의 목도리를 벗어 아내의 목을 감아주었다.

한성을 뒤로 하고 안산 쪽으로 가는 길목에 들어서자 기어이 눈이 내리기 시작했다. 바람에 눈발의 허리가 꺾이면서, 갈팡질팡 흩어졌다. 마차에 올라 앉은 두 아들이 이불에 폭 파묻혀 겨우 코빼기만 내밀고 있었다. 그 모습이 우습기도 하고 측은하였으나, 그냥 모르는 체하고 말았다. 그들에게 다가가도, 달리 위로할 말이 없었다.

세황은 아내와 두 아이한테 미안한 마음을 엉너리칠 양으로, 중얼중얼 시 한 수를 읊었다. 그러자 아내가 소리를 죽여 쿡쿡 웃는 것이었다. 아내도 이미 남편의 무안한 속내를 알아차린 것 같았다. 그 눈치를 거니챈 세황도 에라 모르겠다 하는 듯이 아예 목

---

1) 남바위 : 방한모.

청을 뽑아 올렸다. 그는 자신이 생각해도 행태가 우스워 걸걸걸 웃음을 터뜨리고 말았다. 비로소 답답했던 숨통이 트이는 것 같았다.

그러자 마차에 올라 앉은 두 아이가 둘러쓴 이불로부터 고개를 내밀더니, 아버지의 뜻을 아는지 모르는지 따라 웃는 것이었다.

'옳거니. 차라리 웃어, 시름을 달래거라.'

안산[1]에 당도하니 멀리 수리산(修理山)이 어둠을 입어, 산마루가 희미하게 지평선을 그리고 있었다. 꼭두새벽에 집을 나섰는데도 그새 밤이 되었다. 오는 도중에 점심을 먹기 위해서 국밥집에 들렀고, 마차의 두 아들이 소피를 보겠다고 해서 잠시 지체했을 뿐이었다. 안산이 서해안과 가까운 탓에, 해풍이 사납게 불었다.

부곡리 초입에 들어서자, 마침 유경종[2]이 마중 나와 있었다. 그는 손아래 처남으로, 세황보다 한 살 아래였다. 세황의 아들 인과 흔이 외삼촌을 보고는, 마차에서 내려와 예의 바르게 인사를 차렸다. 그러자 그가 조카들의 등을 토닥거리고, 이내 세황과 그의 누이 앞으로 다가왔다. 그는 눈물을 글썽거리며, 눈밭에 엎드려 큰절로 예의를 갖췄다.

"자형께서 먼 길 오시느라고 고생하셨습니다. 누님께서도요. 많이 추우셨지요?"

---

1) 안산(安山) : 경기도 시흥군 수암면 부곡리.
2) 유경종(柳慶種) : 호 해암(海巖).

"서울에서 새벽녘에 출발했는데도, 시간이 많이 지체하였소. 장모님께서는 별고 없으시오?"

"자형께서 염려해 주신 덕분에, 무고하십니다. 눈바람이 매서우니, 어여 걸음을 재촉하시지요. 오늘은 밤이 늦었으니, 저희 집에서 유하심이 좋을 듯싶습니다. 어머님께서도 두 분을 기다리고 계십니다. 더구나 추위에 고생스러웠을 조카들을 생각해서도 그리 하십시오."

그러나 세황의 아내가 고개를 가로저으며 마다했다. 밤 늦은 시각에 많은 식구가 들이닥쳐, 연로한 홀어머니 앞에 나타나는 것이 송구스럽다는 것이다. 그러고는 굳이 자신의 집으로 가겠다고 했다.

"거처하실 집은 어제부터 방마다 불을 넣기는 했습니다. 그러나 오랫동안 비어 있던 집이라, 아직은 추우실 겁니다."

"바람을 피하는 것만으로도 다행이니, 괘념치 마시게. 어머님은 며칠 후에 뵙는 것으로 하겠네."

"누님의 고집은 여전하십니다. 그러면 저희 집에서 식사만이라도 하십시오. 지금 가셔서 이삿짐 부리는 일도 만만치 않을 것입니다."

비로소 그녀가 고집을 접을 듯, 슬그머니 남편의 눈치를 살폈다. 입에 빗장을 질러놓고 있던 세황이 눈밭에서 발을 동동거리고 있는 아이들에게 눈길을 돌렸다. 그러고는 처남의 뜻에 따르자고 했다. 마침 처가가 그리 멀지 않은 거리에 있었고, 추위에 떨고 있는 아이들이 측은해서, 차마 사양할 수가 없었다. 처남의 말대로, 이제 가서 이삿짐 풀고 저녁밥 지을 일이 아득했던 것이다.

세황이 앞으로 식솔들과 함께 거처할 집은 처가에서 불과 5리 거리에 있었다. 집이라고는 해도 비가 샐 판이어서, 감히 수간모옥[1]조차 떠올릴 수 없을 만큼 민망할 지경이었다. 누군가 살다가 떠난 지 오래 된 듯, 손 볼 데가 한두 곳이 아니었다.

세황은 한숨을 내쉬면서도, 집 없는 처지를 한탄하지 않게 된 것만으로도 감사했다. 그는 오간팔작[2]에 살지 않게 된 것을 오히려 다행으로 생각했다. 큰 집에 살자면, 그것을 유지할 만한 생활능력을 갖춰야 한다. 그러나 빈궁한 가세를 생각하면, 그에게는 가당치 않은 짓이다. 장차 시·서·화에만 전념할 뜻인 만큼, 다행이 지붕이 하늘을 가려주는 것에 만족하기로 했다. 그러자 불편할 것이 조금도 없는 것이다.

그의 아내 또한 남편의 성정을 존중해 왔던 터라, 단 한 마디도 불평하지 않았다. 그저 여필종부한다는 운명적 순종을 넘어, 거안제미[3]로 남편을 공경하는 그녀로서는 당연한 것이었다.

세황도 그런 아내의 일편단심의 성품을 신뢰하며 고마워하는 것이다. 그러한 아내가 옆에 있어, 그가 오로지 학문과 예술에만 전념할 수 있었던 것이다. 살림은 언제나 아내의 몫이었다. 그녀

1) 수간모옥(數間茅屋) : 몇 칸 되지 않는 작은 초가.
2) 오간팔작(五間八作) : 넓고 훌륭한 집.
3) 거안제미(擧案齊眉) : 밥상을 자신의 눈썹과 가지런하도록 공손히 들어 남편 앞에 가지고 감.

가 어떻게 살림을 꾸려가는지에 대해서 한 번도 아는 척하지 않을 만큼 무심해 왔다.

2

세황이 안산으로 내려온 지 한 달이 되었다. 아내가 세간을 정리하는 동안, 그는 안정감을 갖기 위해 서재부터 꾸몄다. 서책과 문방사우[1] 등의 문구로만 채워져, 가뜩이나 좁은 방이 옹색하기 이를 데 없었다.

그래도 방 한구석에 세워놓은 거문고를 바라보면 마음이 조용하고 편안했다. 장차 울적할 때마다 거문고 탈 생각을 하면 큰 위안이 되었다. 게다가 서재에다 '산향(山響)'이라는 편액을 걸어 운치를 가미했다.

---

1) 문방사우(文房四友) : 종이·붓·먹·벼루.

이 편액은 서울에 있을 때 걸었던 것을 이사하면서 가져왔다. 그는 신경성 약체로, 산수를 답사하는 즐거움을 갖지 못했다. 그래서 서재 벽에다 산수를 그려 붙이고 거문고를 타면서, 자신과 산수와 음향의 일체감을 즐겼던 것이다. 그리고 이를 계기로 최초의 호로 '산향재(山響齋)'를 썼었다.

처남 유경종과는 거의 매일 만났다. 그가 오거나, 세황이 처가로 갔다. 그의 집에는 장인 유뢰[1]가 유물로 남긴 서책이 만여 권이나 되어, 두 사람이 책 속에 묻혀 학문과 예술을 논했다.

세황이 15세 되던 해에 유경종의 누이와 결혼하면서부터 두 사람은 자형과 처남의 관계를 넘어, 친구처럼 즐겁게 지냈다. 유경종이 원체 총명한데다가, 심성이 조용하고 침착한 사람이었다.

그뿐만 아니라 좀처럼 손에서 책을 놓은 적이 없어, 밤을 새워 읽을 때가 많았다. 그는 책을 한 번 읽는 것으로 끝나지 않고 서너 번씩 되풀이하여, 글의 뜻을 일일이 분석할 정도로 학구적이었다. 그래서 송과 명나라시대의 많은 시문들을 마치 자기가 지은 것처럼 익숙하게 외웠다.

문장력 또한 수준이 매우 높아, 매일 시를 여러 수 지었다. 그걸 세황과 함께 논하면서 문자향에 젖었다. 세황의 성향도 그와 다르지 않아, 두 사람의 마음이 깊이 통했던 것이다.

---

1) 유뢰(柳耒) : 진사(進士) 벼슬. 숙종 때 남해로 귀향 가 죽음(1729년).

몇 해 전부터 갑자기 유행성 열병(熱病)이 전국적으로 돌기 시작해, 올해만 해도 수백 명이 죽었다는 소문이 돌고 있었다. 전국 어디에도 이 전염병이 돌지 않는 곳이 없어, 안산 역시 마음 놓을 곳이 못되었다.

세황도 그의 아내와 함께 세 아들에게 닥칠지도 모를 전염병을 걱정하고 있었다. 이때 처남 유경종이 와서 뜻밖의 제안을 했다. 아들 인과 혼을 자기 집으로 데려가겠다는 것이다. 세황은 유경종의 말 뜻을 금방 헤아릴 수가 없어, 한동안 그의 얼굴을 바라보기만 했다. 그의 아내도 같은 표정을 짓고 있었다.

"지금 전염병이 한창 돌고 있지 않습니까. 어머님께서 그 점을 염려하고 계십니다."

"친정이라고 해서, 돌림병이 오지 않는 건 아니잖은가."

"전염병은 몸이 허약할 때 침투하는 법입니다. 인과 혼이 그다지 튼실하지 못한 것 같아, 어머님께서 걱정하십니다. 잠자리가 편하고 먹는 것이 실하면, 돌림병을 예방할 수 있다고 하셨습니다."

"옳으신 말씀이기는 하지만, 가세가 기운 친정에 어찌 또 신세를 진다는 말인가."

"어머님의 깊으신 뜻을 신세라고 하시면, 매우 서운해 하실 것입니다. 제가 조카들을 데리고 있으면서, 학문도 가르칠 생각이구요."

"학문이라면, 자형이 계시지 않은가."

잠시 후, 내내 입을 닫고 있던 세황이 헛기침을 내뱉었다. 유경종의 얘기는 세황의 환경이 열악한 점을 지적하는 것이었다. 가옥도 허름하기 짝이 없는 데다가, 굶기를 겨우 면하는 처지라, 전염병에 무방비로 노출되어 있음을 우려하는 게 분명했다.

세황은 아내의 마음을 잘 알고 있었다. 친정아버지 유뢰가 15년 전에 유배지에서 죽어, 가세가 기운 지 이미 오래되었다.

유뢰는 지난 갑술옥사[1] 후에 남인(南人)정권에서 형조판서와 예조판서의 요직에 있었던 유명현의 아들이다. 유명현은 갑술옥사로 흑산도에 위리안치[2]되었다가, 그로부터 5년 후인 숙종25년(1699)에 풀려났다. 그러나 숙종27년(1701)에 있었던 장희재옥[3]에 연루되어, 다시 남해로 유배되어 거기에서 죽었다.

그의 아들 유뢰도 이 사건에 가담했고, 결국 그의 아버지와 마찬가지로 남해로 귀양 가서 죽게 된 것이다. 여기에는 사천 목씨 집안인 그의 처가가 갑술옥사 이후 남인정권의 주요인물이었던 장인 목림일(睦林一)이 대사헌[4]을 지낸 이력도 한몫으로 작용했던 것이다.

처가의 형편을 잘 알고 있는 세황도 아내의 생각과 같았기 때

---

1) 갑술옥사(甲戌獄事) : 숙종15년(1689)에 장희빈의 아들을 세자로 삼으려는 숙종에 반대한 송시열 등 서인(西人)이 숙종을 지지한 남인(南人)에 패배하여 정권이 바뀐 사건.

2) 위리안치(圍籬安置) : 죄인이 유배지에서 달아나지 못하도록 가시나무로 울타리를 만들고 그 안에 가둠.

3) 장희재옥(張希載獄) : 장희재는 장희빈의 오라비. 폐위되었던 민비가 중전으로 복위되자 그를 죽이려고 음모를 꾸미다가 발각되어 제주도로 유배돼 살해됨.

4) 대사헌(大司憲) : 관리의 비행을 단속하고 백성의 억울함을 해결해 주는 사헌부의 으뜸 벼슬.

문에, 유경종의 뜻에 선뜻 응할 수가 없었다. 그러나 유경종을 그저 처남의 관계로만 접을 수가 없어, 마음이 편치 않은 것이다. 더구나 두 아이를 맡겠다는 게 장모의 뜻이라고 하니, 세황으로서는 마냥 사양할 입장이 아니었다. 결국 아내의 마음을 누그러뜨릴 수밖에 없었다.

"장모님과 처남의 뜻이 그러하니, 전염병이 수그러질 때까지만 아이들을 보내기로 합시다. 그 대신 관이는 아직 젖을 떼지 못하였으니, 우리가 데리고 있습시다. 부인 생각은 어떠시오?"

그러자 세황의 아내가 선뜻 대답을 못하고, 돌아앉아서 눈물만 찍어냈다. 친정이 집에서 겨우 오 리밖에 안 되는 거리에 있지만, 자식을 품에서 내놓는 일이 내키지 않았던 것이다. 더구나 그것이 가난 때문이라는 생각에 이르러서는 가슴이 미어졌다.

"부인의 마음이 정 내키지 않으면, 아니 보내도 되는 것이오."

"아닙니다. 서방님께서 어렵게 내리신 결정이니, 저도 따르겠습니다."

"누님, 잘 생각하셨습니다. 아이들이 천 리 밖으로 가는 것도 아니고, 지척에 있지 않습니까. 더구나 자형께서 저희 집에 자주 오실 것이고, 저 또한 하루가 멀다 하고 들를 것이니, 너무 서운하게 생각하지 마십시오."

"서운해서 이러는 게 아니네. 연로하신 어머님께 짐이 될 뿐만 아니라, 외할머니 밑에서 아이들 버릇이 나빠지는 것도 걱정이 됨이야."

"원, 누님도…. 어머님이 어디 외손주를 마냥 귀여워만 하시겠습니까. 엄하시기가 이를 데 없으신 분인 걸 누님도 아시면서요."

결국 그날로 유경종이 인과 혼을 데리고 집을 나섰다. 둘째 아이 혼은 아직 여섯 살밖에 안 되어 그런지, 외할머니와 함께 살게 된 것이 기쁜 것 같은 표정이었다.

그러나 첫째 아이 인은 이미 열여섯 청년이 되어, 얼굴이 시무룩하게 굳어 있었다. 부모와 떨어져 사는 것이 안타까운 것 같았다. 안산에 내려오고부터 땔나무는 인이 도맡아 해왔고, 어머니를 도와 부엌 물독을 채웠다.

집을 나서는 인의 마음이 편치 않은 것도 바로 그런 일들이 마음에 걸리는 것 같았다. 어머니 혼자서 감당할 것을 걱정하는 것이다. 인이 기어이 어미 앞으로 돌아섰다.

"어머님. 나무와 물독 채우는 일은 하지 마십시오. 소자가 사흘에 한 번씩 오겠습니다."

"괜한 걱정하지 말거라. 사내장부가 소소한 일에 마음이 매이면 안 된다. 너는 외삼촌한테 학문을 열심히 배우도록 해."

"어머님께서 하실 일이 못됩니다. 그건 소자의 일이니, 못하게 말리지 마십시오. 허락하지 않으시면, 소자는 외가에 가지 않겠습니다."

인이 굳은 표정을 풀지 않고 선 자리에서 한 발짝도 움직이지 않는 것이었다. 그러고는 끝내 어머니로부터 허락을 받아내고 말았다.

"원, 고집하고는…."

세황은 모자가 하는 양을 지켜보면서 슬그머니 고개를 돌렸다. 세황 자신이 열다섯 나이에 아내 맞은 것을 생각하면, 인이 결코 적은 나이가 아니다. 그래도 아들의 효심이 흐뭇하기도 하거니와, 자식으로 하여금 학문에 전념하기를 당부하는 아내의 모성애에 가슴에 잔잔하게 물결이 일었다.

그가 15세에 맞이한 아내는 유뢰의 장녀로, 세황과 동갑이었다. 진주 유씨 가문의 유뢰가 세황을 사위로 맞은 것을 매우 흡족해하였으나, 외손자 인을 안아보지도 못하고 유배지에서 죽고 말았다.

세황 아내는 역적으로 몰린 친정아버지의 비극적인 죽음으로 인하여, 한동안 식음을 전폐하며 지냈다. 세황은 그러한 아내를 동병상련으로 위로했다. 세황의 아버지 강현[1] 역시 갑술옥사와 무신난[2] 등 당쟁의 소용돌이에서 파직과 귀양살이를 겪어야 했던 고난이 있었던 것이다.

결국 세황 본가와 유씨 처가가 똑같이 당쟁으로 역적에 몰리는 아픔을 겪었고, 그로 인해 똑같이 아버지의 죽음을 맞았고, 또한 가세마저 기울고 말았다. 그래서 세황은 자신의 불행한 처지로 그의 아내와 고통을 함께 나누고 있는 것이다.

---

1) 강현(姜鋧) : 호는 백각(白閣). 이조참의 · 좌참찬 · 예조판서를 겸한 대제학을 지냄.
2) 무신난(戊申亂) : 영조4년(1728)에 있었던 이인좌의 난.

3

어느덧 해가 바뀌어, 을축년(1745)을 맞았다. 겨울은 더욱 깊어, 한파가 끊이지 않았다. 이번 겨울에는 눈까지 많이 내려, 집 안팎이 마치 얼음에 갇힌 것처럼 추웠다.

세황은 서재에서, 그의 아내는 내실에서 각각 이불을 둘러쓰고 막내 관과 함께 추위와 싸우고 있었다. 큰아들 인이 약속대로 사흘에 한 번씩 와서 나무를 해 놓았다. 그러나 눈밭에 정강이가 빠지는 가운데 해 오는 것이라, 차마 아궁이에 땔감을 넉넉하게 넣을 수가 없었다.

아랫목이라고 해도 겨우 냉기만 가시게 했다. 머리맡에 놓은 자리끼가 꽁꽁 얼 정도여서, 부부가 방에 있으면서도 '김칫국 채어 먹은 거지 떨 듯'했다. 그래도 세황은 언 손을 불어가며 책장을 넘겼고, 그의 아내는 삯바느질을 멈추지 않았다.

그런 중에도, 어린 막내는 볼이 발갛게 언 얼굴로 마루를 콩콩 울리며 이 방 저 방으로 뛰어다녔다. 세황은 아이가 뛰노는 모습을 보며, 절간처럼 고즈넉한 외로움을 잠깐씩 잊곤 했다.

작년에 돌던 전염병이 잠시 수그러들기는 했으나, 아들 인과 혼은 여전히 처가에 머물러 있었다. 날씨도 추운데다가 집으로 돌려보내도 먹을 것이 변변치 못함을 걱정하여 외할머니가 놓아주지 않았다. 몰락한 집안의 살림이 곤궁하기는 양쪽 집이 비슷하였지만, 그래도 처가가 조금 나은 편이었다.

세황이 샅에다 언 손을 찔러 녹이고 있는데, 뜻밖에 자형 임정[1]이 찾아왔다. 그는 갑술생(1694)으로, 세황의 셋째 누이와 결혼한 선비였다. 세황보다 무려 20년이나 위인데다가 시와 글씨가 뛰어나, 세황이 어릴 때부터 부모처럼 믿고 존경했다. 세황이 부모를 여의자 특별히 불쌍히 여겼고, 잘못이 있을 때는 스승처럼 꾸짖어 깨우쳤다. 그는 성품이 고상하고, 품격이 높은 문사로서, 세파에 휘둘리지 않았다. 그의 높은 지조와 깨끗한 행의로, 늘 주위의 존경을 받는 인물이었다. 그는 특히 세황의 시·서를 이왕[2]의 경지에 비유할 만큼 칭찬을 아끼지 않았다.

세황은 임정을 아랫목으로 안내하고는 정중하게 예의를 갖췄

---

1) 임정(任珽) : 호 치재(巵齋). 1694-1750.
2) 이왕(二王) : 중국 진나라시대 서도의 명인 왕희지(王羲之)와 왕헌지(王獻之).

다. 그는 미적지근한 방바닥이 안쓰러운 듯 혀를 차면서 세황을 바라보았다.

"방바닥이 사람 덕을 보겠구먼. 이 냉기에도 눈에 글이 들어오다니…."

"저는 견딜 만합니다만…. 곧 불을 넣겠습니다."

세황이 무안한 표정으로 슬그머니 일어났다. 그러자 임정이 황망히 손사래를 쳤다.

"아닐세. 방이 너무 더우면, 머리가 맑지 못한 법이지."

"자형 뵙기에 민망해서 그럽니다."

"괜찮대도 그러는구먼."

"하오면 술상을 들이겠습니다."

"술을 좋아하지 않는 사람인데, 술이 있을 리 없잖은가."

"며칠 전, 처남이 가져온 게 있을 겁니다."

"그렇다면…."

세황이 다시 일어나 안방으로 건너갔다. 그러고는 주안상을 들이도록 하고, 서재에 불을 넣을 것도 당부했다. 임정이 술을 사양하지 않은 것은 언 몸을 녹이려는 마음이 있었던 것이다.

세황은 원체 술을 좋아하지 않아, 우연한 주석에서도 한 잔 이상은 마시지 않았다. 그 한 잔에도 취해서 정신이 몽롱했다. 따라서 식사할 때 반주를 하는 법도 없었다. 더구나 가난한 살림에 술을 담그는 걸 사치로 여겼다.

잠시 후 술상이 들여져, 세황과 임정이 마주 앉았다. 술상은 말 그대로 박주산채였다. 산채는 세황의 아내가 부지런을 떨어 봄 여름에 산과 들에서 뜯어와 말려두었던 것들이었다. 그리고 호박과 무 말린 것들이 있었다.

세황이 술잔에 입술만 겨우 축이는 동안, 임정은 추위를 녹일 뜻으로 거푸 두 잔을 마셨다. 몸의 온기를 되찾은 임정이 비로소 입을 떼었다.

"그래, 처남은 요즘 무엇으로 소일하시는가?"

"무명서생(無名書生)이니, 책이나 읽을 뿐입니다."

"당연히 그래야지. 《예기(禮記)》에서 이르기를, 옥은 닦지 않으면 그릇을 이룰 수 없고, 사람은 배우지 않으면 도(道)를 모른다고 했으니까. 헌데, 처남은 언제까지 책만 벗할 셈인가. 가문의 명예를 되찾을 생각도 해야지. 그러자면 세상으로 나아가야 되지 않겠나."

"자형께서도 아시는 바와 같이 아버님이 큰 화를 당하셨고, 형님마저 무고로 인하여 고통을 겪지 않으셨습니까. 그걸 생각하면, 세상사에 뛰어들기가 싫습니다."

세황은 비로소 술 한 모금을 넘겼다. 임정이 무슨 뜻으로 자신에게 충고하는지를 잘 알고 있었다. 세황이 세상으로 나아가기를 원하는 것은 출세하여 무너진 가문을 다시 일으키라는 뜻이었다. 그러자면 과거시험에 응시하여 당당히 벼슬길에 들어서야 한다. 그러나 세황은 그럴 마음이 조금도 없었다.

세황의 집안은 할아버지인 설봉(雪峰) 강백년(姜栢年:1603-1681) 때부터 명문에 오르기 시작했다. 그는 인조5년(1627)에 정시[1] 문과에 급제하여 대사간[2], 예조참판[3], 예조판서[4], 우참찬[5], 판중추부사[6] 등의 벼슬을 지냈고, 종1품의 문무관 품계인 숭록대부에까지 올랐다.

또 현종14년(1673)에는 71세로 기로소[7]에 들어가는 영광을 누렸을 뿐만 아니라, 사후에는 청백리(淸白吏)에 뽑혔고, 문정(文貞)의 시호[8]를 받았다.

세황의 아버지 백각(白閣) 강현(1650-1733)은 설봉의 둘째 아들로, 숙종6년(1680)에 정시 문과에 급제하여 예조참판, 도승지[9], 대제학[10], 예조판서, 좌참찬[11] 등을 거쳐 숙종45년(1719)에 설봉처럼 기로소에 들어갔다.

이들 부자의 영광은 기로소에 들어간 것뿐만이 아니었다. 설봉은 현종1년(1660)에 동지부사[12]가 되어 중국 연경에 다녀왔고, 백

---

1) 정시(庭試) : 나라에 경사나 중대사가 있을 때 대궐 안마당에서 시행하던 과거.
2) 대사간 : 임금의 실정을 지적하는 임무를 맡은 사간원의 으뜸벼슬. 정3품.
3) 예조참판 : 예조판서의 다음 벼슬. 종2품.
4) 예조판서 : 제사, 향연, 과거시험 등을 관장하던 예조의 으뜸벼슬. 정2품.
5) 우참찬 : 행정부 최고기관인 의정부(議政府)의 정2품 문관벼슬.
6) 판중추부사 : 대궐의 숙직과 군기를 담당하는 중추부의 종1품 벼슬.
7) 기로소(耆老所) : 70세가 넘은 정2품 문관의 노인이 입소하여 대우받던 곳.
8) 시호(諡號) : 왕이나 재상, 현인들이 죽은 후에 생전의 공덕을 칭송하여 임금이 추증하던 이름.
9) 도승지 : 왕명으로 출납을 맡았던 승정원의 으뜸벼슬. 정3품.
10) 대제학 : 대궐의 경서 담당과 임금의 자문기관인 홍문관과 임금의 교시를 짓는 예문관의 정2품 으뜸벼슬.
11) 좌참찬 : 우참찬과 같은 정2품 문관벼슬.
12) 동지부사(冬至副使) : 매년 동짓달에 중국으로 보내던 동지사(冬至使)의 다음 벼슬.

각은 숙종27년(1701)에 인현왕후 민(閔)씨가 죽자 고부사[1]로 역시 중국에 갔었다.

세황이 이 같은 명문가에서 태어났으나, 이때는 이미 가운이 한참 기운 뒤였다. 대제학을 겸하면서 예조판서였던 아버지 강현이 숙종36년(1710) 6월에 시행된 증광시[2] 때, 그의 큰아들 세윤(世胤)이 시험 부정사건에 연루되어, 관직을 박탈당했기 때문이다.

이로 인해 세윤이 도년[3] 율(律)에 의해 처벌을 받았으나, 3년 후인 숙종39년(1713)에 실시한 증광시 병과(丙科)로 합격하여 다시 관직에 올랐다.

이때 마침 숙종이 장희빈 소생의 세자를 왕위에 앉히려고 그의 친위세력을 규합했다. 여기에 67세의 강현을 한성부(漢城府)의 으뜸벼슬인 정2품의 판윤(判尹)으로 재기용했다. 그리고 이듬해에는 지중추부사로 옮겨 앉았고, 숙종45년(1719)에 숭록대부의 품계로 기로소에 들어간 것이다.

그로부터 4년 후에 숙종이 죽고, 경종이 왕위에 올랐다. 경종은 노론세력을 축출하는 신임사화[4]가 일어나자, 강현을 판의금부사[5]

---

1) 고부사(告訃使) : 나라에 초상이 났을 때 이를 알리기 위해 중국에 보내던 사신. 고부단사(告訃單使).

2) 증광시(增廣試) : 나라에 큰 경사가 있을 때 기념으로 보이던 과거시험.

3) 도년(徒年) : 도형(徒刑)에 의하여 처벌되는 햇수로, 1년에서 3년까지를 다섯 등급으로 나누어 한 등급마다 곤장 10대와 반년(半年)을 가감한다.

4) 신임사화(辛壬士禍) : 경종1년부터 2년에 걸쳐 김창집 등의 노론이 경종의 잦은 병과 세자가 없음을 내세워 경종의 동생 연잉군을 세자로 책봉하고 재집권함. 이에 소론이 불가함을 상소하고, 김창집 등의 노론 사대신(四大臣)과 이희지 등 100여 명이 극형을 당했으나, 영조가 왕위에 오르자 자신을 배척했던 소론 일파를 참살한 사건.

5) 판의금부사(判義禁府事) : 종1품의 의금부 으뜸벼슬.

에 앉혔다.

이때의 영화도 오래 가지 못했다. 경종이 죽자 바로 영조가 등극했다. 영조는 원년(1725) 1월에 붕당의 폐해를 지적하였고, 이에 노론이 재집권하면서 강현을 금산(金山)으로 귀양보냈다.

그러나 영조의 특명으로 곧바로 풀려나 영조3년(1727)에 판의금·좌참찬·예문제학에 오르면서, 정1품의 보국숭록대부[1]가 되었다.

그러나 정정(政情)이 조용할 날이 없었다. 영조4년(1728) 3월에 소론 일파인 이인좌가 영조의 정통성을 비판하면서 반란을 일으켰다. 반란은 곧 진압되어 이인좌가 처형되었다.

이 반란에 소북계 남인들이 가담했다가 처형되었고, 강현의 큰아들 세윤도 이천부사로 있으면서 반란 세력과 내통했다는 죄목으로 파직되어 충주 중도부처[2]의 유배를 당했다.

그러나 이는 노론세력의 음해로 밝혀지게 되었다. 당시 이인좌의 부장이었던 정세윤(鄭世胤)이라는 자와 이름이 같아서 야기된 오해였던 것이다. 결국 강세윤은 곧 사면 복권되어, 직첩[3]을 돌려받아 서용[4]되었다.

이 같은 사건의 전말이야 어찌되었든, 세황은 반복된 가문의 성쇠를 잘 알고 있었다. 이것이 바로 세황으로 하여금 벼슬에 회의를 갖게 된 이유였던 것이다.

---

1) 보국숭록대부(輔國崇祿大夫) : 정1품의 문무관 품계.
2) 중도부처(中途付處) : 관리에게 한 곳을 정하여 머물러 있게 하던 형벌.
3) 직첩(職牒) : 벼슬아치의 임명 사령장.
4) 서용(敍用) : 파면된 관리를 다시 기용함.

4

잠에서 깬 세황은 고단한 몸을 겨우 일으켰다. 숙취 탓이었다. 원체 술을 좋아하지 않는 데다가, 주연이 마련되더라도 한 잔 이상은 마시지 않았던 그였다.

그런 알량한 주량에 어제는 무려 석 잔이나 마셨다. 자형 임정을 위하여 마련한 술상 앞에서 자신도 모르게 많이 마셨다. 임정이 세황으로 하여금 기운 가문을 부흥시키도록 자극을 주었다. 그 자리에서 아버지와 맏형이 당했던 화를 되새겼고, 허망해서 마음이 울적했던 탓이었다.

돌이켜 보면, 입신양명이란 결국 인생무상으로 떨어지는 지름길에 지나지 않는 것이었다. 아버지 백각이 그러했고, 맏형 세윤이 인생무상으로 생을 마감한 장본인들이었다. 그들의 말년을 지켜본 세황으로서는 울분에 앞서, 인생의 덧없음이 가슴을 아프게 했던 것이다.

세황은 벼슬길에 들어가려고 애면글면하기보다는, 군자삼락(君子三樂)으로 안분자족하고 싶었다. 군자에게는 세 가지 즐거움이 있다고 했다.

부모가 모두 생존해 있고 형제한테 아무런 변고가 없는 것이 첫째 즐거움이고, 하늘을 우러러 부끄럽지 아니하고 굽어 보아서 사람들에게 부끄럽지 않은 것이 둘째 즐거움이고, 천하의 뛰어난 인재를 얻어 교육하는 것이 셋째 즐거움이다. 이 군자삼락에 왕위에 앉는 것과 출세하는 것은 들어 있지 않은 것이다.

그러나 세황한테 첫째 즐거움은 이미 사라져 버렸다. 부모가 이미 고인이 되었고, 형제 중에 맏형이 변고를 당해 역시 이 세상 사람이 아니니, 어찌 그 즐거움이 있다고 하겠는가.

세황의 뜻이 이러한데도 임정의 생각은 그렇지 않았다. 그는 무엇보다도 가문의 번영과 영광을 중요시하는 사람이었다. 그래서 세황의 마음을 자극하여, 사그라지려는 가문의 불씨에 부채질을 했던 것이다.

세황은 몽롱한 정신을 수습하기 위하여 뜰로 나섰다. 해가 중천으로 기어오르고 있었다. 해가 뜬 것도 모르고 잠에 빠져 있었던 것이다. 바람이 몹시 찬데도, 세황은 오히려 시원한 기분이 들어 심호흡으로 맑은 공기를 마음껏 들이켰다. 비로소 머리가 깨끗해지는 것 같았다.

마침 아내가 부엌에서 세황의 밥상을 차리고 있는 중이었다. 해장국을 끓이는 듯 시래깃국 냄새가 마당에까지 흘러나왔다.

아내가 세황을 보자 서둘러 세숫대야에다 더운 물을 내왔다. 세황이 소금으로 양치하고 얼굴을 씻는 동안, 아내가 마른 수건을 빨랫줄에 걸어놓았다. 이때 누군가 사립문을 들어서며 "늦게 일어나신 것 같습니다." 하는 것이었다. 세황은 얼굴을 씻다 말고 그를 올려보았다. 처남 유경종이었다. 그리고 그 뒤에 또 한 사람이 서서 빙긋이 웃고 있었다. 뜻밖에 허필(許佖)이었다.

아내가 부엌에서 황망히 나와 허필을 공손히 맞았다. 한두 해 본 사람이 아닌데다가, 남편한테는 형제 같은 친구였기 때문이다. 그는 기축생(1709)으로, 호를 연객(烟客)이라 했다. 세황보다는 나이가 네 살이나 위였지만, 두 사람은 그쯤 개의치 않고 호형호제하며 지냈다.

"자형께서도 늦잠을 주무실 때가 있습니까?"

"사정이 그리 되었소. 헌데 연객을 어디서 만났길래, 함께 오는 것이오?"

그러자 허필이 앞으로 나서며 "어서 얼굴에 물기나 닦으시구려. 얼굴에 얼음 덮이겠소이다." 하고 껄껄껄 웃음을 터뜨렸다. 세황이 비로소 수건으로 얼굴을 닦으면서, 두 사람을 방으로 안내했다.

그들이 안으로 들어가는 것을 보고, 세황의 아내가 서둘러 반찬을 더 만들기 시작했다. 그러는 손놀림이 분주했다.

세황은 침구를 대충 개어 한쪽에다 밀어놓았다. 그러고는 늦잠을 자게 된 까닭을 변명처럼 늘어놓았다. 그러자 허필이 또 웃었다.

"광지 주량에, 석 잔을 마셨다면 대취했겠어요."

"치재 자형께서 우리 가문을 부흥하라고 말씀하시는 바람에 그만…."

"그분이 그리 말씀하셨다면, 그 또한 틀린 말씀은 아니구려. 그래서 대취하도록 술을 마신 광지 마음 또한 이해할 수 있는 것이오. 부귀영화는 남가일몽이거늘…. 어쨌거나, 낭중지추(囊中之錐)라. 주머니 속에 있는 송곳은 주머니를 뚫는 법 아니겠소. 재능이 뛰어난 사람은 언제든 그 재능을 발휘할 기회가 있는 것이라오. 치재 어른께서 조금 서두르시는 것 같구려."

"치재 자형께서는 무명서생으로 머물러 있는 제가 안타까워서 하시는 말씀인 줄은 압니다만, 어제는 왠지 마음이 편치 않았습니다. 제가 와신상담하는 성격도 아니고."

"광지가 와신상담을 하다니요. 그건 가당치 않소이다."

이때 문 밖에서 아내가 "아침상 들일까요?" 하고 나직하게 물었다. 세황이 그러라고 하자, 잠시 후에 밥상이 들여졌다. 상에 밥과 국 그릇이 세 개 올라와 있었다. 세황한테는 아침이지만, 손님들한테는 점심인 셈이었다.

허필이 상 앞으로 다가앉으면서, 갑자기 입을 쩝쩝거렸다. 물어보나마나 반주가 없어 아쉬워하는 게 분명했다. 눈치 빠른 유경종이 세황을 바라보며, 술이 있느냐고 물었다. 세황이 무안한 표정으로 고개만 갸웃거렸다. 그러자 유경종이 마루로 나가 누이를 찾았다.

잠시 후 세황의 아내가 유경종을 앞세워 술병과 잔을 쟁반에 받쳐들고 들어섰다. 유경종이 술병을 보면서, 며칠 전 자신이 가져온 것임을 알았다. 어제 임정과 마시고도 술이 남았던 것 같았다. 그러면 임정도 많이 마신 게 아니었다.

세황의 아내가 왠지 남편한테 슬그머니 눈짓을 보냈다. 세황은 그 눈짓이 오늘은 술을 마시지 말라는 뜻임을 알아, 슬그머니 눈길을 피했다.

그녀가 나가자, 허필이 세황을 흘끔 바라보면서 "부인께서 많이 놀라셨던 것 같소이다. 광지를 바라보는 표정이 그래요." 하고, 빙긋이 웃었다. 그러자 유경종이 고개를 주억거렸다.

"자형께서 술 석 잔에 대취하셨으니, 그러실 만도 하지요."

"그러면 오늘은 해암하고만 대작해야 되겠소이다. 광지는 구경만 하오."

세황은 그저 웃기만 했다. 그는 입 안이 깔깔한 듯 밥은 뜨는 둥 마는 둥하고, 연신 국만 떠먹었다.

그는 술도 한 잔 이상은 마시지 않고 있지만, 음식 또한 끼니마다 소식을 했다. 어릴 때부터 아버지 백각의 가르침이 있었기 때문이었다. 그는 가끔 음식투정을 부리는 어린 세황한테 '대나무 그릇의 밥과 표주박의 물'이라는 뜻의 단사표음(簞食瓢飮)을 예로 들어, 절식과 청빈의 의미를 깨우쳤다. 또 음식 탐하는 것을 식충(食蟲)에 비유하여 경계심을 갖게 했다. 그때의 가르침이 지금껏 몸에 밴 것이다.

세황의 할아버지 설봉 강백년이 청백리로 선정되어 기록에 남게 되었다. 이에 아버지 백각 역시 그 정신을 이어받았던 것이다. 성리학이 나라의 통치이념이므로, 당연히 수기(修己) 즉 자기수양을 제일의 덕목으로 삼았다. 조정 대신이 청백리에 선정되는 것을 가문의 영광으로 여겼던 것이다. 그래서 청백리는 벌족과 척신들 중에서 토색질로 재산을 모은 자들을 경멸했다.

물론 세황의 가문에 재산이 없었을 리가 없다. 설봉과 백각이 정승의 품계에 오르면서, 임금으로부터 하사받은 사패지(賜牌地)가 많이 있었다.

그러나 세황은 그런 것에 관심을 두지 않았다. 그는 오로지 학문과 예술에 정진할 뜻만 세웠다. 무신난으로 처가까지 비운을 맞게 되자, 과거시험 따위에는 아예 등을 돌렸다. 그래서 가난한 가운데 안산으로 내려왔던 것이다. 술잔을 비운 허필이 갑자기 겸재(謙齋) 정선(鄭敾)의 근황을 화제에 올렸다. 겸재는 병진생(1676)으로, 양천(陽川) 현감[1]으로 있는 화원이다. 그는 이미 진경산수화풍[2]을 창안하여, 그 화풍이 절정에 이르고 있었다. 조선은 물론

1) 현감(縣監) : 작은 고을의 종6품 우두머리 벼슬. 현령(縣令).
2) 진경산수화풍(眞景山水畵風) : 자연 경관을 남종화(南宗畵)에 바탕을 두고 발전시킨 화풍.

청나라에서도 그 가치를 높이 평가하고 있었다.

세황이 뜨악한 표정으로 허필을 바라보았다. 그 역시 겸재의 근황과 화풍을 모르는 바 아니어서, 허필이 그를 새삼스럽게 화제에 올리는 의도를 선뜻 헤아리지 못하고 있는 것이다.

"겸재의 화격(畵格)을 청나라에서도 높이 평가한다지 않습니까."

"새삼스러운 일은 아니지요. 이미 세상에 알려진 사실인 걸요."

"그분의 화풍은 언제 보아도 한결같이 특징이 있어요."

"그 특징이야 열마준법[1]과 그 중에서도 수직준법[2]이 아니겠습니까. 그래서 그림의 산과 돌이 모두 기이하지요. 그림을 보고 있으면, 갑자기 눈이 밝아지는 것 같아요."

"관아재[3]는 우리나라 산수화법이 겸재에게서 비로소 시작된 것이라고 했답니다."

"틀린 말은 아니지요. 조선의 환쟁이들이 대체로 먹을 칠해서 그리는 속된 것을 겸재가 없이 하였으니까요. 그러나 진경산수는 본래의 모습과 닮아야 되지 않습니까? 겸재는 그걸 무시하고 있어요. 자기한테 익숙한 열마준법을 가지고 붓을 마음대로 휘둘렀기 때문에, 진경을 그렸다고 하기에는 무리가 있어요."

---

1) 열마준법(裂麻皴法) : 산수의 외형을 그린 다음에 산이나 바위 등의 입체감과 명암, 질감을 나타내기 위해서 표면을 처리하는 기법이 준법이다. 열마는 구겨진 삼베의 주름.

2) 수직준법(垂直皴法) : 산과 바위 등의 입체감과 질감을 수직으로 처리하는 준법.

3) 관아재(觀我齋) : 조영석(趙榮祏:1686-1761)의 호. 화원.

그건 사실이었다. 세황이 추구하는 화법의 지론은 진경은 닮아야 하는 것이다. 그래서 겸재가 '열마준법을 가지고 붓을 마음대로 휘둘렀기 때문에' 참다운 진경으로는 보아줄 수가 없었던 것이다.

중국의 정통적인 남종화[1]를 연구하고 익히고 있는 세황의 화법으로는 당연한 견해였다. 더구나 겸재가 노론정권의 후원아래 진경산수화풍을 창시하여 명성을 높이고 있었다.

과거 노론정권의 영수가 누구인가. 아버지 백각의 탄핵에 앞장섰던 김창집이 아니었던가. 세황의 마음 속에 노론에 대한 적개심이 아직 남아 있는 데다가, 진경산수화풍에 대한 거부감으로 중국의 화법에 더욱 몰입하게 되었던 것이다.

---

1) 남종화 : 중국의 화풍으로, 인격이 높고 학문이 깊은 선비들의 문인화.

5

마침 아름다운 신록의 계절에 이르렀다. 세황이 갑자기 외출을 서둘렀다. 그가 자연 경관 구경하는 것을 좋아하면서도, 직접 답사는 하지 못하고 있었다. 몸이 허약한 탓이었다. 그래서 산수를 그려 벽에 붙여놓고 감상하는 것으로 실경을 대신했었고, '산향(山響)'이라는 편액을 걸었던 것이다.

세황이 오늘 집을 나선 것은 산수를 완상하기 위해서 나서는 것이 아니었다. 조선의 4대 만권당(萬卷堂) 중에 하나인 경성당(竟成堂)으로 가기 위해서였다. 만권당은 고려 제26대 임금인 충선왕(忠宣王)이 왕위를 강릉대군한테 물려주고, 중국 원(元)나라에 가 있을 때 많은 서적을 비치하고 여러 학자와 교유하던 서고(書庫)였다.

충선왕은 원나라 세조(世祖)의 외손으로, 북경에서 머물러 있었던 것이다.

안산은 수리산 자락에서 발원하여 읍내를 남북으로 가로지르는 오천(午川)을 사이로, 남촌과 북촌과 중촌의 마을이 형성되었다.

북촌에서는 강화학[1]을 창시한 정제두(鄭齊斗:1649-1736)의 양명학[2]이, 남촌에서는 성호(星湖) 이익(李瀷:1681-1763)의 실학(實學)이, 중촌에서는 영조임금의 명으로 《산림경제》[3]를 증보한 유중임(柳重臨)의 의학(醫學)이 정립돼 있었다. 여기에 재야문인들의 문학과 예술이 빛을 더하고 있었다.

안산에는 경성당 말고도, 유명천(柳命天:1633-1705)의 청문당(淸聞堂) 서고가 더 있었다. 두 서고가 이곳에 있을 만큼, 안산이 학문과 문화적으로 매우 풍성한 곳이었다.

세황은 안산에 내려온 이후 경성당과 청문당을 자주 찾아, 서책에 묻혀 있기를 즐겨했다. 그리하여 세상사를 잊고 학문과 예술 탐구만 몰두하고 있었다.

세황이 경성당에 들어서자, 마침 혜환재(惠寰齋) 이용휴(李用休)가 와 있었다. 이용휴는 남촌에서 실학을 정립한 이익의 조카이며, 그의 문학을 계승한 인물이다. 정약용(丁若鏞)이 재야의 문단을 장

---

1) 강화학(江華學) : 정제두가 강화도로 옮겨 살면서 싹튼 학문으로, 엄격한 지행일치(知行一致)를 추구.

2) 양명학(陽明學) : 중국 명나라 때의 왕양명(王陽明)이 창시한 유학으로, 지행일치를 주장한 철학.

3) 산림경제(山林經濟) : 숙종 때 홍만선(洪萬選)이 지은 책으로, 농사 짓는 사람이 꼭 알아야 할 중요사항.

악하고 있었다면, 이용휴는 기호[1] 남인 문단의 좌장격이었다.

그는 무자생(1708)으로 세황보다 다섯 살 위였으나, 서로 마음이 깊이 통하는 친구로 지내고 있었다. 특히 서법(書法)에 대한 세황의 감식안을 인정했기 때문이다.

이용휴가 세황을 보더니, 입을 환하게 열어 손을 덥썩 끌어잡았다. 그러고는 마치 만난 지 오래 돼 감격스런 것처럼 한동안 세황의 얼굴을 바라보기만 했다.

"혜환재. 제 얼굴에 무엇이 묻었습니까? 왜 그리 바라보기만 하십니까?"

"광지가 반가워서 그래요."

"여기에 오면 누구든 만날 것으로 믿었더니, 결국 혜환재를 만났습니다. 성호 선생님을 자주 뵙는지요?"

"문안인사 드리러, 어제 찾아 뵈었습니다. 언제 뵈어도, 책만 읽고 계셨습니다."

"혜환재는 무슨 책을 보고 계셨습니까?"

"왕양명의 서책을 뒤지고 있던 참이었어요. 광지는 어찌 오셨소?"

"왕희지의 〈난정집서(蘭亭集序)〉를 다시 보러 왔습니다."

그러자 이용휴가 고개를 끄덕이며, 세황을 그윽한 눈길로 바라보았다. 중국의 서예를 깊이 연구하고 있는 세황으로서는 당연

---

1) 기호(畿湖) : 조선의 서쪽 중앙부를 차지하고 있는 경기도·황해도 남부·충청남도 북부를 포함한 지역.

하다는 뜻이었다.

〈난정집서〉는 중국 진(晉)나라 왕희지가 난정회(蘭亭會)의 시집에 쓴 서문이다. 난정(蘭亭)은 중국 저장성 동북부 사오싱 시(紹興市)의 란주(蘭渚)에 있는 정자 이름이다. 난정회는 왕희지 등의 명사 41명이 난정에 모여, 굽이쳐 흐르는 물에 술잔을 띄워가며 시를 짓는 모임이었다.

당시 조선에서는 이왕(二王) 즉 왕희지와 왕헌지의 전형을 서예의 정통으로 받아들이고 있었다. 세황 역시 서법의 정도는 이들의 전형을 배우는 것이라고 생각했다. 이 신념은 어느 누구보다도 확고했다. 글씨에서 이 두 사람을 등한시하는 것을 외도(外道)로 여겼다. 그뿐만 아니라, 미불(米芾)과 조맹부(趙孟頫)를 아울러 배우고 있었다.

미불(1051-1107)은 중국 북송의 서화가로, 소동파·황정견 등과 함께 송나라 삼대가(三大家)로 불려졌다. 그의 필법은 침착하면서도 마치 준마를 타고 달리는 듯 독특하여, 신운(神韻)이 있다고 했다. 그뿐만 아니라, 서화에 대한 감식안이 뛰어났다. 그림 또한 수묵(水墨) 필법이 매우 독특하여, 산수화를 잘 그렸다.

조맹부(1254-1322)는 중국 원나라 초기의 문인이다. 시·서·화에 고루 능하였고, 글씨는 진당(晉唐)을 근본으로 삼아 송설체(松雪體)를 이룩했다. 그림에도 상당한 조예가 있어, 황공망·왕몽·오진 등과 함께 원나라의 사대가(四大家)로 꼽혔다.

세황은 이들 이왕과 미불·조맹부 두 사람의 서체와 필법을 깊이 연구하면서, 영향을 많이 받고 있었다. 그러나 〈난정집서〉와 같은 왕희지의 법첩[1]의 위작(僞作)들이 나돌고 있는데도 이를 분별하지 못하여, 무비판적으로 받아들이고 있는 현실을 안타까워하며 강하게 비판했다.

세황과 이용휴가 서책에 묻혀 있는 동안 해가 많이 기울었다. 두 사람은 비로소 피로한 눈을 비비며 경성당에서 나왔다. 맑은 햇살과 미풍에 흔들리는 나뭇잎들에 윤기가 흐르고 있었다.

게다가 나뭇가지 사이로 온갖 새들이 즐겁게 노닐고 있어, 경관이 아름답고 풍요롭게 보였다. 이용휴가 걸음을 멈추고 잠시 하늘을 올려보았다. 그러고는 마치 시를 읊조리듯이 나직하게 중얼거렸다.

"참으로 좋은 날씨구려."

"그러게 말입니다. 이렇게 아름다운 풍광 속을 거닐다 보니, 마치 선계(仙界)에 와 있는 것 같습니다."

"신선의 세계가 따로 있는 건 아니지요. 마음 속에 선계가 있으면, 내가 바로 신선이지요."

"혜환재 말씀이 맞습니다. 마음의 바탕이 밝으면 어두운 방 안에도 푸른 하늘이 있고, 생각하는 것이 어두우면 백일하에도 도깨비가 나타난다고 했습니다."

"《채근담(菜根譚)》에서 그렇게 말했지요. 인간의 길흉화복은 결

---

1) 법첩(法帖) : 서체법이 될 만한 명필의 서첩.

국 마음에서 비롯되는 것이에요. 아직은 해가 짧으니, 걸음을 서둘러야 되겠구려."

이용휴가 갈림길에서 작별할 뜻을 비쳤다. 세황이 술을 즐겨하지 않는 것을 그가 알고 있어, 더 붙들 생각이 없는 것 같았다. 세황 역시 그의 마음을 미리 헤아려 아쉬움을 드러내지 않았다.

해거름에 맞춰 세황이 집에 당도하자, 외가에 묵고 있는 큰아들 인과 둘째 혼이 와 있었다. 온 이유를 묻지 않아도 알 만했다. 인은 제 어미의 수고를 덜기 위해 부엌 물독을 채우고, 땔나무를 쌓아놓기 위해서 온 것이다. 둘째 아이는 형을 따라온 것이 분명하고.

"외조모님께서는 무고하시더냐?"

"예, 아버님. 할머님께서는 안녕하십니다."

"너는 독서를 게을리하지 않겠지?"

"예, 아버님."

"인은 그렇고, 혼은 어찌 지내느냐?"

"저도 형님 옆에서 독서합니다."

"무슨 책을 읽느냐?"

"천자문을 배우고 있습니다."

"허면, 배운 것을 외워 보거라."

그러자 혼이 부동자세로 두 손을 모으더니, "하늘 천, 따 지, 검을 현, 누를 황…"을 또박또박 외기 시작했다. 드문드문 글자를 빼먹기는 해도 그 모습이 기특하고 귀여워, 세황은 가까스로 웃음을 참았다. 그런대로 천자문을 외는 것으로 보아, 처남 유경종이 엄하게 가르친 게 분명했다.

인이 제가 할 일을 마친 듯 우물가로 가 손을 씻었다. 해가 산등성을 곧 넘어갈 판이라, 세황이 두 아이가 갈 길을 걱정했다.

"해가 질 터인데, 서둘러 가야하지 않겠느냐?"

"외숙께서, 오늘 밤은 여기서 자도 좋다고 하셨습니다."

"어인 일로?"

그러자 혼이 불쑥 끼어들어 "내일이 제 생일입니다." 하는 것이었다. 세황은 그만 마음이 뜨끔하여, 애먼 헛기침만 내뱉었다. 아비가 되어서 자식의 귀빠진 날을 잊었다고 생각하자 무안하고 미안했다.

비록 살림이 빈궁하여 자식을 처가에 맡겨두기는 해도, 생일까지 잊고 있는 자신이 한심스럽기도 했다. 살림에는 무관심한 채 서책에만 묻혀 있다 보니, 날짜가 지나가는 것도 모르고 있었던 것이다. 집안 일을 오로지 아내한테 맡긴 탓이었다.

세황이 부엌 쪽을 흘끔 바라보자, 아내의 손길이 바쁘게 돌아가는 것 같았다. 아들의 생일을 기억했을 것이고, 그래서 생일 음식을 미리 준비하는 게 분명했다. 그래도 세황은 아내한테 아는 척을 않고, 슬그머니 방으로 들어와 버렸다. 세황은 갑자기 고사(故事) 하나가 떠올라 혼자 웃었다.

중국 어느 고을에 새로 현령이 부임했다. 그는 스스로 청백리로 자처했다. 그러한 그가 며칠 후에 아전을 불러 "아무 날이 나의 생일인데, 누구를 막론하고 선물 따위는 가져오지 말도록 하라. 가져와도 받지 않을 것이다." 했다. 아전들이 이미 그 속내를 알아차렸다. 며칠 후 생일이 되자, 값진 선물이 들여졌다. 그러자 현령이 선물을 마지못해 받는 척하면서, 자기 아내의 생일을 그런 식으로 알렸다. 그러자 어떤 사람이 풍자시 하나를 현령에게 보냈다.

「처음에 날아올 때는 고상한 학인 줄 알았더니, 내려온 것을 보니 고기만 찾는 욕심 많은 백로였구나.」

6

을축년(1745) 8월 7일, 세황이 아버지 강현의 작고 12주기를 맞았다. 세황은 제상(祭床)을 준비하면서 눈시울부터 적셨다. 아버지의 말년을 지켜본 자식으로서, 감회에 젖지 않을 수가 없었다.

아버지의 생전을 되돌아 보면, 영고와 성쇠로 점철된 생애였다. 조부 때부터 2대에 걸쳐 정승의 품계까지 올랐을 뿐만 아니라, 조부에 이어 기로소에 드는 영화를 누렸다. 그리고 조부는 문정(文貞), 아버지는 문안(文安)의 시호[1]까지 받았다.

그러나 아버지는 당쟁의 소용돌이에 휘말렸다. 그로 인해서

---

1) 시호(諡號) : 죽은 후에 그 공덕을 칭송하여 임금이 추증하던 이름.

관직 박탈과 귀양까지 가야 했던 고통이 있었다. 그리고 맏형 세윤이 충주로 유배당하는 모습도 지켜봐야 했다. 그럴 때마다, 아버지의 심정이 어떠했을까를 생각하면, 세황은 가슴이 찢어지는 것 같았다.

그러한 아버지가 일체의 관직으로부터 물러나 야인으로 있으면서, 계축년(1733)에 충북 진천(鎭川)에서 84세를 일기로 눈을 감았던 것이다.

강현이 세상을 뜨기 전에 마침 둘째 자부(子婦)가 깊은 병중에 있었다. 아무래도 며느리의 병이 낫기 어렵다고 판단한 강현은 그녀의 장지(葬地)를 보러 진천으로 갔던 것이다. 평소 며느리의 효심을 기특하게 생각해 왔던 시아버지의 애틋한 마음이 어떠했는가를 잘 말해주고 있었다.

세황은 아버지가 84세의 노구를 이끌고 혼자 진천으로 가는 것이 안타까워 동행할 뜻을 비쳤다. 그러나 그는 허락하지 않았다. 그렇다고 아버지 혼자 가게 할 수는 없었다. 결국 아버지가 눈치 못채게 몰래 따라붙어야 했다.

아버지는 나름대로 효심 깊은 며느리의 장지를 손수 정할 생각이었고, 자신이 살아온 역정을 조용히 되돌아 보고 싶었던 것이다. 그러나 세황으로서는 아버지 건강을 지키는 일이 우선이었다.

아니나 다를까. 서울에서 진천까지 그 먼 길을 나귀 한 필에 의지했던 여독으로, 아버지가 그만 병을 얻고 말았다.

안절부절못한 세황은 아버지를 우선 인근의 친척 집에다 모셨다. 그는 병수발을 하면서도, 자신이 따라붙은 것을 천만다행으로 여겼다. 만일 자신이 따라붙지 않았더라면… 하고 생각하자, 등에 진땀이 흐르면서 가슴이 철렁 내려앉는 것이었다.

그렇게 며칠을 지내는 동안, 다행스럽게도 아버지의 건강이 차츰 회복되고 있었다. 기력도 되찾아, 진천 읍내의 길상사(吉祥祠)로 산책도 했다. 길상사는 김유신 장군의 영정을 봉안한 사당이었다.

아버지가 잠시 쉬어가자고 했다. 많이 걸었던 탓에, 기운이 없는 것 같았다. 세황이 미리 준비한 물병에서 물 한 그릇을 따라서 아버지한테 내밀었다. 그러자 물을 아주 달게 마셨다. 그러고도 숨을 자주 몰아쉬었다.

"아버님. 앉아 계시기에 힘이 부치십니까?"

"견딜 만해. 네가 따라오지 않았더라면, 어쩔 뻔했누."

"이만 하신 게 다행입니다. 며칠 더 머무르셨다가, 서울로 올라가셔야 되겠습니다. 우선 옥체부터 보강하셔야 합니다."

"내 명이 다한 것 같은데, 보강은 해서 뭐 하겠느냐. 그보다는 너한테는 면목이 없구나. 네 형한테도 그러하고."

"아버님께서 소자들한테 면목 없으실 게 뭐 있습니까. 듣기에 매우 민망합니다."

"그렇지가 않아. 당쟁의 소용돌이에 휘말렸던 것이 나 하나로 끝났어야 했어. 허나, 내 과욕으로 네 형까지 몹쓸 고생을 시켰으니…. 더구나 네 앞길까지 막아놓았어. 너를 생각하면, 가슴이 아프구나."

"아버님…."

세황이 기어이 아버지 앞에 엎드려 눈물을 쏟았다. 아버지가 회한으로 괴로워하는 모습이 가슴을 찢어 놓는 것이었다. 그러자 아버지가 세황을 억지로 일으켜 옆에 앉게 했다.

"인간사 새옹지마라더니…. 결국, 나를 두고 하는 말이었어. 우리 가문의 영광이 나로 끝나서는 안 되는데…."

"그럴 리가 있겠습니까. 위로 두 형님이 계시고, 밑으로는 손자도 있습니다. 두 형님께서 할아버님과 아버님께서 이루신 영광을 지키실 겁니다."

"세황은 어릴 때부터 매우 총명했지. 설혹 관직에 들어가더라도, 나처럼 당쟁에 휘말리지 않도록 해. 부질없는 일이야."

"예, 아버님."

강현은 슬하에 모두 3남 6녀를 두었다. 이들 중에 세황의 맏형 세윤과 두 누님은 이미 죽은 한양 조씨 소생이다. 그리고 둘째 형 세원(世元)과 세황 자신, 네 누님은 지금의 어머니인 광주(廣州) 이씨 소생이다.

세황은 이들 중에 막내로, 강현이 64세 되던 계사년(1713) 5월 21일에 태어났다. 강현은 늦둥이로 얻은 세황을 무릎에서 내려놓지 않을 만큼 애지중지했다.

그래서 세황이 어릴 때부터 아버지의 서책 가운데서 자라며 글을 배웠던 것이다. 세황은 6살 때 이미 천자문을 떼어 글을 짓기 시작했다.

또 8살 때는 숙종임금의 국상에 어울리는 구장(鳩杖)에 대한 시까지 지었다.[1] 구장이란 손잡이에 비둘기 모양을 새긴 지팡이를 말한다. 이 지팡이는 나라에 공이 많은 원로대신에게 주었다. 70세가 되어 벼슬에서 물러나게 한 후, 비둘기처럼 음식을 먹어도 체하지 말라는 뜻으로 주었던 것이다.

세황이 10살 되던 해에, 마침 도화서[2]에서 화원을 선발했다. 이 자리에 예조판서인 아버지가 세황을 데리고 갔다. 그리고 세황으로 하여금 화사(畵師)들을 대신하여 그림의 등급과 우열을 매기게 했다. 그 지적이 조금도 틀림이 없어, 모두가 혀를 내둘렀다.

그뿐만 아니라, 12살 때에 이미 행서(行書)를 잘 써서 사람들이 이 글씨를 얻어다가 병풍으로 만들어 보관하기도 했다. 그리하여 강현이 장성한 아들 세윤과 세원을 제쳐 두고, 공사간의 문서를 세황한테 맡겨 처리하게 할 만큼 그 재주와 판단력이 뛰어났던 것이다.

강현은 자기 때문에 자식의 앞길이 막힐 것 같아 가슴아파했다. 그래서 세황만큼은 자기처럼 당쟁에 휘말리지 말 것을 당부했던 것이다. 세황도 아버지의 말년과 맏형의 비운을 지켜보아, 벼슬길을 포기하고 있었다. 그렇다고 아버지 앞에서 차마 그 결

1) 구장에 대한 시 : 杖上有一鳥(지팡이에 새 한 마리 있으나) 不飛又不鳴(날지도 못하고 또한 울지도 못하네) 身被白雪衣(몸에 백설 같은 옷을 입었으니) 如知東土哀(온 나라가 슬픔을 아는 것 같구나).

2) 도화서(圖畵署) : 궁중의 그림에 관한 일을 맡아보던 관청.

심을 밝힐 수는 없었다. 그건 아버지를 더욱 회한 속으로 몰아넣는 불효이기 때문이다.

그 날 길상사에서 부자간에 나눴던 대화가 결국 마지막이 되었다. 아버지가 산책할 정도로 건강이 거의 회복되었다고 생각했으나, 그날 밤을 넘기지 못하고 눈을 감은 것이다.

강현은 죽기 전 진천에서 영조임금에게 유소[1]를 올렸다.

신은 임금을 속이지 말라는 아버지의 가르침을 거칠게나마 지켰나이다. 선대왕의 드문 은혜를 과도히 입어 화려한 관직을 두루 거쳐서 외람되이 높은 반열에 오른 것은 모두 우리 선대왕과 우리 전하께서 내려주신 것이옵니다. 티끌만큼도 보답하지 못했는데 죽을 때가 임박했나이다. 하지만 임금을 사랑하는 정성은 오히려 가슴 속에 맺혀 있나이다. 무릇 사람의 말은 죽을 때가 되면 반드시 선해진다 하오니 시험 삼아 살펴주시옵소서. 널리 좋은 무덤을 택하셔서 선왕께서 묻히실 곳은 편안하게 하시고, 능히 황극[2]을 세워서 많은 세대에 걸쳐 내려온 붕당의 화를 타파하시는 것은 진실로 임금의 성대한 절차이며 지난 역사에서도 보기 드문 일이옵니다…. 엎드려 바라옵건대 전하께서는 움직이고 멈추실 때마다 오직 선왕과 같이 하시옵소서…. 조정을 바르게 하시어 공도(公道)를 넓히시고 어질게 은혜를 널리 피

1) 유소(遺疏) : 죽음이 임박한 신하가 왕에게 올리는 상소(上疏).
2) 황극(皇極) : 서경(書經)에 있는 말로, '황제는 그 표준을 세움이 있어야 한다.'는 뜻.

셔서 백성들을 구제하시고, 조목[1]들을 굳게 지키셔서 무너진 기강을 바로 세우소서. 하늘의 굳센 덕에 힘쓰시고 검약한 풍화[2]를 더욱 밝히소서. 뛰어난 선비를 널리 구하시고 언로(言路)를 넓게 여셔서 맑고 밝은 정치와 향기로운 덕이 시종일관 한결같이 되기를 바라나이다.

_ 박동욱·서신혜, 《표암 강세황 산문전집》, pp. 231-232에서 인용.

이때가 세황의 나이 21살이던 계축년(1733)이었다. 세황은 아버지를 천안 풍세(豊歲)에 안장했다. 마침 맏형 세윤이 유배지에 있었으므로, 세황이 그때부터 3년간 여묘[3]살이를 했다. 그러면서 아버지의 유고(遺稿) 12권과 큰아버지 강선(姜銑)의 유고 4권을 필사했다.

그로부터 7년 후인 경신년(1740)에는 생모마저 별세하여, 또 3년간 무덤을 지켰다. 세황은 결국 서른 살도 안 되어 양친을 모두 여의었다.

세황은 아버지 앞에 제주(祭酒)를 올리면서, 기어이 눈물을 흘렸다. 그때는 그의 아들 인이 4살에 불과했으므로, 뜻도 모르고 아버지를 따라 눈물을 흘렸었다.

---

1) 조목(條目) : 법률이나 규정의 항목.
2) 풍화(風化) : 교육이나 정치의 힘으로 풍습을 잘 교화시키는 일.
3) 여묘(廬墓) : 상제가 무덤 근처에 움막을 짓고 살면서 무덤을 지키는 일.

이튿날, 세황은 처가의 말을 얻어 타고 아버지 묘소로 향했다. 그의 아내가 동행할 뜻을 비쳤으나, 세황이 못하게 했다. 아내가 마침 잉태하여 8개월에 가까우므로, 천안까지의 여정이 무리였기 때문이다.

세황이 묘소가 있는 풍세에 이르렀을 때는 이미 날이 어두웠다. 결국 그 날은 참배를 못하고, 이튿날 아침에 낫을 빌려 묘소로 올라갔다.

무덤에 잡초가 웃자라, 보기에 흉했다. 문중 사람들이 묘소를 관리하고 있었지만, 한동안 돌보지 못한 듯했다.

세황은 자신의 불효를 자책하면서, 서둘러 벌초부터 했다. 풍수지탄[1]의 깊은 뜻을 또 한번 새삼 깨달아 자신이 몹시 부끄러웠다. 아버지한테 송구스러워 억장이 무너지는 것 같았다.

옛날 초나라의 현인 노래자[2]는 늙은 부모를 기쁘게 하기 위해서, 칠십의 나이에도 아이들의 색동옷을 입고 부모 무릎에 누워 재롱을 부렸다고 했다. 세황은 이 고사를 떠올리면서, 아버지 살아생전에 자신의 불효를 돌이켜 보았다. 오로지 부끄러울 뿐이었다. 형제자매 중에 아버지의 사랑을 제일 많이 받았으면서도, 효도에는 무심했던 것 같아서 가슴이 미어졌다.

《논어(論語)》에서도, 부친이 살아 있을 때는 그 뜻을 살피고, 부

---

1) 풍수지탄(風樹之嘆) : 나무가 조용해지려고 하나 바람이 자지 않음을 한탄한다는 뜻으로, 부모에게 효도하려고 하나 이미 죽고 없음을 한탄함.

2) 노래자(老萊子) : 공자(孔子)와 같은 시대인 중국 초나라의 현인. 중국의 효자 24인 중에 한 사람.

친이 세상을 떠나면 그 행적을 살펴, 부친이 해오던 방법을 삼 년 동안 고치지 않는다면 비로소 효자라고 했다.

'나는 불효막심한 자식이었어.'

벌초를 마친 세황은 옷매무시를 고치고, 아버지 앞에 술잔을 올렸다. 그러고는 엎드려 눈물을 하염없이 쏟았다. 쓸쓸했던 말년의 아버지 모습과 불우한 자신의 처지와 막막한 미래가 앞서거니 뒤서거니하며 가슴을 할퀴었다.

'아버님. 생전에 그러셨던 것처럼, 이 불효자가 나아갈 길을 가르쳐 주십시오. 아버님 말씀대로 따르겠습니다.'

세황은 끊임없이 흐르는 눈물을 닦을 염도 내지 못하고, 마냥 엎드려 있었다. 마치 아버지의 위로와 장차의 방도를 기다리는 것처럼.

7

을축년(1745) 11월 28일, 세황이 네 번째 아들을 얻었다. 이름을 빈(儐)으로 지었다. 아들을 보아 기쁘면서도, 한편으로는 마음이 천근만근으로 무거웠다. 초근목피를 겨우 면하는 궁핍한 살림에 자식을 넷이나 두었으니, 이들의 입을 채울 일이 아득했던 것이다.

산모가 원체 먹는 것이 부실하여 영양실조에 걸려 있었다. 게다가 산후조리마저 제대로 하지 못해, 아내 얼굴이 항상 누렇게 떴다. 당연히 젖마저 태부족하여, 갓난아이한테 미음을 먹이지 않으면 안 되었다. 마침 장모가 와서 산모한테 미역국을 먹이고 있으나, 그것만으로 젖이 금방 생산되는 건 아니었다.

세황은 이래저래 마음의 고통만 늘어갔다. 그렇다고 달리 뾰

족한 수를 마련할 길도 없었다. 그저 하늘을 올려보며, 한숨만 뿜어 올릴 뿐이었다.

이때 처남 유경종이 조카 인과 혼을 앞세워 찾아왔다. 새로 태어난 조카를 보러 왔다고 했다.

인과 혼이 새 동생을 빨리 보겠다며 방으로 뛰어 들어갔다. 세황이 아이들의 뒷모습을 바라보며 껄껄껄 웃었다. 그러자 유경종이 빙긋이 웃으면서, 새로 아들 얻은 것이 그렇게 좋으냐고 물었다.

"고생한 산모를 생각해서도, 기분이 좋지 않다고 말할 수는 없지요."

"아들의 탄생은 기쁘지 않고, 산고를 겪은 누님만 대견하십니까?"

"아들을 또 얻었는데, 어찌 기쁘지 않겠소. 산모가 몹시 허약하니, 그게 걱정이라오. 어쨌든, 새로 태어난 녀석이 명주출노방[1]이었으면 좋겠건만…."

"형님도 참…. 태어난 지 몇 시간도 안 된 갓난아이를 두고, 별 생각을 다 하십니다그려. 걱정 마십시오. 장차 큰 인물이 될 터이니."

"허허, 처남은 아직 아이 얼굴도 보지 않구서, 그리 말씀하시오?"

"제 예감이 그렇습니다. 허허허."

---

1) 명주출노방(明珠出老蚌) : 오래 묵은 조개에서 진주가 나온다는 말로서, 시원찮은 어버이가 뛰어난 자식을 낳는다는 것에 비유함.

그러고는 처남이 갓난아이를 보겠다며 방으로 들어갔다. 세황은 그의 뒷모습을 흘끔 바라보며, 자신도 모르게 또 한숨을 쉬었다.

얼마 전까지만 해도 가을이 깊어간다 싶더니, 어느덧 겨울로 들어섰다. 스산한 바람에 문풍지가 떨 때마다 세황의 마음도 매우 어수선했다. 무릎이 시리고 목덜미가 서늘해지는 것을 느끼면서, 곧 다가올 추위가 두렵기까지 했다. 자식들 입이 넷으로 늘어난 것도 걱정하지 않을 수가 없었다. 둥지의 제비새끼들처럼, 어미가 물어올 먹이만 기다릴 것이 분명하다. 그들의 입을 무엇으로 채워야 할지, 그저 막막할 뿐이었다.

세황은 '가난한 집에 자식이 많다'는 속담을 생각하면서, 흥부전의 한 대목을 떠올렸다.

> 문 밖에서 가랑비 내리면 방 안에는 굵은 비요, 문에는 살이 없고 벽에는 외[1]만 남아 동지섣달 눈바람이 살 쏘듯이 들어오고, 어린 자식들 젖 달라고 밥 달라고 보채니, 차마 서러워서 못 살겠다.

세황은 자신의 방을 휘 둘러 보았다. 천한백옥빈[2]한 흥부네보

---

1) 외(椳) : 벽에 흙을 바르기 위해, 벽 속에다 넣는 엮은 나뭇가지, 댓가지, 수숫대, 싸리 등을 말한다.
2) 천한백옥빈(天寒白屋貧) : 집이 춥고 가난함.

다 낫다고 해야 할지, 다를 것이 없다고 해야 할지 잠시 생각했다. 쉬 판단할 수가 없어, 그저 마음만 씁쓸할 뿐이었다.

이때 뜻밖에 현재(玄齋) 심사정(沈師正)이 찾아왔다. 정해생(1707)으로 세황보다 6년 위였으나, 같은 화가의 처지로 마음을 터놓고 지냈다. 그는 겸재 정선한테 사사하여, 산수를 비롯해서 영모[1]와 화훼를 잘 그렸다.

"현재께서 기별도 없이 어인 일이십니까?"

"허허허. 광지께서 또 득남하셨다면서요? 그래서 축하하러 왔소이다."

그러고는 그가 웬 꾸러미를 세황 앞으로 슬그머니 밀어놓았다. 세황이 현재와 꾸러미를 번갈아 바라보며 무엇이냐고 물었다.

"긴요할 것 같아서, 미역을 조금 샀소이다. 약소해서 제 손이 부끄럽군요."

"이리 고마울 수가….어쨌든 추운 날씨에, 어려운 걸음 하셨습니다. 방이랍시고 추워서, 손님 대접이 아닙니다."

"괘념치 마시구려. 청빈한 선비 집이 다 그렇지요."

"그리 이해하신다니, 덜 무안합니다. 겸재 선생님은 언제 만나셨습니까?"

"지난 달에 뵈었어요. 여전히 진경산수화에 전념하고 계셨어요. 금년에 고희를 맞으셨음에도, 여전히 붓을 놓지 않으시더군

---

1) 영모(翎毛) : 그림의 소재가 되는 새와 동물.

요. 본받을 일이에요."

"그렇다 마다요. 그토록 부지런하셔서, 화단의 거봉이 되신 겁니다."

잠시 후, 술상이 들여졌다. 세황이 서둘러 잔부터 채웠다. 그러자 현재가 이내 잔을 비웠다. 방이 추워서 몸부터 녹이려는 것 같았다. 세황이 그 마음을 알아, 더욱 민망했다. 세황이 겨우 입술만 적시고 잔을 내려놓았다.

"현재께서는 요즘 생활을 어찌 하십니까? 어렵고 고달프실 것은 짐작할 만합니다만."

"그림 팔아서 입에 풀칠하는 형편이니, 뻔하지 않소. 붓을 놀려 먹고 산다고 해서, 호를 호생관(毫生館)이라고 지은 최북(崔北) 선생과 다를 바가 없겠지요."

세황이 현재와 교유한 것은 서울에서 살 때부터였다. 현재는 소론의 명문가 후예다. 그의 조부 심익창(沈益昌)이 신임사화에 연루되면서, 현재마저 출사(出仕)가 막힌 상태였다.

이로 인하여 현재는 사대부로서 자신의 뜻을 펴지 못한 것은 물론이고, 그림을 팔아 생계를 유지할 정도의 생활고를 겪고 있었다.

그러나 그는 대표적인 문인화가로서, '조선남종화'라는 독특한 화법을 추구하고 있었다. 그래서 출사를 포기하고 시·서·화 연구에만 전념하고 있는 세황의 마음과 통하여, 자연스럽게 교유가 이루어졌던 것이다.

"환쟁이가 가난하게 사는 것이 어제 오늘의 일은 아닙니다만, 끝이 안 보이는군요. 자식이 넷이나 되니, 아이들 보기에도 민망합니다."

"광지의 마음을 내가 어찌 모르겠소이까. 아직 때를 만나지 못해서 그런 것이니, 참고 견뎌 봅시다. 이왕 말이 나온 김에, 재미있는 고사 하나를 예로 들까 하오."

어느 날 장자(莊子)가 남루하게 꿰맨 베옷에 뚫어진 짚신을 신고 위나라 혜왕(惠王)을 찾아가자, "선생은 어찌 그토록 피폐(疲弊)하십니까?" 하고 물었다. 그러자 장자가 "이것은 가난한 것이지, 피폐한 것이 아닙니다. 선비로서 도덕을 가지고도 행하지 않는 것은 피폐한 것이지만, 옷이 해지고 짚신이 뚫어진 것은 피폐한 것이 아닙니다. 이것이 이른바 때를 만나지 못했다는 것입니다. 임금님은 저 나무에 오르는 원숭이를 보지 못하셨습니까? 그놈이 들메나무나 녹나무처럼 곧고 좋은 나무를 만나서 그 가지를 잡고 재주를 부리고 있을 때 예(羿)나 봉몽(逢蒙)과 같은 천하의 궁사(弓士)라도 활을 쏘아 맞추지 못하는 것입니다. 그러나 원숭이가 가시 돋힌 나무를 만나면, 사방을 둘러보며 떨면서 두려워하는 것입니다. 이것은 위난을 당해서 원숭이 몸이 굳어진 것이 아니라, 그 형세가 편하지 못해서 자기 능력을 충분히 발휘하지 못하기 때문입니다."

"《장자(莊子)》의 산수편(山水篇)에 있는 얘기로군요."

"그렇지요. 우리가 때를 만나지 못한 것이 가시 돋힌 나무를 만난 원숭이와 무엇이 다르겠소."

"현재 말씀을 어찌 옳지 않다고 하겠습니까. 그러나 그 때라는 것이 결국 길흉화복과 새옹지마 속에 있으니, 세파에 휘둘릴 것이 뻔하지 않습니까. 저의 아버님이나 현재의 조부께서 겪으셨던 일입니다. 설혹 출사할 기회가 주어진다 해도, 당쟁에 말려들 것을 생각하면 끔찍합니다."

"무슨 말씀인지, 광지의 뜻을 알겠소. 만일 당쟁에 말릴 것 같으면, 즉시 빠져 나오면 되지 않겠소."

"글쎄요…. 요즘 세상에 어느 쪽이든 당파에 들지 않구서야, 어찌 자리 보존을 할 수 있습니까. 그러다 보면, 결국 휩쓸리기 마련이지요. 사람이 개개인으로 보자면 모두 군자 같지만, 일단 무리에 들어가면 자신의 주장만을 세울 수가 없는 걸요. 그게 정치입니다. 저의 아버님께서도 그 점을 우려하시면서, 당쟁에 휘말리지 말라고 유언처럼 당부하셨습니다. 정치와 무관한 예원(藝苑)에도 파가 있지 않습니까."

"광지 얘기를 듣고 있자니, 갑자기 머리가 아픕니다. 자아, 오늘은 술이나 마십시다그려."

현재가 한숨을 내뿜으며, 잔에 남은 술을 단숨에 들이켰다. 세황이 그의 마음을 헤아려, 얼른 잔을 채워주었다. 그러자 그가 갑자기 신정하(申靖夏:1681-1716)가 남긴 시를 읊었다. 신정하 역시 숙종 때 당쟁에 휩쓸려 파직당하고, 36세로 요절했다.

간사[1]한 박파주[2]야 죽으라 설워마라
삼백 년 강상[3]을 네 혼자 붙들거다[4]
우리의 성군 불원복[5]이 네 죽긴가[6] 하노라

---

1) 간사(諫死) : 임금에게 바른 말로 아뢰다가 죽임을 당함.
2) 박파주(朴坡州) : 박태보(朴泰輔)가 파주 목사를 지냈으므로 붙여진 이름이다. 인현왕후 폐비의 부당함을 숙종에게 상소했다가 세 번이나 혹형을 당하여 죽었다.
3) 강상(綱常) : 300년 동안 이어온 삼강오륜.
4) 붙들거다 : 끝내 잘 지켜냈다.
5) 성군 불원복(聖君 不遠復) : 성군은 숙종이고, 불원복은 머지 않아 인현왕후를 복위시킴.
6) 네 죽긴가 : 박파주 네가 죽었기 때문인가.

8

정묘년(1747)에 세황이 지본수묵(紙本水墨)의 〈현정승집(玄亭勝集)〉을 그림과 글씨로 남겼다. 며칠 전 6월 1일이 마침 초복이었다. 복날에는 개를 잡아 먹는다. 이튿날 이 모임을 안산 현곡의 청문당(淸聞堂)이라는 곳에서 가졌다.

술이 거나해진 유경종이 이 모임을 그림으로 남겨서 뒤에 볼 생각으로 세황한테 부탁했다. 그림은 개를 잡아서 만든 음식으로 포식하고 난 뒤에 한가롭게 앉아 있는 장면이다.

넓은 마루에 앉아 있는 인물들의 표정과 자세가 저마다 편안하다. 갓과 버선까지 벗어놓고 바둑을 두거나, 부채를 부치거나, 읽다가 만 책을 옆에 놓아 두고 다른 곳을 바라보는 장면이다.

그림에 들어 있는 소품으로, 거문고와 연상(硯床)과 긴 담뱃대와 책상에 쌓아 놓은 책들이 있다. 마루에 붙어 있는 방에서 유경종이 모인 사람들을 웃는 얼굴로 바라보고 있고, 그들 한가운데에다 세황 자신도 그려넣었다. 그림에 들어가 있는 인물이 무려 11명이나 된다. 그러나 개개인의 초상화적 특징은 없고, 모두 비슷비슷한 얼굴로 남겼다.

여기에 세황이 〈현정승집(玄亭勝集)〉이라는 화제(畵題)를 썼고, 그림에 대한 내용 설명과 모임에 참석한 사람들이 차례로 시(詩)를 달아 붙였다. 그림에 대한 설명은 유경종이 지었으나, 글씨는 세황의 필체로 남겼다. 그리고 그림에 '박암(樸菴)'이라는 호를 처음으로 사용했다.

참석한 사람들이 둘러앉아 그림을 구경하면서, 저마다 혀를 내둘러 감탄했다. 특히 박도맹(朴道孟)과 바둑을 두었던 박성망(朴聖望)은 갓과 버선을 벗어놓은 자신의 우스꽝스러운 모습에 박장대소했다.

"이보시오, 광지. 어찌하여, 나만 유독 해괴한 모습으로 그렸소?"

"허허허. 갓 없는 머리에, 맨발이었던 사람이 박공 말고 누가 또 있었습니까? 사실대로 그렸을 뿐인 걸요."

"이걸 마누라가 보았으면, 주책맞은 남편이라고 했겠소."

"그러면 박공의 머리에 갓도 씌우고 버선도 신길까요?"

"아니오. 그저 웃자고 한 소리였소. 어쨌든, 놀라운 그림이오.

잠깐 사이에, 어찌 이리도 세세히 그릴 수가 있다는 말이오. 정말 놀랍소. 인물 하나하나가 모두 살아 움직이는 것 같아요.”

그러자 둘러앉은 사람들 모두가 고개를 끄덕여 박성망의 칭송을 거들었다. 박도맹과 유경종은 세황의 〈현정승집(玄亭勝集)〉의 필체를 놓고, 왕희지와 왕헌지의 필적에 비유하며 칭찬을 아끼지 않았다.

“모두들 칭찬 일색이니, 듣기 민망합니다.”

“민망할 일이 아니래두요. 장차 시·서·화 삼절(三絕)로 명성을 얻을 분이에요.”

“어허. 그만들 하시라니까요.”

세황이 쑥스러운 듯, 헛기침을 하며 슬그머니 돌아앉고 말았다. 그런데도 그들은 그림 속에 들어가 있는 인물들의 표정과 자세를 일일이 짚어가며 즐거워했다.

세황의 아내가 작년에 막내 빈을 낳고부터 자주 앓아 누웠다. 영양실조에다가, 산후조리를 제대로 하지 못한 때문인 것 같았다. 세황은 궁리 끝에 처가에 머물고 있는 큰아들 인을 집으로 불러들였다. 찬모(饌母)를 따로 쓸 형편이 못되어, 인이라도 집에 있어야 했다.

그러자 이미 8살이 된 둘째 흔이 4살 먹은 동생 관을 돌보겠다며, 제 형을 따라붙었다. 제 동생을 돌보겠다는 건 구실에 지나지 않았고, 실은 혼자 적적할 것을 지레 염려한 것 같았다. 세황도 어린아이의 속셈을 훤히 알고 있어, 차마 떼어놓을 수가 없었다.

집에 식구가 갑자기 여섯으로 늘어, 가뜩이나 옹색한 집이 더욱 좁아 보였다. 게다가 혼과 관이 시끄럽게 뛰어놀고, 젖먹이 막내가 자주 울어대는 통에 세황이 정신을 못차릴 때가 많았다.

그래도 달리 피할 도리가 없었다. 자식을 갖지 않는 사람은 사랑의 참맛을 모를 뿐만 아니라, 사람 축에 끼일 수가 없고, 씨를 뿌리다 만 것과 같다고 했다.

세황은 결국 자식을 많이 둔 자신의 탓으로 돌릴 수밖에 없어, 경성당이나 청문당 서고로 가거나 처남한테 가 있었다.

큰아들 인이 살림을 거의 도맡아 하는 셈이었다. 힘이 들겠지만, 얼굴에는 전혀 내색하지 않았다. 장성한 나이니, 부모한테 효도하는 건 당연한 것이다. 《논어》에서 말하기를 "오늘날에 효(孝)라고 하면 부모를 먹여 살리는 것을 의미하는데, 개와 말까지도 다 먹여 살리는 사람이 있는 만큼 부모를 공경하지 않는다면 짐승을 기르는 것에 지나지 않는다."라고 했다.

세황이 인을 불러, 힘 들지 않느냐고 마음을 떠보았다. 당연히 펄쩍 뛰어 부인했다.

"부모님을 더 편안히 모시지 못하는 게 안쓰러울 뿐입니다. 소자는 아버님의 효를 본받고 자란 장자이니만큼, 저의 불효를 보시면 그 자리에서 회초리를 드십시오."

"내가 너의 효심을 의심하는 게 아니다. 내가 고사 한 가지를 들려주마. 후한(後漢)시대에 '곽거'라는 사람이 있었는데, 몹시 가난했어. 가족은 노모와 아내와 두세 살짜리 아들이 있었지. 곽거의 노모는 손자를 배고프게 하지 않으려고 자신의 몫을 손자한테 주었어. 곽거는 그게 마음에 걸렸지. 차라리 아이를 구덩이에 묻어버릴 생각을 했어. 자식은 다시 낳을 수 있지만, 부모는 다시 얻을 수가 없으니까. 그래서 뒤뜰에다 구멍을 파기 시작했지. 그렇게 두어 자가량 팠을 때, 땅 속에서 덜커덕하는 소리가 났다는구나. 이상해서 조심스럽게 파 보았더니, 거기에 금솥이 있었어. 그런데 그 솥에 '효자 곽거에게 하늘이 내리는 것이니, 누구도 빼앗을 수가 없느니라.'라는 글귀가 새겨져 있었다는구나. 효도를 하면 그 복이 자기한테 돌아온다는 뜻이겠지만, 부모에 대한 옛날 사람들의 효심이 어떠했는가를 가르쳐 주는 교훈의 의미가 있음을 알아야 해."

"아버님 말씀을 마음에 깊이 새기겠습니다."

"당연히 그래야지. 너의 행동을 동생들이 지켜보고 있음도 잊지 말아야 할 것이야."

"예, 아버님."

세황은 물러가는 인의 뒷모습을 바라보면서, 자신도 모르게 한숨을 내쉬었다. 18살이면 독서에 열중할 나이다. 그럼에도 어머니를 도와 온갖 힘든 일을 마다하지 않고 있는 현실이 안타까울 뿐이었다. 물이 위에서 아래로 흐르듯이, 자식의 효도는 부모의 효심을 본받는 것이다. 세황이 부모한테 보여준 효심을 인이 보고 자랐으므로, 아이의 심성을 의심할 일은 없을 것 같았다.

한낮이 되어 세황이 책을 읽고 있는데, 외숙이 왔음을 인이 알렸다. 곧이어 처남 유경종이 문을 열고 들어섰다. 그는 더위 참기가 힘든 듯, 앉자마자 부채를 활활 부쳐댔다.

"형님은 덥지 않으십니까?"

"몸 가운데 움직이는 것은 책장 넘기는 손가락뿐이니, 더위를 느끼지 못하겠구려."

"이런 날에는 천렵이 제격인데…."

"냇물에는 아이들이 이미 선점하였을 터인데, 어찌 함께 어울리겠소."

"그러면 탁족회(濯足會)는 어떻습니까?"

"탁족회라…."

세황도 내심 더위를 억지로 견디고 있던 참이라, 탁족이라는 말에 등짝이 서늘해지는 느낌이 들었다. 계곡에 가서 발을 담그고 있으면, 더위쯤 금세 날려버릴 것만 같았다.

"우리 말고, 동행인이 누가 또 있습니까?"

"지금 경성당에서 오는 길인데, 마침 허필 선생을 만났습니다."

"연객이 경성당에 있었습니까?"

"그래서 형님을 모시러 온 거예요. 탁족 얘기는 그분 입에서 나온 걸요."

"좋습니다. 오늘은 시원한 계곡에서 하루를 보내는 게 좋겠구려."

세황이 서둘러 나갈 채비를 했다. 갑자기 마음이 급해진 듯 옷을 꿰는 손길이 허둥지둥했다. 셋이서 어울리면, 좋은 자리가 될 것 같았던 것이다.

경성당이 가까워지면서, 정자에 앉아 있는 허필의 모습이 보였다. 그 역시 마음이 조급한 듯했다. 그가 세황을 보자, 입을 개구리처럼 찢었다.

"연객이 왜 나와 계십니까?"

"탁족할 생각을 하니, 글자가 눈에 들어와야지요. 그래서 미리 기다리고 있었습니다."

"두 분 덕분에, 오늘은 시원한 하루가 될 것 같습니다. 어서 가십시다. 날씨가 이리 더워서야 원…."

이때 누군가 뒤에서 이쪽을 부르는 사람이 있었다. 소리 나는 쪽을 돌아보자, 뜻밖에 혜환재 이용휴가 허위허위 달려오고 있었다.

"아니, 혜환재가 어떻게?"

"몹쓸 양반들이로군. 나만 쏙 빼놓고, 어디들 가시는 길이오? 혹시, 개 잡으로 가는 길이 아니시오?"

"혜환재는 어쩐 일이십니까?"

"경성당으로 들어갈 참에, 세 분이 보이지 뭡니까."

"마침, 잘 만났어요. 우리는 지금 탁족하러 가는 길이거든요. 더워서 견딜 수가 있어야지요."

"탁족이라…. 오늘 좋은 모임이 되겠구려. 나도 같이 갑시다.

책이야 훗날에 봐도 되는 것이고."

결국 넷이 의기투합한 셈이 되어, 저마다 기분이 좋았다. 마음 맞는 벗들이 계곡에서 보낸다는 기대감에, 갑자기 악동이 된 마음이었던 것이다.

9

세황은 36살 되던 해 무진년(1748)부터 신미년(1751)까지 3년 동안, 서화 〈지상편도(池上篇圖)〉 〈감와도(堪臥圖)〉 〈첨재화보(忝齋畫譜)〉 〈방동현재산수도(倣董玄宰山水圖)〉 〈계산심수도(溪山深秀圖)〉 〈도산도(陶山圖)〉와 그림 〈시재려자배상(詩在驢子背上)〉 등 일곱 작품을 만들었다. 그리고 이들 작품에다 남긴 호가 첨재(忝齋) 해산정(海山亭) 산향재(山響齋) 진산(晋山) 등 다양했다.

이들 가운데 〈지상편도〉는 무진년(1748) 4월에 지본담채(紙本淡彩)로 그렸다. 가로 세로 20.3 X 61cm의 두루마리 그림이다. 처남 유경종의 사촌인 유경용(柳慶容)을 위해서 그의 집 취암서당(鷲巖書堂)에서 그렸다. 유경용은 지난해 세황이 그렸던 〈현정승집〉에 등장했던 인물들 중에 한 사람이다.

그림의 제목은 세황의 필체로 남겼고, 당나라 시인 백낙천(白樂天)이 지은 〈지상편(池上篇)〉에서 인용했다. 그리고 제목 좌우에다 유경종이 그림에 대한 설명을 써넣었다.

이 그림은 세황이 옥외 경치를 그린 것들 중에서 초기작이다. 넓은 뜨락에 가옥 다섯 채와 정자가 수목 가운데 밀도 있게 들앉아 있고, 정자 옆에는 배를 매어둔 연못도 있다.

그리고 근경으로, 사방을 터놓은 넓은 마루에 주인인 듯한 노인이 한가롭게 앉아서, 뜰에 서 있는 두 아이와 학을 바라보고 있다. 노인 옆에는 거문고와 책이 쌓여 있는 책상이 보인다. 특히 그림 한가운데 큰 괴석(怪石)을 돌출시켜, 연못과 함께 집의 운치를 더욱 돋보이게 했다.

〈감와도〉는 〈지상편도〉를 제작한 그 다음 달 5월, 32.7X129cm 크기의 두루마리에 지본담채로 그렸다. 산수 실경의 전도(全圖)로, 그림 아래에다 유경종이 발문(跋文) 즉 그림의 내용에 대해서 덧붙였다.

화폭의 중앙 오른쪽에 근경의 주산(主山)이 있고, 그 좌우로 원경의 크고 작은 산들이 들어가 있다. 그리고 중앙 왼쪽에 사선(斜線)으로 완만하게 이어진 구릉을 만들어, 그 아래에 숲을 형성했다.

숲 한가운데에 가옥들을 많이 들어앉혀, 마을을 이루게 했다. 마을 앞에는 큰 내가 길게 이어지고, 그 주변에 전답을 배치했다.

앞의 그림 〈현정승집〉과 〈지상편도〉가 세세한 필선(筆線)으로 그린 것에 비하여, 이 작품은 수많은 점으로 처리한 것이 특징이다. 산과 언덕은 가는 선으로 윤곽을 잡아 놓고, 그 위에다 무수한 점으로 양감(量感)을 드러낸 것이다. 이들 점은 주로 붓을 옆으로 눕혀서 찍어, 보기에 따라서는 마치 먹물을 뿌린 듯했다. 이 같은 기법은 세황이 미법산수[1]의 화풍을 따른 것이다. 여기에 연록색으로 채색하여, 5월 신록의 산수를 시원하고 신선한 분위기로 잘 표현한 실경이다. 그리고 이 그림에는 호를 쓰지 않고, 백문방인[2]으로 '강세황인(姜世晃印)'만 찍었다.

세황은 같은 해 무진년(1748) 여름에 〈첨재화보〉를 제작했다. 이 작품은 화첩(畵帖)으로, 그림 13폭과 글씨 8폭으로 돼 있다. 13폭의 그림 소재로는 소나무, 채소, 매화, 들국화와 나비, 석류와 새 등이 5폭이고, 나머지 8폭은 모두 산수와 산수인물로 채워졌다.

세황은 화첩 머릿글에다 자신의 글씨와 그림이 모두 서투르기 때문에, 어느 정도 속된 것을 면하게 되었고, 이 화첩은 처남 유경종의 청에 의해서 제작되었음을 밝혔다. 이 같은 설명은 자신의 그림이 속되지 않았다는 긍지를 드러낸 것이다.

그리고 유경종은 화첩에 붙인 발문에다, 금년 여름에 세황이 피서하기 위해 자신의 집에 와서 술 마시며 시를 읊는 여가시간에 화첩을 만들게 되었음을 밝혔다.

---

1) 미법산수(米法山水) : 중국 북송대의 문인화가 미불(米芾)과 미우인(米友仁)에 의해 이룩한 산수화풍이다. 붓을 옆으로 눕혀서 찍는 미점(米點)을 구사하여 안개 낀 자연의 습윤한 분위기를 만들어낸다.

2) 백문방인(白文方印) : 음각으로 새긴 사각형의 도장.

세황은 이 화첩을 만들면서, 중국의 화보(畵譜) 〈개자원화전(芥子園畵傳)〉을 모범으로 삼았다. 이 화보는 중국 청나라 초엽의 화가 왕개(王槪)·왕시(王蓍)·왕얼(王臬) 3형제가 만든 것으로, 역대 화론(畵論)의 요지와 물감 및 채색, 산수화의 묘사법 등이 기술돼 있다. 세황은 이 화보 외에도 〈당시화보(唐詩畵譜)〉 〈고씨화보(顧氏畵譜)〉 〈십죽재화보(十竹齋畵譜)〉 등을 화본으로 삼았다.

기사년(1749)에 제작한 〈방동현재산수도〉는 23X72cm 크기의 두루마리 지본담채로, 본인의 발문이 붙어 있다. 이 작품은 중국의 동기창(董其昌) 그림을 모방하여 그린 것임을 세황 스스로 밝혔다.

이 그림은 지난해에 그린 〈감와도〉처럼, 화폭의 중앙을 기점으로 화재(畵材)의 무게 중심을 오른쪽에다 몰아놓았다. 그리고 왼쪽의 원경 아래로 강을 그려, 마치 포구(浦口)처럼 반원 구도를 택했다. 평면적이기 쉬운 구도를 원근법과 세심한 필치로 극복한 작품이다.

〈방동현재산수도〉와 같은 해에 제작한 〈계산심수도〉 역시 두루마리 그림으로, 23X74cm의 크기의 지본담채다. 이 그림은 수지(綏之)라는 사람의 부탁을 받아 그렸고, 중국 명나라 중기의 남종화 전성기의 기초를 닦은 문인화가 심주(沈周)의 화법을 모방했다.

〈계산심수도〉의 구도는 이전의 두루마리 그림과는 달리, 세 무리의 구릉이 산과 다리로 자연스럽게 연결돼 있다. 그 사이를 강물이 굽이굽이 흘러 산수가 조화를 이루고 있다. 〈방동현재산수도〉에 비해서, 구성이나 필치에서 그의 상상력이 자유롭게 구사되었다. 그래서 세황 자신도 이 그림을 '매우 거칠고 조잡하지만, 그런대로 진실한 자세가 있다.'고 했다.

세황이 39살이던 신미년(1751) 10월 15일에 〈도산도〉를 지본담채로 새로 그렸다. 이 그림은 세황이 안산에 살면서 정신적 스승으로 받들었던 성호 이익의 부탁으로 그렸다.

세황이 도산서원(陶山書院)을 가본 적이 없어, 성호가 자신이 소장하고 있던 작자 미상의 '도산도'를 보여주었다. 그 이전에, 세황은 성호의 부탁으로 〈무이도(武夷圖)〉를 그려 주었었다. 그러자 그가 다시 〈도산도〉를 그리게 한 것이다.

이때 성호는 70의 나이로, 마침 병이 위독한 중에 있었다. 그가 주자(朱子)와 이퇴계를 사모하여, 죽기 전에 제대로 그린 도산서원 진경을 보고 싶었던 것이다.

〈도산도〉는 26.5X138cm의 지본담채 그림이다. 화면 중앙에 도산서원과 주산이 있고, 그 주변에 크고 작은 산들이 타원형으로 둘러싸여 있다. 부감법[1]의 효과로 넓은 공간감을 갖게 했다.

그리고 이 공간을 가로지르는 강물이 오른쪽 위로부터 왼쪽 하단에 이르기까지 S자 형으로 굽이돌게 했다. 가로로 긴 화폭에 경물(景物)들이 도산서원을 중심으로 하여 곳곳에 배치하는 구도를 택했다.

특이한 것은 도산서원과 주변 경물들의 이름을 일일이 적어 놓

---

1) 부감법(俯瞰法) : 높은 곳에서 아래를 내려다 보고 그리는 식의 조감도 기법.

은 점이다. 그리고 산세는 주름진 삼베처럼 피마준법으로 사실감을 드러내려고 애썼다.

세황은 그림에 덧붙여 아래와 같은 발문을 써놓았다.

> 성호 이익 선생께서 질병이 위독한 가운데 세황에게 명하여 〈무이도〉를 그리라고 하셨다. 이미 완성되자 또 〈도산도〉를 그리라 명하셨다. 이에 세황이 가만히 생각해 보건대, 천하의 아름다운 산수를 어찌 한정할까마는 지금 선생께서 유독 이 두 지역을 집어내어 신음하고 지쳐 있을 때 본을 떠서 그리라고 한 것은 어쩌면 주자와 퇴계 두 선생이 중하기 때문이 아니겠는가. 이런 점에서도 선생께서 선현을 사모하고 도의를 좋아하는 뜻을 급박한 시간이나, 황망한 경우에도 잊지 않음을 볼 수 있었다.
>
> 무릇 그림은 산수화보다 어려운 것이 없으니, 산수가 너무 크기 때문이고, 또 진경을 그리는 것보다 어려운 일이 없으니, 흡사하게 그리기가 어렵기 때문이다. 더구나 우리나라 진경을 그리는 것보다 어려운 일은 없으니, 진면목을 놓쳤을 경우에 이를 가리기 어렵고, 또 눈으로 아직 보지 못한 경계를 그리는 것보다 어려운 일이 없으니, 어림짐작으로 흡사하게 그리기는 어렵기 때문이다.
>
> 세황은 아직 몸소 도산에 가본 적이 없다. 세간에 전해오는 〈도산도〉는 차이가 많아, 누가 진면목을 얻었는지 분간하기 어렵다. 이 그림은 선생께서 예전부터 소장해 오던 본(本)에 따라 구본(舊本)을 모사한 것인데, 누가 그렸는지 모르지만 붓놀림이 졸렬하여 물체를 형상하지 못했고 위치도 잘못되어 이치에 닿지

않으니, 흡사하지 않음은 물론이고 반드시 그림을 모르는 사람이 억지로 그린 것이다. 지금 비록 비슷하게 그리려고 하지만 그것이 가능하겠는가. 그러나 선생께서 이 그림을 취하신 것은 퇴계 선생 때문이지 도산서원 때문이 아니므로, 한 조각 계산(溪山)이 비슷한가 비슷하지 않은가 하는 것은 또한 따질 만한 것이 못된다.

세황이 이에 느낀 바가 있다. 고인(古人)의 도(道)가 서적에 펼쳐 있으니 바로 〈도산도〉 구본이고, 궁벽한 고을 보잘 것 없는 학자는 바로 자신이 아직도 도산에 가보지 못한 사람이다. 고인의 찌꺼기를 따라 터득하기를 구하는 것은 이 그림이 진면목을 잃은 것과 무슨 차이가 있겠는가.

세황이 장차 행장을 꾸려 곧바로 도산으로 달려가 취병(翠屛)과 농운(隴雲)의 승경(勝景)을 모조리 탐방하고 돌아와 선생을 위하여 진면목을 그려드리고, 선생을 따라 고인의 대도(大道)를 강학(講學)하여 반생(半生)의 미혹(迷惑)함을 열기를 원한다.

신미년 10월 15일에, 시생(侍生) 진산(晋山) 강세황은 머리를 조아리고 공손히 발문을 지었다.

_ 예술의 전당 발행, 〈표암 강세황〉의 〈도산도〉 해설, pp.360-361에서 인용.

10

세황의 넷째 아들 빈이 또래의 사내아이와 마당에서 놀고 있었다. 흙바닥 위에다 무엇인가 그리기도 하고, 때로는 글씨를 쓰기도 했다. 그러면서 깔깔대며 웃기도 하고, 때로는 제 생각이 옳다고 서로 우기는 것이었다.

언쟁은 글자의 획 때문에 벌어졌다. '갓 관(冠)'의 부수를 놓고 빈은 갓머리를 쓰는 것이 옳다고 우기고, 옆의 아이는 민갓머리가 맞다고 했다.

서로 시비를 주장하다가 결국 빈이 아버지한테 판정을 구하러 왔다. 두 아이의 주장을 들은 세황이 빙그레 웃으면서, 붓과 종이를 내주며 각자 글씨를 쓰게 했다. 빈은 끝내 민갓머리 위에다 점

하나를 더 찍었고, 그 아이는 민갓머리를 고수했다.

"이 아이가 옳게 썼구나."

"그럼 제가 틀린 것입니까?"

"빈이 글자를 잊은 모양이구나. 헌데, 이 아이는 누구냐?"

"저쪽 뚝방 건너에 사는 제 동무예요."

그러자 그 아이가 갑자기 옷매무시를 고치면서 무릎을 꿇는 것이었다. 세황이 아이 얼굴을 찬찬하게 뜯어보았다. 넓은 이마 밑으로 눈썹이 짙고, 검은 눈동자가 맑게 빛났다. 첫눈에 총명하게 보였다. 여느 아이들 같지 않게, 피부도 깨끗했다.

"네 이름이 무엇이냐?"

"김해 김씨이고, 이름은 '넓은 홍(弘)'에 '길 도(道)'입니다."

"김홍도라…. 몇 살인고?"

"을축생(1745), 일곱 살입니다."

"허면, 우리 빈하고 동갑이구나. 아버님 함자를 아느냐?"

"주석 석(錫) 굳셀 무(武), 석자 무자입니다."

"글은 누구한테 배우느냐?"

"아버지한테 조금씩 배웁니다."

홍도가 얼굴에 꽃물을 들이며, 슬그머니 고개를 숙였다. 집에 글을 제대로 가르칠 만한 인물이 없음을 아쉬워하는 눈치였다. 제 동무 빈처럼 양반 집안이 아님을 의식하는 것 같기도 했다. 안산에는 양반들이 많이 살고 있었고, 동무 강빈네도 조상 대대로 훌륭한 집안이라는 걸 알고 있었을 것이다.

"글만 배우느냐?"

"네. 그렇지만, 그림도 배우고 싶습니다."

"그림 그리는 걸 좋아하느냐?"

"재미 있습니다. 그래서 혼자 연습합니다."

"알았으니, 그만 나가 보거라."

그러자 홍도가 그냥 나가지 않고, 세황에게 바른 자세로 절을 하는 것이었다. 아비가 어떤 사람인지는 몰라도, 아이한테 예의 범절만큼은 엄하게 가르치는 것 같았다. 어른 앞에서 말하는 품이나 촐랑대지 않은 자세로 보아, 상스러운 집안은 아닌 게 분명했다. 짐작에, 중인(中人)계급일 것 같았다.

그로부터 한 달쯤 뒤였다. 웬 남자 둘이서 아이 홍도를 앞세워 세황을 찾아왔다. 세황이 처음 보는 사람들이었다. 그들은 큰절로 정중하게 인사부터 차렸다. 그러고는 그중 하나가 먼저 입을 열었다.

"불쑥 찾아와서 죄송합니다. 저는 이 아이의 아비올습니다."

그러고는 옆에 있는 남자를 소개했다. 홍도의 친척 형뻘이 된다고 했다. 세황과의 원활한 대화를 위해서 동행시킨 것 같았다.

"헌데, 어인 일로 나를 찾아오셨소?"

그러자 홍도의 친척 된다는 남자가 아비를 대신하여 끼어들었다.

"선생님의 존함을 익히 알고 있어, 결례를 무릅쓰고 찾아왔습니다. 제 소견으로는, 이 아이가 환을 제법 치고 있는 것 같았습니다. 그래서 선생님의 고견을 듣고자, 이렇게 오게 되었습니다."

그러고는 품에서 두루마리 종이를 세황 앞에다 밀어놓는 것이었다. 세황이 두루마리를 집어 들고는 홍도의 표정부터 살폈다. 아이는 감히 얼굴을 들지 못하고, 마치 판결을 기다리는 죄인처럼 고개를 떨어뜨리고 있었다.

두루마리는 수묵화였다. 농부가 소를 몰고 밭을 가는 그림이었다. 거칠고 서툰 필선이기는 해도, 일곱 살밖에 안 된 아이의 그림치고는 제법 구성을 갖추고 있었다. 가래를 잡고 있는 농부의 자세와 표정, 그리고 밭을 걸어가는 소의 모양이 제법 사실적으로 드러나 있었다.

세황이 보기에, 아이가 혼자 힘으로 그렸을 것 같지가 않았다. 누군가 옆에서 조언을 했거나, 가필이 있었을 그림이었다. 그래서 아이를 가까이 오게 했다. 그러자 홍도가 잔뜩 겁 먹은 표정으로 다가앉았다.

"이름이 홍도라고 했지?"

"네."

"이걸 너 혼자 그린 것이냐?"

"네."

"알았으니, 너는 나가서 빈하고 놀고 있거라."

홍도가 방에서 나가자, 세황이 그림을 다시 보며 고개를 끄덕였다. 그러자 홍도 아비와 친척이 긴장하는 낯으로 세황의 표정을 살폈다.

"선생님께서 보시기에, 어떻습니까? 재주가 있는 것 같습니까?"

"아이 혼자 힘으로 그린 것이라면, 그림에 소질이 있어요. 언젠가 우리 집에 온 적이 있어서 자세히 살폈더니, 총기도 있구요."

"그러면 선생님께서 저 아이를 맡아서 가르쳐 주실 수 있겠습니까?"

"글쎄올시다. 어쨌든 내가 유념할 것이니, 오늘은 그냥 돌아가는 게 좋을 듯 싶소."

"선생님의 해량을 기다리겠습니다."

세황은 그들이 물러간 후에도, 그림을 보고 또 보기를 거듭했다. 보면 볼수록 아이가 기특했다. 홍도한테 천부적인 소질이 있는 것 같았다. 어설픈 환쟁이의 것보다는 훨씬 나은 솜씨였다. 지도를 제대로 받으면, 장차 훌륭한 화가가 될 인물로 단정하고 싶었다. 그만큼 욕심이 나는 아이였다. 군자의 세 가지 즐거움 중에 하나가 천하의 영재를 얻어 가르치는 일이라고 했다. 홍도한테 그림과 글을 가르치면, 필경 보람된 일이 있을 것 같았다.

공자의 정훈(庭訓) 즉 가정교육 중에 이런 일화가 전해지고 있다. 공자의 제자 중에 진항(陳亢)이 공자와 같은 성인은 자기 아들의 교육을 어떻게 하는지 궁금했다. 그래서 공자의 아들 백어(伯魚)에게 물었다. 당신은 선생의 아드님이니까, 우리들과는 다르게 가르쳤을 게 아니냐고 물었다. 그러자 백어가 대답했다.

"아니오. 그런 일은 없습니다. 다만 이전에 아버님이 혼자 계실 때 내가 종종걸음으로 뜰을 지나치려니까, 아버님께서 《시경(詩經)》을 읽었느냐고 물으셨습니다. 아직 배우지 않았다고 대답했더니, 《시경》을 읽지 않으면 인정과 도리에 통하지 않아 바르게 말할 수 없다고 하셨습니다. 나는 그때부터 《시경》을 공부한 것입니다. 그 후 어느 날, 역시 뜰에 계시는 아버님 앞을 달리듯이 지나치려 하는데, 이번에는 예(禮)를 배웠느냐고 물으셨습니다. 아직 배우지 않았다고 대답했더니, 예를 배우지 않으면 자립할 거점을 마련하지 못한다고 하셨습니다. 그래서 나는 예를 공부한 것입니다. 나는 아버님께 이 두 마디를 들었을 뿐입니다."

이 얘기는 '물은 트는 대로 흐른다.'는 격언과 맥을 같이 하는 것이다. 다시 말해서, 사람은 가르치는 대로 따라 된다는 뜻이다. 홍도의 아비가 이 같은 진리를 깨닫고 있는지는 몰라도, 자식을 좋은 스승에게 맡기고 싶은 욕심은 있는 것 같았다. 그래서 세황을 찾아왔을 것이다. 홍도를 잘 가르쳐 장차 청출어람의 경지에 이른다면, 세황으로서도 더 바랄 것이 없을 것이다.

며칠 후, 세황은 빈을 시켜 홍도와 아비 김석무를 함께 불러들였다. 김석무가 홍도의 옷을 단정하게 입히고 들어섰다. 그가 잔뜩 긴장한 표정을 짓고 있었다. 세황이 홍도를 제자로 받아들일 것인지 궁금했을 것이다.

"내가 여러 날 생각한 끝에, 이 아이를 가르쳐 보기로 하였소.

아이한테 총기가 있는 데다가, 그림에 소질이 있어서 결심한 것이오."

"이 은혜는 백골난망일 것입니다. 경서(經書)를 가르치는 스승은 만나기 쉽지만, 사람을 인도하는 스승은 만나기 어렵다고 했습니다. 아무쪼록 엄히 가르쳐 주십시오. 제가 워낙 구차하고 지체가 변변치 못하여, 자식놈을 제대로 가르칠 수가 없는 형편입니다. 자식놈으로 하여금 선생님을 풍류사종[1]으로 받들어 뫼실 수 있도록 편달하여 주십시오."

김석무가 아들과 함께 나란히 서서 세황에게 큰절로 예를 갖추었다. 세황이 그의 가계(家系)를 묻자, 조금은 주눅이 든 표정으로 대략 밝혔다.

그의 집안은 주로 하급 무반(武班) 벼슬을 한 중인 신분이었다. 홍도의 5대조가 수문장(守門將)을 하였고, 고조부는 별제[2]를, 증조부는 만호[3]를 지냈다.

그러나 홍도의 할아버지 때부터 벼슬길이 뚝 끊어지게 되었다. 따라서 홍도가 태어날 즈음에는 가난한 서민 집안으로 몰락하고 만 것이다. 그래서 홍도한테 제대로 배울 기회를 줄 수 없었다.

"애비가 되어 가지고, 자식놈한테 문방사우조차 마련해 줄 형편이 못됨을 늘 안타깝게 생각하고 있습니다. 마침 아이가 예기

---

1) 풍류사종(風流師宗) : 품격이 맑고 높은 스승.
2) 별제(別提) : 호조(戶曹) 형조(刑曹) 군기사(軍器寺) 등에 속한 종6품 벼슬.
3) 만호(萬戶) : 각 도의 군 진영에 속한 종4품 무관 벼슬.

(藝妓)에 총명함을 보여, 차마 그냥 놀릴 수가 없었습니다. 그래서 선생님을 찾아 뵌 것입니다."

"무슨 뜻으로 하는 말씀인지 알겠소. 우리 집안 역시 가세가 기울 대로 기울어, 그리 후한 교육은 못될 것이오. 어쨌든 정성을 아끼지 않을 것이니, 일단 맡겨 두시구려."

그러자 김석무가 눈물을 글썽거리며 고마워했다. 그의 집안이 무반이나마 오랫동안 벼슬을 하지 못하여, 물어보나마나 가세가 보잘 것 없을 것이다. 자식한테 문방사우조차 마련해 주지 못하는 아비의 심정이 어떠하리라는 것은 세황도 충분히 이해할 수 있는 일이었다. 그래서 홍도가 측은하고, 더욱 애착을 갖게 된 것이다.

11

을해년(1755) 2월.

당쟁으로, 나라에 일대 회오리바람이 또 일었다. 소론 일파가 일으킨 역모가 발각된 것이다. 지난 신임사화와 무신난 이후에 일어난 최대의 사건이었다. 이 역모의 주동자가 소론의 윤지(尹志)였다.

윤지는 숙종 때 과거에 급제했다. 그러나 신임사화로 소론의 김일경(金一鏡)이 처형되고, 윤지의 아버지 윤취상(尹就商)이 이에 연루되어 고문 끝에 죽었다. 그러자 그의 아들인 윤지는 제주도를 거쳐 나주(羅州)로 귀양가게 되었다.

윤지는 20여 년을 귀양살이한 끝에, 노론 세력을 제거할 목적으로 역모를 꾀했다. 그의 아들 윤광철(尹光哲)과 나주 목사 이하징(李夏徵) 등과 세를 규합했다. 여기에 합류한 사람들은 여러 차례 변란으로 벼슬길에 오르지 못한 불만 세력들이었다.

윤지는 먼저 민심을 동요시킬 목적으로, 올해 정월에 나라를 비방하는 글을 나주(羅州) 객사에 붙였다. 이 괘서(掛書)가 윤지의 소행이라는 것이 전라감사 조운규(趙雲逵)한테 발각되어 서울로 압송되었다. 이들 일파를 영조임금이 직접 심문하여 모두 처형했다.

이것으로 나주 괘서의 변란이 종결된 것이 아니었다. 그 후 5월에 시행된 토역정시[1]를 시행할 때, 윤지 일파인 심정연(沈鼎衍)이 시험지에다 나라를 비방하는 글을 썼다. 결국 그 일당도 잡혀 모두 처형되었다.

이 나주 괘서 사건에 원교(圓嶠) 이광사(李匡師) 등이 또 연루되어, 멀리 함경도 회령(會寧)으로 유배되었다. 그의 백부(伯父)인 이진유(李眞儒)가 이 괘서 사건으로 처형되면서, 연좌제로 죄를 뒤집어 쓴 것이다.

세황은 이광사가 유배당한 게 마음 아팠다. 그는 윤순(尹淳:1680-1741)에게 붓 잡는 법부터 배워, 진서(眞書)·초서(草書)·전서(篆書)·예서(隸書)를 두루 익혔을 뿐만 아니라, 그만의 독특한 원교체(圓嶠體)를 이룩했다.

원교는 서화뿐만 아니라, 학문도 깊이 연구했다. 특히 양명학

---

1) 토역정시(討逆庭試) : 토역은 역적을 물리친다는 뜻이다. 따라서 토역정시는 역모를 적발한 것을 기념하여 실시한 과거시험이다.

(陽明學)에 남다른 관심을 가지고 있어, 정제두한테 가르침을 받았다. 그는 학문과 덕행이 뛰어나 조정 대신들의 천거로 무려 30여 차례나 요직에 임명됐다. 그러나 이를 거절했을 만큼, 오로지 학문 연구에만 뜻을 둔 사람이었다.

양명학은 중국 명나라 왕양명(王陽明)이 이룩한 신유학(新儒學)의 하나다. 정제두가 처음에는 주자학(朱子學)을 연구했었다. 그러나 후에 지식과 행동에는 통일이 있어야 한다는 양명학 연구로 돌아섰고, 이로써 조선 최초로 이에 대한 사상적 체계를 세우게 된 것이다.

세황은 윤순과 이광사로 이어지는 진체[1]의 영향을 깊이 받아왔다. 그래서 그의 갑작스런 유배에 충격을 받았다. 그의 유배는 결국 정치인들의 권력 와중에 휘말려 희생되었다. 세황은 꼭 자신의 현실을 보는 것 같았던 것이다.

해암 유경종 집에 세황을 비롯해서 이용휴, 허필, 임정 등이 자리를 같이 했다. 화제는 당연히 얼마 전에 있었던 나주 괘서 사건이었다. 너도나도 당쟁의 폐해부터 개탄했다.

세황은 이 자리에 심사정이 빠진 것을 다행으로 생각했다. 그 역시 당쟁에 희생된 사람들 중에 하나였다. 그는 소론의 명문가 후예다. 그러나 그의 조부가 신임사화에 연루되어, 손자인 그가

---

1) 진체(晉體) : 중국 진나라의 왕희지 필체.

지금껏 출사를 못한 채 그림을 팔아 연명하는 신세로 남아 있는 것이다.

마침 오늘 모임의 화제가 괘서 사건이고, 소론의 역모로 밝혀진 만큼, 차마 그가 있어서는 안 될 자리였다.

화제는 자연스럽게 원교 이광사로 이어졌고, 이용휴가 한숨을 내쉬며 원교의 유배를 안타까워했다.

"누가 아니랍니까. 정치와는 무관한 사람인데, 당쟁에 희생당하다니 원…."

"백부 때문에 그리 된 것이 아닙니까. 원교한테는 죄가 없어요."

"그래서 정치하는 사람들이 답답하다는 겁니다."

그러면서 이용휴가 눈물을 글썽거렸다. 이광사가 이용휴의 숙부인 성호 이익을 찾아와, 주자학과 양명학을 논하곤 했었다. 그래서 이용휴와 특별히 가까웠고, 그 기회에 세황도 그를 자주 만날 수 있었다.

"함경도 회령이면, 두만강이 있는 곳 아닙니까. 서울도 이렇게 추운데, 거기는 얼마나 춥겠어요. 숙식도 변변할 리 없을 터이고."

"귀양 간 사람의 숙식이 오죽하겠소. 입에 풀칠이나 하면 다행이지."

"병이나 얻지 말아야 하는데…."

"거리나 가까워야, 가서 위로하지. 족히 천 리는 될 터이니

원….”

이용휴가 또 한숨을 내쉬더니, 갑자기 시를 읊는 것이었다. 그의 눈에 아직도 눈물이 그렁그렁했다.

> 백설이 잦아진 골에 구름이 머흘에라[1]
> 반가온 매화는 어느 곳에 피었는고
> 석양에 홀로 서 있어 갈 곳 몰라 하노라

충신과 지사들(백설과 매화)이 몰락하고 간신들(구름)이 들끓는 나라 형국에, 몸둘 곳을 찾지 못하고 있는 충신 이색[2]의 심정을 읊은 것이다. 이용휴가 기어이 눈물을 쏟고 말았다.

봄이 곧 올 듯하면서도, 한겨울처럼 연일 눈이 내리고 있었다. 세황은 방 문을 열어, 마치 발을 드리운 것처럼 쏟아지는 눈을 바라보고 있었다. 이광사가 귀양 가 있을 회령이 함경도 북단이라는 생각에, 그저 아득하고 막막할 뿐이었다. 그가 추위에 겪을 고초를 생각하면, 잠을 이룰 수가 없었다. 어제도 그제도 거의 뜬눈으로 밤을 새웠다.

이용휴가 세황을 데리고 이광사 집에 간 적이 있었다. 세황이 그때 처음으로 그와 인사를 나누었다. 세황이 서울 염초교동에

---

1) 머흘에라 : 험하구나.
2) 이색(李穡) : 고려 말의 문신 학자. 호는 목은(牧隱). (1328-1396).

살 때로, 안산으로 내려오기 바로 전 해였다.

이광사의 집은 서대문 밖 냉천동 뒤 산자락에 있었다. 넓지 않은 대지에 안채와 정원이 있고, 뒤 후원 암벽 밑으로 정자가 있었다. 정자를 꼭 오두막처럼 만들어, 소탈하고 단아한 이광사의 성품을 보는 것 같았다.

정자에 앉아서 앞을 바라보면, 인왕산(仁王山)이 한눈에 들어왔다. 마치 용이 산을 둘러 안고, 호랑이가 걸터앉은 듯이 웅장하여, 옛날부터 용반호거(龍蟠虎踞)로 불리울 만큼 산세가 신령스러웠다.

세황이 그의 집을 방문하였을 때, 최북(崔北)이라는 자가 와서 기숙한 적이 있었다는 걸 이광사가 귀띔했다. 그때까지만 해도 최북은 무명소졸(無名小卒)의 하찮은 환쟁이 지망생이었다. 그가 스승 집에서 나와 갈 곳이 없어, 이광사가 데리고 있었다고 했다.

그 후 이광사가 안산에 들렀을 때 최북과 함께 온 적이 있었다. 그때 처음으로 통성명을 하였고, 얼굴을 자세히 볼 수가 있었다. 금세 메추라기를 떠올릴 만큼 얼굴 생김새가 기이했다. 세황이 자신도 모르게 그만 웃고 말았다. 그러자 눈치 빠른 그가 어릴 적 별명이 '최 메추리'였음을 스스럼없이 털어놓는 것이었다. 비로소 그의 성격이 호방한 인물임을 알게 되었다.

서울에서 처음 만난 이광사의 첫인상은 매우 온화했다. 그는 을유생(1705)으로, 당시 이미 38살의 중년이었다. 피부가 맑은 아름다운 얼굴에, 눈에 서기가 흘러, 결코 범상치 않은 인물임을 단

박에 알 수 있었다. 그의 어조는 다소 느릿했으나, 내 놓은 말 마디마디에 조금도 흐트러짐이 없었다.

그날 세황과 이광사는 주로 시·서·화에 대한 담론을 가졌다. 그때 그는 윤순에 이어 왕희지의 진체를 터득한 뒤였고, 자기의 원교체를 이룩해 가고 있었다. 세황이 마침 중국 이왕의 글씨를 본받으면서, 미불·조맹부를 함께 연구하는 중이라, 이광사와 뜻이 잘 통했던 것이다.

세황은 끊이지 않고 쏟아지는 눈발을 바라보며, 자신도 모르게 눈물을 흘렸다. 이광사를 처음 만났을 때의 정경과 담론이 떠오르면서, 그것이 그리움으로 다가섰던 것이다.

《논어》에서 이르기를 "도움이 되는 벗이 셋, 해로운 벗이 셋 있다. 정직한 벗과 성실한 벗과 박학한 벗은 도움이 되며, 편벽한 벗과 면유불실[1]한 벗과 편녕[2]한 벗은 해롭다."고 했다.

세황이 이에 따른다면, 이광사는 그에게 분명 도움이 되는 벗이었다. 그러나 이제 그를 다시 보지 못할 수도 있으니, 낙월옥량[3]한 벗으로 마음에 묻어야 할지도 모르는 일이다. 그게 세황의 마음을 안타깝게 했다.

---

1) 면유불실(面柔不實) : 면전에서는 부드러운 듯하나, 꾸밈이 있어 미덥지 못하다.
2) 편녕(便佞) : 실속은 없으면서, 말만 앞세움.
3) 낙월옥량(落月屋梁) : '벗의 꿈을 꾸고 깨어 보니, 지는 달이 지붕을 덮고 있더라.'는 두보(杜甫)의 시. 벗을 생각하는 마음이 간절하다는 뜻.

12

세황이 큰 시련을 맞았다. 그의 아내 유씨가 세상을 뜬 것이다. 병자년(1756) 5월 초하루 아침에, 44세를 일기로 눈을 감았다.

세황한테는 청천벽력과 같았다. 정미년(1727)에 15살 동갑으로 부부의 연을 맺어, 30여 년을 한결같이 도탑게 살아 왔었다. 당쟁으로 인하여 친정과 시댁이 똑같이 가세가 기울었다. 그 후 혹독한 가난의 시련 속에서도, 아들 넷을 낳았을 만큼 부부금실이 좋았다.

세황의 가족이 안산으로 이사하는 길에서, 그녀는 백년해로하면 언젠가 좋은 날이 있을 것이라며 세황의 마음을 위로했었다. 그러나 끝내 가난의 굴레를 벗지 못한 채 먼저 세상을 떴다.

세황은 후에 부인의 행장(行狀)을 《표암유고》[1]에다 이렇게 적어 놓았다.

> 아아, 나와 공인(恭人)이 부부가 된 지 지금 꼭 30년이다. 내가 추우면 공인이 입혀 주었고, 내가 굶주리면 공인이 먹여 주었고, 내가 병이 들면 공인이 치료해 주었다. 나의 부모를 잘 섬겨서 효성스럽고도 부지런히 하였고, 또 나와 6년의 상복을 함께 입었다. 공인은 나에게 그 은혜를 지극히 하였으며, 그 정을 극진히 하여, 추호도 섭섭함이 없었다. 공인이 가난한 것은 내가 살림을 모른 잘못이며, 공인이 곤란하게 지낸 것은 내가 과거를 하지 못한 잘못이며, 공인이 병을 앓은 것은 내가 치료하는 방법을 모른 잘못이다. 공인이 죽기에 이르러 내가 공인에게 잘못한 것이 너무 많았다. 나는 또 무슨 마음으로 얼굴을 들고 이 세상에서 사람이라 소리를 할 수 있겠는가.
>
> _ 변영섭, 《표암 강세황 회화연구》, p.18에서 인용.

세황의 아내는 죽기 며칠 전부터 갑자기 신열이 나면서, 정신을 놓았다 잡았다를 되풀이했다. 이때 마침 마을에 학질 증세와 유사한 전염병이 돌면서, 셋째 아들 관이 이에 전염이 되었다.

그러자 세황의 아내마저 비슷한 증세를 보였다. 아내가 스스

---

1) 표암유고(豹菴遺稿) : 세황의 4남 빈이 세황이 죽은 다음 해(1792)에 자료를 모아 만든 유고집이다.

로 땀을 내면서 병을 이기려고 했으나, 땀을 내는 동안 원기가 자꾸 떨어지기 시작했다. 급히 의원을 불러 진맥을 보게 했다. 그러나 의원은 몸이 허해서 기가 약해졌다고만 말할 뿐이었다.

그로부터 이틀을 넘기지 못하고, 기어이 눈을 감은 것이다. 세황은 그저 망연자실할 뿐이었다. 아내는 병 중에도 홀로 된 친정어머니한테 불효가 됨을 몹시 안타까워했다.

그뿐만 아니라, 17살 먹은 둘째 아들의 혼례를 치르지 못한 것과 전염병에서 벗어나지 못하고 있는 셋째 아들 관이 혹시 요절하지나 않을까 노심초사했었다.

세황은 아내의 죽음을 자신의 탓으로 돌리며 괴로워했다. 집안의 가장이고 남편의 처지였음에도, 가정을 제대로 돌보지 못했던 자책감이 가슴을 찢는 것이었다. 밥은커녕 죽도 제대로 먹지 못했을 만큼 가난했으면서도, 모든 것을 아내 혼자서 꾸려가도록 무심했던 것이다. 그렇게 '들고 날 판'[1]인 형편이라, 아내는 시집올 때 지녔던 비녀나 가락지 따위를 곡식과 바꿔야 했다. 그러는 동안에도 세황은 책과 붓 놀리는 일로 세월을 보냈던 것이다.

부부가 해로동혈[2]하여도 회한이 남는 법인데, 겨우 30여 년을 같이 하다가 먼저 세상을 떴다. 이제 와서, 그 동안의 금실을 돌아본들 무슨 의미가 있겠는가.

세황은 이때의 심회를 이렇게 시로 표현했다.

---

1) 들고 날 판 : 살림이 궁해서 집안의 물건을 내다 팔아야 할 형편.
2) 해로동혈(偕老同穴) : 살아서 함께 늙고, 죽어서 같은 무덤에 묻히다.

소리와 얼굴이 한 번 멀어지니
아득하여 따라가기 어려워
당신과 산 삼십 년이 한 조각 꿈인 듯
오늘 사무친 마음 이 무한한 일을
어떡해야 구천에 있는 당신에게 들려주랴.
(하략)

_ 김종진, 〈표암 강세황 시의 몇 가지 국면들〉 중에서 인용.

세황은 아내가 묻힐 마땅한 곳을 찾지 못하여, 근처 산자락에다 가매장했다. 그는 묏자리로 명당을 구하기 위해 지관에게 의존하기를 싫어했다. 그뿐만 아니라, 풍수지리 따위도 믿지 않았다.

아내를 그렇게 묻고 난 세황은 다음 달 6월에 셋째 아들 관을 데리고 안산 정곡(靜谷)에 있는 송림사(松林寺)로 들어갔다. 그때 관의 나이가 13살이었다. 세황은 산사에 있으면서 〈완화초당도(浣花草堂圖)〉를 제작했다.

〈완화초당도〉는 8.3X98cm 크기의 긴 두루마리 형태로, 남종문인화풍의 지본수묵화다. 오른쪽 근경에 몇 그루의 나무와 집을 배치하였고, 왼쪽에는 빼곡하게 이어진 산들을 준마법으로 처리했다. 그리고 하단에는 길게 물이 흐르게 했다.

세황은 이 작품에서 처음으로 호 '표암(豹菴)'[1]을 썼고, 그림에 발문을 붙여 둘째 아들 흔에게 보냈다. 세황은 발문에다 그림이 마음에 차지 않았음을 고백했다. 이러한 심정은 아내가 곁을 떠남으로써, 쓸쓸하고 고독한 마음을 솔직하게 드러냈던 것이다.

세황은 그렇게 4개월여를 산사에 머물다가 돌아왔다. 그는 곧장 가매장했던 아내를 과천(果川) 사동(砂洞) 뒤쪽 언덕에다 장례를 치르고, 후에 자신이 죽은 후에 같이 묻혀 서로 넋을 위로할 것을 약속했다.

이 해에 흉년이 들어, 전국이 기아에 허덕였다. 2년여에 걸친 가뭄 탓이었다. 굶어 죽는 사람이 속출하여, 그 참상은 이루 형언할 수가 없을 정도였다. 11월에 들어서서는 굶주린 사람들이 떼를 지어 도성으로 몰려들었다. 추위와 굶주림으로 눈이 뒤집힌 이들이 때로는 도둑과 강도로 변했다. 사흘 굶어 담 넘지 않는 놈 없다는 속담처럼, 도둑질을 서슴지 않았다. 자연 인심이 흉흉해지면서, 차츰 사회적 불안으로 발전하기 시작했다. 굶주린 자들이 무리를 지어 몰려다니는 통에, 집집마다 문단속을 하면서 불안에 떨었다.

이에 당황한 조정이 비로소 그들에게 죽을 쒀서 마음을 달랬다. 그렇다고 그들의 분노가 가라앉는 것은 아니었다. 피골이 상

---

1) 표암 : '豹'는 표범이다. 강세황의 잔등에 호랑이 무늬 같은 반점이 있다고 해서 붙인 이름이다.

접한 귀신 같은 몰골로 거리를 몰려다닐 때는 곧 폭도로 변할 것 같은 분위기였다. 그래서 시장 상인들이 해 지기 전에 서둘러 문을 닫았다.

갑자기 홀아비가 된 세황의 처지를 생각해, 네 아들을 모두 처가에서 데려갔다. 세황의 혼자 입도 채울 길이 막막한 판이라, 처가에서 맡은 것이다. 모르는 체했다가는 식구 모두가 굶어 죽기 십상이었던 것이다.

백성들 대부분이 기근에 허덕이는 판국이라, 세황도 죽 한 끼로 하루를 지내고 있었다. 마침 처가에서 양식을 대주고 있어, 한 끼쯤 더 먹을 수는 있었다. 그러나 행려병자들처럼 거리를 떠돌고 있는 사람들을 생각하면, 차마 죽 한 숟가락도 목에 넘길 수가 없었다.

마침 연객 허필이 찾아왔다. 세황은 그의 옷차림을 보고 의아하게 생각했다. 해진 누더기 옷에 바랑을 짊어지고 있어, 꼭 땡추중을 연상케 했다. 거의 거지 꼴이었다. 세황이 놀란 표정으로 바라보자, 그가 빙그레 웃기만 했다.

"연객. 그 옷차림이 어찌 된 것입니까? 바랑은 또 무엇이구요?"

"이상해 보입니까?"

"그렇다 마다요. 마치 구걸하러 다니는 땡추 같지 않습니까."

"표암도 거리에 나가 보시구려. 깨끗한 중치막에, 갓을 쓰고 다녔다가는 걸인들한테 발가벗기기 십상이에요."

"걸인들이 왜 남의 옷을 벗긴답니까?"

"돈푼깨나 있는 양반인 줄 알고, 굶주린 자들이 길을 가로막고 놓아주지를 않아요. 그래서 이런 꼴로 왔어요. 일테면, 변장을 한 셈이지요. 자기들 꼴이나 내 꼴이나 다를 것이 없으니까, 그냥 지나갑디다."

그러고는 그가 바랑을 벗어놓더니, 그걸 세황 앞으로 슬그머니 밀어놓는 것이었다. 세황이 영문을 몰라, 그의 얼굴과 바랑을 번갈아 보기만 했다.

"이게 무엇인데, 나한테 주십니까?"

"홀아비 살림이 오죽하랴 싶어서, 보리 두어 되 가져왔어요. 천하의 강세황이 굶어 죽지는 말아야지요."

"연객도 원…. 나는 처가의 도움이 있어, 굶지는 않습니다. 그 대신, 하루에 죽 한 끼만 먹기로 했어요. 내 처지로는, 그것도 감지덕지합니다. 아무튼, 이건 도로 가져가십시오. 연객의 형편을 뻔히 알면서, 내가 어찌 이걸 받습니까. 그리는 못합니다."

세황이 바랑을 허필 앞으로 도로 밀어놓았다. 그러자 그가 낯빛을 바꿔, 눈까지 부릅뜨는 것이었다. 자기 손을 부끄럽게 하지 말라는 뜻이었다.

"그래도 나는 표암보다 조금 나은 형편이 아니오. 비록 손바닥만하지만 식구들 입을 즐겁게 할 논이 있고, 텃밭도 있어요. 그러니 더는 내 손을 부끄럽게 하지 마시구려."

"연객도 원…."

세황이 기어이 눈물을 글썽거렸다. 가난하면, 친구도 형제도 멀어지게 마련이라는 속담은 틀린 말이었다. 허필과 같은 벗이 있고, 유경종과 같은 처남이 있으니, 어찌 속담에 의지하겠는가.

허필이 분위기를 바꿀 양으로, 슬그머니 말머리를 돌렸다. 수많은 사람들이 거의 해골의 꼴로 헤매고 있는 거리 풍경을 전했다.

"차마 눈 뜨고는 볼 수가 없었어요. 몰골들이 하도 흉해서, 사람이 걸어다닌다고 할 수 없을 정도예요."

"흉년이 드는 것은 가뭄에 대비하지 않은 탓 아닙니까. 나라에서 치수(治水)를 잘하였더라면, 오늘과 같은 비극은 면할 수 있을 터인데…."

"치산(治山)과 치수를 병행해야 돼요. 치산을 해야 홍수와 같은 재해를 예방할 수가 있지요. 또 물을 잘 다스리면 하천의 범람을 막을 수 있을 뿐만 아니라, 관개용수(灌漑用水)로 활용할 수가 있어요. 그렇게만 하면, 가뭄도 극복할 수가 있는 것이구요."

"어째서 조선은 우(禹)임금의 치수정책을 깨닫지 못하는지 모르겠어요. 우(禹)임금은 9년 동안의 홍수를 맞아, 치수를 하느라고 천하를 돌아다녔다지요? 그러는 동안 자기 집 앞을 세 번이나 지나가면서도, 들어가지 않았다지 않습니까. 자고로 성군(聖君)이란 세상을 구제하고, 백성을 편안하게 하는 법인데…."

"그래서 가난 구제는 나라에서도 못한다는 말은 옳지 않아요. 임금이 백성을 위해서 마음먹기에 달렸으니까요. 죽이나 쒀서, 당장 입을 즐겁게 한다고 근본적으로 해결되는 게 아니지요."

때마침 눈이 내리기 시작했다. 그러자 허필이 한숨을 내쉬며, 거리를 헤매고 있는 굶주린 자들의 겨울나기를 걱정했다. 세황 역시 자신의 처지를 깜빡 잊은 채, 허필의 마음에 편승했다.

13

정축년(1757) 7월, 세황이 개성(開城)으로 사생(寫生)여행을 떠났다. 개성 유수(留守)인 서파(西坡) 오수채(吳遂采)가 초청해서 가게 되었다.

유수는 '임금을 대신하여 지킨다'는 뜻으로, 수도 이외에 행궁[1]의 소재지에 두었던 지방 장관이다. 개성 외에 강화·광주(廣州)·수원·춘천 등 국가적으로 중요한 지역에 두었다. 정원은 2명으로, 1명은 관찰사가 겸임하는 정·종2품 벼슬이다.

오수채는 문신(文臣)으로, 자는 사수(士受)다. 그는 한성판윤을

---

1) 행궁(行宮) : 임금이 거동할 때에 머무는 별궁.

거쳐 병조판서까지 지냈던 오도일(吳道一)의 아들이고, 윤증(尹拯)의 문하생이다.

오도일(1645–1703)은 문장이 뛰어났으나 술을 너무 좋아해, 숙종 임금이 간곡하게 타일러서 한때 술을 끊은 적이 있었다. 그가 병조판서로 있을 때 장희빈 모함사건에 연루돼 장성(長城)으로 유배되었고 거기서 죽었다.

사헌부 관리가 그에게 유배 사실을 알리자, 장성에도 소주가 있느냐고 물었다. 관리가 그렇다고 하자 매우 좋아했다는 일화를 남긴 사람이었다.

윤증(1629–1711)은 윤선거(尹宣擧)의 아들로, 한때 우암(尤庵) 송시열(宋時烈) 밑에서 학문을 배웠다. 그러나 아버지 윤선거가 송시열과 사이가 나빠 윤증도 스승으로부터 떠났다. 그러자 스승을 배신했다는 이유로 송시열의 제자 최신(崔愼)이 상소하여 윤증을 탄핵하였고, 그에 대한 예우를 중지하도록 건의했다.

이로 인해서 서인(西人)은 노론과 소론으로 갈라져 송시열을 받드는 무리를 노론, 윤증 추종자들을 소론이라고 했다.

그 후 송시열이 죽자, 남인이 득세하면서부터 윤증이 다시 대우를 받았다. 그 후 소론이 정권을 잡게 되자, 윤증에게 이조판서·좌우참찬·우의정 등의 벼슬을 주어 불러들였으나 모두 사양하고 오로지 후진 양성과 학문 연구에만 전념했다.

이러한 윤증의 제자였던 오수채 역시 스승의 학덕을 이어받아 성품이 강직하였고, 아버지 오도일의 성격을 닮아 낙천적이었다.

현재 유배 중인 이광사가 마침 윤증의 학문을 높이 평가했고, 그와의 교유를 통해 오수채와도 가까운 사이가 되었다.

오수채는 이광사를 통해서 세황을 알게 되어 몇 차례 만난 적이 있었다.

세황도 오수채의 성품을 알고 있는 터에, 마침 그가 세황을 개성으로 초청한 것이다.

세황은 개성 여행길에 처남 유경종에게 함께 갈 것을 권유했으나, 노모를 모셔야 하는 처지여서 세황 혼자서 떠났다.

세황은 평소에 명승지를 두루 답사하고 싶었으나 건강이 허락지 않아 실행을 못하고 있었다. 그 중에서도 특히 사군[1]과 청하[2], 그리고 개성이 보고 싶었다. 그래서 그곳의 경치를 말로만 듣고 그림을 그린 적이 있었다. 언젠가는 현장을 실경으로 그려서, 먼저 그림과 비교하겠다고 다짐한 적이 있었다.

그러던 차에, 이번에 개성을 가게 된 것이다. 다행스럽게도 오수채가 말과 구종[3]을 보내 힘든 여정을 면하게 되었다.

세황이 개성에 도착한 것은 이튿날 아침나절이었다. 강행군을 했으면 하루를 넘기지 않았을 것이다. 그러나 7월의 더위와 허약한 체질로는 무리여서 객사에서 하룻밤을 묵어야 했다.

---

1) 사군(四郡) : 상고시대에 북쪽지방에다 한(漢)나라가 세웠던 한사군(漢四郡)을 말한다.
2) 청하(淸河) : 경북 영일군 청하면으로, 경주(慶州)에 속함.
3) 구종(驅從) : 벼슬아치나 양반들을 가까이 보살피던 하인.

도성에 들어서자 마침 사인교가 대기하고 있었다. 오수채의 배려였다. 관가로 가는 거리는 정비가 잘 돼 있었고, 좋은 가옥들이 짜임새 있게 들어서 있었다. 고려의 도읍지 면모를 그대로 유지하고 있는 듯했다.

세황이 관아로 들어서자 동헌(東軒)에 앉아 있던 오수채가 환하게 웃는 얼굴로 반갑게 맞았다.

"표암. 먼 길 오시느라, 고생이 막심하였겠소."

"대감의 배려로, 편하게 왔습니다. 정무(政務)에, 수고가 많으십니다."

"수고랄 것이 있습니까. 임금의 하해와 같은 은덕을 입고 있는 걸요."

오수채가 세황보다 21살이나 위인데다가 종2품의 품계를 가지고 있어, 세황으로서는 깍듯이 예의를 갖춰야 했다.

그러나 오수채는 그런 것쯤 개의치 않았다. 세황이 지금은 비록 서생에 머물러 있지만 그의 가문을 잘 알고 있기 때문이다. 지위와 나이를 따지기 이전에 시·서·화의 지우로 교유하고 싶었던 것이다. 오수채는 특히 서화의 수장가였기 때문에 세황을 특별히 예우했다.

관사(官舍)에서 하룻밤을 지낸 다음 날, 세황은 오수채와 함께 경승지를 둘러보기로 했다. 하루에 끝낼 일이 아니어서 두 사람은 환담하면서 여유 있게 다녔다.

먼저 개성 시가부터 둘러보고, 이어서 명승 고적을 구경하기로 했다. 태조 때 축조한 남대문(南大門)을 비롯해서 연복사(演福寺)·경덕궁(敬德宮)·관덕정(觀德亭)·만월대(滿月臺)·선죽교(善竹橋) 등이다. 이것들을 하루에 다 볼 수가 없으므로, 오수채가 차례를 정하여 안내하기로 했다.

시가를 구경하고 돌아온 세황은 대뜸 관내에 있는 망루로 올라가 개성 시가지를 내려보았다. 그러고는 수묵으로 밑그림부터 그리기 시작했다.

원경으로 송악산을 그림의 상단 왼쪽에다 우뚝 세워놓았다. 근경으로는 하단 중앙에다 남대문을 그렸다.

그리고 앞이 탁 트인 넓은 길 좌우로, 수백 채의 가옥들을 원근법으로 오밀조밀하게 그려 넣었다. 시가지 뒤는 벌판처럼 남겨두어, 중앙의 시가지를 더욱 돋보이게 하는 효과를 냈다.

이튿날부터 오수채는 세황을 데리고 화담(花潭)·백석담(白石潭)·백화담(百花潭)·대흥사(大興寺)·청심담(淸心潭)·영통동구(靈通洞口)·산성남초(山城南譙)·대승당(大乘堂)·마담(馬潭)·태종대(太宗臺)·박연(朴淵)·태안창(泰安倉)·낙월봉(落月峯)·태안석벽(泰安石壁)·만경대(萬景臺) 등 〈송도기행첩(松都紀行帖)〉의 소재가 되는 경승지를 차례로 돌기 시작했다.

두 사람이 이곳들을 돌아보는 데 한 달 넘게 걸렸다. 혹서와 때로는 폭우 때문에 관아에서 쉬어야 했다. 그런 날에는 오수채가 지켜보는 가운데 밑그림에다 채색하는 일로 시간을 보냈다.

세황은 채색을 끝내고, 그림에 얽힌 고사와 사연과 완상한 느낌들을 칠언고시(七言古詩)로 썼다. 그리고 발문을 덧붙였다.

오제[1]의 사람됨이 그림을 아주 좋아하여
집안에 소장한 화첩이 줄을 이을 정도라네
다니면서 산수를 구경하는 것이 어렵다는 것을 알고
대개 좋은 물과 돌을 그린 것이 많다네
문 밖을 나가지 않고 방 안에 누워 산수를 구경할 수 있으니
예전에 금경과 상장[2]이 노니는 것은 한갓 고생만 했도다
맛이 없는 가운데 맛이 있으니
화공의 그림을 오제가 기어코 이해하지는 못할 것이네
오제는 도심의 속됨을 싫어하여
화첩을 가지고 궁벽한 산골로 들어왔네
나를 좋아하여 남촌인(南村人)으로 여기고
기이한 문장과 의문스러운 뜻을 아침저녁으로 구하네
이 화첩은 세상 사람들이 일찍이 한 번도 보지 못한 것이리라.

_ 예술의 전당 발행, 〈표암 강세황〉 도판해설, p.359에서 인용.

이 화첩의 작품들은 주산(主山)과 갖가지 모양의 바위들에서 음영(陰影)을 이용해 입체감을 보여주고 있다. 이는 세황이 남종문인 화풍을 기본적으로 구사하면서도, 새로 서양화 기법을 도입했기 때문이다.

---

1) 오제(吳弟) : 오수채를 말함.
2) 금경(禽慶)과 상장(尙張) : 중국 송나라 사람으로, 벼슬하지 않고 은거하는 친구 관계임.

이 화첩 가운데, 특히 〈영통동구〉에서 먹빛의 선염[1]을 이용한 서양화 기법이 확연하게 드러나 있다. 그리고 〈개성시가〉〈백석담〉〈대흥사〉〈대승당〉〈태종대〉 등은 거의 조감도 형식을 띠었다.

세황이 이처럼 서양화 기법을 도입한 것은 그가 현은(玄隱) 김덕성(金德成)의 〈풍우신도(風雨神圖)〉를 놓고 '필법과 채법(彩法)에서 모두 서양의 기법을 얻었다.'라고 쓴 평에서 비롯됐다고 보는 것이다.

김덕성은 〈풍우신도〉에서 두 신선이 서 있는 높이를 서로 다르게 배치함으로써 깊이와 원근감을 잘 드러냈기 때문이다. 세황은 김덕성의 작품을 평하기에 앞서 중국에서 들어온 서양화들을 이미 감상할 기회가 있었다.

따라서 세황은 이번의 개성 여행을 계기로 지금까지의 화법에 획기적인 변화를 보인 셈이다.

세황이 개성에 머물면서 그림을 그리는 동안, 오수채가 붓·종이·벼루·먹 등 문방사우의 품질과 제조에 관한 세황의 견해에 대해서 알고 싶어 했다.

"표암은 문방사우 중에 무엇을 제일 중히 여깁니까?"

"붓이 제일 긴요하지요. 그 다음이 먹이고, 종이와 벼루는 그 다음입니다."

"우리나라 붓은 황모(黃毛)로 만든 것을 제일 친다지요?"

---

1) 선염(渲染) : 먹이나 색채로 각 단계의 점진적인 변화가 보이도록 축축히 번지듯이 칠하는 기법으로, 붓자국이 드러나지 않도록 한다.

"그렇지요. 황모라는 것은 족제비 꼬리인데, 간혹 유서(鼬鼠)라고도 하고 초서(貂鼠)라고도 합니다. 황모는 매번 중국에서 구입하는데도, 중국인들은 늘 우리나라 황모 붓을 좋다고 한답니다. 그건 중국인들이 황모로 붓을 매지 않는 까닭이지요."

"토끼털로도 붓을 만든다고 들었습니다."

"세상의 붓이 대개 토끼털이지요. 그러나 우리나라 토끼털로 만든 붓만 유독 작고 짧아서, 쉽게 모지라지기 때문에 좋다고 할 수가 없습니다. 우리나라에서 붓 매는 법은 그 털을 가지런히 하여, 붓본(毫本)에 밀랍을 녹여 조각(片)을 만든 후에 붓대에 말아 끼워서 아교를 칠하는 것입니다."

"우리나라 종이에 대해서, 표암의 생각은 어떻습니까?"

"우리나라에서는 닥나무로 종이 빛을 만드는데, 본성은 질기지만 제조 방법이 거칠고 조잡스럽지요. 그래서 색깔이 밝거나 섬세하지 못합니다. 중국의 종이는 간혹 대나무나 등나무 껍질이나 뽕나무 껍질 혹은 삼으로 만들지만, 우리나라처럼 꼭 닥나무만 고집하지는 않지요. 이른바 '모변지'[1]와 '태사련지(太史連紙)'라는 것은 모두 담황색을 띠고 있습니다. 이것이 물러서 쉽게 찢어지기는 하지만, 밝고 부드러워 애용할 만하지요. 그런데 중국인들은 우리나라 종이가 질긴 것만을 보고, 비단으로 만든 것으로 오해하여 고려견(高麗絹)이라고 한답니다. 그러나 이것은 모두 닥나

---

1) 모변지(毛邊紙) : 대나무 잎이나 껍질을 원료로 사용하여 감촉이 부드럽다. 일명 대종이라고도 함.

무로 만든 것이지 실제로 비단으로 만든 것은 아니지요."

"우리나라 벼루는 남포(藍浦)에서 만든 것을 최고로 친다지요?"

"그리고 안동(安東)에서 생산되는 걸 그 다음으로 치지요. 그러나 풍천(豊川)에서 만든 것은 아예 쳐주지를 않습니다. 중국 벼루 중에 아주 좋은 것은 모두 깔깔해서 먹을 묻히기는 쉽지만, 붓이 상할까 우려됩니다. 간혹 '동작와'[1]라는 것이 있다지만, 진짜인지는 모르겠습니다."

"옛날 사람들은 먹을 소나무 그을음으로 만들었다고 하지요? 그런데 지금은 모두 윤기가 나는 검은 색이니, 아마도 기름 그을음(油煤)을 섞어서 만든 것이 아닌가 싶어요. 표암 생각은 어떠시오?"

"제 생각도 그렇습니다. 온전히 소나무 그을음만 가지고 만들지 않았을 것입니다. 중국의 먹 중에서 우리나라에 수입되는 것은 대부분 조소공[2]이 만든 것이고, 방우로[3]가 만든 것을 지금 것과 비교하면 어떨는지 모르겠습니다." (박동욱 · 서신혜, 《표암 강세황 산문전집》, pp.165-168에서 인용)

"표암께서 그리 자세히 일러주시니, 비로소 평소 의문점이 풀어진 듯하오."

"그러시다면 다행입니다."

---

1) 동작와(銅雀瓦) : 세황이 평소 애용했던 벼루임.
2) 조소공(曺素功) : 명청(明淸) 때 사람으로, 그가 만든 먹이 품질이 좋아 인기가 있었다.
3) 방우로(方于魯) : 중국의 뛰어난 먹 제조인.

오수채가 서·화에 힘쓰기보다는 이것들을 수장하는 데 취미가 많기 때문에, 평소에 많이 궁금했던 것 같았다.

14

세황은 개성에서 두 달 가까이 머물다가 서울로 돌아왔다. 여독이 풀리지 않아 결국 몸져눕고 말았다. 유수 오수채의 자상한 배려가 있었음에도 허약한 체질로는 오랜 여행이 무리였던 것이다.

그에게 깊은 병이 든 것은 아니었다. 단지, 며칠 누워 있는 동안이 몹시 외롭고 쓸쓸했다. 아내의 빈 자리가 그만큼 넓고 깊은 것임을 새삼 깨달았다. 큰아들 인과 둘째 흔의 간호를 받고 있으면서도, 아내의 손길이 그리웠던 것이다.

연객 허필이 두 번째 문병을 왔다. 며칠 전에 왔을 때는 이용휴와 같이 와서 〈송도기행첩〉을 감상했다. 그러고는 세황의 개성 여행을 몹시 부러워했다.

그들은 세황이 혼자 쓸쓸하게 지내는 것을 늘 안타까워했다. 세황이 하루빨리 재혼하도록 은근히 압력을 넣기도 했다. 그럴 때마다 세황은 도리질로 일관했다. 땅 속에 갇혀 있는 아내가 눈에 밟힌다는 것이다.

“몸은 좀 어떠시오?”

“큰 병을 얻은 것도 아닌 걸요. 아직 여독이 풀리지 않았을 뿐입니다.”

“얼굴에 혈기가 돌지 않고 있어요. 이럴 때일수록, 끼니를 거르면 아니 되는 것이오. 아픈 사람한테는 아내의 손길이 보약보다 백 번 나은 법인데….”

허필이 세황의 눈치를 살피며 말끝을 흐렸다. 세황도 그의 속내를 알아 더는 대꾸하지 않았다. 대거리를 했다가는 재혼을 권유하는 그의 주장을 당해낼 수가 없기 때문이다. 그래서 세황이 서둘러 말머리를 돌려버렸다.

“연객께서도 개성을 유람하면 좋을 터인데….”

“나도 그럴 생각이지만, 언제 실행할지는 모르겠소.”

“더 늙기 전에 가셔야지요.”

“내가 개성에 가게 되면, 표암이 동행해서 길을 안내하시겠소?”

“형편이 되면, 못할 것도 없지요.”

“그때는 표암이 새장가를 든 후이어야 합니다.”

"제가 연객과 동행하는데, 그것과 무슨 관계가 있습니까?"

"표암한테 홀아비 냄새가 나서, 어찌 같이 다닐 수가 있겠소."

"연객도 원…."

이때 아들 빈이 밖에 이용휴가 왔음을 알렸다. 세황이 어서 안으로 모시라는 말도 채 끝나기도 전에 그가 문을 열고 들어섰다. 왠지 그가 세황을 보자마자 대뜸 혀부터 차는 것이었다. 그러고는 코를 싸쥔 채 서 있는 것이었다. 세황이 영문을 몰라 그를 올려보기만 했다.

"왜 그러십니까?"

"딱해서 그럽니다. 방 안에 홀아비 냄새가 나서, 숨을 쉴 수가 없구려."

"혜환재께서 농담도 하시는군요. 어서 앉기나 하십시오. 천정이 무너질 리는 없으니까요."

이용휴가 다시 혀를 차고는 비로소 앉았다. 세황을 바라보는 그의 표정은 마치 형이 되어서 아우의 처지를 걱정하는 것 같았다. 비록 호형호제하는 사이지만 그가 세황보다 5살이나 위여서 그런 것 같았다. 기축생(1709)인 허필과는 한 살 차이였다. 그러나 세 사람은 나이쯤 조금도 마음에 두지 않고 지냈다. 이들이 중요하게 생각하는 것은 오로지 글과 그림뿐이었다.

"아직도, 표암 얼굴에 생기가 없어 보입니다."

"며칠 쉬었더니, 기력이 돌아온 듯합니다. 그리 걱정하지 마십시오."

"지하에 계신 부인께서 차마 눈을 감지 못하실 것 같소."

그러자 허필이 우군을 만난 것처럼 이용휴를 거들고 나섰다. 친한 지우의 입장에서 세황을 마냥 홀로 지내게 할 수는 없다는 것이다. 그러면서 자기들 두 사람이 발 벗고 나서서 중매를 서자고 했다.

이때 빈이 찻상 들이겠다고 해서 잠시 얘기가 끊어졌다. 빈이 나가고 나서도 차 마시는 일로 얘기는 바로 이어지지 않았다. 허필은 당장 결론을 내고 싶었는지 입을 자주 달싹거렸다.

"표암도 고신척영(孤身隻影)을 아실 것이오. 외로운 사람한테는 외로운 그림자가 늘 따라붙는다는 뜻이겠소. 표암이 지금 그 짝이 아닙니까. 세상살이에서 고독처럼 무서운 것이 또 있는 줄 아시오? 사람이 어떠한 고난도 견딜 수 있지만, 고독만큼은 죽음과 같은 것이에요."

"그건 연객 말이 맞아요. 그래서 고독은 우리 마음 속에서 죽어버린 것들이 사는 무덤이라지 않습니까. 표암이 너무 안타까워서 그래요."

"두 분의 충정을 제가 왜 모르겠습니까. 그러나 아내가 죽은 지 일 년 조금 지났을 뿐입니다. 부부의 연을 맺어 삼십여 년을 함께 살아온 정리를 생각하면, 아직 재혼이란 당치 않습니다. 더구나 제 처지에, 어찌 여자를 들일 수 있습니까. 끼니조차 제대로 잇지 못하는 빈한한 처지가 아닙니까. 게다가 자식이 무려 넷이나 됩니다. 가난한 집에 시집 와서 홀아비와 전처 소생들의 뒷바라지나 할 게 뻔해요. 어찌 그 고생을 시킨다는 말입니까. 그리는 못합니다."

"어허, 표암. 부인(婦人)의 '부' 자가 무슨 뜻입니까. '여(女)'와 비 '추(帚)'가 합친 글자예요. 여자가 시집 오면, 가정을 돌보며 청소한다는 뜻이잖소."

"제가 그 뜻을 왜 모릅니까. 어쨌든, 지금은 재혼을 생각할 때가 아닙니다. 때를 기다려야지요. 그러니 더는 말씀하지 마십시오."

"죽을 때까지 혼자 늙겠다는 말씀은 아니 하시니, 그나마 다행입니다."

허필과 이용휴는 세황의 뜻을 존중하여, 더는 말하지 않았다. 적절한 때를 기다리겠다는 말에 다소 안심이 되기도 했다.

이용휴는 '고분(鼓盆)'의 의미를 떠올렸다. '분'은 술사발이고, '고'는 두드려서 울리게 한다는 뜻이다. 상처한 장자(莊子)가 두 다리를 뻗고 앉아서 술사발을 두드리며 노래를 불렀다는 고사에서 나온 말이다. 이용휴는 세황의 처지가 고분의 의미와 어떻게 다른지를 생각했다.

세황은 오랜만에 자리를 털고 일어나 개성에서 그린 〈송도기행첩〉을 다시 펼쳤다. 그리고 그와 똑같이 모사(模寫)했다. 그걸 개성 유수 오수채한테 주기로 약속했기 때문이다. 그의 세심했던 배려를 생각해서도 그와의 약속은 꼭 지켜야 했다.

세황은 이 화첩을 무서첩(無暑帖)이라고 했다. '더위를 없애는 화첩'이라는 뜻이다. 허필은 이 그림을 감상하고 '자리에 있는 사람들이 신기하다고 부르짖으며, 삼복 더위를 잊었다.'고 술회했다.

모사를 마친 세황은 뜰로 나왔다. 하늘은 맑고 푸르렀다. 어느덧 가을로 접어들어 나뭇잎들이 하나 둘 떨어지기 시작했다. 멀리 산 속의 숲들도 그토록 싱그러웠던 여름 옷을 갈색으로 갈아입고 있었다.

세황은 멀리 산등성에다 눈길을 걸어놓고 세월의 빠름을 새삼 느꼈다. 올해가 정축년(1757)이니 그의 나이 벌써 45살이었다. 이미 노년으로 접어들고 있음을 깨달아 스스로 놀랐다. 사십오 년을 살아온 동안 이렇다 할 그 무엇도 이루어 놓은 것이 없었다. 갑자기 자괴감에 빠져 자신도 모르게 그만 한숨이 터졌다.

빠른 세월을 여조과목(如鳥過目)에 비유했다. 나는 새가 눈앞을 스쳐간다는 뜻이니 자신의 세월에 딱 부합되는 것 같았다. 그렇게 세월을 덧없이 흘려보내는 동안 얻은 것은 한 가지도 없고, 잃은 것뿐이었다. 가세의 몰락으로 서울에서의 영화를 모두 잃었다. 그래서 안산으로 내려와 처가의 신세를 져야 하는 처지가 되고 만 것이다.

세황이 잃은 것 중에서 제일 큰 것은 뭐니뭐니 해도 아내였다. 아직도 집 구석구석에 그녀의 손때와 발자국과 그리고 체취까지 남아 있는 것이다. 지워도 지워도 없어지지 않을 아내만의 특별한 흔적이었다.

그래서 빈 집을 혼자 지키고 있을 때는 아내가 잠깐 마실을 갔거나, 텃밭에 나가 있거나, 산에 나무를 하러 갔거나, 혹은 양식을 구하러 집을 비운 것쯤으로 착각할 때가 있는 것이다. 결국 이 세상 사람이 아님을 깨달아 세황은 자신도 모르게 눈물을 글썽거리곤 했다.

그럴 적마다 아내가 야속했다. 자신의 손길이 없으면 남편이 아무것도 할 수 없음을 알면서도, 그렇게 훌쩍 떠나 버린 매정함이 가슴을 할퀴는 것이다.

아무리 '대문 밖이 곧 저승'이라지만, 세황은 아내를 그토록 빨리 데려간 염라사자를 증오하기도 했다. 조금만 더 기다렸다가 지금보다는 나은 형편에서 사는 것을 보고 데려가도 되는 일이다 싶었던 것이다.

언젠가는 세상이 좋아질 것이고, 그러면 집안이 다시 부흥할 수도 있다. 그때를 기다리지 못하고 단불에 나비 죽 듯이 가버린 아내가 미욱하기까지 했다.

그러나 이제 와서 한탄하고 슬퍼한들 무슨 소용인가. 차라리 아내를 잃고 술사발을 두드리며 노래를 불렀던 장자를 받아들이는 편이 현명할 것도 같았다.

장자가 그렇게 '고분'하고 있을 때, 마침 혜자(惠子)가 문상 와서 "아내가 죽었는데, 술사발을 두드리며 노래하는 것은 너무 심하지 않은가?" 하고 까닭을 물었다. 그러자 장자가 "아내는 지금 방안에 편안히 누워 있는데 내가 그를 붙들고 소리 내어 운다면, 내

스스로 천명을 모르는 것처럼 생각되기 때문에, 나는 울기를 그만 둔 것이네."라고 대답했다.

'그러나 나는 범부에서 한 치도 벗어나지 못하는 우매한 존재인 걸…. 부인. 나도 언젠가는 부인 곁으로 갈 것이니, 편히 눈 감으시구려.'

세황이 눈물을 글썽거리고 있을 때 뒤에서 인기척이 들렸다. 서둘러 눈물을 감추고 뒤를 돌아보았다. 빈이 서 있었다. 아까부터 세황을 지켜보고 있었던 모양이다. 자기 딴에는 아버지 심중을 헤아려 선뜻 다가서지 못한 것 같았다.

"나한테 할 말이 있느냐?"

"오늘 날씨도 쾌청하니, 어머님 묘소에 다녀오심이 어떨는지요? 소자가 아버님을 뫼시겠습니다."

"그러자꾸나. 겨울이 닥치면, 가기 어려울 것이다."

세황은 아들한테 속내를 들킨 것 같아 민망하면서도, 한편으로는 아비의 마음을 헤아린 것이 고마웠다.

15

김홍도가 세황한테 사사한 때로부터 어느덧 5년이 흘렀다. 7살 때부터 배우기 시작하여, 그의 나이도 12살이 되었다. 세황한테 붓 잡는 법과 선 긋는 법, 그리고 자연을 관찰하는 요령 등을 기초부터 배우고 있었다. 원체 총명한 아이라 설명을 빨리 알아들었다. 이 자리에는 셋째 아들 관과 넷째 빈을 동석케 했다.

이 즈음에 세황은 이인문(李寅文)이라는 아이 하나를 더 가르치고 있었다. 그는 홍도와 같은 을축생(1745)으로 해주 이씨 집안이었다. 마침 인문의 어머니가 김해 김씨로 홍도와는 친척 관계였다. 그래서 홍도의 아버지 김석무의 주선으로 세황한테 오게 되었다. 마침 그림에 재주가 있어 세황이 선뜻 맡아준 것이다.

세황은 홍도와 인문에게 그림만 가르치는 게 아니었다. 《천자문》에 이어 《동몽선습》을 가르쳤다. 이 책을 통하여, 부자유친·군신유의·부부유별·장유유서·붕우유신 등 인간관계와 인간관계를 질서 있게 하는 이치를 깨닫게 했다.

세황은 아이들을 교육하면서 가끔 자신의 어린시절을 떠올렸다. 아버지 강현이 64세 때 세황을 얻어 늘 무릎에서 떠나지 않게 했다. 그러고는 세황으로 하여금 서책과 가까이 하도록 분위기를 만들어 주면서 글을 가르쳤던 것이다.

그래서 세황이 6살에 천자문을 떼었고, 8살 때는 '구장'에 대한 시를 지을 정도가 되었다. 또 10살 되던 해에는 도화서 화원을 선발하는 자리에서, 화원 지망생들이 제출한 그림의 등급과 우열을 매겨 주위 사람들을 놀라게 했다. 그뿐만 아니라 12살에 이르러서는 행서를 매우 잘 써, 사람들이 이를 얻어다가 병풍을 만들기도 했다.

관자[1]가 말하기를, 자식을 아는 일에 아버지를 따를 사람이 없다고 했다. 옳은 말이다. 조선 초기에 재상을 지냈던 황희(黃喜)의 유명한 일화가 있다.

어느 날, 황희는 자신의 가르침을 듣지 않고 주색에 빠진 아들이 집에 돌아오기를 기다렸다. 마침 아들이 집에 들어오는 것을 보고, 황급히 밖으로 나가 공손한 인사로 아들을 맞았다. 그러자

---

1) 관자(管子) : 중국 제나라 때의 관중(管仲)의 경칭이다. 그는 그의 저서 《관자》에서 부민(富民)·입법(立法)·포교(布敎)를 서술하고, 패도정치(覇道政治)의 그릇됨을 역설했다.

아들이 놀라서 "아버님. 어찌된 일이옵니까? 의관을 갖추시고 저를 맞아주시다니요?" 하고 물었다. 그러자 황희가 "아비 말을 듣지 않으니, 어찌 내 집 사람일 수 있겠느냐. 한집 사람이 아닌 나그네가 집을 찾았으니, 이를 맞는 주인이 인사를 차리지 않으면 어찌 예의라 하겠느냐." 하고, 정중하게 대답했다고 한다.

세황은 자신이 지금까지 건재하여, 학문과 예술의 길을 걸을 수 있었던 것은 아버지의 큰 가르침이 있었기 때문이다. 그래서 세황도 네 아들 앞에서 항상 몸가짐을 바르게 하였고, 학문과 그림에 전념하는 모습을 보여주고 있는 것이다.

지독지정(舐犢之情)이라는 말이 있다. 어미 소가 송아지를 핥아 귀여워한다는 말로, 자식에 대한 어버이 사랑은 맹목적이라는 뜻이다. 그러나 세황은 자식을 맹목적으로 사랑해서는 안 된다고 생각했다. 부자유친하되 반드시 엄하고 이치에 맞는 훈육과 교육이 선행되어야 한다고 믿는 것이다.

세황이 홍도와 두 아들을 가르치면서 그들의 관심과 흥미를 관찰했다. 홍도는 그림에 흥미를 더 가졌고, 관과 빈은 그림보다는 글과 글씨에 관심이 많다는 것을 발견했다. 그래서 어느 날 홍도를 따로 불렀다.

"글과 그림 중에, 어느 것에 즐거움을 갖느냐?"

"그림입니다."

"어째서?"

"저는 장차 도화서에 들어가 궁중 화원이 될 것입니다."

"학문을 열심히 하여, 과거를 볼 생각은 없느냐? 사람들은 그게 출세하는 길이라고 생각하거늘."

"저희는 사대부 집안이 아니기 때문에, 과거를 볼 수 없다고 들었습니다."

"단지, 그 이유뿐이냐?"

"학문에 도(道)가 있듯이, 그림에도 도가 있음을 저번에 선생님께서 말씀하셨습니다. 저는 그림을 함부로 마구 그리는 환쟁이는 아니 될 것입니다."

"바른 생각이구나."

세황은 어린 나이의 홍도가 이미 중인계급의 한계를 간파하고 있음을 알았다. 세황으로서는 그것이 홍도한테 마음의 상처가 되지 않기를 바랄 뿐이었다. 만약에 그러한 사회계급을 한으로 품고 있다면 아이의 장래에 결코 이로울 것이 없다. 세황은 그 점을 우려하는 것이다. 그래서 또 물었다.

"혹시, 양반이 아닌 것을 한탄하느냐?"

"그렇게 생각한 적이 한 번도 없습니다. 저는 오로지, 그림에 대성하겠다는 생각뿐입니다."

"옳거니! 사람이 살아가는 데는 수많은 길이 있는 것이야. 성현(聖賢)들처럼 사는 길도 있고, 과거에 급제하여 관직에 들어가는 길도 있고, 너처럼 장차 화원이 되는 길도 있고, 무관이 되어 국방을 맡는 길도 있고, 장사를 잘하여 부자가 되는 길도 있어. 어디 그뿐이냐. 허준(許浚)과 같은 명의가 되는 길도 있는 것이다.

그러니 너는 장차 조선 화단에 대가로 우뚝 서는 길을 택하는 것도 매우 보람 있는 일이야. 명심하도록 해."

"네. 그래서 선생님의 가르침을 조금도 소홀히 하지 않을 것입니다."

"기특하구나."

세황은 비록 어린아이의 다짐이지만 마음은 아주 흐뭇했다. 부디 조선 화단에 거봉이 되기만을 바랄 뿐이었다.

어느덧 겨울 초입에 들어서 있었다. 상록수를 제외하고는 나뭇잎이 모두 져 버려 나무마다 가지만 앙상하게 남았다. 바람이 불 때마다 가지가 힘없이 흔들려 마치 인생의 병든 노년을 보는 것 같았다.

세황이 멀리 수리산 등성을 바라보며, 문뜩 지난 여름의 개성 유람 때를 회상했다. 유수 오수채의 환대와 그와의 화담(和談) 등이 그리움으로 다가섰다. 그는 유수라는 관직에 걸맞지 않게 학구적인데다가 감상적이었다.

그가 그림과 글씨를 수장하는 것이 그저 취미에만 그치지 않았다. 소장하고 있는 그림과 글씨를 자주 꺼내어 감상하기를 좋아했다. 그 일이 매우 즐겁다고 술회했다.

세황이 관아에 머물고 있는 동안에도 그는 서예 작품과 그림들을 세황 앞에서 자주 꺼내 놓았다. 그러고는 기이한 서체와 혹은 의심나는 것을 일일이 지적하며 아침저녁으로 마주 앉아서 토론

했다.

“내가 비록 그림을 그리거나, 글씨를 잘 쓰지는 못하지만, 이것들을 감상하는 것만으로도 즐겁기 그지없소이다. 그림에서 혹은 글씨에서, 그걸 그리고 쓴 사람의 인품을 향기처럼 느끼게 돼요. 그게 더욱 즐거워요.”

“보는 이의 심미안이 없다면, 그 즐거움을 어찌 느끼겠습니까.”

“심미안이라니요. 나한테 그런 감상력까지 있는 것은 아니에요. 그저 보는 것을 즐거워할 따름이오. 진경산수화를 보고 있으면, 마치 내가 그곳에 가 있는 것처럼 똑같은 마음이 들어요. 힘들여 답사를 하지 않아도 진경에 묻힐 수 있으니, 얼마나 좋습니까. 그러니 화가들한테 고마움을 갖지 않을 수가 없지요. 나는 원체 복잡한 곳을 싫어해요. 한적한 곳에 묻혀 살면서, 그림이나 감상하며 살기를 원하지요. 그래서 어서 관직에서 물러나고 싶어요.”

“윤증 선생의 영향이 큰 것 같습니다. 그분이 원체 학덕이 높으신데다가 청렴하셨으니, 대감께서도 영향을 받으신 거지요.”

“너무 과한 말씀입니다. 저 같은 사람이 감히 스승의 그림자를 밟다니요. 원교 이광사 같은 분이라면 몰라도.”

“원교 선생을 생각하면 안타까워서, 견딜 수가 없습니다. 유배지에서 이 더위를 어떻게 견디시는지, 걱정입니다.”

“그러게 말입니다. 나라가 어지러우면 간신이 창궐하고, 그 대신 원교 같은 분은 귀양을 가야 하니, 이게 무슨 조화입니까. 전하는 얘기로는, 원교가 유배지를 옮길 것 같다는군요."

"유배지를 옮기다니요? 풀어주는 게 아니구요?"

"그렇답니다. 원교의 학문과 시·서가 이미 널리 알려져 있던 터라, 그분을 추종하는 후학들과 문인들이 많지 않겠소? 그 추종자들이 원교의 유배지에까지 찾아와 담론하기를 즐겼던 모양이오. 이러한 사실에, 함경도 관찰사가 장계(狀啓)를 올렸나 봐요. 조정에서는 이를 우려했겠지요. 원교가 이들 추종자들의 세력을 모아, 무엇인가 도모할지도 모른다는 경계심이 들었던 게지요."

"허면, 어디로 또 귀양을 보낸답니까?"

"그 이상은 나도 모르는 일이오."

"정말 그렇게 된다면, 원교가 불쌍해서 어쩝니까?"

"그러게 말이오. 나도 안타까워요."

세황은 오수채와의 대화를 떠올리며, 잠시 잊고 있었던 이광사 모습이 새삼 안타깝게 다가섰다. 그의 수려한 용모와 단아한 자세를 되새기자 그만 눈물이 울컥 솟는 것이었다.

이때 마침 처남 유경종이 사립문을 열고 들어섰다. 그가 뜨악한 표정으로 세황을 바라보았다. 세황의 발긋한 눈자위를 의심하는 것 같았다.

"무슨 근심거리라도 있었습니까?"

"잠시, 원교를 걱정하고 있었어요. 귀양지가 정말 옮겨졌는지, 걱정이지 뭡니까."

"나라에서 하는 일인데, 우리가 걱정한들 무슨 소용입니까. 어디를 가든, 그저 무고하기만을 바랄 뿐이지요."

"그렇기는 하지만…."

두 사람은 약속이나 한 듯이 한숨을 내쉬며 멀리 수리산 자락에 눈길을 보냈다. 계절의 변화는 수목들이 먼저 알아 옷을 벗는 것 같았다. 산등성에 줄지어 서 있는 나무들도 모두 가지만 앙상하여 마치 성긴 빗을 보는 듯했다.

16

무인년(1758)을 맞아, 세황이 새 그림 〈십취도(十趣圖)〉를 지본담채로 제작했다. 과천동(瓜川洞)에 사는 한 노인의 부탁을 받아, 등장 인물의 열 가지 흥취를 표현한 10폭 화첩이다.

이 화첩은 시 한 수에, 시의(詩意)에 맞는 경치 한 폭씩 짝을 지어 만들었다. 그러나 실제 인물 과옹(瓜翁) 한 사람만을 화폭에 담은 건 아니었다. 인물의 여러 모습이 각각 다른 배경과 가옥에 배치되었다. 열 가지 흥취를 각각 일반적인 산수화법으로 처리하여 어느 특정한 지역의 특정 인물만을 묘사하지 않았다. 시적이고 운치 있는 분위기에 초점을 맞춘 것이다.

따라서 구도적으로 근경을 부각시켜 주산(主山)에 화면의 균형을 잡게 하는 역할을 맡겼다. 이로써 근경이 되는 가옥의 인물과 주산 이외의 경물을 과감히 생략하는 구도를 보였다. 시각적으로 초점이 흐트러지지 않게 하려는 강조법일 수가 있는 것이다.

제1폭 '조용할 때 고서를 읽는다'는 시제(詩題) 〈정시열고서(靜時閱古書)〉편은 나무 그늘 아래에 들앉은 초가에서 노인이 책 읽는 장면이다.

제2폭 '집에서 담근 술을 걸러오라고 재촉한다'는 〈가양최록(家釀催漉)〉은 깎아지른 듯한 기암 아래 집에서, 노인이 탁자에 술병과 잔을 놓고 술을 기다리는 장면을 그렸다.

제3폭 '거리에 새소리와 물소리가 차지한다'는 〈항점조어천성(巷占鳥語泉聲)〉은 소나무 숲의 집에서 노인이 멀리 산을 바라보며 새와 물소리를 듣는 장면이다.

이런 식으로, '들판에 벼가 익었는지 묻는다'는 〈야가문숙(野稼問熟)〉, '가까운 절을 찾아 스님에게 설법을 듣는다'는 〈근찰심승청법언(近刹尋僧聽法言)〉, '부질없이 흥에 겨워 붓을 휘두른다'는 〈만흥휘유한(漫興揮柔翰)〉, '초라한 여막에 벗이 머물며 그윽한 회포를 푼다'는 〈폐려유우론유포(弊廬留友論幽抱)〉, '지팡이를 잡고 혹 과천동을 서성거린다'는 〈장려혹소요과천동(杖藜或逍遙瓜川洞)〉, '나귀를 채찍질하여 때로 지나다가 매화 핀 강 정자에서 머물다'는 〈책려시과유매강사(策驢時過留梅江榭)〉, '마루에서 개인 달을 맞이한다'는 〈헌요월제풍광(軒邀月霽風光)〉 등의 시제에 맞춰, 각각 비슷한 경물을 배치했다.

이 〈십취도〉에서 세황은 남종문인화풍을 좀더 자기화하면서, 담채와 갈색 계통의 채색을 적극적으로 썼다. 그리고 주산에 몰골선염(沒骨渲染)[1]방식을 사용하여 필선에 의해서 처리하던 준법 대신에 먹과 채색의 농담(濃淡)으로 산의 입체감을 유감없이 드러냈다.

세황은 이 화첩을 모사하여 하나를 더 제작했다. 그러자 유경종, 허필, 이용휴, 심사정 등 평소 가깝게 지내던 지인들이 〈십취도〉를 보기 위해 몰려들었다.

이들은 달라진 세황의 화법에 많은 관심을 보였다. 특히 현재 심사정이 매우 놀라워했다. 절벽을 이루고 있는 암벽의 강하고 거친 선에서 충격을 받았다고 했다.

"표암이 끊임없이 변화를 추구하고 있어요. 암벽에서 준마법을 피하여 선이 거친 듯하면서도, 질감을 잘 드러냈어요."

"글쎄요…. 나 스스로 변화를 주고 싶었는데, 의도한 대로 잘 안 된 것 같아요."

그러자 허필은 시제에 딱 맞는 구도와 인물 배치, 그리고 선염의 효과를 논했다.

"자잘한 것들을 과감히 생략해서, 근경을 부각시킨 점이 아주 좋아요. 구도가 산만하지도 않구요."

"그 또한 제가 의도한 바이기는 해도, 마음에 차는 게 없습니

---

1) 몰골선염 : 윤곽선을 써서 형태를 잡지 않고, 바로 먹이나 채색만으로 그리는 화법. 윤곽선이 없기 때문에 몰골이라고 한다. 즉 뼈가 없다는 뜻이다.

다."

"욕심도 과하시구려. 이만한 작품을 남기기란 쉽지 않아요."

유경종과 이용휴는 시제의 내용을 일일이 짚어가면서, 그림으로 적요하게 표현한 솜씨를 칭찬했다. 심사정이 갑자기 세황한테 제안할 것이 있다고 했다. 세황이 무엇이냐고 묻자, 둘이서 합작품을 만들자는 것이다.

"한 그림에다, 현재와 내가 붓을 휘두르자는 말씀입니까?"

"그런 방법도 있겠고, 각자 그린 것으로 화첩을 만들 수도 있구요."

"그거 아주 좋은 생각입니다. 언제 때를 잡아서, 실행하기로 하지요."

세황이 심사정과 후일을 기약하고, 이어서 간소하게 주석을 마련했다. 그러자 오늘은 특별한 아회[1]가 될 것 같다면서, 모두 술상으로 다가앉았다.

세황이 추위에 떨며 책장을 넘기고 있는데 뜻밖에 이용휴가 찾아왔다. 왠지 그의 얼굴이 침통한 표정이었다. 그는 자리에 앉아서도 한동안 침묵으로 일관하면서 한숨만 내뿜는 것이었다.

"혜환재. 무슨 일입니까? 안색이 좋지 않습니다."

"이를 어쩌면 좋습니까?"

---

1) 아회(雅會) : 시·서·화를 즐기는 문인들의 아담하고 조촐한 모임.

"답답합니다. 대체, 무슨 일인데 그러십니까?"
"원교 이광사가 드디어 귀양지를 옮겼다지 뭡니까."
"맙소사. 그게 정말입니까?"
"나도 방금 소식을 듣고 달려오는 길이에요."
"허면, 어디로 이배(移配)를 시켰답니까?"
"전라남도 해진[1]이랍니다."
"해진이라면, 섬이 아닙니까. 어떻게 그럴 수가…. 대체, 이배 시킨 이유가 뭐랍니까?"
"개성 유수 오수채 영감의 말이 맞는 것 같아요. 원교의 추종자들이 자꾸 모여드니까, 나라에서 경계를 하는 것이겠지요."
"원교가 어디 역모나 할 분입니까? 간신배들이 지레 겁을 내는 거예요."
"그렇다마다요. 원교가 외딴 섬에서 생애를 마칠까 두려워요."
"그건 아니 될 말씀입니다. 원교가 그렇게 죽다니요…."
"속담에, 이기면 충신이고 지면 역적이라더니 원…."
"충신의 편에 서는 것도 천명(天命)이고, 역신의 편에 서는 것도 천명이라고 했어요. 하나도 틀린 말이 아니구려."
세황과 이용휴는 방바닥이 꺼져라 한숨을 내쉬고는 기어이 눈물을 글썽거렸다.
"세조임금 때, 중추부사(中樞府事)를 지냈던 홍일동(洪逸童)의 일

---

1) 해진(海珍) : 지금의 진도.

화가 생각나는구려."

홍일동은 세조 앞에서 불사(佛事)를 강론했던 사람이다. 세조는 자신의 죄과를 씻기 위해서 부처의 힘을 빌고자 부처를 매우 숭상했다. 그런데 어느 날 홍일동이 세조 앞에서 불사의 그릇됨을 지적했다. 세조는 홍일동을 지극히 아끼는지라, 거짓 성을 내어 추상같이 호령했다. "저런 무엄한 놈이 있나. 당장 저놈의 목을 베어 부처님 앞에 사죄를 해야 되겠다." 하고, 무신을 시켜 칼을 가져오게 했다. 그러나 홍일동은 얼굴색도 변하지 않고 그대로 앉아서 계속 부처를 공격했다. 이에 신하들이 홍일동의 목에다 칼을 두 차례나 겨누었다. 그래도 그는 돌아보지도 않고 할 말만 했다. 세조가 죽음이 두렵지 않느냐고 묻자, "죽게 되면 죽고 살게 되면 사는 것이지, 어찌 생사로서 마음을 바꾸겠습니까." 하고 태연하게 대답했다. 세조는 홍일동이 의지가 굳은 신하라며 기뻐하였고, 입었던 법의를 상으로 그에게 벗어주었다.

"호생관 최북이 원교를 위로하기 위해서, 해진으로 떠났다고 합니다."

"대단한 분이구려. 원교가 회령에 있을 때도, 위문을 갔었잖습니까."

"그랬지요. 칠칠이 한때 원교 집에서 신세를 진 적이 있었어요. 그 정리를 생각해서도, 당연할지 모르지요."

"갑자기, 부끄럽군요. 내 안일만 생각하고 있으니 말입니다."

"붕우유신(朋友有信)을 몸소 실천한 거예요."

세황은 당쟁과 간신들에 의해서 고초를 겪고 있는 이광사의 처지가 안타깝다 못해 가슴이 찢어지는 것 같았다. 평생을 오로지 시·서와 학문에만 심신을 바쳤던 그에게 역모의 죄를 씌운 현실이 원망스러울 뿐이었다.

17

임오년(1762)을 맞아, 세황의 나이 50이 되었다.

이 해에, 대궐에서는 엄청난 사건이 벌어졌다. 영조임금이 왕세자를 폐위한 후 서인(庶人)으로 강등시켜 뒤주에 가둬 죽인 것이다.

영조한테는 정성왕후(貞聖王后) 서(徐) 씨와 계비(繼妃)인 정순왕후(貞純王后) 김(金) 씨가 있었다. 그러나 이들에게는 소생이 없었다.

마침 영빈(暎嬪) 이(李) 씨 소생으로, 경의군(敬義君) 효령세자와 선(愃) 두 아들이 있었다. 그러나 효령이 일찍 죽는 바람에, 동생 선이 장헌세자(莊獻世子)로 책봉되었다.

영조는 장헌세자가 15살이 되던 해부터, 왕을 대신하여 정치를 보살피게 했다. 그러나 그에게 갑자기 악질[1]이 발병하여 광기를 부리기 시작했다. 학문을 게을리하는 데다가 궁녀나 내시를 함부로 죽이고, 기녀(妓女)와 여승을 희롱하는 등 행실이 좋지 않았다.

이것뿐만이 아니었다. 신사년(1761) 9월에는 영조 몰래 관서[2]지방을 유람하고 돌아왔다.

이 같은 세자의 광행은 영조로부터의 정신적 압박과 왕실 내의 미묘한 갈등이 있는 데다가, 장인 홍봉한(洪鳳漢)이 세자를 앞세워 한창 위세를 떨치고 있었다.

그러자 노론의 김한구(金漢耉) 홍계희(洪啓禧) 윤급(尹汲) 등이 홍봉한 일파를 몰아내고, 세자를 폐위시키고자 온갖 흉계를 꾸몄다. 이들 중에 특히 윤급은 하수인을 시켜 왕세손의 어머니를 죽인 일, 여승을 궁중으로 불러들여 희롱한 일, 궁녀와 내시를 죽인 일, 관서지방의 유람 등 세자의 비행 열 가지를 꾸며 퍼뜨렸다.

세자를 서인으로 강등시킨 영조는 그 해 5월 13일, 세자를 창경궁 휘녕전(徽寧殿)의 뒤주에 가둬 굶어죽게 했다. 세자는 결국 권력투쟁에 희생된 셈이다.

그러나 영조 역시 부모의 마음일 수밖에 없었다. 아들을 그렇게 죽인 것을 후회하고, 세자의 위호(位號)를 회복시켜 사도(思悼)라는 시호를 내렸다.

세황은 사도세자의 죽음을 애통해 하면서, 이때부터 자신의

---

1) 악질(惡疾) : 정신질환.

2) 관서(關西) : 평안도와 황해도 북부지방을 포함한 지역.

생일임에도 사도세자의 기일에만큼은 소식(素食)[1]하기로 작정했다. 생일이라고 해야, 아내가 없는 처지에 특별한 음식을 먹을 리는 없을 것이다. 그래도 사도세자의 기일만은 소식으로라도 꼭 지킬 생각이었다.

설사 세자가 영조의 마음을 거슬리게는 하였어도, 아비로서 그토록 잔인한 방법으로 죽일 수는 없는 것이다. 세황의 생각으로는 왕세자를 폐위시키는 선에서 사건을 마무리했어야 옳았던 것이다.

그러나 무소불위의 왕이 무엇인들 못하겠는가. 주욕신사(主辱臣死)라는 말이 있다. 왕이 치욕을 당하면 신하는 죽음으로 이에 보답해야 한다는 뜻이다.

묵자[2]도 '어진 임금이 있어도 공 없는 신하를 사랑하지 않고, 자비로운 아비가 있어도 이익 없는 자식은 사랑하지 않는다.'라고 했다. 이것을 생각하면, 부자간이라 해도 천륜만을 내세울 일이 아닌 것 같았다.

세황이 이번 임오사화로 인하여 며칠 실심하고 있을 때 이용휴가 찾아왔다. 표정이 밝지 못한 것으로 보아, 그 역시 이번 사태를 심각하게 받아들이는 것 같았다. 그는 노론의 간계를 질타한

---

1) 소식 : 소밥 즉 어떤 목적을 위하여, 고기나 생선 등이 없는 찬으로 하는 식사.
2) 묵자(墨子) : 중국 춘추전국시대의 노나라 철학자. 형식·계급·사리사욕을 타파하고, 사회겸애(社會兼愛)를 주장했다.

사람이었다. 특히 윤급을 맹렬하게 비난했다.

"홍봉한을 내몰면 될 것인데, 세자를 그 지경으로 모함할 필요가 뭐 있습니까."

"감히 세자의 장인을 몰아낼 수가 없었던 거지요. 결국 세자가 당쟁에 희생된 겁니다. 시파(時派)와 벽파(僻派)[1]의 암투에 희생된 게 아닙니까. 임금께서 붕당의 폐해를 지적하시어 탕평책을 시행하시면서도, 결국 당쟁을 막지 못하셨어요."

"우리나라는 그 놈의 붕당 때문에, 흥성할 수가 없어요. 백성은 굶주려 죽어가는데, 조정 대신들은 오로지 당쟁에만 마음을 쓰고 있으니 원…."

"주약신강(主弱臣强)이라. 임금은 명목만 있고, 신하가 실권을 쥐고 있으면, 나라가 바로 설 수가 없는 법이지요."

"조정 대신들이 진실로 자기 몸을 바르게 하면, 정사(政事)를 베푸는 일이 뭐가 어렵겠소. 사리사욕에 눈이 멀어, 바른 정사보다는 붕당에만 정신이 팔려 있는 게 지금의 정치 현실입니다."

"그래서 공자도 '정(政)은 정(正)이라 했지요. 자기가 솔선해서 몸을 바르게 하면, 누가 감히 바르게 행하지 않겠느냐.'라는 것이지요."

세황과 이용휴가 한참 정치를 논하고 있을 때 마침 처남 유경종이 왔다. 뜻밖에도 그의 손에 술병이 들려 있었다. 이용휴는 사

---

1) 시파와 벽파 : 시파는 장헌세자를 동정한 남인 계열이고, 벽파는 장헌세자를 무고한 노론 계열임.

람보다 술병을 더 반기는 눈치였다. 세황 역시 마음이 울적한 판이라 오늘은 술병이 반가웠다.

"웬 술입니까?"

"마음이 답답해서, 자형과 술 한잔 하려구요."

"이심전심이구려. 마침 혜환재께서 오셔서, 임오사화를 한탄하고 있던 중이에요. 어쨌든, 잘 오셨소."

세황은 그 즉시 큰아들 인을 불러 술상을 차리게 했다. 그러자 유경종의 지시로 이미 준비 중이라고 했다.

"세상이 어지러우니, 이런 날에는 술이 제격이지요."

"소우자 막약주(銷憂者 莫若酒)라, 근심을 없애는 데는 술 만한 것이 없지요."

"그래서 술을 차망우물(此忘憂物), 즉 시름을 잊게 하는 물건이라지 않습니까."

"이왕 얘기가 나왔으니, 내가 술에 얽힌 고사 하나 얘기하리다. 진나라 하동 땅에 유백수(劉白隋)라는 사람이 있었는데, 그 사람이 술을 잘 빚었답니다. 그 술을 마시기만 하면, 취해서 며칠 동안 일어나지를 못한다고 해요. 마침 청주 칙사 호홍빈(毫鴻賓)이라는 자가 임지에 가서 마시려고, 그 술을 가지고 가는 길에서 도둑들을 만났어요. 도둑들이 그의 행구(行具)를 빼앗아 안을 뒤지다가 술병을 발견했지요. 도둑들이 그 술을 나눠 마시고는 취해서, 자신들이 결박당한 것도 모르고 잠에 빠졌답니다. 그래서 유백수가 빚은 술이 도둑 잡은 술로 유명하다고 합니다."

"제가 가져온 술은 도둑 잡는 술이 아니니까, 안심하고 드셔도 됩니다."

마침 인이 술상을 들여왔다. 세황이 상에 올려진 안주를 보고는 민망해서 얼굴이 벌게졌다. 차마 안주라고 말할 수가 없었다. 시어 빠진 묵은 김치와 장아찌와 된장에 시래기 무친 것이 전부였다. 아내가 있었으면 조금은 더 나았을 것이다.

"안주가 이 모양이라, 면목이 없습니다."

"사내가 차린 음식이 여기서 더 나을 수는 없지요. 그러니까, 집에는 여자가 있어야 한다니까요. 해암은 표암의 처남으로서 어찌 생각합니까?"

"혜환재 말씀이 조금도 틀리지 않습니다. 저도 자형이 어서 새 여인을 맞아 들였으면 합니다. 저희 어머님 생각도 그러시구요."

"표암. 방금 한 얘기 들으셨지요? 혼사를 서두르시는 게 좋을 듯싶소."

"정사를 논하다가, 갑자기 혼사 얘기는 왜 꺼내십니까?"

"표암이 딱해서 그래요."

"저는 아무렇지도 않으니까, 그 얘기는 접어두기로 하지요."

세황이 이용휴의 입을 막을 셈으로 서둘러 그의 잔부터 채웠다. 그러자 이용휴가 혀를 차면서, 세황을 안쓰러운 눈길로 바라보았다.

사실은 세황도 아들이 차려주는 음식이 마땅치 않았다. 사내가 아내의 손맛을 따를 수는 없지만, 상이 너무 빈한해서 스스로 민망할 때가 많았다. 그렇다고 자식을 원망할 수도 없는 노릇이라 죽은 아내만 원망스러웠다.

중국 속담에도 "백 명의 남자가 집 한 채를 만들 수는 있지만, 하나의 가정을 만들기 위해서는 한 사람의 여자가 필요하다."고 했다. 그래서 효자불여악처(孝子不如惡妻)라고 했다. 아무리 효자라도, 자식보다 악처가 낫다는 뜻이다. 팔만대장경에서도 "어진 아내는 마음을 기쁘게 하고, 예쁜 아내는 눈을 기쁘게 한다."라고 했다.

그러나 세황한테는 모두 부질없는 말장난일 뿐이었다. 처산[1]이 멀지 않은 것을 생각하면, 더욱 그렇다.

'처복이 없어서 그런 걸, 나보고 어쩌란 말인가.'

---

1) 처산(妻山) : 아내의 무덤이 있는 곳.

18

계미년(1763)을 맞아 세황 집에 경사가 났다. 둘째 아들 흔이 24살의 나이로 과거에 합격한 것이다. 이로써 세황은 마치 자신의 한을 푼 것 같은 깊은 감회에 젖었다.

아버지 강현한테 닥친 정치적 소용돌이와 무고에 고초를 겪은 맏형 세윤과 그리고 처가의 쇠퇴 등으로, 한동안 치유할 수 없는 마음의 상처를 입고 있었기 때문이다.

이러한 현실을 목도한 세황으로서는 벼슬길에 환멸을 갖지 않을 수 없었다. 그래서 과거공부를 포기했던 것이다. 그러고는 나이 오십을 넘길 때까지 오로지 시·서·화에만 전념해 왔었다.

이러던 차에 흔이 과거에 붙은 것이다. 세황은 아들이 대견하고 기쁘면서도, 자식의 미래에 경계심이 드는 것이었다. 나라에 붕당이 없어지지 않는 한, 자식들이 당쟁의 와중에 휘말리지 않는다는 보장이 없기 때문이었다. 만약 그렇게 된다면, 차라리 벼슬길에 들지 않는 것이 현명할 것이다. 자식들마저 당쟁에 희생시키고 싶지 않았다.

처남 유경종의 주선으로 혼의 과거 급제를 축하하는 잔치가 열렸다. 세황의 집이 협소하여 축하연은 처가에서 가졌다. 이 자리에 평소 세황과 자주 만났던 사람들을 초청했다. 연객 허필을 비롯해서 혜환재 이용휴, 현재 심사정, 그 밖의 몇몇 지인들이 자리를 함께 했다.

부잣집처럼 대탁방장[1]은 아니어도, 세황으로서는 엄두도 내지 못할 좋은 음식들이 상 가득하게 올려졌다.

유경종이 잔치를 열게 된 사연을 설명하는 것으로 연회가 시작되었다. 그러자 각기 술잔을 들면서 세황에게 축하의 인사를 보냈다. 마치 자신들의 경사처럼 기뻐했다. 그들 역시 세황의 가화(家禍)를 잘 알고 있었기 때문이다.

"표암의 한을 자제가 풀어주었구려. 드디어 자제의 출사(出仕)가 시작되었으니, 머지 않아 가문의 광영이 이어질 것으로 믿습니다."

"한이라고는 할 수 없지만, 다소 위안이 된 것은 사실입니다."

---

1) 대탁방장(大卓方丈) : 성대하게 차려놓은 음식상.

"자식이 아버지의 위안이 되었다면, 효도한 것이에요."

"그렇다 마다요. 장한 일입니다."

"해암 처남이 아니었으면, 내 아이가 어찌 과거에 급제했겠습니까. 해암이 지극정성으로 가르친 보람이지요."

"자형의 말씀은 듣기 민망합니다. 혼이 원체 영민한 탓입니다."

"그렇지 않아요. 자고로 물은 흐르는 대로 흐른다고 했어요. 해암의 훌륭한 가르침을 아이가 따른 것뿐이에요."

"교노승목(敎猱升木)이라는 말도 있습니다. 원숭이한테는 나무에 오르려는 기질이 있어, 이를 잘 가르치면 더 잘 오른다지 않습니까."

"그건 해암의 말이 옳아요. 원숭이한테 그런 성질이 있는 것처럼, 사람한테는 인의(仁義)가 있지요. 그래서 잘 가르치면 발전이 있게 마련입니다."

"결국 가르친 사람과 배운 사람에게 공이 고루 있는 것 같습니다. 덕담은 이쯤에서 마치고 술이나 드십시다. 오늘은 마음껏 드십시오."

세황이 잔을 들어 제의하면서, 한동안 술 마시는 일로 손길이 바빴다. 세황의 주량이 알량한 줄 알면서도, 저마다 앞을 다투어 축하주를 건넸다. 세황도 자신의 주량을 깜빡 잊고 주는 대로 다 받아마셨다.

이때 문 밖에서 "아버님, 혼이 돌아왔습니다." 하는 목소리가 들렸다. 혼이 이번 과거에 급제한 자들과 함께 임금을 알현하러 갔다가 돌아오는 길인 것 같았다.

세황이 들어오라고 하자 문이 열리면서 혼이 들어섰다. 세황은 그의 늠름한 모습을 그윽한 눈길로 바라보았다. 혼이 세황과 주석에 앉아 있는 손님들을 향해 큰절로 예의를 갖추었다. 그러자 저마다 축하의 말을 쏟아냈다.

"그래, 상감을 알현하였느냐?"

"예, 아버님."

"상감께서 무슨 말씀을 하시더냐?"

"나라의 공복이 되었으므로, 백성을 위해서 헌신하라고 말씀하셨습니다. 그리고…."

왠지 혼이 선뜻 말을 잇지 못하고 세황의 눈치를 보는 것이었다. 손님들이 있는 자리에서 차마 내놓을 수 없는 말인 것 같았다. 그러자 세황이 궁금한 마음에 말을 이으라고 재촉했다.

"아버님께 차마 아뢰기 송구한 말씀이라…."

"상감께서 하신 말씀이더냐?"

"예, 아버님. 상감께서 소자한테 아버님의 근황을 물으셨습니다."

"하아. 상감께서 이 무명서생의 근황을 친히 물으시다니, 이토록 영광스러운 일은 다시 없을 것이야."

"하온데…."

혼이 민망한 낯으로 겨우 전하는 얘기가 세황한테는 청천벽력과 같은 것이었다. 영조임금이 세황의 근황을 묻는 자리에, 마침 사도세자의 장인인 영의정 홍봉한이 동석해 있었다.

그 자리에서 홍봉한은 "강세황이 글씨와 그림을 잘하고, 문장에 능하다고 하옵니다."라고 임금에게 아뢰었다. 그러자 영조가 "세상 인심이 좋지 않아서 천한 기술이라고 업신여길 사람이 있을 터이니, 다시는 그림 잘 그린다는 얘기는 하지 말라. 지난번에 서명응[1]도 강세황한테 그런 재주가 있다고 하는 자리에서, 내가 대꾸를 하지 않은 것도 나대로 생각이 있었던 것이니라." 하고, 혼을 바라보았다고 한다.

"정말, 상감께서 그리 말씀하셨다는 말이냐?"

"아버님께 어찌 거짓을 말씀드리겠습니까."

"하아. 미천한 신하가 한 번도 상감을 뵈온 적이 없는데, 돌보아 주신 은혜가 특별하여 천고에 드문 일이거늘. 보잘 것 없는 나에게는 분수에 지나친 일이야."

세황은 기어이 눈물을 쏟으면서 통곡을 했다. 그러고는 밖으로 뛰어나가더니 궁궐 쪽을 향해 사은숙배했다. 이로 인해서 축하연은 슬그머니 파장이 나고 말았다.

영조임금이 자신을 특별히 아껴서, 세상 인심으로부터 옹호하려는 큰 은혜로 받아들였던 것이다. 세황은 그날 밤에 화필을 불에 태웠고, 다시는 그림을 그리지 않겠다고 절필을 맹세했다. 이

---

1) 서명응(徐命膺) : 조선 영조때의 대제학.

일로, 며칠을 밤낮으로 울어서 눈이 퉁퉁 부울 정도였다.

영조가 어린 시절부터 겸재 정선한테 그림을 배워, 꽤 높은 수준에 이르러 있었다. 그래서 겸재의 진경산수화법 진흥에 후원을 아끼지 않았다.

마침 겸재가 죽고부터 예원의 종장[1]이 필요한 시점이었다. 이를 찾던 중에, 서명응을 통해서 세황의 존재를 알게 되었던 것이다. 그렇다고 당장 불러들이기에는 세황이 아직 미흡하다고 생각하고 있었다. 이미 겸재의 화풍에 익숙해진 영조로서는 세황의 서화가 마음에 차지 않았던 것이다.

세황은 절필을 결행하고부터 깊은 고뇌에 빠져 있었다. 출사를 포기하고, 평생을 학문과 예술에만 몰두해 왔던 그로서는 마치 절벽과 마주친 것처럼 답답하고 막막했던 것이다.

이들 중에서 특히 그림에 강한 집념과 애착을 가지고 있던 터라, 정신적으로 공황상태에 빠져버린 것이다. 나름대로 남종문인화법을 다지고 있었고, 〈송도기행첩〉을 계기로 새로 서양화 기법을 수용하려는 그로서는 당연한 것이었다.

세황은 술을 즐겨 마시지 않았다. 그뿐만 아니라, 바둑이나 노름 따위에도 전혀 흥미가 없었다. 또한 풍수지리설이나 관상학 같은 것은 아예 외면했다. 아내가 죽었을 때도 묘터를 남에게 의

---

1) 종장(宗匠) : 경학(經學)에 밝고, 서·화에 능한 사람.

뢰하지 않고 손수 정했던 것이다.

그래서 세황은 그림을 그리는 대신에 서화평(書畵評)에 본격적으로 관심을 갖기 시작했다. 깊은 학문적 지식과 서·화에 대한 남다른 식견을 바탕으로 하여 감식력을 발휘했던 것이다.

그리하여 현재 심사정의 〈산수도(山水圖)〉 8폭 그림에 대한 평을 썼다. 그는 지난 신사년(1761)에 이미 〈동기창임전인명적첩(董基昌臨前人名迹帖)〉에 평을 붙인 적이 있었다.

19

을유년(1765)이 되면서, 김홍도가 세황의 문하생으로 들어온 지 어느덧 13년이 되었다. 이제 그도 20살 약관(弱冠)으로 성인이 돼 버렸다. 그 동안 그림이 일취월장했다. 가르친 보람이 있어 세황의 마음이 매우 흐뭇했다. 그뿐만 아니라 그의 그림을 구경한 주위 사람들을 적이 놀라게 했다. 어릴 때부터 싹수가 있더니 기어이 장래성을 확실하게 보여주고 있는 것이다.

이때부터 장안에 소문이 퍼져 그의 그림을 얻고자 하는 사람이 줄을 이었다. 비로소 세황은 조금씩 걱정이 되었다. 젊은 마음에 우쭐해서 그림을 양산할까 봐 경계하는 것이다. 지난 계미년(1763)에 둘째 아들 흔이 임금을 알현하는 자리에서, 세황으로 하여금 그림 잘 그린다는 말을 하지 말라던 충고가 떠올랐기 때문이다.

세황이 하루는 홍도를 불러 앉히고는 그의 소문에 대해서 조용히 물었다. 그러자 홍도가 죄인이 되어 스승 앞에서 차마 고개를 들지 못했다.

"근간에 사능[1]이 그림을 마구 그려준다는 소문이 돌고 있어. 그게 사실인가?"

"소생이 아직 철이 들지 않아, 그리 되었습니다. 심히 꾸짖어 매를 드십시오. 달게 맞겠습니다."

"진심으로 깨달았다면 되었어. 다시는 그런 일이 없도록 해. 그림을 남발하면, 천기(賤技)가 흐르는 법이야. 자고로 예술은 인생을 꽃 피우는 것과 같거늘, 사능이 이제 겨우 약관이라는 사실을 알아야지. 붓끝을 놀리는 기술만 믿으면, 결코 훌륭한 그림이 나올 수 없는 법이야."

"소생이 죽을 죄를 지었습니다. 앞으로는 선생님의 큰 가르침을 헛되이 하지 않도록 각별히 유념하겠습니다."

홍도가 기어이 눈물을 쏟으면서, 이마를 바닥에 붙이고 한참을 울었다. 지금껏 풍류사종을 받들어 학문과 그림을 배웠던 것이 하루아침에 무너지는 것 같았던 것이다. 자신의 경솔함으로, '경서를 가르치는 스승은 만나기 쉬워도, 사람을 인도하는 스승은 만나기 어렵다'는 성현의 지적을 마음에 새겨두지 못한 탓이

1) 사능(士能) : 김홍도의 자(字).

었다.

홍도는 집에 돌아와서도 몇날 며칠을 후회하며 울었다. 자신의 경솔했던 순간들이 부끄러워 견딜 수가 없었다. 앞으로 스승 앞에 나설 일이 아득했던 것이다. 그림을 남발하면, 천기가 흐르는 법이라는 스승의 충언이 가슴을 할퀴는 것이었다. 강세황과 같은 고사(高士)가 자신의 행태를 지켜보면서 얼마나 한심스럽게 생각했을까를 생각하면 그만 자지러질 것만 같았다.

'부끄러워서, 내 어찌 얼굴을 들고 다니겠는가….'

세황이 한가롭게 중국의 진적[1]들을 보고 있는데, 처남 유경종이 헐레벌떡 달려왔다. 왠지 그의 얼굴이 경악에 질린 듯한 표정이었다. 볼에 경련까지 일었다. 세황이 영문을 몰라 그를 멀뚱하게 바라보기만 했다.

"자형. 이를 어쩌면 좋습니까?"

"해암. 대체 무슨 일이 있었길래, 그러시오?"

"어떻게 그런 일이 있을 수 있는지, 이해할 수가 없습니다."

"어허. 답답합니다. 대체 무슨 일입니까?"

"호생관 최북이… 글쎄, 그 사람이 송곳으로 자기 눈을 찔렀다지 뭡니까."

"자기 눈을 찔러요? 또 술탓이랍니까?"

---

1) 진적(眞蹟) : 그림이나 글씨의 원본.

"제가 방금 혜환재한테 전해 들은 바로는…."

한동안 뜸을 들이던 유경종이 비로소 사연을 전했다.

어느 날, 웬 남자 하나가 노새에 올라앉은 채 최북을 불렀다. 최북이 무슨 일로 왔느냐고 물었다. 그러자 명륜동 박 참봉이라면서, 그림을 구하러 왔다고 했다. 최북은 노새를 탄 채 남의 마당에까지 들어온 그가 가소롭고 아니꼬와 한 마디로 거절했다. 짐짓 위엄을 부리며 으스대는 꼴이 벌써부터 최북의 심기를 건드렸던 것이다.

그런데도 그는 그림값을 후하게 주겠다며 물러가지 않았다. 그래서 최북이 그림이 좋고 나쁜 것을 어찌 구분하느냐고 물었다. 그러자 화공이 제아무리 잘 그려도, 자신의 눈에 차지 않으면 시원찮은 그림이라는 것이다. 이에 최북이 기가 차서 "명태껍질을 씌운 눈깔로는 내 그림을 제대로 볼 수 없느니라." 하고, 방문을 거칠게 닫아버렸다. 그러자 밖에서 "하찮은 환쟁이 주제에 양반을 이리 대접해도 되는 것이냐?" 하고 소리를 질렀다. 이에 최북이 방문을 다시 열더니, "너 같은 놈이 이 최북을 저버리느니, 차라리 내 눈이 나를 저버리는 것이 낫겠다." 하고는, 갑자기 송곳을 뽑아들었다. 그러고는 눈 하나를 거침없이 찔렀다. 금세 눈에서 피가 뻗쳤다. 비로소 그가 놀라서 말에 오르지도 못한 채 줄행랑을 쳤다. 눈에서 피가 끊임없이 흘러내렸다. 그런데도 그는 눈 막을 생각은 않고 소리만 고래고래 질러댔다.

얘기를 전하는 유경종이 어깨를 부르르 떨었다. 세황은 자신의 귀를 의심하며 아무래도 잘못 들은 것으로 생각했다.

"해암. 혹시 농담 아니시오?"

"실은, 나도 믿을 수가 없어요. 그러나 혜환재가 괜한 얘기를 전했겠습니까? 그렇게 끔찍한 얘기를 말입니다."

"사실이라면, 최북이 또 술에 취한 탓이지요."

"혜환재 얘기로는 술을 마신 것 같지는 않았다고 합니다."

"최북의 꼬장꼬장한 성미가 기어이 일을 저질렀구려."

최북은 임진생(1712)으로, 매우 자유분방한 화공이다. 호를 스스로 호생관[1]으로 지었을 정도로, 그림을 팔아서 끼니를 이어가고 있었다.

그는 자(字)를 '칠칠(七七)'이라고 했다. 이름 북(北) 자를 둘로 쪼개어 지은 것이다. 평생을 독신으로 살면서 늘 술에 취해 있을 만큼 괴벽했다. 그런 중에도, 그는 원교 이광사가 귀양지를 옮길 때마다 찾아가 위로할 만큼 의리가 깊었다. 산수, 인물, 영모에 두루 능하였고, 그림값을 받으면 자신보다 어려운 화공을 곧잘 돕는 사람이었다.

세황이 최북과 교유하게 된 것은 혜환재 이용휴의 소개로 이루어진 것이다. 문벌은 보잘 것 없는 신분이지만, 세황은 그쯤 조금도 개의치 않았다. 오히려 자신이 가질 수 없는 최북의 호방한 기질을 좋아했다.

---

1) 호생관(毫生館) : 붓을 놀려 생활함.

김홍도가 도화서(圖畫署) 화원이 되었다. 약관의 나이에 발탁된 것이다. 도화서는 궁중에서 그림에 관한 일을 맡아 보는 곳으로, 약 30여 명의 화원으로 구성돼 있었다. 이들 화원은 1년에 네 차례 도화서 추천으로 이조(吏曹)에서 임명한다.

도화서 화원은 소임이 각각 다르다. 어진[1] 제작에 참여하는 부류가 있고, 궁중의 건물 내부를 그림 따위로 치장하거나, 단청 작업에 동원되기도 한다. 그리고 어제[2]를 편서[3]하기 위해, 인찰[4]할 때 동원된다.

세황은 홍도가 도화서 화원이 됐다는 소식을 듣고 매우 기뻐했다. 불과 20살에 화원이 됐다는 것은 그만큼 그의 화격(畫格)을 인정받았다는 의미가 되는 것이다.

그는 소재 여하에 관계 없이 모두 잘 그렸다. 인물·산수·풍물·화훼·조충(鳥蟲) 등에 이르기까지 능하지 않은 것이 없었다. 특히 그의 풍속화를 보고 있으면, 저절로 웃음이 나올 만큼 사실적이고도 익살스러웠다.

그가 잘하는 것이 그림뿐만이 아니었다. 악기를 잘 다루어 거문고와 피리 연주에 탁월했다. 달빛이 교교히 흐르는 한밤중에 그가 피리를 불면 잠자던 이웃들이 그 소리에 홀려 들창을 열 정

---

1) 어진(御眞) : 임금의 초상화.
2) 어제(御製) : 임금이 친히 지은 글.
3) 편서(編書) : 책으로 엮음.
4) 인찰(印札) : 문장의 글을 맞추기 위해 경계선을 그리거나 찍는 일.

도였다.

또 술자리에서 흥이 나면 거문고를 곧잘 연주했다. 그의 맑고 깨끗한 풍모에 걸맞게 거문고 소리 또한 청아하여 듣는 이의 심금을 울렸다.

세황이 날을 잡아 김홍도를 위하여 조촐한 술자리를 마련했다. 술상이래야 박주산채에도 미치지 못하지만, 스승으로서 그렇게라도 도화서 화원이 된 것을 축하해 주고 싶었던 것이다.

자고로 학문이 있는 자에게는 반드시 스승이 있었다. 스승은 도(道)를 전하고, 업(業)을 주고, 의혹을 풀어주기 때문이다. 그래서 공자도 "옛것을 되새겨 새것을 살필 줄 알면, 능히 스승이 됨직하다."라고 가르쳤던 것이다.

20

연객 허필과 혜환재 이용휴가 세황을 찾아왔다. 그것도 세황이 아침 수저를 놓은 지 얼마 안 될 만큼 이른 시각이었다. 복색은 늘 보던 그런 모양새였으나, 어딘가 조금은 다른 면이 엿보였다. 그저 한담이나 할 생각으로 온 것 같지가 않은 것이다.

"이 시각에, 어인 행차십니까? 어디, 멀리 가실 분들 같습니다."

"표암이 옳게 보셨어요. 마음도 답답하니, 근교로 바람이나 쏘이러 가십시다."

"갑자기 바람을 쏘이자고 하시니, 근교란 어디를 말씀하시는지요?"

"오늘은 수원 쪽으로 방향을 잡을까 합니다."

"수원이라…. 누구 아시는 분이 계십니까?"

그러자 왠지 두 사람이 서로 눈짓을 주고 받는 것이었다. 필경 자기들끼리 미리 계획을 세워놓고 나선 것 같았다. 세황이 궁금한 표정으로 두 사람을 번갈아 바라보았다. 결국 이용휴가 먼저 입을 열었다.

"실은, 수원 유수영(留守營)의 초대를 받았어요. 지난해부터 청을 받아놓고 있었으나, 차일피일 미루다가 오늘에야 실행을 하는군요."

유수영이란 행궁 즉 임금이 수도를 떠나 머무는 곳의 군영(軍營)이다. 영장(營將)이 따로 있을 수도 있으나, 대개는 유수직을 겸한다.

세황은 이미 개성 유수의 초대를 받아 갔었던 경험이 있어, 그런 분위기가 그리 낯설지는 않을 것 같았다.

"그러면 혜환재께서나 가셔야지요. 우리는 불청객이 아닙니까?"

"우리를 초대한 분은 영장인데, 두 분도 함께 뫼시라는 당부가 있었어요."

"글쎄요… 초면이라, 썩 내키지 않습니다."

"어허, 표암. 누구는 어미 뱃속에서부터 지인이 있었답니까? 그러니 어서 행장이나 꾸리시구려."

"아닌 밤중에, 홍두깨라더니 원…."

두 사람의 채근을 더 사양할 수가 없어 세황도 결국 나설 채비를 했다. 사립문을 나서려고 하자, 뜻밖에 말 세 필이 구종과 함께 대기하고 있었다. 세황이 어떻게 말이 와 있느냐는 뜻으로 이용휴를 바라보았다. 이용휴도 이미 눈치를 채고, 영장이 알아서 보낸 것이라고 해명했다.

수원이면 그리 먼 곳은 아니지만 걸어서 가기에는 부담스러운 거리였다. 어쨌든 편안한 여행길이라 세황으로서는 다행이었다.

안산 거리를 지나면서, 세황은 자꾸 처남 유경종이 마음에 걸렸다. 친소 관계를 생각하면 허필과 이용휴도 유경종만 빼놓을 입장이 아닌 것이다. 그래서 세황이 불편한 심기를 털어놓았다.

"연객이나 나도 표암의 마음과 다르지 않아요. 그러나 해암이야 말로 불청객이니, 낸들 도리가 없잖겠소."

"영장이 나를 초대한 것이 맞기는 맞습니까?"

"그렇지 않았다면, 내가 왜 표암을 동행시키겠소."

"이거야 원…."

세황은 마음 한 구석이 찜찜한 가운데에도, 마침 가을 초입에 들어서 있는 주위 경관에 그만 정신을 빼앗기고 말았다. 여름 내내 짙푸르던 나뭇잎들이 어느 새 그 기운을 잃어가고 있었다. 햇살은 따갑지만, 간간이 불어오는 바람이 가을 기운을 싣고 있는 듯했다.

"우리를 초대한 영장은 어떤 분입니까?"

"나승룡(羅乘龍)이라는 분인데, 본관이 나주(羅州)라고 합니다. 신묘생(1711)이구요. 시·서에 밝아, 대화가 즐겁습니다. 더구나, 성격이 화통해요."

"그렇다면, 덜 부담스럽군요."

이용휴가 나승룡과 친교를 맺은 것은 여러 해 전이라고 했다. 나승룡이 광주(廣州) 목사로 있을 때, 이용휴의 숙부인 성호 이익을 만나는 자리에서 인사를 나누었다고 한다.

"표암도 나 영장이 초면은 아닐 겁니다."

"글쎄요? 저는 기억이 나지 않습니다."

"지난 계미년(1763)에 돌아가신 성호 숙부의 빈소에, 마침 나 영장이 문상을 왔었지요. 제가 마침 경황이 없어서, 표암한테 인사를 시키지 못했을 뿐입니다."

"그런 일이 있었군요. 저는 까맣게 모르고 있었습니다."

"그럴 수밖에요. 여기 계신 연객한테도 마찬가집니다. 모든 게 제 불찰이지요. 어쨌든 가 봅시다. 이번에 좋은 아회가 될 듯 싶습니다. 나 영장이 우리를 환대하면 했지, 홀대는 하지 않을 것입니다."

"사람을 초대하고 홀대를 한다면, 그건 예의가 아니지요."

세 사람은 초가을의 따가운 햇살과 건들바람을 맞으면서 즐거운 여행을 하고 있었다. 도중에 시를 읊기도 하고, 흥얼흥얼 노래를 부르기도 했다. 말들도 자신의 등에 올라앉은 선비들의 품격을 아는 듯 걸음걸이가 경쾌했다.

일행이 수원성에 도착한 것은 해가 서쪽 여기산(麗妓山) 등성을 넘을락말락하는 시각이었다.

유수영문에 다다르자, 나승룡이 친히 나와서 일행을 영접했다. 이용휴가 먼저 말에서 내려 반갑게 예를 갖추었다. 비로소 세황과 허필이 말에서 내렸다.

나승룡이 일행을 동헌으로 안내했다. 그러자 이용휴가 그에게 세황과 허필을 차례로 소개했다. 세황이 나승룡을 뜯어본 바로는 얼굴에 맑고 시원한 기운이 흐르고, 눈길은 그윽한 깊이가 서려 있었다. 상대방의 마음을 편하게 할 사람 같았다.

"표암과 연객이 저에게는 구면입니다. 지난번 성호 선생의 빈소에서 멀찌감치 뵌 적이 있어서 기억에 남습니다. 표암께서는 지난 정축년(1757) 여름, 개성에 가셨었다는 얘기를 개성 유수한테 들어서 알고 있습니다."

"오수채 유수와는 친분이 있으십니까?"

"평소에, 제가 존경하는 분이었습니다. 그분의 깊은 학문과 서·화에 감복하고 있습니다. 표암께서 개성에 머무시는 동안, 〈송도기행첩〉을 제작하셨다는 얘기도 들었습니다."

"영장께서 소상하게 알고 계시는군요."

"몇 해 전, 제가 개성에 간 적이 있었지요. 그때 유수께서 그 〈송도기행첩〉을 보여주셨어요. 그 그림을 보는 순간, 제 눈을 의심했습니다. 지금까지 제가 보아 온 남종화의 기법을 뛰어넘어, 서양화법을 새로 보게 된 것입니다. 참으로 놀라운 그림이었습니다. 그 중에서도 특히 〈영통동구〉와 〈태종대〉 그림에 매우 탄복했습니다."

"너무 과찬을 하시니, 제가 몸둘 바를 모르겠습니다."

"어쨌든, 표암과 연객 같은 분을 가까이서 뵙게 되어 매우 기쁩니다. 시간이 늦었으니, 오늘은 영내에서 조촐한 주연을 갖기로 하지요. 그러고 내일은 수원 경관을 둘러보고, '방화수류정(訪花隨柳亭)'에서 아회를 여는 것이 어떨까 싶습니다만, 혜환재께서는 어떤 의향이신지요?"

"우리는 영장의 초대를 받은 처지이니, 주인의 뜻에 따를 수밖에요."

잠시 후 주안상이 들여졌다. 이어서 남자들 수에 맞춰 관기(官妓) 넷이 따라붙었다. 관가에 속해 있는 기생들이기 때문에 여느 기생집처럼 출중한 미모는 아니었다.

그들 관기는 원래 궁중의 여악[1]을 맡았었다. 그러다가 세월이 흐르면서 지방 수령들의 위안의 대상이 되어, 주로 가무와 악기 연주를 담당했다.

오늘은 술을 마시며 그저 한담만 주고 받는 술자리가 되었다. 여독이 금방 풀리지 않아 주석에 오래 앉아 있을 수 없는 탓이었다. 나승룡도 손님들의 마음을 헤아려 술자리를 오래 끌지 않았다.

---

1) 여악(女樂) : 궁중에서 연회를 베풀 때, 여기(女妓)가 악기를 타고 가무하는 일. 반대로 무동(舞童)이 춤추고 노래하는 남악(男樂)도 있다.

그렇게 두 시간여를 앉아 있다가 관사(官舍)로 가서 여장을 풀었다. 세황은 잠자리에 들면서, 옛날 개성에서의 여정을 잠시 회고했다. 그때는 오로지 사생(寫生)의 목적으로 간 여행이어서 특이한 일은 없었다. 특히 유수 오수채의 학덕과 인품으로는 그러한 별난 재미를 마련할 뜻이 없었던 것 같았다. 아니면, 그쪽에서 세황의 인품을 고려했던가.

세황은 자신도 모르는 사이에 스르르 잠이 들어버렸다. 객지에다 낯선 잠자리인데도 원체 약한 주량에 여독이 겹친 탓이었다.

21

세황 일행은 수원에서 3일 밤을 자고, 다시 안산 길에 올랐다. 수원에 갈 때처럼, 나승룡이 말 세 필과 구종을 붙여주었다.

첫날과 둘째날은 유수영 관사에서 잤고, 삼 일째 되는 날은 뜻밖에 기생집 수련옥(垂蓮屋)에서 자게 되었다. 나승룡의 계획된 일정인 것 같았다.

세황으로서는 전혀 예상치 못했던 일이었다. 그에게 기생집이란 언감생심이었던 것이다. 죽도 제대로 먹지 못할 곤궁한 형편에, 기생집은 감히 떠올린 적도 없었다. 그런 곳에는 재산이 많은 양반들이나, 토호들이나, 한량들이 출입하는 곳으로 여길 따름이었다. 더구나 술을 즐기지 않는 세황으로서는 당연한 것이었다.

세황이 어제 기생과의 잠자리를 떠올리며, 마치 악몽을 떨쳐 내듯이 머리를 말대가리처럼 흔들었다. 어제 일들이 꿈이었는지 생시였는지, 쉬 가늠할 수가 없었던 것이다.

허필과 이용휴를 슬쩍 곁눈질로 바라보자, 왠지 둘이서 빙긋이 웃는 것이었다. 그러면서 이용휴가 자주 입을 달싹댔다. 딱히 할 말이 있는 듯한 눈치였으나 세황이 애써 피했다. 아무래도 그들에게 놀림감이 될 것만 같았던 것이다. 그러자 이용휴가 말머리를 세황 쪽으로 가까이 붙였다.

"표암. 객고를 푸신 감회가 어떠했소?"

"민망할 뿐입니다. 제 처지에, 기생이라니 원…."

"표암과 짝이 된 계집이 그중 빼어났어요. 어찌나 탐이 나는지, 샘이 나지 뭡니까. 연객, 아니 그렇습니까?"

"저도 혜환재 생각과 같습니다. 그 아이가 군계일학이었지요."

"어허, 그만들 하십시오. 저는 지금도 낯이 뜨거워 견딜 수가 없습니다."

"까짓 천한 계집 한 번 품은 것을 가지고, 낯 뜨거울 게 뭐 있습니까. 세상사 다 그런 거지요."

"그런데 영장은 왜 중간에 자리를 떴답니까?"

"그야, 뻔하지요. 우리들로 하여금 객고를 풀도록 자리를 피한 것이지요. 손님 대접 중에는 뭐니뭐니 해도, 계집 수발이 첫째 아닙니까. 성격이 화통한 영장으로서는 그럴 만하지요."

둘쨋날에는 일정에 잡힌 대로, 나승룡의 안내를 받아 '방화수

유정'에서 아회를 가졌다. 그 자리도 매우 뜻 깊었다. 역시 관기들이 따라붙었다. 그들의 가무가 있었지만, 그보다는 담론과 시·서를 즐긴 것이 더 기억에 남았다.

그러나 세황은 그림을 그리지 않았다. 나승룡의 청이 있었지만 차마 들어줄 수가 없었다. 하는 수 없이 세황은 절필의 이유를 소상하게 설명했다. 옆에서 허필과 이용휴가 세황의 뜻을 거들어, 나승룡을 겨우 이해시킬 수 있었다.

"표암한테 그런 일이 있었군요. 참으로, 상감의 은혜가 하해와 같습니다. 그건 상감께서 표암을 세상 인심으로부터 보호하시려는 게 아니겠습니까."

"그러니 아무리 오늘의 자리가 흥에 겨워도 어찌 환[1]을 치겠습니까. 그러니 영장께서 제 마음을 헤아려 주십시오."

"더는 청하지 않겠습니다. 그렇다면, 연객과 혜환재께서 몫을 대신하셔야 되겠습니다. 제가 오늘의 이 아회를 기념하고 싶으니, 부디 거절하지 마십시오."

그러자 허필이 "결국, 우리는 꿩 대신 닭이지 않습니까." 하고 걸걸걸 웃음을 터뜨렸다. 비로소 세황이 난처한 위기에서 벗어날 수 있었다.

허필과 이용휴가 그린 것은 일행이 정자에 앉아 술 마시는 장면과 차 마시며 얘기 나누는 모습이었다. 세황은 그림에 발문을

---

1) 환 : 그림을 아무렇게나 마구 그리는 일.

붙여주는 것으로 그림에 대신했다.

나승룡이 일행을 기생집으로 안내한 것도 그림에 대한 보답 명목이었다. 그림이 아니었더라도 이미 일정에 들어있었을 것이다.

술자리가 한참 무르익을 무렵, 슬그머니 일어난 나승룡은 다시 돌아오지 않았다. 다만 그의 앞에 앉아 있던 기생만이 다시 들어왔다. 왜 혼자 돌아왔느냐고 이용휴가 물었다.

"영장께서는 진영을 오래 비울 수가 없어, 먼저 가신다고 말씀하셨습니다. 술값과 저희들 화대를 선불하시면서, 오늘 밤 세 분을 극진히 뫼시라는 분부를 남기셨습니다."

"허면, 오늘 밤 우리들 수청까지 들 것이냐?"

"당연합니다. 영장 어르신의 분부를 어찌 거역할 수 있겠습니까."

"연객의 뜻은 물어보지 않아도 될 것이나, 표암의 생각은 어떠시오?"

세황은 묻는 저의를 모르겠다는 듯이 이용휴를 빤히 바라보기만 했다. 그러자 그가 갑자기 혀를 차면서 눈까지 흘기는 것이었다. 허필은 그저 웃기만 할 뿐 왠지 말을 아끼고 있었다. 이용휴가 답답하다는 듯이 가슴을 치면서 또 눈을 흘겼다.

"표암, 정말 모르시겠소?"

"글쎄올습니다. 제가 무엇을 모른다는 말씀입니까?"

"천하의 문장가가 저리 답답할 수가 있나. 얘야. 네 이름이 당화(塘花)라고 했지? 네가 대신 말씀드리거라."

이용휴가 세황 옆에 앉은 기생을 향해 턱을 흔들었다. 그러자 당화가 얼굴에 꽃물을 들이면서 고개를 떨어뜨렸다. 이용휴가 언성을 높여 채근했다.

“소녀 입으로, 어찌 아뢰겠습니까.”

“이런…. 그 남자에, 그 계집이로구나. 천상배필이 따로 없어.”

그러자 세황이 갑자기 정색을 하면서 이용휴를 바라보았다. 머쓱해진 이용휴가 헛기침을 내뱉었다. 허필은 여전히 웃기만 했다.

“혜환재. 어찌하여 애먼 이 아이를 꾸짖으십니까? 혜환재의 말뜻을 알아채지 못하는 제가 답답하지요.”

“허어. 연객도 방금 표암이 한 얘기를 들으셨지요? 자기 짝을 편들지 않습니까. 당화는 좋은 님을 만나서 좋겠구나. 부럽구나, 부러워.”

세황이 이러한 분위기에 떠밀려 얼떨결에 당화와 동침을 하게 된 것이다. 당화는 18살이라고 했다. 몸피는 왜소한 편이고 얼굴이 갸름했다. 피부가 눈같이 희고, 웃을 때 드러나는 이가 꼭 옥수수 알처럼 박혀 있었다.

주석에서 세황이 자주 조는 모습을 보이자, 혜환재가 당화한테 눈짓을 보냈다. 세황은 그녀의 부축을 받아 다른 방으로 들어갔다. 방에는 이미 침구가 펼쳐져 있었다.

세황은 짙은 화장품 냄새가 코를 찌르는 바람에 비로소 정신을 차렸다. 그러나 진퇴양난이었다. 여자의 부축을 받아 이미 침실로 들어왔으니 되돌아갈 명분이 없는 것이다. 사내 코쭝배기로는 차마 못할 짓이라 한동안 갈등에 빠졌다. 당화의 고운 자태를 생각하면 거부하기가 싫었고, 체통을 생각하면 그녀를 취할 일이 아닌 것 같았던 것이다.

"내가 어쩌다가 이리 되었는지 모르겠구나."

"나으리께서 소녀가 마음에 차지 않으시면, 물러가겠습니다."

"그런 뜻으로 말하는 게 아니다. 내 지금껏 방외(房外) 여인과 동침을 한 적이 없어, 민망해서 하는 말이야. 어찌하면 좋은지, 당화의 생각을 알고 싶구나."

"하오면, 소녀의 뜻에 따르시겠습니까?"

"그럴 수밖에 없겠구나. 나를 물리겠다면, 나 역시 네 뜻에 따를 것이야."

"하오면, 불을 끄겠습니다."

세황이 눈길을 천정에다 걸어놓고 헛기침만 내뱉었다. 그러자 당화가 촛불을 꺼버렸다. 세황의 헛기침으로 대답을 들었다고 생각하는 것 같았다.

이어서 그녀가 사오락사오락 옷 벗는 소리를 내고 있어 세황을 긴장시켰다. 심장이 요동을 치면서 가슴이 벌렁거리고, 정신이 아득하게 멀어지는 것 같았다. 애써 마음을 다스리려고 눈을 질끈 감았다.

잠시 후, 당화가 다가와 세황의 옷을 하나씩 벗기기 시작했다. 적삼부터 벗긴 손길이 아래로 내려가 대님을 풀었다. 그러고는 잠방이만 남겨둔 반라로 만들어 버렸다.

문 창호지를 뚫고 들어온 바깥 불빛이 방 안을 희미하게 밝히고 있었다. 당화가 이불을 젖히고 살며시 들어와 세황 옆에 누웠다. 세황이 당화의 손을 끌어 잡았다. 그녀가 잡힌 손을 자신의 가슴에 얹었다.

침을 꿀꺽 삼킨 세황이 당화를 향해 돌아누웠다. 그러고는 속적삼과 고쟁이를 벗겨버렸다. 당화가 몸을 비틀어 허둥대는 세황의 손길을 도왔다.

세황이 당화의 목 밑으로 팔을 넣고는 거칠게 안았다. 그러자 그녀가 속삭였다.

“소녀, 남정네는 나으리가 처음이라 몹시 두렵습니다. 서두르지 마시고, 천천이 취하셔요.”

“허어. 정말, 내가 처음이라는 말이냐?”

“지체가 하늘같이 높으신 나으리께 어찌 거짓을 아뢰겠습니까.”

“믿을 수가 없구나.”

“비록 천한 몸이지만, 남정네만은 가려왔습니다.”

“그런데 어째서 나를 받아들이는고?”

“나으리를 처음 뵙는 순간, 작심을 하였습니다. 허락된다면, 나으리께 기꺼이 이 몸을 바치겠다고 다짐을 하였습니다. 믿으시어요.”

“오냐. 나도 당화를 믿을 것이야.”

서둘러 잠방이를 벗어버린 세황은 당화를 반듯하게 눕혔다. 이미 쇠젓가락처럼 뜨거워진 손길이 얼굴에서부터 가슴으로, 가슴에서 복부로, 복부에서 샅으로 바쁘게 기어다녔다.

당화가 숨을 새근거리며 몸을 비틀었다. 유방이 잡힐 듯 말 듯하여, 세황의 마음을 안타깝게 했다. 세황이 무릎으로 샅을 열자, 그녀가 신음을 토하면서 몸을 바르르 떨었다.

"아아, 당화야…."

"나으리…."

22

세황은 집으로 돌아와서도, 며칠을 뜬 눈으로 밤을 새우기 일쑤였다. 문 창호지를 통해 날이 희붐하게 밝은 것을 보고서야, 자신이 밤을 새웠음을 깨닫곤 했다.

'고것이 사람인 것도 같고, 아닌 것도 같고….'

당화가 아직도 눈에 밟혀, 안타까운 마음을 진정시킬 수가 없었다. 눈에 넣어도 아프지 않을 것만 같아, 침이 마르면서 입이 바작바작 타들어갔다. 그러면서도 마음 한편으로는, 그날 밤 당화가 고통스러워하는 모습이 가슴을 할퀴는 것이었다. 이불자락을 입에 물고 고통을 참아내는 그녀의 인내를 당시에는 미처 깨닫지 못했다.

당화의 온몸이 땀에 젖어 마치 물에서 방금 건져낸 것 같았다. 한참 후에 숨을 몰아쉰 그녀가 서둘러 일어나더니 요를 바꿔야 한다는 것이었다. 세황은 요가 땀에 젖어 바꾸는 것으로 알고 잠시 일어나 앉았다.

세황은 어둠에 익숙해진 눈길로 요를 내려보았다. 순간 눈을 질끈 감아버렸다. 욧잇이 새빨갛게 물들어 있는 것이었다. 비로소 "남정네는 나으리가 처음이라, 몹시 두렵습니다." 하고, 속삭이던 당화의 목소리가 가슴에 구멍을 뻥 뚫어 놓았다.

'진정, 거짓이 아니었어. 당화가 딱해서 어쩌누.'

이튿날, 부랴부랴 옷을 챙겨 입는 세황의 손길을 당화가 거들면서 자꾸 한숨을 내쉬었다. 세황이 그녀의 손을 끌어 잡는 것으로 작별을 알렸다. 당화가 턱 밑으로 다가와 세황을 올려보았다. 그 눈에 눈물이 그렁그렁했다.

"언제 또 나으리를 뵈올지, 아득할 뿐입니다."

"글쎄··· 나 역시 기약할 수가 없구나."

"나으리를 뵙지 못한다 하여도, 소녀는 나으리를 가슴에 품을 것입니다. 부디 옥체 강녕하십시오."

"연이 끊기지 않는다면, 언젠가는 또 만날 수 있겠지. 그러니 당화도 건강을 잃지 않도록 해."

"나으리···."

당화가 기어이 눈물을 뚝뚝 떨어뜨렸다. 그 눈물이 세황의 손등을 적셨다. 세황도 가슴이 찢어지는 것 같아 그녀를 꼭 안아주었다.

'거짓으로라도, 가까운 시일 안에 다시 볼 수 있다고 할 것을….'

세황은 머리를 흔들어, 그때의 장면을 떨어내려고 안간힘을 썼다. 마당으로 난 문을 활짝 열었다. 초가을의 새벽 바람이 보자기처럼 얼굴을 덮었다. 세황은 어깨를 오스스 떨며 멀리 희미하게 윤곽만 드러낸 수리산에 눈길을 걸어놓았다. 그저 한숨만 내쉴 뿐 어떠한 생각도 할 수가 없었다.

'가슴이 왜 이리 답답할까….'

세황이 마당의 평상에 걸터앉아 이것저것 잡생각에 젖어 있는데, 처남 유경종이 사립문을 열고 들어섰다. 순간, 가슴이 철렁 내려앉았다. 유경종이 웃으면서 다가서는데도, 세황은 차마 마주 볼 수가 없었다. 꼭 나쁜 짓을 하다가 들킨 기분이었다.

세황이 수원에 갔다 온 것은 그도 알고 있으나, 기생과 동침한 사실만큼은 까맣게 모르고 있었다. 허필이나 이용휴가 고자질은 하지 않았을 것으로 믿고 싶었다.

설사 그가 안다고 해도 굳이 죄의식을 가질 필요는 없을 것이다. 그의 누이가 죽은 지 십 년이 지난 지금, 자형의 외도를 서운해 할 수는 없다. 그런데도 세황은 마치 죄인 된 기분을 떨쳐버릴 수가 없는 것이다.

"자형, 무슨 생각을 그리 골똘히 하십니까?"

"생각은 무슨…. 가을에 들어서니, 마음이 어수선할 뿐이오."

"절필하시고 해가 두 번이나 바뀌었는데, 언제까지 붓을 놓으실 생각입니까?"

"글쎄요. 상감께서 아직 용좌에 앉아 계시지 않습니까. 사람의 말은 바람을 타고 귀에서 귀로 전해지는 법이에요. 내가 다시 그림을 그린다는 말이 상감 귀에 들어가면, 얼마나 서운하시겠소."

"그토록 그림을 멀리 하시니, 답답하지 않으십니까?"

"어명인데, 답답한들 어쩌겠소. 상감께서 나를 아끼시는 마음으로 그리 말씀하신 것을 생각하면, 차마 붓을 잡을 수가 없어요."

"그건 그렇고. 마음이 어수선하시다니, 술 한잔 하심이 어떻겠습니까?"

"해암도 아다시피, 나한테 술이 있을 리 없잖소."

"그래서 제가 가져왔지요."

유경종이 비로소 보자기로 싼 것을 세황한테 내보였다. 보자기에 술이 들어 있을 것으로는 미처 생각하지 못했다. 세황이 환하게 폈던 얼굴을 금세 굳혔다.

"마침 집에 나 혼자뿐이라, 술안주 만들 사람이 없구려."

"그럴 줄 알고, 안주까지 준비했습니다."

"자상하시기는…. 소반과 젓가락은 내가 들여갈 것이니, 어서 안으로 들어갑시다."

이때 사립문 밖에서 "이리 오너라." 하는 소리가 들렸다. 돌아

보니 이용휴가 웃는 얼굴로 서 있었다. 유경종이 앞서 그를 맞아들였다. 이용휴 손에도 무엇인가 보자기에 싼 것이 들려 있었다.

“해암이 와 계셨구려. 해암 모르게, 표암과 둘이서 술 한잔 하려고 왔더니….”

이용휴가 보자기에 든 것을 유경종한테 내밀었다. 짐작에 술병이 들어 있는 것 같았다. 유경종이 그걸 받아들면서 걸걸걸 웃음을 터뜨렸다.

“허어. 저는 혜환재 모르시게, 자형과 대작할 생각이었는데. 결국 서로 들키고 말았습니다.”

세황이 그들을 방으로 안내하려고 하자 이용휴가 평상을 가리켰다. 방으로 들어갈 필요 없이 밖에서 마시자는 뜻이었다.

“마침 공기도 맑고 바람이 시원하니, 굳이 방에 들어갈 필요가 없겠소. 하늘을 지붕 삼아 평상에서 마시면, 소풍 온 기분이 날 것 같습니다.”

세 사람이 결국 평상에 앉아 아회 기분을 냈다. 마침 이용휴까지 안주를 가져와 유경종이 준비한 것까지 합치니 아주 푸짐했다. 유경종이 가져온 것은 전 부친 것이고, 이용휴가 내놓은 것은 북어였다.

이용휴가 왠지 사립문 쪽으로 눈길을 자꾸 돌렸다. 누구 올 사람이 있느냐고 세황이 물었다.

“연객은 먹을 복이 없는 모양이오. 이렇게 안주가 푸짐한 것도 모르고….”

"누가 압니까. 금세 나타날지."

"그렇다면, 다행이지만…."

그러나 허필을 기다리는 이용휴와는 달리 세황의 마음이 불편했다. 허필까지 동석하는 것이 부담스러웠다. 허필과 이용휴가 취중에 유경종 앞에서 기생집에 갔던 일을 털어놓을 것이 마음에 켕기는 것이다.

아니나 다를까. 이용휴가 기대한 대로 허필이 나타난 것이다. 이용휴가 그를 보자 대뜸 혀부터 찼다.

"호랑이도 제 말하면 나타난다더니, 연객이 호랑이인 모양이오. 귀가 간지럽지 않으시었소."

"왜요? 세 분이서 내 흉을 보신 모양이구려."

"그렇다마다요. 먹을 복이 없는 분이라고 흉을 보았지요."

"먹을 복이 있으니, 이렇게 오지 않았습니까."

우연히 벌어진 술자리는 이렇게 웃음소리로 시작되어 모두가 즐거웠다. 술병이 두 개나 되고, 안주가 푸짐하니, 시각적으로도 즐거운 자리였다.

그런 중에도 세황은 긴장을 풀어놓지 않았다. 유경종을 세황의 처남으로만 여기지 않고 모두가 친한 지우로 생각하는 터라, 더욱 마음을 놓을 수가 없는 것이다. 특히 이용휴가 술에 취하면 말을 거침없이 내뱉는 성격이었다.

세황은 배에 힘을 잔뜩 주고 이용휴를 감시했다. 그의 입에서, 수련옥 어쩌구 저쩌구하는 말이 터지는 순간, 얼른 입을 틀어막을 생각이었다. 그러다 보니, 술이 입으로 들어가는지 코로 들어가는지 의식조차 할 수가 없었다.

'술이 꼭 좋은 것만은 아니지.'

그로부터 한 시간쯤 지나자, 이용휴가 갑자기 얼굴에서 웃음을 지우는 것이었다. 그러고는 세황과 유경종의 얼굴을 번갈아 바라보며 입을 달싹댔다. 세황이 보기에, 그에게 아직 취기는 들지 않은 것 같았다.

"언젠가 해암이 말씀하신 적이 있었지요? 표암이 새 여자를 들이면 좋겠다고."

"허면, 자형한테 좋은 혼처가 나섰습니까?"

"내 생각에는 좋은 혼처 같지만, 표암의 생각이 어떠할지 모르겠어요."

세황이 바싹 긴장했다. 이용휴의 입에서 어떤 엄청난 말이 터질지 가슴이 두근두근했다. 그가 던진 말머리를 생각하면 그리 긴장할 일은 아닌 것도 같았다. 설마 그 혼처라는 것이 기생 당화를 지목하지는 않을 것이기 때문이다. 이용휴가 말을 이었다.

"며칠 전, 우리가 수원 유수영에 간 것은 영장의 초대가 있었기 때문이지요. 그러나 영장한테는 다른 뜻도 있었어요. 그건 나만 알고 있는 사실이기도 하구요."

비로소 세황과 유경종과 허필의 이목이 그에게 집중되었다. 영장이 다른 뜻을 품고 있었다는 것이 궁금했던 것이다. 더구나 이용휴가 내놓은 모두(冒頭)가 세황의 혼사 얘기여서 기대감까지 갖는 것이었다. 세황 당사자의 마음은 어떨는지 모르나, 나머지는 모두가 바라던 바였기 때문이다. 자신들의 지우 중에 지우인 세황이 상처한 지 십여 년이 된 지금까지 홀아비로 늙는 것이 안타까웠던 것이다.

이용휴가 한동안 입에 빗장을 지르고는 자작하여 술을 털어넣었다. 선뜻 얘기 꺼내기가 조심스러운 것 같았다. 그러자 마음이 답답해진 유경종이 이용휴를 채근했다. 비로소 그가 입을 열었다.

"그게 어떻게 된 것인고 하니…."

23

서너 시간 이어진 술자리에서 이용휴와 허필이 먼저 일어났다. 평상에는 세황과 유경종만 남게 되었다. 세황은 처남과 마주 앉아 있기가 내심 거북했다. 이용휴로부터 뜻밖에 혼처 얘기를 듣는 바람에, 아직도 정신이 혼란스러웠다. 이용휴 입에서 당화 얘기가 터질까 봐 마음을 졸이고 있던 터라 더욱 당황스러운 것이다. 그것도 처남이 있는 자리에서 나온 것이라 더욱 민망했다.

물론 처남도 당연한 것으로 받아들이는 눈치였다. 그러나 죽은 누이 생각을 하면 어찌 마음이 편하겠는가. 겉으로는 잘되기를 바란다고 말했지만, 그건 분위기에 편승한 탓인 것도 같았다.

"자형 생각은 어떠십니까? 혜환재가 전하는 바로는 괜찮은 혼처 같습니다만…. 자형께서 너무 오랜 세월을 혼자 계셨습니다. 저는 물론이고, 어머님께서도 몹시 안타까워하십니다."

"글쎄올시다. 갑자기 나온 얘기라, 나도 혼란스러워요."

"연객이 전하는 바로는, 영장의 인품이 괜찮은 분이라고 하지 않습니까."

"내가 영장과 혼인하는 건 아니잖소. 아비와 여식의 인품이 꼭 같다고는 할 수 없지요."

"비록 혼기를 놓친 처자(處子)이기는 해도, 스무 살밖에 안 됐다고 했습니다. 자형 연세에는 다소 어리다고 할 수 있겠으나, 그렇다고 나이 든 과수댁을 들일 수는 없는 노릇 아닙니까."

"나이야 뭐…."

세황이 태어났을 때, 아버지 강현의 나이가 무려 64세였었다. 그건 아버지가 젊은 후처한테서 세황을 얻었다는 얘기다. 그때의 아버지에 비하면, 세황의 나이가 결코 늦다고 할 수는 없었다.

유경종이 취기가 드는지 슬그머니 일어났다. 해질녘이라, 집까지 오릿길은 가깝다고 할 수가 없어서 일찍 자리를 뜨는 것 같았다. 그가 사립문을 나서면서 "자형, 너무 깊이 생각하실 일이 아닌 것 같습니다."라는 말을 남기는 걸 잊지 않았다.

세황은 술상 치울 생각도 않고 평상에 우두커니 앉아 있었다. 산등성에 눈길을 걸어놓고는 있으나, 산이 산으로 보이지 않았다. 나무를 보아도 그렇고, 지저귀며 노니는 새를 보아도 새로 보이지 않는 것이었다.

이용휴가 털어놓은 애기를 종합해 보면 영장 나승룡과 이미 밀약이 있었던 것이다. 그들끼리 자주 서신을 주고 받았다고 했으니만큼, 영장의 여식 애기도 나왔을 것이다. 마침 세황이 혼자 된지 오래된 것을 알고 있는 나승룡이 마음에 두고 있었던 것 같았다. 진주 강씨의 화려한 가문과 세황의 인품을 알고 있는 나승룡으로서는 당연할 수도 있다.

그래서 평소 가깝게 지내던 이용휴한테 언질을 주었을 것이다. 이에 이용휴도 마음이 동했을 것이고.

세황의 넷째 아들 빈이 을축생(1745)이니, 나승룡의 여식과 나이가 같은 셈이다. 새삼 민망했다. 자신의 나이 쉰둘에, 스무 살 먹은 여자를 들인다는 게 아무래도 가당치 않은 짓 같았다. 굳이 아버지 세대와 비교하는 것으로 위안 받고 싶은 생각이 없는 것이다. 더구나 자신한테는 여섯 살짜리 손자까지 있으니, 자식들 보기에도 남세스러운 일일 것 같았다.

세황은 한숨을 내쉬며 자신도 모르게 고개를 푹 꺾었다. 집이라고는 비가 새는 누옥이고, 살림 또한 밑이 빠지게 궁하여, 하루 두 끼 먹기에도 미안할 정도였다. 이런 마당에 여자를 들인다면, 그야말로 작수성례[1]가 아닌가.

'나승룡 딸은 어째서 혼기를 놓쳤을까….'

갑자기 그게 또 궁금했다. 처녀가 혼기를 놓쳤다면 그럴 만한

---

1) 작수성례(酌水成禮) : 가난한 집의 혼례.

까닭이 있을 것이다. 얼굴이 얽은 박색이든가, 몸에 병이 있든가, 사지 중에 무엇 하나가 병신이든가….

팔만대장경에, 이상적인 결혼은 눈 먼 여자와 귀머거리 남자가 함께 사는 것이라고 했다. 설사 그게 진리하고 하더라도 얼굴이 얽었거나, 병 들었거나, 신체적 불구와는 혼인할 수 없지 않은가. 그건 문중에서 절대 용납하지 않을 것이다.

'꼭 여자를 들여야 하는가?'

세황은 지금처럼 혼자 살면서, 당화 같은 아이와 벗하며 회춘하는 것도 괜찮을 성 싶은 것이다. 이미 자식 넷에다가 손자 손녀까지 보았으니, 그만한 복만으로도 남부럽지 않았다. 앞으로 천 년 만 년 살 것도 아닌데, 굳이 새 여자를 들여서 더 궁하게 살 필요가 있는가 싶었다.

'당화는 어떡하고 있는지….'

작별할 때, 그녀가 세황을 가슴에 품어두겠다고 한 말이 귀를 간질이는 것이었다. 그러면서 눈물을 뚝뚝 떨어뜨리던 모습이 눈에 밟혀, 새삼 가슴이 찢어지는 것 같았다.

'당화야. 인연이 끊어지지 않는다면, 다시 볼 수 있을 것이야.'

세황은 자신도 모르게 그만 콧등이 저리면서 눈물이 고이는 것이었다. 이때 마침 큰아들 인이 제 아들 이벽(彝壁)을 데리고 마당으로 들어섰다. 세황이 당황해서 얼른 눈시울을 닦았다.

손자가 "할아버지, 이벽이가 왔습니다." 하고, 세황의 품에 안겼다. 아들 인이 평상에 놓인 술상을 보고는 대뜸 팔을 걷어붙였다.

"손님께서 다녀가셨습니까?"

"너희 외삼촌이 다녀갔어. 연객하고 혜환재께서도 오셨고."

"즐거운 시간을 가지셨습니까?"

"그런 셈이지. 공부는 잘 되고 있느냐?"

"주야로, 열심히 하고 있습니다."

"그래야지."

인이 기유생(1729)이니, 그의 나이 어느덧 36살이었다. 둘째 흔이 먼저 과거에 급제한 것이 세황은 물론이고, 본인도 매우 민망한 중이었다. 그래서 과거 준비를 더욱 열심히 하는 것 같았다.

설거지를 마친 인이 평상으로 다가와 세황 옆에 슬그머니 엉덩이를 내려놓았다. 그러고는 말 없이 산등성 쪽을 바라보았다. 딱히 아비한테 할 얘기가 있는 것 같지는 않은데, 세황은 왠지 경계심부터 드는 것이었다.

"아버님 건강은 어떠신지요. 매일 와서 문안 드리지 못해 죄송합니다."

"나한테 필요한 것은 문안인사 받는 것이 아니라, 네가 과거에 급제했다는 소식을 듣는 것인데… 잠을 줄이는 것도 공부 시간을 버는 것이지."

"소자도 그걸 깨달아, 잠을 줄이려고 애쓰고 있습니다."

"해암 네 외삼촌한테 들은 얘기다만, 옛날에 잠을 자지 않기 위해서 구원고(枸元膏)라는 것을 먹었다는 얘기가 있어."

"구원고가 무엇인지요?"

"강희제[1]가 천하의 명의들을 모아 이 약을 짓게 했다는 게야. 구기[2]와 용안[3]의 두 가지 맛으로 고(膏)[4]를 만들어 먹으면 잠이 없어진다는 말이지. 본초강목[5]에 보니까 구기에는 쇠함을 복돋아 주는 효과가 있고, 용안에는 심혈을 보충해 주는 효능이 있다고 했어. 그러나 두 가지 모두 잠을 쫓는다는 설명은 없어. 일찍이 중국의 소동파가 이르기를 '만일 칠십 년을 살더라도, 곧 백사십 년을 사는 것이다.'라고 했어. 이 말은 잠을 이루지 못해서 탄식했다는 뜻인 게야. 그러니 잠이 많음을 근심할 필요는 없어. 다만, 잠이 쏟아질 때에 그걸 정신력으로 극복하는 방법을 터득하는 게 건강에도 오히려 좋을 게야." (《표암유고》, p.276, '구원고설(枸元膏說)' 및 박동욱 · 서신혜, 《표암 강세황 산문전집》, pp.69-70 참조)

"명심하고 있습니다. 그보다는 아버님. 언제까지 홀로 계실 것입니까. 저희 자식들이 민망해서, 어찌할 바를 모르고 있습니다."

"갑자기 그 얘기는 왜 꺼내는 것이야? 애비는 불편한 게 없으니, 민망할 것 없다."

"그러나 아버님…."

"글쎄, 알았대두 그러는구나. 술을 몇 잔 마셨더니 피곤하구

---

1) 강희제(康熙帝) : 청나라 4대 황제(1654-1722).

2) 구기(枸杞) : 가짓과에 속하는 낙엽 활엽 관목. 열매는 약재로 쓰임. 구기자.

3) 용안(龍眼) : 무환자과에 속하는 상록교목. 열매와 껍질을 약재로 쓰임.

4) 고(膏) : 기름 즉 즙을 내어 먹음.

5) 본초강목(本草綱目) : 중국 명나라 때 본초학자(本草學者) 이시진(李時珍)이 30여 년에 걸쳐 집대성한 약학서(藥學書). 약용으로 쓰이는 1,871종의 약재를 총망라하였음.

나. 방에 가서 좀 누워야 되겠다.”

세황은 인의 입을 틀어막고는 서둘러 방으로 들어와 버렸다. 방에 들어와서도 연신 고개를 갸웃거렸다. 자식한테까지 혼사 얘기를 듣자니, 이상한 생각이 들었다. 혜환재가 인한테까지 나승룡 여식 얘기를 흘린 게 아닐까, 의심이 드는 것이다. 그렇지 않고서는 같은 날에 혼사 얘기가 나올 수가 없기 때문이다.

‘내가 어떻게 처신해야 좋을지….’

이로부터 며칠 후, 이용휴가 또 찾아왔다. 세황은 그를 반가워하기에 앞서, 왠지 거북한 마음부터 드는 것이었다. 그와 담소를 하다 보면 자연스럽게 혼사 얘기가 나올 것이기 때문이다.

아니나 다를까. 이용휴는 자리에 앉자마자 서론을 싹둑 잘라 버리고는 “생각좀 해 보시었소?” 하며, 세황의 표정을 살피는 것이었다.

“생각을 해 보다니요?”

“어허. 그렇게 시치미부터 떼지 마시고, 혼사를 진지하게 얘기해 봅시다.”

“혜환재께서 아예 중매꾼으로 나서신 것 같습니다.”

“중매를 잘하면, 술이 서 말이라지 않습니까. 원님 덕분에 나팔 분다고, 표암 덕분에 공술 좀 얻어 먹읍시다.”

“솔직하게 말씀드려서, 생각을 안 해 본 것은 아닙니다. 그러나 왠지 마음이 내키지 않습니다.”

"그 처자한테 나무랄 데가 있을까 봐서 그러시오?"

"설마, 혜환재께서 그런 처자를 천거하셨겠습니까. 영장 생각도 그럴 것이구요."

"물론입니다. 그래서 내가 증표를 가져왔지요."

"증표라니요?"

그러자 이용휴가 품에서 봉투 하나를 꺼내더니 세황한테 건넸다. 세황이 짐작하기에, 나승룡이 쓴 청혼서 비슷한 게 아닌가 싶었다. 그러나 봉투 속에서 나온 것은 엉뚱하게도 초상화였다. 그것도 다름 아닌 여자 얼굴이었다.

"이게 무엇입니까?"

"보시다시피, 초상화 아닙니까. 그 얼굴이 바로 영장의 여식이랍니다. 그러니 얼굴을 자세히 뜯어보시구려."

세황이 보기에 필선이 세밀하지 못한 초상화였다. 머리를 땋아 내린 듯한 얼굴이었다. 넓고 반듯한 이마 아래로 눈매가 서늘하고, 꼭 다문 입술에서 야무진 성격을 보는 듯했다.

세황은 초상화를 다시 접어 이용휴한테 돌려주었다. 이용휴는 세황의 눈치를 살피며 인상이 어떠냐고 물었다. 세황은 눈길을 천정에다 걸어놓고 한숨만 내쉬었다. 인상은 문제될 것이 없었다. 초상화를 그렇게 그려서 그런지 스무 살 나이보다 훨씬 앳되게 보였다. 세황은 나이가 또 마음에 걸렸다.

'저 어린 것을 맞아들여야 하는지….'

24

이용휴가 돌아간 다음, 세황은 잠을 이루지 못하고 밤을 하얗게 새웠다. 이리 돌아누워도 잠자리가 편치 않고, 저리 돌아누워도 편치 않았다. 이 생각 저 생각이 번차로 들락날락한 탓이었다. 죽은 아내의 생전 모습도 떠오르고, 낮에 본 초상화 속의 처자 모습도 떠오르고, 당화의 마지막 모습까지 틈을 비집고 나타나는 것이었다.

세황은 이들의 모습을 지우려고 머리를 이리저리 흔들었다. 그러고는 자리에서 일어나 마당 쪽으로 난 문을 활짝 열었다. 날이 희붐하게 새기 시작하는 새벽의 찬 공기가 코를 알싸하게 후볐다. 비로소 밤새 혼미했던 정신이 제 자리로 돌아오는 것 같았다.

'부인. 내가 어찌하면 좋겠소?'

조선의 사회적 관습으로는 남자가 첩질을 하여도 도덕적으로 크게 흠이 되지는 않는다. 더구나 후실을 들이는 일에 어느 누구도 시비할 사람은 없을 것이다.

세황은 아내가 생전에 고생만 하다가 죽게 한 것이 마음 아픈 것이다. 그래서 고진감래라는 말은 아내한테 더욱 허랑한 것이다. 둘째 아들 혼이 과거에 급제한 모습만이라도 보고 눈을 감았더라면 덜 아쉬웠을 것이다.

'원체, 박복한 여자였어.'

그로부터 이틀 후, 세황은 과천 사동에 묻혀 있는 아내를 만나러 갔다. 자식들한테도 알리지 않고 혼자 말없이 떠났다.

그녀가 죽은 지 어느덧 십 년이 되었으므로, 이미 백골마저 진토가 되었을 것 같았다. 그래도 넋은 남아 있을 것으로 믿고 싶었다.

새벽녘에 출발했는데도 무덤에 도착했을 때는 해가 중천에서 많이 기울어져 있었다. 처남한테 말을 빌리지 않았더라면 훨씬 늦게 당도했을 것이다.

처남한테 말을 빌리자고 하자 유경종이 어디 가느냐고 물었다. 처음에는 숨기려고 했으나, 자꾸 캐묻는 바람에 결국 실토하고 말았다.

그러자 자기도 함께 가겠다는 것을 혼자 가고 싶다는 말로 겨우 달랬다. 유경종도 세황의 마음을 헤아려 더는 고집을 부리지 않았다. 세황이 재혼을 앞두고, 죽은 아내한테 작별을 고하려는 것이라고 짐작했을지도 모른다.

세황의 마음은 그런 것이 아니었다. 아직 재혼을 결심한 것도 아닌 마당에 작별은 당치 않은 것이다. 그저 마음이 답답하고 어수선하여, 나들이 겸 나섰을 뿐이었다.

무덤이 잡초로 뒤덮여 숲을 이루고 있었다. 아들 인과 흔이 때마다 와서 벌초를 했는데도, 거침없이 자라는 억센 잡초한테는 당해 낼 수가 없었다.

세황은 미리 준비한 낫으로 중을 삭발시키듯이 아주 짧게 깎아 냈다. 이미 쉰둘의 나이에, 언제 다시 와서 손수 벌초를 하게 될지 기약할 수가 없기 때문이다.

벌초를 마친 세황은 아내 앞에 술 한 잔을 따라 놓고는 오랜 시간을 말없이 앉아 있었다. 아내와의 지난 일들이 생생하게 피어올랐다. 열다섯 살에 시집 와서 친정과 시댁 모두의 환란을 목도한 여자였다.

어디 그뿐인가. 가세마저 기울어, 며느리로서 시어머니를 모시지 못할 만큼 생활고를 겪어야 했다. 그래서 자신의 친정이 있는 안산으로까지 내려왔고, 빈궁한 살림은 좀처럼 펴지지 않았다.

게다가 남편이라는 사람은 살림 따위에는 아예 무시한 채 허구헌날을 음풍농월에, 시와 글씨와 그림에만 탐닉하고 있었다. 그러한 남편을 바라보며 아내는 무슨 영화를 기다렸을까.

세황은 기어이 눈물을 쏟고 말았다. 아내한테 미안하기도 하고, 자신의 인생이 한스러워, 눈물을 막을 수가 없었다. 이러한 처지에, 새 여자를 생각하는 자신이 참으로 염치가 없었던 것이다.

'부인. 참말로 면목이 없구려. 내가 어찌하면, 부인이 서운한 마음을 푸시겠소?'

이때 세황의 귓가에 아내의 음성이 암암하게 맴도는 것이었다. 아내의 목소리가 분명했다. 세황은 정신이 번쩍 들어 주위를 두리번거렸다. 그러나 어디에도 아내의 모습은 없었다. 그러나 아내의 음성은 끊어질 듯 이어질 듯하며 세황의 귀를 크게 벌여 놓는 것이었다.

–서방님. 이 계집일랑 마음에 두지 마십시오. 저는 이미 이 세상 사람이 아니랍니다.

"부인, 어디 계시오?"

–보시다시피, 땅 속에 묻혀 있습니다.

"그렇다면, 어여 나오시구려. 그리하여 나를 실컷 원망하시구려."

–서방님. 저는 그리할 수가 없는 몸입니다. 부디 옥체 보전하시고, 서둘러 여자를 들이십시오. 진정, 저는 괘념치 마십시오. 그래야 제가 편히 잠을 잘 수 있습니다.

"아니 되오 부인. 제발 한 번만이라도 모습을 보여 주시구려."

–서방님. 날이 저물고 있습니다. 어서 내려가십시오. 가실 길이 멉니다.

"부인, 아니 됩니다. 마지막으로 한 번만 모습을 보여 주시오."

이때 산자락에 매어놓은 말이 갑자기 시끄럽게 울어대는 것이었다. 마치 떠날 때가 됐음을 알리는 울음소리처럼 들렸다. 세황은 비로소 정신을 수습하고 주위를 둘러보았다. 어느새 해가 산등성에서 뉘엿뉘엿 저물어가고 있었다.

세황은 산을 내려오면서 아내의 무덤을 한 번 더 돌아보았다. 어쩐지 다시는 와 볼 수 없을 것 같은 생각이 드는 것이었다.

'분명, 아내의 목소리였어….'

조금 전 들었던 아내의 음성이 꼭 환청이라고는 할 수 없을 것 같았다. 너무 생생했기 때문이다. '사람의 영혼은 하늘보다 넓고, 바다보다 깊다'는 말이 맞는 것 같기도 했다. 그렇다면 조금 전에 들었던 아내의 음성은 천고향혼[1]이었다.

세황이 며칠째 앓아 누웠다. 그날 무덤에서 내려왔으나 날이 이미 저물어 객사에서 하룻밤 묵어야 했다. 그러고는 저녁 식사로, 국밥을 먹으면서 술 두 잔을 반주로 마셨다. 그 시점에서 병이 든 것 같았다. 오랜 고심과 갈등과 장거리 여정의 피로에서 비롯된 것 같았다.

유경종이 병문안을 왔었다. 뒤 이어, 허필과 이용휴가 번차로 찾아왔다. 이용휴가 세황을 보자 대뜸 혀부터 찼다. 느닷없이 무덤에는 왜 갔느냐는 것이었다. 그러자 허필이 고개를 주억거리

---

1) 천고향혼(千古香魂) : 아주 오래전에 죽은 여인의 넋.

며, 그럴 수밖에 없었던 세황의 입장을 이해하겠다는 뜻이었다.

"그러면 돌아가신 부인한테 작별하러 갔던 것이었소?"

"너무 오랫동안 들르지 못해서…. 잡초가 무성했어요."

"벌초할 때도 아닌데…. 어쨌든, 병이 이만하기를 다행입니다. 혼자서 가기에는 무리였어요. 지난번 수원에 갈 때와는 경우가 다르지요. 그때는 즐거운 아회도 있었고, 또…."

이용휴가 말을 더 잇지는 않았다. 옆에 있는 유경종을 의식하는 눈치였다. 그러고는 바로 화제를 돌려버렸다.

"묘소에 가서, 무슨 생각을 하시었소?"

"특별히 생각할 게 뭐 있었겠습니까. 그저 지난 날을 회상했을 뿐입니다. 해암도 알다시피, 아내가 시집 와서 고생만 하다가 세상을 뜨지 않았습니까. 둘째 아이가 과거에 급제한 모습이라도 보고 갔으면, 제가 덜 미안했겠습니다. 참으로, 박복한 사람이지요."

"그리 자책할 필요 없어요. 원래 사람의 복이란 왔다가도, 어느덧 사라지는 것이라고 하지 않습니까. 그 얘기를 뒤집어 보면, 사람한테 찾아오는 복은 불행의 그림자일 수가 있다는 뜻이기도 해요. 그러나 부인의 그만한 고생이 있었기 때문에, 자제분이 과거에 급제하는 영광이 있었던 것이지요."

세황은 눈을 감은 채 듣고만 있었다. 그러자 유경종이 고개를 끄덕여 이용휴 뜻에 동의했다. 허필도 가세하여 세황의 마음을 위로하려고 애썼다.

"그건 혜환재 말씀이 맞습니다. 그러니 표암도 이제는 지난 일에 매이지 마시고, 여생을 보람 있게 사는 길을 열어야 해요. 해암. 아니 그렇소?"

"저도 연객의 생각과 같습니다. 자형께서 제발 새로운 인생으로 사셨으면, 더 바랄 게 없겠습니다. 자형께서 저희 누님을 생각하시는 지극한 마음은 고마우나, 그것이 오히려 저한테는 짐이 되고 있음도 아셨으면 합니다."

세황의 눈꼬리에서 눈물이 주르르 흘러내렸다. 자신의 인생이 새삼 서럽기도 하고, 또 한편으로는 처남이나 허필과 이용휴의 지극한 충정이 고마웠던 것이다. 아무리 생각을 거듭해도, 혼자서 내릴 수 없는 결론을 그들이 내려준 셈이었다.

세황이 눈물을 닦아내더니 자리에서 일어나 앉았다. 할 얘기가 있는 듯 잠시 입을 달싹거렸다. 세 사람의 눈길이 그에게 몰렸다.

"여러분께서 그리 걱정을 해 주시니, 그저 고마울 따름입니다. 사람이 살면서 생각하는 일이 이리도 어려운 것인지, 미처 몰랐습니다. 그 결정을 여러분들께서 내려주셨으니, 이제 더는 사양할 수가 없게 되었습니다. 뜻에 따를 것입니다."

그러자 마치 약속이나 한 듯이 앞을 다투어 세황 앞으로 다가앉았다. 그러고는 저마다 세황의 손을 끌어잡았다. 유경종은 눈물까지 글썽거렸다.

"자형. 정말, 잘 생각하셨습니다. 제가 비로소 큰 짐을 벗은 듯합니다."

"그건 연객과 내 생각과 같아요. 표암. 정말 잘 생각하시었소. 연객, 아니 그렇습니까?"

"그렇다마다요. 이런 날에는 꼭 술이 있어야 하는데…."

그러자 유경종이 "왠지, 오늘 이런 기쁨이 있을 것 같았습니다. 그래서 제가 술과 안주를 준비했지요." 하고, 걸걸걸 시원하게 웃음을 터뜨렸다.

25

해질녘이 되면서 수련옥이 소란스러웠다. 기생들이 저마다 화장하고 몸단장하느라고, 이 방 저 방을 들락거리며 수선스럽게 굴었다.

그러나 유독 당화만이 손을 놓은 채 마루 끝에 홀로 앉아 있었다. 마치 넋을 잃은 것처럼 보였다. 그녀는 문 밖을 지나가는 행인들의 발소리만 들어도 긴장했다. 행여 대문이 열릴까 하여 눈을 세우는 것이었다.

'다시 오실 분이 아니야.'

당화가 한숨을 내쉬며 비틀린 닭모가지처럼 목을 떨어뜨렸다. 눈물이 고이려는 것을 어금니를 물어 막았다. 기생 매화가 슬그머니 다가와 앉았다.

"너는 화장 안 하니? 손님들이 곧 닥칠 시각인데."

"해야지."

"걱정할 일이라도 있니? 아까부터 웬 한숨을 그리 쉬는 거야?"

"그냥…."

"오오라, 알았다. 네가 지금 그 영감을 기다리는 거지?"

"매화야! 말이 왜 그렇게 상스러우니? 지체가 하늘같이 높으신 어른한테, 영감이 뭐니? 그렇게 말하는 너도 지난번에 어르신을 뫼시지 않았니."

"어머머? 왜 화를 내고 그래? 늙은 남정네한테 영감이라고 하지, 그럼 뭐라고 하니? 영감이 앞에 있는 것도 아닌데."

"너는 기생학교에서 어떻게 배웠길래, 말버릇이 그것밖에 안 되니. 너나 나나 천하기로 말하면, 우리보다 천한 것들은 눈 씻고 봐도 없어. 기생질하는 년들은 백정들과 같은 급이라는 걸 알아야지. 감히 누구한테 영감이래? 그분이 어떤 분이신 줄이나 알고 그러니? 하긴, 너 따위가 알 리가 없지."

"어머머, 점점? 그렇게 말하는 너는 그 영감의 첩이라도 된다는 말이니? 하룻밤에 만리장성을 쌓는다는 말이 있다만, 우리같이 천한 것들은 그저 하룻밤 노리개일 뿐야. 등신. 그걸 알아야지. 그렇게 목을 빼고 앉아서, 백 날 천 날을 기다려 봐라. 그 영감이 다시 너를 찾을 줄 아니? 어림도 없다. 얘. 냉수 마시고 속

차려. 기생은 그저 화대나 받는 것으로 만족해야 돼. 그래야 돈을 모으지."

"시끄러우니까, 그 더러운 입이나 어서 닥쳐라."

당화는 입술을 파르르 떨며 눈에 칼을 세웠다. 눈에서 불똥이 튀는 것 같았다. 매화가 비로소 겁을 먹고 자리를 피했다. 당화는 따라가서 머리카락을 몽땅 뽑아버리고 싶은 걸 간신히 참았다.

화장대 앞에 앉은 당화는 결국 눈물을 쏟고 말았다. 방금 매화가 주절거린 말들이 아주 틀린 건 아니었다. 기생 우두머리 여향(餘香)한테 들은 바로는 강세황이라는 사람의 지체가 얼마나 높은지 상상도 할 수 없을 정도라고 했다. 게다가, 시·서·화에 있어서도 조선 천지에 그 사람만큼 내로라하는 사람이 없다고 했다.

그런 사대부가 천한 기생쯤 발가락의 때만큼도 여기지 않을 것은 당연한 것이다. 매화 말대로, 자신은 그저 하룻밤 노리개였을지도 모른다. 그러나 그가 작별하면서 "연이 끊기지 않는다면, 언젠가는 또 만날 수 있겠지. 그러니 당화도 건강을 잃지 않도록 해." 하고는, 자신을 꼭 안아주었던 순간을 잊을 수가 없는 것이다. 진정으로 자신을 한낱 노리개로 생각했다면, 그토록 다정할 수가 없는 것으로 위안하고 싶었다.

'나으리… 멀리서라도, 한 번만 뵈올 수 있게 해 주셔요.'

세황은 이용휴를 앞세워 허필과 함께 수원 유수영으로 가는 중이었다. 이용휴가 나승룡한테 서신을 보내 세황의 뜻을 미리 알렸다. 그러자 나승룡이 전처럼 말 세 필을 보냈다.

이용휴가 나승룡한테 보낸 편지에는 세황이 그의 딸과 혼인할 뜻이 있음을 내비친 내용이 들어 있었다. 그러자 나승룡이 시월 막사리[1]에 맞춰 방문해 줄 것을 제안한 것이다.

세황은 기분이 야릇했다. 아내 유씨와 결혼할 당시만 해도, 그의 나이 겨우 15살이었다. 여자 15살이면 철이 들었을 나이였지만, 세황은 멋도 모르고 장가를 들었던 것이다. 부모한테 떠밀려 갔다는 것이 옳을 것 같았다. 15살이면 샅에 거웃이 겨우 비칠 때가 아닌가. 그러고도 17살에 인을 낳았다.

돌이켜 생각하면 쑥스러운 일이었다. 그런데 지금은 무려 쉰 둘의 나이에 새 여자 들일 생각으로 나섰으니, 이 기분을 형언할 길이 없는 것이다.

일행이 수원성으로 들어서자 마침 장이 서는 날이었다. 많은 사람들이 거리를 가득 메우고 있어, 거리는 마치 흰 무명 차일로 뒤덮인 것처럼 보였다. 어디에고 시끌벅쩍하지 않은 곳이 없었다.

사람들 가운데 장옷을 쓴 여인들도 자주 눈에 띄었다. 아낙네들도 있고, 처녀들도 있었다.

세황은 그들을 보는 순간, 갑자기 긴장이 목을 휘감는 것이었다. 그건 유수영이 가까워졌기 때문이 아니었다. 장옷을 쓴 여인들 중에 혹시 수련옥의 당화가 섞여 있지 않을까 우려한 때문이

---

1) 시월 막사리 : 시월 그믐께. 원래 막사리는 얼음이 얼기 전의 조수(潮水)를 뜻한다.

었다.

설사 당화를 발견한다고 해도, 말에서 내릴 수는 없는 일이다. 반대로 그녀의 눈에 먼저 띄었다고 해도, 당화 역시 달려와 아는 척하지는 않을 것이다. 그것이 어떤 상황이든 세황으로서는 민망한 노릇이다.

세황은 애써 행인들로부터 눈길을 돌려 오로지 앞만 바라보았다. 그러고도 마음이 놓이지 않아 일행보다 앞장 서 말을 몰았다.

그러자 이용휴와 허필이 키득거리는 웃음소리가 세황의 등에 착 달라붙었다. 등짝에 식은땀이 흘러내렸다.

세황의 속내를 알 리가 없는 그들이 기어이 따라붙더니, 곁눈질로 세황의 표정을 자꾸 살피려 들었다.

"표암. 성질도 급하시구려. 장차, 장인될 사람을 그리도 빨리 만나고 싶으시오?"

"그럴 리가 있습니까. 인파가 싫어서, 서둘러 지나갈 뿐입니다."

"속 마음은 그렇지 않을 것입니다. 얼굴에 다 씌어 있는 걸요. 연객. 아니 그렇습니까?"

"그렇다마다요. 어린 각시를 맞아들이는 것이니, 마음이 오죽 급하시겠소."

"어허. 그렇지 않대두요. 어서들 가시지요."

"그럽시다. 우리가 표암의 마음을 거들어야 되겠지요."

그들이 또 짓궂은 웃음을 뿌렸다. 그러자 사람들의 시선이 몰려들었다. 그러거나 말거나 세황은 오직 앞만 바라볼 뿐이었다.

당화도 기생들과 함께 장 구경하러 나왔다. 인파에 떠밀려 구경을 제대로 할 수가 없었다. 처녀들은 주로 트팀전[1]과 방물전 앞으로 모여들었다. 당화도 참빗과 동백기름을 살 생각으로 장에 나선 것이다.

이때였다. 저만치서 남정네들의 떠들썩한 웃음소리가 들려와 자신도 모르게 눈길을 돌렸다. 순간, 하마터면 비명을 지를 뻔했다. 말 세 필에 나눠 탄 남자들 중에서 앞장 서 가고 있는 세황을 발견한 것이다.

당화는 재빨리 등을 돌려 손으로 얼굴을 덮었다. 가슴이 뛰고 다리가 후들거려 서 있을 수가 없을 지경이었다. 그러자 매화가 다가와 왜 그러느냐고 물었다.

"아무것도 아냐. 나 먼저 들어갈란다."

"가만… 저 사람들은? 맞아. 바로 그 영감들이야. 당화야. 저기를 보렴. 지난번에 우리 수련옥에 왔었던 그 사람들이야."

"나 먼저 들어갈테니, 너는 천천히 오렴."

매화의 손을 뿌리친 당화는 도망치듯이 수련옥으로 달려왔다. 늦가을 찬바람에도 이마에 땀이 자작자작 뱄다.

숨을 몰아쉰 당화는 마루 끝에 털썩 주저 앉았다. 도무지 눈

1) 트팀전 : 옷감을 파는 가게.

앞의 현실이 믿어지지 않았다. 불과 이틀 전에, 이 마루 끝에 앉아서 '나으리… 멀리서라도 한 번만 뵐 수 있게 해 주셔요.' 하고 염원했었다. 그런데 그것이 오늘로 다가온 것이다.

'이게 꿈인지도 몰라.'

당화가 허벅지를 살짝 꼬집어 봤다. 분명 꿈이 아니었다. 아무리 생각해도 믿어지지 않았다. 불과 이틀 전의 꿈이 이토록 빨리 다가올 줄을 어찌 상상이나 했겠는가.

'나으리가 어인 일로 또 오셨을까….'

차마 그가 자신을 보기 위해서 내려왔다고는 생각할 수가 없었다. 분명히 유수 영장을 보러 왔을 것이다. 그러면 지난번처럼 또 수련옥을 찾을 수도 있다고 단정하고 싶었다.

'나으리. 제발 오셔요. 오셔서, 저번처럼 당화를 안아 주시어요.'

당화는 눈이 부시게 맑은 하늘을 올려보며 가슴이 자꾸 부풀어 올랐다. 저 하늘처럼 맑고 깨끗한 얼굴을 다시 볼 수 있게 된다는 기대감 때문에 숨도 제대로 쉴 수가 없었다.

'제발, 오셔요.'

당화는 두 손으로 가슴을 감싼 채 눈을 감았다. 맑은 하늘에서 그가 신선처럼 내려오는 모습이 환하게 보였다.

이때 장에 갔던 기생들이 재잘대며 들어서다가 당화가 하는 양을 가만히 지켜보았다. 그러고는 저희들끼리 낄낄거렸다. 그때까지도 당화는 그들을 의식하지 못하고 있었다. 신선처럼 내려오고 있는 그를 맞이하는 중이므로.

“애, 당화야. 무슨 청승을 그리 떨고 있는 거니? 꼭 꿈에 서방 맛 본 과부 형상이로구나.”

그제서야 당화가 깜짝 놀라 현실로 돌아올 수 있었다. 매화가 기어이 다가와 당화 옆에 앉았다. 그러고는 “어쩌면, 그분들이 수련옥에 올지도 모르겠다.”면서 당화 눈치를 살폈다.

당화 마음 속에서는 이미 ‘틀림없이 오실 거야.’라는 다짐이 뜨겁게 솟구치고 있었다.

26

세황과 나승룡이 마주 앉았다. 허필과 이용휴는 그들끼리 얘기하도록 자리를 피해 주었다. 두 사람이 자리를 뜨자 세황은 꼭 어미를 잃은 아이처럼 안절부절못했다. 차마 영장을 바로 보지 못하고 먼 산에 대고 헛기침만 내뱉고 있었다. 그러자 나승룡이 먼저 입을 떼었다.

"많이 피곤해 보이십니다."

"아니, 괜찮습니다."

"혜환재의 서찰을 받고, 저는 몹시 다행스럽게 생각했습니다. 표암께서 이번 일에 용단을 내리시는데, 어려움이 많았음을 알고 있습니다."

"실은, 그랬습니다. 영장의 따님이 저한테는 너무 어린 나이라, 몹시 민망했습니다. 따님을 들이기에는 제 나이가 너무 많지 않습니까."

"저와 여식도 나이는 전혀 고려하지 않고 있습니다. 그건 상대가 표암이기 때문입니다. 표암이 아니었으면, 여식을 홀로 살게 할 생각도 있었습니다. 마침 여식이 늦둥이 고명딸이라, 아무 사내한테 내줄 생각이 없었습니다."

"그렇게 말씀하시니, 제 마음이 더욱 무겁습니다. 영장께서도 아시다시피, 저희 집안의 가세가 이미 기울었습니다. 따님이 저한테 와도 고생밖에 할 것이 없을 것 같아서 걱정입니다. 더구나 고생을 모르고 자랐을 터인데, 곤궁한 살림을 과연 견뎌낼 수 있을는지요."

"그 점은 염려하시지 않아도 될 것 같습니다. 제가 여식한테 표암의 가문에 대해서 소상하게 얘기했고, 근황까지도 알아듣게 설명하였습니다. 그래도 표암을 받드는 일이라면, 흔쾌히 아비 뜻에 따르겠다고 하더이다."

"영장께서 후회하지 않으시겠습니까?"

"후회할 일이라면, 제가 어찌 이 자리를 마련했겠습니까."

"허면, 영장께서는 제가 올리는 절을 받으셔야 합니다."

"그렇게까지야…."

세황은 즉시 일어나 옷매무시를 고치고는 나승룡에게 큰절을 했다. 나승룡도 황망히 자세를 고쳐 앉아 맞절로 맞았다.

나승룡이 그 즉시 아전을 시켜 동헌 별채에다 주안상을 들이도록 일렀다. 그러고는 세황과 함께 주석으로 갔다. 거기에 이용휴와 허필이 먼저 와 있었다. 이용휴와 허필이 세황을 보고 싱글싱글 웃었다. 세황은 그때까지도 긴장을 풀지 못하고 있는 것처럼 보였다.

"영장께서는 표암을 퇴짜 놓으셨습니까?"

"그럴 리가 있습니까."

"표암의 얼굴이 잔뜩 굳어 있지 않습니까."

얼굴이 발갛게 익은 세황이 눈 둘 곳을 찾지 못하고 허둥댔다. 그러자 허필이 "표암이 오늘은 꼭 소년 같구려." 하면서 웃음을 터뜨렸다.

잠시 후 주안상이 들여졌다. 관기도 따라붙었다. 이용휴가 술상 앞으로 다가앉으면서 또 너스레를 떨었다.

"중매를 잘 서면, 술이 서 말이라고 했어요. 허면, 연객과 저는 두 분이 주시는 술을 다 받아 마셔야 되겠습니다그려."

"오늘은 기쁜 날이니, 마음껏 드십시오."

이어서 풍악이 울렸다. 세황이 장인 격인 나승룡한테 먼저 술을 올렸다. 나승룡 역시 곧 사위가 될 세황의 잔을 가득 채웠다. 이를 신호로 하여 네 사람의 술잔이 바쁘게 오고 갔다.

밤이 이슥하자 수련옥이 방마다 손님들의 웃음소리로 시끄러웠다. 어떤 방에서는 술상이 엎어지는 소리와 함께 기생들의 비명도 새나왔다. 장이 서는 날에는 종종 있는 일이었다.

당화는 술시중에서 잠시 물러나와 정원을 서성거리고 있었다. 마침 하늘에는 엊그제의 보름달이 조금 이지러진 모습으로 떠 있었다. 당화는 한숨을 쉬며 고개를 떨어뜨렸다.

'오늘은 안 오시려나?'

강세황이 수원에 내려왔으니만큼 당연히 수련옥에 들를 것으로 기대하고 있었다. 매화도 그렇게 믿고 있었다. 그녀는 지난번 그들이 왔을 때 유수 영장이 화대를 듬뿍 찔러준 것만 기억하고 있는 것이다.

그러나 당화는 화대 따위에는 관심이 없었다. 그녀가 목을 빼고 기다리는 것은 오직 강세황 그 어른뿐이었다.

'공사가 다망하신 분이라, 못 오실지도 몰라. 나같이 천한 계집을 기억이나 하실라구.'

당화가 고이는 눈물을 찍어내고 있을 때 기생 우두머리 여향이 혀를 차면서 다가왔다.

"손님이 너를 찾고 있는데, 여기서 뭐하는 거니?"

"머리가 좀 아파서, 바람 쏘이고 있었어요."

"네가 누구를 기다리는지, 알아맞혀 볼까? 그 어른을 기다리는 거지?"

"사실은…."

"당화야. 그분은 예삿분이 아니시다. 비록 너와 통정은 하였어도, 기생들을 마음에 심지는 않아. 우리같이 천한 것들은 제 분수를 알아야 해. 너한테 춘향이 같은 팔자가 있는 것도 아니잖니."
"저도 그걸 알지만…."
"네가 그날 처음으로 남정네를 받아들여서, 그분을 오매불망하는 거야. 그러나 여자는 흐르는 세월에 마음을 맡기는 수밖에 없단다. 특히 기생들은 그래야 해."
당화가 고개를 꺾은 채 눈물을 방울방울 떨어뜨렸다. 그러자 여향이 당화를 안아 등을 쓸어주었다.
"기생은 기생일 뿐이란다."
"알겠어요."
당화는 모든 걸 체념한 듯 여향을 따라 다시 손님방으로 들어갔다. 그러자 당화의 짝이었던 사내가 눈을 부라렸다.
"제 손님을 남겨 두고, 오래도록 자리를 비워도 되는 것이냐?"
"머리가 아파서, 바람 좀 쐬고 왔습니다. 제가 한 잔 따라 드릴 터이니 마음을 푸시어요."
"나한테 화대를 받으려면, 시중을 잘 들어야 되는 것이야. 이리 더 가까이 오너라."
당화는 사내의 짓궂은 손길이 싫어 아까부터 그를 기피해 왔었다. 돈 한 푼 없는 날탕패가 분명한데도 아까부터 희떠운 짓을 혼자 다 했다. 그건 일행 중에 돈푼깨나 있어 보이는 한량을 앞세웠기 때문인 것 같았다.
당화가 마지못해 옆으로 다가앉는 척했다. 그러자 사내가 팔로 당화의 허리를 휘감아 제 무릎에 앉히려고 했다. 당화가 몸을 비틀어 그의 손아귀에서 벗어나려고 안간힘을 썼다. 그러나 사내의 억센 힘을 당해낼 수가 없어 당화는 병아리처럼 그의 품 속에 들어가고 말았다.

이때 마주앉은 한량이 주머니에서 엽전 꾸러미를 꺼내 당화 가슴팍에다 던졌다. 대충 스무 냥은 될 법했다. 화대로는 제법 큰 돈이었다.

"오늘 밤, 김 생원을 잘 뫼셔야 한다."

"무슨 뜻인지요?"

"저런… 귓구녁에 오이를 처박았나? 말귀를 못알아 듣는구먼. 저리도 눈치가 없어서야, 어찌 주탕각씨[1]라고 할 수 있겠냐. 당장 가서, 금침을 펴거라."

"나으리. 비록 기생질은 하고 있어도, 창기[2]는 아닙니다."

"저런 발칙한 년이 있나. 너는 '노류장화 인개가절(路柳墻花 人皆可折)'이라는 말도 모르느냐?"

"저는 학문이 없어, 모릅니다."

"내가 가르쳐 주지. 기생은 누구나 건드려 볼 수 있다는 뜻이야. 이제, 내 말뜻을 알아 듣겠지?"

"그러면 이 계집이 나으리께 〈춘향가〉 중에 한 대목을 부를 터이니, 들어보십시오."

---

1) 주탕각씨(酒湯閣氏) : 술집 여자.

2) 창기(娼妓) : 몸을 파는 기생.

충효 열녀에 상하 있소?
자상히 들으시오. 기생으로 말합시다.
충효 열녀 없다 하니, 낱낱이 아뢰리다.
해서(海西) 기생 농선(弄仙)이는 동선령에 죽어 있고
선천 기생은 아이로되, 칠거학문 들어 있고
진주 기생 논개는 충렬문에 모셔놓고,
두고두고 제사를 지내오며
청주 기생 화월이는 삼층각에 올라 있고
평양 기생 월선이도 충렬문에 들어 있고
안동 기생 일지홍은 생열녀지문(生烈女之門) 지은 후에
정경가자[1] 있사오니
기생을 너무 없수이 보지 마옵소서.

당화는 이 노래를 부른 후에 눈물을 흘리며 밖으로 뛰어나갔다. 그러자 "저런 발칙한 년이 있나…." 하는 욕설이 그녀의 뒤통수를 때렸다.

뜰로 나온 당화는 숨듯이 정원 한구석에 쪼그려 앉았다. 그러고는 눈물을 펑펑 쏟았다. 모든 기생을 창기로 여기는 남정네들이 야속했다. 비록 진주 기생 논개나 평양 기생 월선이는 못되어도 몸을 마구 굴리고 싶지 않은 것이다. 더구나 지체 높은 강세황 어른한테 처녀를 바친 몸으로서는 차마 못할 짓이었다.

'나으리. 당화가 서럽습니다. 언제 오시렵니까?'

---

1) 정경가자(貞敬加資) : 문무관 아내의 품계로, 정1품 혹은 종1품.

27

병술년(1766) 정월, 세황이 드디어 후실을 맞아들였다. 여자는 역시 수원 유수 영장 나승룡의 여식이었다. 이때 세황의 나이 53세였다.

나씨를 후실로 맞아들이기는 했어도, 혼례식을 차마 성대하게 가질 수가 없었다. 그녀가 어린데다가, 세황과 나이 차이가 너무 나서 쑥스러웠던 것이다. 그래서 하객 없이 가족끼리만 조촐하게 치르고 말았다.

앞으로 두 사람한테 특별한 변고만 없으면 죽을 때까지 해로할 것이다. 그래서 세황은 방에다 정화수를 떠놓고 상견례하는 절차만 밟았다.

세황의 아들 넷이 자기들 처와 함께 차례로 서모에게 큰절로 예를 갖추었다. 넷째 빈을 제외하고는 아들 셋이 모두 서모보다 나이가 많아 여자가 매우 긴장했다. 큰아들 인이 이를 눈치채고, 정중한 말로 그녀의 마음을 위로했다. 이는 결국 아버지의 마음을 편하게 하는 것이었다.

"저희들 네 형제가 새 어머님을 깍듯하게 뫼실 것입니다. 혹시라도 저희들 언행에 그릇됨이 있으면, 엄히 꾸짖어 주십시오."

"그럴 리가 있겠습니까. 오히려 부족한 것이 많은 저를 너그럽게 보아 주십시오."

"차후로는 저희들에게 하대하셔야 옳으십니다. 그렇지 않으면, 저희들이 심히 민망할 것입니다."

"그럴 수는 없습니다. 성혼하신 분들한테 어찌 하대를 하겠습니까."

옆에서 그들의 얘기를 듣고 있던 세황이 비로소 끼어들었다. 양쪽의 생각이 그르다고 할 수는 없으나, 적절한 절제는 필요할 것 같았기 때문이다.

"본디 생모라 하여도, 성혼한 아들한테는 하대를 삼가야 하는 법이오. 그렇다고 지나친 경어를 쓰는 것도 옳지 않으니, '하오'체를 쓰는 것이 합당할 것 같소. 그러니 부인도 앞으로는 저들에게 그렇게 하도록 하시오."

"서방님 뜻에 따르겠습니다."

이어서 며느리들이 준비한 잔칫상을 받는 순서로, 나씨 부인이 가족의 일원으로 편입되는 절차를 밟았다.

세황은 오랜만에 마음이 흐뭇했다. 아들들과 손자 손녀들이 한 자리에 모임으로써 집안이 시끌벅적했다. 가장 이상적인 가정이란 자식들과 손자 손녀들이 번성하는 것이라고 했다. 맞는 말이었다.

나씨 부인이 들어옴으로써 세황은 차츰 마음의 안정을 갖기 시작했다. 다른 무엇보다도 그간의 외로움이 안개가 걷히듯이 사라져 가는 것이었다.

'형영상조(形影相弔)'라는 말이 있다. 자기 몸과 그림자가 서로 불쌍하게 여긴다는 말로, 매우 외로워 의지할 곳이 없다는 뜻이다.

세황이 형영상조의 지경은 아니었다. 자식과 손자 손녀들이 있고, 형제가 있고, 형제 같은 지우들이 있기 때문이다. 그러나 밤마다 '독숙공방추야장'[1]의 시간이 견디기 어려웠던 것이다.

세황이 후실을 맞은 이후 처음으로 이용휴와 허필이 찾아왔다. 그들은 세황을 보자마자 짓궂은 표정부터 지었다. 세황을 놀려주려는 속셈이 엿보였다. 늙은 나이에도 장난기가 남아 있는 사람들이었다.

"신혼 재미가 어떠시오?"

"이 나이에, 신혼이라는 말은 어울리지 않을 듯합니다."

---

1) 독숙공방추야장(獨宿空房秋夜長) : 독수공방. 빈 방에서 홀로 자니, 쓸쓸한 가을 밤이 길기도 하네.

"그러면 고양생제[1]한 재미가 어떠시오?"

"글쎄요…. 재미가 고소하다면 혜환재께서 샘이 나실 것 같고, 재미가 없다면 후회하는 것으로 오해하실 것이고…. 이것으로 답이 될는지 모르겠습니다."

"허어. 표암이 새장가를 들더니, 갑자기 유들유들해진 것 같소."

"두 분의 놀림감이 되지 않으려고, 선수를 쳤을 뿐입니다."

"어쨌든, 다행 중에 다행입니다. 이제 부인을 맞으셨으니, 시·서와 학문에 더욱 매진하시기 바라오."

"두 분께서 애써 주신 덕분으로, 새 가정을 꾸미게 되었습니다. 저도 차츰 안정을 되찾고 있으니, 혜환재 말씀대로 할 것입니다."

이때 밖에서, 주안상 들이겠다는 큰며느리의 목소리가 새들어왔다. 며느리가 부엌 살림에 아직 익숙치 않은 서모를 거들기 위해서 며칠 와 있었다.

잠시 후 며느리가 술상을 들여놓고 갔다. 세황이 술병을 잡아 이용휴와 허필의 잔부터 채웠다. 여자가 들어옴으로써 우선 안주 내용부터 달라졌다.

전에 세황이 차려 낸 안주는 기껏해야 김치와 장아찌, 그리고 풋고추 정도였다. 그러던 것이, 오늘은 몇 가지 전과 각종 나물들

---

1) 고양생제(枯楊生稊) : 노인이 젊은 여자에게 장가 드는 것을 비유한 말.

이 정갈하게 올려져 있었다. 이에 세황의 마음이 새삼 뿌듯했다.

"요즘에도 김홍도라고 하는 그 젊은이가 표암한테 그림을 배우러 옵니까?"

"아닙니다. 도화서 화원이 될 만큼 성숙하였으니, 스스로 습작토록 하였습니다. 제가 더 가르칠 필요가 없게 된 걸요."

"원래, 천부적인 소질이 있었던 것 같습니다."

"저한테 그런 복이 있었나 봅니다."

잠시 후 밖에 손님이 와 있음을 며느리가 알렸다. 세황이 밖으로 나가자, 사립문 밖에 유경종이 서 있었다.

세황은 반가운 마음에, 신도 제대로 꿰지 못한 채 그에게 다가가 손을 끌어잡았다. 그러고는 자신도 모르게 눈물을 글썽거렸다.

"어찌하여 발길을 끊고 계시었소?"

"발길을 끊은 것이 아닙니다. 형님 마음이 분주하실 것 같아서, 잠시 출입을 삼가고 있었을 뿐입니다."

"잘 오셨소. 마침, 연객과 혜환재께서 와 계십니다."

세황이 그의 손을 놓아주지 않은 채 방으로 들어갔다. 이용휴와 허필이 얼굴을 활짝 펴 유경종을 맞으면서도 그의 옷차림을 훑어내렸다.

"해암이 집에서 오는 길이 아닌 것 같습니다."

"그렇기는 합니다."

"각반까지 친 것을 보면, 가까운 곳이 아닌 것 같은데…."

"과천이니까, 아주 가깝다고는 할 수 없습니다."

유경종의 입에서 '과천'이라는 말이 나오자, 세황이 표정을 굳혀 그를 유심히 바라보았다.

"과천이라면, 묘소에 다녀오신 게 아니오?"

"형님께서 민망하실까 봐, 말씀드리지 않으려고 했습니다만…. 실은, 누님을 위로하려고 갔었습니다."

"내가 할 일을 해암이 대신하셨구려."

"형님께서 특별한 오해는 하지 않으셨으면 좋겠습니다."

"내가 해암을 오해하다니요? 그럴 리 없으니까, 안심하시구려."

유경종은 세황이 새 여자 들인 것을 동생의 처지로 서운해 할지도 모른다고 오해할 것을 우려하는 것이다. 세황도 이미 그러한 유경종의 마음을 거니채고 있었다.

이용휴는 두 사람이 주고 받는 얘기와 표정을 유심히 살폈다. 그러고는 분위기를 바꿀 뜻으로 서둘러 끼어들었다.

"표암은 언제쯤 다시 그림을 그릴 생각이시오?"

"지금은 생각하지 않고 있습니다. 언젠가 해암한테도 말한 바 있지만, 상감께서 옥좌에 계시는데 어찌 어명을 거스를 수 있습니까. 다만, 제 자화상이나 그려볼까 합니다."

"갑자기, 자화상이라니요? 염라대왕이 표암한테 사자라도 보냈답니까?"

"별다른 뜻이 있어서 그런 건 아니고, 지금의 제 모습을 남기고 싶을 뿐입니다."

"그러면 더 늙어갈 때마다 자화상을 그릴 생각이시오?"

"그럴 수도 있겠습니다."

"자화상이라…. 앞으로 몇백 년이 흐른 뒤에, 후손들이 표암의 생전 모습을 궁금해 할 테니까요."

"꼭 그런 뜻으로 자화상을 그리는 건 아닙니다."

"아니오. 여러 모로, 괜찮은 생각인 것 같소. 연객. 우리도 후손들을 위해서, 자화상 한 점 남겨야 될 것 같소."

이렇게 해서, 유경종의 출현으로 자칫 우울할 뻔했던 분위기가 금세 반전되었다. 마치 여항시인[1]처럼 생각이 늘 자유로운 이용휴의 기지는 종종 주위 사람들의 마음을 여유롭게 했다. 그래서 어떤 주석에서나 그를 반기지 않는 사람이 없었다.

세황의 최초 자화상은 병자년(1756) 4월에 그린 것이었다. 부인 유씨가 죽기 한 달 전이었다. 그러나 얼굴에 닮은 데가 없는 것 같아 남기지 않았다.

유씨 부인이 죽자, 세황은 그녀의 초상화를 그려놓지 못한 것을 매우 후회했다. 그의 높은 화격을 만인이 다 인정하는 터에, 아내의 모습 한 점을 남기지 못한 회한이 들었던 것이다.

방금 이용휴가 언급한 것처럼 후손들이 조상의 모습을 구전(口傳)에만 의존할 수밖에 없을 것이다. 입에서 입으로 전해지는 것은 그것도 수백 년이 흐른 뒤여서 옳게 전해질 리 만무한 것이다.

---

1) 여항시인(閭巷詩人) : 사대부가 아닌, 중인 출신의 시인. 형식에 구애받지 않고 생각이 자유롭다. 위항시인(委巷詩人)이라고도 함.

그래서 죽기 전까지의 여러 모습을 몇 점 더 남길 생각이었다.

선대의 문인들 중에는 자신의 모습을 친지가 관찰하여 글로 남긴 경우는 있다. 그러나 그런 경우 대개 좋은 모습만 부각시키기 마련이다. 자화상이나 남이 그려준 초상화처럼 실경일 수가 없는 것이다.

간혹 초상화가 남아 있기는 해도 생전의 모습을 그린 것이 아니다. 구전에 의해서 후손들이 상상해서 그렸을 뿐이었다. 그래서 세황이 자신의 참모습을 남기려는 것이다.

28

세황이 병술년(1766) 여름이 지나갈 즈음에 자화상을 그렸다. 이는 이용휴와 허필이 집에 왔을 때 말했던 것을 실천한 것이다. 상반신 그림으로, 크기는 가로 세로 19.8X28.6cm이고 유지본(油紙本) 담채다.

세황은 이 자화상을 그가 같은 해 가을에 쓴 《표옹자지(豹翁自誌)》에 수록해 놓았다. 《표옹자지》가 자서전이므로, 여기에 수록한 자화상 역시 '그림으로 나타낸 자전(自傳)'인 셈이다.

세황은 《표옹자지》에다 불우했던 삶을 고백했다. 그러면서도 이에 만족하는 긍지를 잃지 않았음을 밝혔다.

후일에 이 글을 보는 사람이면 반드시 그 세대를 논의하고 그 사람을 상상하여 보면서 그가 불우하였음을 슬퍼하고 옹(翁:세황 자신)을 위하여 탄식하며 감개하는 사람이 있을 것이다. 그러나 이것이 어찌 옹을 알기에 충분할 것이냐. 옹은 벌써 자연스럽게 즐거워하며 마음 속이 넓고 텅 비어서 스스로 뜻을 이루지 못한 것을 조금이라도 섭섭히 여기거나 불평함이 없는 자이다.

_ 변영섭, 〈강세황의 안산시절과 예술〉 중에서 인용.

이 자화상에 드러난 세황의 얼굴은 54세의 나이에 비해서 훨씬 늙어 보였다. 자신이 벼슬 없이 재야에 묻혀 있었으므로, 사모[1]가 아닌 오건[2]을 쓰고 있는 모습이다. 마르고 길죽한 얼굴이 영락없는 말상이었다.

그리고 미간과 눈자위는 물론이고, 콧방울에서 양쪽 입끝으로 흐르는 주름 역시 아주 깊게 패어 있었다. 꽉 다문 입술 위로 난 콧수염과 구레나룻에서 턱에 이르기까지, 수염이 성기고 허옇게 센 모습이다. 마치 궁핍한 살림에 영양상태가 좋지 않은 몰골을 사실적으로 드러낸 것 같았다.

유경종도 촌로 같은 이 자화상을 보면서 한동안 고개를 주억거렸다. 그러고는 피폐해 보이는 화상이 마음에 걸린다고 사족을 달았다.

---

1) 사모(紗帽) : 관복을 입을 때 쓰던 벼슬아치의 모자. 오사모(烏紗帽).
2) 오건(烏巾) : 평민의 검은 모자.

"아무리 진경이라도, 자형 얼굴이 너무 늙었지 않습니까."

"사실이 그런 걸요. 이 얼굴이 부얼부얼하다고 생각해 보세요. 오히려 다른 사람의 초상화라고 하지 않겠어요?"

"그래도 그렇지…."

유경종은 끝내 아쉬워하는 표정을 지우지 못했다. 그건 이용휴와 허필의 생각도 다르지 않았다. 허필은 숫제 팔십 먹은 노인네로 표현했다. 그런데도 세황은 "그게 사실인 걸요." 할 뿐으로, 껄껄 웃기만 했다.

겨울이 깊어가면서, 후실 나씨의 배가 마치 치마 속에다 소쿠리를 감추고 있는 것처럼 잔뜩 불러 있었다. 그래서 여인의 만삭을 복고여산[1]이라고 한 것 같았다.

그녀가 지난여름 내내 입덧을 심하게 하더니 기어이 그 지경이 되었다. 늦어도 다음 해 정월에는 아이를 낳을 것 같았다. 스무살 나이에 아이를 낳기란 여간 고통스러운 일이 아닐 것이다.

그러나 여자는 아이를 낳아 봐야 비로소 여자가 된다고 하였으니, 고통스러워도 할 수 없는 노릇이었다. 이 세상에 어미 몸을 가르고 태어나지 않은 여자가 어디 있겠는가. 그게 여자의 팔자인 것을.

---

1) 복고여산(腹高如山) : 배가 산같이 높다.

그래서 세황도 모르는 척했다. 속으로는 힘들어 하는 모습이 안타까워도 노골적으로 위로할 수가 없었다. 그건 며느리들의 눈치가 보이기 때문이었다. 며느리들이 번갈아 와서 살림을 돕고 있었다. 그러니 젊은 후실한테 폭 빠져 있는 것 같은 시아비의 모습을 차마 보일 수가 없었던 것이다. 그래서 잠자리에서나 겨우 몇 마디로 위로할 뿐이었다.

"한참 힘들 때인데, 내가 도울 일이 없구려."

"아닙니다. 남정네는 모르는 체하는 것입니다. 친정어머님께서도 그리 말씀하셨습니다. 그런데 사내아이를 낳지 못할까 걱정입니다."

"그런 일에 괘념치 마시오. 딸이면 어떻고, 아들이면 어떻소. 모두 내 피붙이인 것을."

"정녕, 그리 생각하십니까?"

"그렇다 마다요. 그러니 괜한 걱정일랑 하지 마시오."

"정녕 그리 생각하신다면, 제 마음이 조금 놓입니다."

"순산이나 했으면 좋겠소. 그러니 무엇이든 많이 먹어두는 게 좋을 것이오. 기운이 쇠하면, 아이 낳기 힘들다지 않소."

세황은 그녀가 난산으로 목숨을 잃을 것을 우려하는 것이다. 주위에서 그러한 사고가 종종 있는 일이라 염려하지 않을 수가 없었다.

어젯밤 쏟아진 눈으로 세상이 온통 눈에 파묻혀 버린 것 같았다. 눈은 더 내리지 않고 있으나, 들판과 가옥들이 밤새 흔적도 없이 사라진 것처럼 보였다. 집집마다 굴뚝에서 연기가 피어오르지 않았다면 정말 거기에 집이 있을 것으로는 생각하지 않았을 것이다.

세황은 유경종 집으로 가기 위해서 집을 나섰다. 전 장모가 많이 아프다는 소식을 큰아들 인이 전했기 때문이다. 올해 여든 살이니 장수하는 셈이다.

그녀가 비록 세황한테는 장모였으나 생모와 다름없이 생각하고 있었다. 그만큼 세황이 처가의 신세를 많이 졌을 뿐만 아니라 사위를 끔찍하게 위했다. 더구나 세황이 오랜 세월 혼자 고적하게 사는 모습을 늘 안타까워했다. 밤새 눈이 많이 쌓여 걸을 때마다 발목이 눈에 잠길 정도였다. 처가까지 오릿길이 멀게 느껴질 것 같았으나 힘들다는 생각은 들지 않았다. 눈을 하얗게 쓰고 있는 아름다운 경관 때문인 것 같았다. 특히 청솔가지에 눈이 꽃송이처럼 매달려 있는 풍경은 그대로 한 폭의 그림이었다.

이때 저만치서 한 여인이 소쿠리를 옆구리에 끼고 걸어가고 있는 것이 눈길에 잡혔다. 머리를 길게 땋아내린 뒷모습으로 보아 처녀가 틀림없었다. 눈길을 조심스럽게 짚어가는 자태가 매우 조신해 보였다. 특히 청솔 아래를 지나가고 있는 모습에서는 하나의 풍경화를 보는 듯했다.

한참을 걷던 그녀가 마을로 접어들더니 한 가옥으로 자취를 감춰버렸다. 그 잠깐 사이에, 마치 꿈 속에서 만난 처녀를 뒤쫓다가 그만 놓쳐버린 듯한 아쉬움마저 드는 것이었다.

세황은 처가로 가는 길을 놔두고, 일부러 그녀가 남긴 발자국을 되밟아 가고 있는 자신을 발견했다. 스스로 흠칫 놀라면서도, 마치 그러기로 작정했던 것처럼 그녀가 숨어버린 집 앞까지 다달았다. 그러고는 우연히 지나가는 나그네처럼 곁눈질을 그 집 담 너머에까지 내려놓았다. 그러나 그녀는 자신의 모습을 다시 보여주지 않았다.

'내가 지금 무슨 짓을 하고 있는 건가….'

세황은 자신의 나이와는 전혀 어울리지 않는 행동에, 그만 얼굴이 붉어지는 것이었다. 그래서 얼른 주위를 둘러보았다. 혹시 누군가 숨어서 자신을 지켜본 사람이 없을까 염려했다.

'내가 갑자기 망령이 들었나?'

세황은 마치 도둑질을 하다가 들킨 사람처럼 걸음을 재촉했다. 눈을 훑고 날아온 바람이 볼을 할퀴고 사라졌다. 그래도 왠지 마음은 깃털처럼 가벼웠다. 마치 회춘을 맛본 늙은이처럼 몸까지 가뿐한 것이다.

'이것이 바로 회춘이지, 회춘이 별 것이라든가.'

마을을 빠져나온 세황은 잠시 걸음을 멈춰 청솔가지에 매달린 눈송이들을 올려보았다. 이때 마침 문장 하나가 문뜩 떠오르는 것이었다.

사뿐사뿐 비단 버선 대문 안으로 사라지고는

오직 하나 눈에 찍힌 그녀의 발자국이
이리도 정겨울 줄이야, 고여 넘치는 연정이여[1]

세황은 이 시구를 거듭거듭 읊조렸다. 순간, 느닷없이 수련옥 당화의 모습이 아련하게 떠오르는 것이었다.

'당화!'

그녀와 작별할 때의 마지막 표정과 세황의 손등에 방울지어 떨어졌던 그녀의 눈물이 눈밭에 발자국처럼 또렷하게 새겨지는 것이었다. 그리고 "소녀는 나으리를 가슴에 품을 것입니다." 하던 그 한 마디까지.

'당화야….'

사실, 세황은 한동안 그녀를 까맣게 잊고 있었다. 후실을 맞아들이는 일로 경황이 없었기 때문이다. 오로지 외로움에서 벗어나고자 하는 마음과 자신의 안일을 위한 이기심으로 당화를 잊고 있었던 것이다.

'불쌍한 것… 당화야, 나를 잊으렴. 사내는 바람이라고 하지 않더냐. 부디 나를 잊으렴, 잊으렴….'

---

1) 강세황의 노상소견(路上所見).
능파나말거편편(凌波羅襪去翩翩) 일입중문편묘연(一入重門便杳然)
유유다정잔설재(惟有多情殘雪在) 극흔류인단장변(屐痕留印短墻邊)
〈능파나말 : 선녀가 비단 버선발로 물 위를 걸어가듯이, 사뿐히 걸어가는 미인의 걸음걸이를 뜻함. /편편 : 새처럼 가볍게 날아감. /묘연 : 행방을 알 길이 없음. /극흔 : 나막신 발자국. /단장 : 낮고 작은 담.〉

세황은 그만 눈물을 글썽거리고 말았다. 당화에 대한 갑작스러운 그리움과 자책감으로 걸음을 제대로 옮길 수가 없었다.

'당화야. 부디 건강해서, 좋은 님 만나거라.'

29

정해년(1767) 정월 17일, 세황이 나씨 부인으로부터 아들 신(信)을 얻었다. 이때 세황의 나이 55세였다. 나씨 부인이 후실이기 때문에 신은 서자일 수밖에 없었다.

그러나 세황은 이 아이한테 더 많은 애정을 품었다. 늦둥이 때문만은 아니었다. 실은 세황 역시 서자다. 아버지 현이 정실인 조씨 부인이 죽자, 광주 이씨를 후실로 맞아들였다. 여기서 난 형제자매가 둘째 형 세원과 누이 넷이었고, 세황이 막내로 태어난 것이다. 이때 아버지 나이가 무려 64세였다. 그러므로 세황이 신을 얻은 것은 아버지보다 훨씬 이른 나이가 된다.

세황은 적자와 서자를 차별할 생각이 조금도 없었다. 모두가 자신의 혈육이므로 차별할 이유가 없는 것이다. 세황이 늦둥이로 태어나 아버지의 사랑을 독차지했던 때를 생각해서도 신을 애지중지했다.

나씨 부인 역시 신을 출산하자 눈물을 글썽거리며 기뻐했다. 세황이 아들 딸을 구별하지 않는다고 했어도 내심 불안했던 것 같았다.

"서방님. 아들이 태어나서 다행입니다. 딸을 낳을까봐, 속으로는 걱정했습니다."

"부인이 괜한 걱정을 했구려. 딸이 태어났다고 해도, 나는 서운하지 않았을 것이오. '딸 덕에 부원군'이라는 말도 있지 않소. 출가시킨 딸의 도움으로, 집안이 잘 될 수도 있다는 뜻이오."

"딸은 두 번 서운하다는 말도 있습니다. 태어날 때 서운하고, 시집 보낼 때 또 서운하다는 뜻이라고 합니다."

"허허. 가을 볕에는 딸을 쬐게 하고, 봄 볕에는 며느리를 쬐게 한다고 했으니, 그만큼 딸을 더 중하게 여기는 게 아니겠소. 어쨌든, 부인이 고생하였소."

세황이 그윽한 눈길로 아내를 바라보았다. 어린 나이에, 순산한 것이 대견했던 것이다. 죽은 유씨 부인이 큰아들 인을 낳았을 때도 그녀를 대견하게 생각했는지 기억할 수가 없었다. 그때 세황의 나이가 불과 17세밖에 안 되었기 때문인 것 같았다. 자신이 아버지가 됐다는 사실을 그다지 실감하지 못했을 것이다.

세황한테 경사가 이어졌다. 큰아들 인이 비로소 과거에 급제한 것이다. 권토중래하는 마음으로 공부를 열심히 하더니 드디어 결실을 봤다.

이처럼 경사가 겹친 것이 후실을 맞이하고부터 비롯된 것이어서 세황은 나씨 부인을 새삼 생각했다. 새로 들어오는 여자에 따라서 그 집안이 흥하기도 하고 망하기도 하는 법이다. 그렇게 생각하면 나씨 부인이 복을 안고 들어온 셈이다. 남편한테 늦둥이 아들을 안겨주고 장자가 과거에 급제하였으니, 그녀를 복덩이로 생각해도 그르지 않을 것 같았다.

인의 급제 소식을 듣고 유경종이 제일 먼저 달려왔다. 그 역시 세황만큼 기뻤을 것이다. 세황이 안산으로 내려오자, 유경종이 인과 둘째 흔을 자신의 집으로 데려가 학문을 가르쳤기 때문이다. 인과 흔의 노력도 크겠으나, 외삼촌의 가르침이 없었다면 급제는 생각할 수 없었을지도 모른다.

"해암, 어서 오시오."

"형님. 인의 급제를 축하합니다. 경사가 겹쳤습니다."

"인이 과거에 급제할 수 있었던 것은 해암의 가르침이 있었기 때문이지요. 그렇지 않았으면, 급제가 어려웠을 것이오. 이 자리를 빌어, 해암한테 다시 한 번 감사해야 되겠어요."

"감사란 당치 않습니다. 인과 흔이 어릴 적부터 영민했습니다."

"어쨌든 경사스런 일이니, 술 한잔 하십시다. 이런 날, 연객과 혜환재도 함께 있었으면 좋으련만….”

“이심전심이라 했으니, 곧 나타날지도 모르겠습니다.”

세황이 직접 마루로 나가 술상을 들이도록 아내에게 일렀다. 그러고는 마루 끝에 서서 사립문 너머로 목을 뺐다. 혹시 이용휴와 허필이 오고 있지 않을까 기대하는 것이다.

그러나 오라는 사람은 보이지 않고, 대신 정월 삭풍이 몰려와 사립문을 흔들었다. 몹시 추운 날씨였다. 세찬 바람에 낙엽수의 앙상한 가지들이 사납게 시달리고 있었다. 그 바람에 가지에 앉은 참새들이 중심을 잡지 못해 안간힘을 썼다.

세황은 바람을 겨워하는 새들의 안쓰러운 모습을 한참동안 지켜보았다. 곧 가지에서 떨어질 듯 위태위태하면서도, 가냘픈 다리로 용케도 버티고 있었다. 마치 그네를 타듯이 오히려 바람을 즐기는 것처럼 보였다.

세황은 삭풍을 잘 견디고 있는 새들을 바라보면서, 하찮은 날짐승의 순화력에 새삼 감탄하고 있었다. 하긴 벌레 같은 미물한테도 자연의 변화에 순응하고 대처하는 능력이 있음을 생각하면, 날짐승으로서는 당연하고 자연스러운 것인지도 모른다.

이것들에 비하면, 고등동물이라고 자처하는 사람이 오히려 자연에 순응하지 못하는 것 같았다. 더위와 추위에 적응을 못하여 질병과 대결하거나 죽음에 속수무책인 것이다. 가뭄과 폭염에 시달리다가 병에 걸려 죽고, 추위에 얼어죽는 일이 비일비재한 것이 인간 세상인 것이다. 이를 생각하면, 사람이 짐승이나 미물보다 나을 것이 없을 것 같았다.

휘파람 소리를 내며 끊임없이 부는 바람의 이동을 바라보면서, 지금 귀양살이 중에 있는 원교 이광사의 얼굴이 갑자기 떠올랐다. 해풍이 몰아치는 낙도에서 추위를 견디고 있을 그의 처지가 안타까운 것이다.

이때 그의 아내가 술상을 들고 부엌에서 나왔다. 그녀의 얼굴에 아직도 부기가 빠지지 않아 누렇게 떠 있었다. 세황이 다가가 술상을 들고 방으로 들어갔다. 그러자 유경종이 황망히 일어나 얼른 상을 받아 들었다.

세황이 유경종의 잔을 채우면서 한숨을 내쉬었다. 유경종이 영문을 몰라 세황의 얼굴을 바라보았다.

"오늘 같은 날, 웬 한숨입니까? 갑자기 근심할 일이 생겼습니까?"

"그런 게 아니라…. 바깥 날씨가 매우 차더군요."

"그야, 지금이 한겨울 아닙니까."

"갑자기, 원교가 생각나서 그래요. 유배지에서 홀로 고생할 것을 생각하면, 마음이 아프구려. 해풍이 몰아치는 낙도가 아닙니까."

"부끄럽게도, 원교를 잊고 있었습니다. 고생이 막심할 터인데…."

"원교가 유배된 해가 을해년(1755)이었으니까, 그 새 12년이 흘렀어요. 상감께서 원교를 풀어 주실 때가 지났는데, 안타깝구려.”

세황이 술잔을 들다 말고 소매 끝으로 눈물을 찍어냈다. 그러자 유경종도 술잔을 내려놓고 눈길을 천정에다 걸었다. 잠시 무거운 침묵이 흘렀다. 유경종이 입을 달싹대더니 갑자기 시를 읊었다.

> 공산(空山)이 적막한데 슬피 우는 저 두견아
> 촉국(蜀國) 흥망이 어제 오늘 아니거늘
> 지금껏 피나게 울어 남의 애를 끊나니[1]

기다리던 이용휴와 허필은 끝내 오지 않았다. 갑자기 바람이 방문을 요란하게 흔들었다가 사라졌다. 이에 놀란 유경종이 비로소 일어날 뜻을 비쳤다. 바람을 맞으며 갈 길을 걱정하는 것 같았다.

세황은 그를 배웅하고 나서도 아까처럼 마루 끝에 오래 서 있었다. 나뭇가지에서 곡예하던 새들도 둥지로 돌아갔는지 한 마리도 보이지 않았다. 사립문 너머를 건너다 봐도 길을 가는 사람이 하나도 보이지 않았다. 눈에 띌 법도 한 개들조차 꼴을 볼 수가 없었다.

세황은 다시 방으로 돌아와 혼자 술상 앞에 앉았다. 두 잔밖에

---

1) 정충신(鄭忠信) : 1576-1636. 임진왜란 때 17세의 어린 몸으로 권율 장군의 심부름으로 의주에 가서 이항복을 만난 것이 인연이 되어 문하생이 됨. 인조 때에는 이괄의 난을 물리치고 부원수가 되고, 군남군에 봉해짐.

마시지 않았는데도 취기가 돌았다. 그래도 빈 잔에 술을 따랐다. 딱히 술맛이 당겨서가 아니라 마음이 허전한 까닭이었다.

곰곰이 생각하면 허전할 이유가 없었다. 젊디 젊은 아내가 있고, 늦둥이를 얻었고, 인이 과거에 급제하였으므로, 며칠이고 몇 달이고 마냥 기뻐하고 흐뭇할 일이었다.

그렇다고 유배지에 있는 이광사를 생각해서도 아니었다. 세황은 술 한 모금을 흘려넣자 비로소 생각이 자신의 문제로 돌아올 수 있었다.

'내 나이 벌써 쉰다섯인데, 언제까지 무위무책[1]으로 지내야 하는지….'

세황은 지금의 처지가 꼭 무위도식하는 건달처럼 생각되는 것이다. 이럴 때 그림이라도 남길 수 있었으면 보람이라도 있을 것 같았다. 다시는 그림을 그리지 않겠다고 붓을 꺾은 지 그 새 4년이 흘러버렸다. 그동안 익혔던 화법이 남의 것처럼 잊혀질 것 같아서 안달이 솟기도 했다.

그러나 하찮은 무명서생한테 그토록 애민적자[2]하는 임금의 충정[3]을 이제 와서 어찌 무시할 수가 있겠는가.

'참으로, 마음 답답하구나.'

세황은 다시 술잔을 들면서 그만 눈물을 주르르 쏟았다. 그 눈

---

1) 무위무책(無爲無策) : 하는 일도 없고, 할 계획도 없음.
2) 애민적자(愛民赤子) : 백성을 어린애처럼 여기고 사랑함.
3) 충정(衷情) : 진심에서 우러나오는 정.

물이 골이 진 주름을 타고 입 끝으로 흘러 들었다.

'상감마마. 이 무명한 백성, 어찌하면 좋겠습니까? 상감께서 소인이 갈 길을 가르쳐 주십시오.'

세황은 대궐이 있는 쪽을 향해서 무릎 꿇어 엎드렸다. 그러고는 오랫동안 체읍했다. 하염없이 쏟아지는 눈물이 방바닥을 적시고 있었다. 때를 맞추어 문풍지가 자지러지게 떨었다.

'상감마마. 하해와 같은 은혜를 또 한 번 주십시오.'

30

무자년(1768) 봄을 맞아, 두 아들 인과 혼이 아버지를 위해서 작은 사랑채를 지었다. 이는 큰아들 인이 과거에 급제한 기쁨과 아버지에 대한 감사의 뜻으로 혼과 함께 지은 것이다.

세황이 쉰여섯 살이 되도록 한 번도 벼슬길에 들지 못한 점을 안타깝게 생각한 것이다. 더구나 절필한 이후 더욱 외롭게 지내는 모습이 애처러워 달리 위로할 방법이 없었기 때문이다.

지금 살고 있는 집이 지은 지 너무 오래되어 많이 퇴락해 버렸다. 자식들이 보기에 매우 민망했던 것이다. 더구나 벼슬길에 오른 인과 혼으로서는 아버지의 딱한 처지에 무심할 수가 없었다.

세황은 이 사랑채에다 '녹화헌(綠畵軒)'이라는 편액을 걸었다. 그리고 같은 해 9월에 〈녹화헌기(綠畫軒記)〉를 썼다.

옛적부터 산빛을 말할 때에 청(靑)·벽(碧)·창(蒼)·취(翠)라 하고, 녹(綠)이라고 말한 사람은 없었다. 그러나 봄철을 당하여 연한 나뭇잎, 가느다란 풀이 언덕에 옷을 입힐 때에는 다만 한 가지 초록빛뿐이었다. 이른바 청·벽·창·취라는 것은 다만 하늘가에 보이는 먼산을 가리킬 때에 말하는 것뿐이다. 당대(唐代) 사람의 시에 '석양이 기울어지니 산은 다시 초록빛이 난다.'라고 한 것은 과거에 발견하지 못했던 것을 발견했다고 말할 수 있다. 그러나 이것도 아직 완전히 잘된 말은 아니었다. 다만 한유[1]의 남산시(南山詩)에 '하늘에 기다란 봉우리가 떠 있으니, 짙은 초록색으로 그림을 새로 이룬 듯하다'는 구절이 있는데, 형용과 모사가 매우 잘되었다.

나는 봄비가 새로 개이고 흐린 아지랑이가 겨우 걷혔을 때 앉아서 여러 봉우리를 마주 보면, 새로운 초록빛이 물들인 것처럼 사람의 옷깃을 스치는 듯할 적마다 이 글귀를 길게 낭송하며 나 홀로 이 말을 신기하게 만든 것을 감상하지 않은 적이 없다.

두어 칸 되는 나의 집이 안산 남쪽에 있는데, 지은 지가 오래되어 반이나 퇴락했다. 아들이 사랑채 조그만 집을 새로 꾸몄다. 바로 마을 남쪽에 있는 여러 봉우리와 마주 보는데, 기이하거나 특수한 형태는 없지마는 마음을 즐겁게 하며 유쾌하게 감상할 수 있고 또한 제대로는 단정하고 수려하며 높고 낮은 모양

---

1) 한유(韓愈) : 일명 한창려(韓昌黎). 당나라 때 문인.

이 시의 자료가 되기에 충분하고 어린 소나무와 잡초가 시야에 가득히 빛을 드러내는데, 짙은 초록색이 듣는 듯하여 완연히 이장군[1]과 왕우승[2]의 마음에 드는 착색한 그림같이 보인다. '서로 보아도 싫증이 나지 않는다.'는 것이 어찌 경정산(敬亭山)뿐이겠는가. 마침내 한유의 말을 취하여 집을 〈녹화(綠畵)〉라고 이름했다. 손님 중에 명명(命名)이 좋지 않은 것을 비웃는 사람이 있었다. 나는 '옛사람도 나보다 먼저 이 말(녹화)을 가지고 현판에 쓴 사람이 있었다'고 대답했다.

무자(戊子) 9월 초3일에 녹화헌(綠畵軒)에서 쓴다. 때마침 벼를 베어 이 집 앞에서 두들긴다.

_ 변영섭, 같은 책, p.110, 185에서 인용.

이 글에서 세황이 초록색 감상하기를 즐겨했음을 볼 수 있으나 실제로 그림을 그리지는 않았다. 이때까지도 절필의 결심을 깨뜨리지 않고 있었기 때문이다.

세황이 '녹화헌'으로 서재를 옮기자 유경종, 이용휴, 허필 그리고 평소 가깝게 교유하던 몇몇 지우들이 이미 다녀갔었다. 단지 현재 심사정만 오지 못했다. 환갑을 넘겼을 만큼 연로한 데다가 지병이 있어, 거동이 불편했기 때문이다.

지난 갑신년(1764)에 세황이 그의 〈산수도〉 8폭에 대한 화평을

1) 이장군(李將軍) : 당나라 종실로서, 좌무위대장군(左武衛大將軍)이 되어, '이장군'으로 불렀다.

2) 왕우승(王右丞) : 왕유(王維)를 말함.

한 후 지금껏 만나지 못하고 있었다. 세황도 그가 보고 싶으면서도 차마 서울까지 갈 수가 없었던 것이다.

이때 마침 심사정이 사람을 시켜 지본담채인 〈경구팔경(京口八景)〉 그림을 세황한테 보내왔다. 화평을 의뢰한 것이다.

세황은 그림을 보자 마치 그를 만난 것만큼이나 반가웠다. 병석에 있으면서도 무려 8폭이나 되는 그림을 그려낸 그의 열정에 매우 탄복했다.

세황은 이 8폭 중에서, 특히 〈망도성도(望都城圖)〉와 〈강암파도(江巖波濤)〉에 좋은 평을 했다.

〈망도성도〉는 조감도 형식으로, 사람들이 산중의 소나무 숲에 앉아서 도성을 내려다 보는 그림이다.

> 깎아지른 듯한 석벽이 험준하여 하늘 위에 높이 솟았고, 큰 소나무가 듬성듬성 서서 연기 낀 마을을 가리웠고, 하늘 밖의 기이한 봉우리가 특별히 푸른병풍을 두른 듯하다. 그림이야 어떻든 이러한 경치가 서울 근처에 있는가.
>
> _ 변영섭, 같은 책, p.110, 185에서 인용.

또 〈강암파도〉는 오직 파도 속에 우뚝 솟아 있는 두 개의 바위를 그린 것이었다. 그림은 실경을 닮아야 한다는 세황의 평소 신념으로 볼 때는 이것에 좋은 평을 쓸 수 없었을 것이다. 그러나 세황은 심사정의 그림을 작품 자체에 예술적 가치를 두었던 것이다.

세황은 심사정의 그림을 평가하는 데 있어서, 결코 친숙감에만 매이지 않고 냉정을 잃지 않았다. 심사정을 겸재 정선의 작품과 곧잘 비교하면서, '심사정은 겸재보다는 조금 낫지마는 높은 식견과 견문이 없다.'라든가, '호매하고 윤기가 흐르는 것은 겸재보다 조금 떨어지지마는, 힘이 있고 고상한 운치는 도리어 낫다'는 식이었다.

이는 심사정 같은 지우의 작품을 개인적 친밀도에 치우치지 않고 객관적으로 보려는 의도였던 것이다.

연객 허필이 59세를 일기로 세상을 떴다. 지난 연말에 독한 감기에 걸리더니 금년에 들어와서도 자주 앓아 누웠었다. 그래도 그렇게 빨리 죽으리라는 것은 누구도 생각하지 않았다.

허필의 죽음에 충격을 많이 받은 사람은 세황과 유경종과 이용휴였다. 특히 세황이 제일 슬퍼했다. 세황이 그와 함께 여행하면서 화첩을 만들었는가 하면, 두 사람이 합작으로 부채에다 산수도를 그려 〈선면산수도(扇面山水圖)〉를 남겼을 만큼 관계가 돈독했기 때문이다.

그리고 허필이 세황의 작품을 평한 〈연객평화첩(烟客評畫帖)〉을 남겨, 유일하게 세황의 작품에 화평을 남긴 화가이기도 했다. 이 화첩에는 대나무·난·매화·국화·소나무·연꽃·채소·초충·목단·포도·문방구 등의 그림이 들어 있었다. 이러한 그림에 허필이 일일이 평을 써넣었던 것이다.

허필의 장례가 있는 동안 세황도 유경종, 이용휴와 함께 끝까지 빈소를 지켰다. 그의 빈소를 지킨 사람은 이들 세 사람뿐만이 아니라, 안산에 살면서 평소 그와 친하게 교유했던 문인화가들도 많았다. 그만큼 허필이 생전에 덕을 많이 쌓았던 것이다.

세황이 눈물을 글썽거리며 허필의 단명을 안타까워했다. 세황이 더욱 슬퍼하는 것은 자신의 손녀 중에 하나가 허필의 손자한테 시집을 갔으니 그와는 사돈간이 되는 것이다.

사람 사는 것이 아무리 파리 목숨 같다고 해도 허필한테는 너무 짧았다. 환갑을 불과 몇 개월 앞두고 죽은 것이 세황한테는 원통했던 것이다. 그래서 소동파도 죽음에 대해서 '평생만사족(平生萬事足) 소흠유일사(所欠惟一死), 즉 평생에 모든 일이 다 만족한데, 흠 될 것은 오직 죽음뿐이다.'라고 했다.

"비록 대문 밖이 저승이라는 속담이 있기는 해도, 연객은 어찌하여 환갑 잔칫상도 못 받고 죽는다는 말이오."

"연객이 저리 죽는 걸 보니까, 우리 머리에도 무쇠두멍[1] 내릴 때가 머지 않은 것 같소이다. 사람 목숨, 허망하기도 하지."

"사람 안 죽은 아랫목 없다고 했으니, 도리가 없지요."

"부중지어[2]라고 했으니, 우리도 준비해야 되는 것 아닙니까."

"그래야지요. 한식에 죽으나 청명에 죽으나, 죽기는 마찬가지 아닙니까. 연객을 보내는 자리이기는 해도 죽음을 안타까워할 일

---

1) 두멍 : 물을 길어 담는 큰 가마나 독. 무쇠 가마니를 머리에 쓰면, 살아날 수가 없다는 뜻.
2) 부중지어(釜中之魚) : 가마솥에 든 고기, 즉 이미 죽음이 결정돼 있다는 뜻.

은 아닌 것 같소이다. 불로초 먹었다는 진시황제도 결국 죽은 걸요.”

세황은 문상객들이 주고받는 얘기를 들으면서, 자신의 명은 얼마나 더 남았을까를 잠시 생각했다. 지금 나이 쉰여섯이니 적게 살았다고는 할 수 없을 것이다. 아들 다섯에 손자 손녀가 번성하니만큼 여한은 없다.

그렇다고 한이 없는 건 아니었다. 평생을 시·서·화에 매달렸어도, 무엇 하나 뚜렷이 내세울 것이 없는 것 같아 안타까운 것이다. 그 중에서도 특히 그림을 그릴 수 없는 것이 제일 마음 아팠다. 절필을 결심한 지 어느덧 5년이 지나고 있었다.

지금까지 살아오는 동안 한 번도 무문곡필[1]한 적 없이 시를 지었고, 글씨를 썼다. 단지 그림 하나만 손을 못대고 있는 것이다. 이렇게 무위무책으로 지내다가 다시는 화필을 잡아 보지도 못하고 죽는 건 아닐까 하는 조바심이 부쩍 드는 것이다.

‘내가 이렇게 살아서는 안 되는데….’

---

1) 무문곡필(舞文曲筆) : 붓을 함부로 놀려, 왜곡된 글을 지음.

31

세황은 허필의 장례가 끝난 뒤 며칠째 앓고 있었다. 허약한 체력에 빈소를 끝까지 지켰던 탓이었다.

이러다가 허필의 뒤를 따라가는 건 아닐까 하는 생각도 했다. 빈소에서도 그런 생각을 했지만 죽음 그 자체가 두려워서가 아니었다. 다시 그림을 그려보지 못하고 죽는 것이 억울할 뿐이었다.

다행히 아내가 있어 그녀가 세황의 곁을 잠시도 떠나지 않았다. 그리고 아들들이 매일 문병을 왔고, 의원을 불러 조금도 소홀함이 없도록 보살폈다.

마침 유경종이 문병을 왔다. 그도 며칠 못 보는 사이에 얼굴이 야윈 것 같았다. 그 역시 세황과 함께 허필의 빈소를 끝까지 지킨 탓이었다.

“자형은 오래 누워 계시는군요.”

“이젠 웬만큼 나은 것 같아요. 해암 얼굴도 많이 수척해졌어요.”

“망자의 혼을 너무 오래 지킨 탓인가 봅니다. 저도 한 이틀 자리 보전하고 있었는 걸요.”

“그래도 해암이 나보다 강골인 모양이오. 이틀밖에 아프지 않았다니 말입니다.”

“제가 강골일 리가 있습니까. 누워 있기가 갑갑해서, 억지로 일어났을 뿐이지요. 어쨌든 병환이 이만해서 다행입니다. 하루 빨리 쾌차하십시오. 그래서 좋은 아회 한 번 가집시다.”

“아회도 좋지요. 그러나 나는 화필이나 다시 잡았으면 좋겠습니다. 이렇게 늙는 동안, 영영 그림을 그리지 못할까 봐 걱정이지 뭡니까.”

“저 역시, 자형의 처지가 딱할 뿐입니다. 그러나 상감께서 아직 옥좌에 계시니 어쩝니까. 그렇다고, 몰래 붓을 잡을 일도 아니고. 괜히 그런 하명을 내리신 것 같아요.”

“어명은 곧 천명이니, 도리가 없지요.”

“상감께서 특별히 자형을 사랑하시어 그런 것이니, 기다려 보시지요. 언젠가는 말씀을 거두실 때가 있지 않겠습니까.”

“상감께서 기억이나 하실는지….”

세황이 기어이 눈물을 글썽거렸다. 지금 생각 같아서는 영조임금이 자신이 한 말을 기억조차 못할 것 같아서 더욱 답답했다. 누군가 귀띔이라도 했으면 좋겠지만 언감생심 기대할 수도 없는 일이었다. 어명을 철회하라고 요청하다니, 그건 쥐가 고양이 목에 방울을 다는 것과 같은 것이다.

설사 누구에겐가 그런 용기가 있다고 해도, 굳이 세황을 위해서 할 사람이 없었다. 오직 자리 보전에만 목을 매고 있는 조정 대신들이 초야에 묻혀 사는 일개의 서생을 위해서 임금의 심기를 불편하게 할 명분이 없는 것이다.

세황은 내내 이 문제에만 집착했다. 이리 생각하고 저리 생각해도 묘안이 떠오르지 않았다. 굳이 방법을 찾는다면 소문 내지 않고 몰래 붓을 드는 것뿐이다. 세황을 감시할 사람도 없고, 그럴 만큼 정치적으로 중요한 인물로 생각하는 사람이 아무도 없기 때문이다.

그러나 그건 결국 임금의 눈을 속이는 불충한 짓이다. 더구나 두 아들을 조정에 내보내고 있는 아비로서는 차마 할 수 없는 일이었다. 임금을 속이다니, 그건 바로 멸문지화를 자초할 뿐이다. 유경종 역시 펄쩍 뛰었다.

"스스로 붓을 꺾은 것은 상감과의 약속이나 마찬가진데, 그걸 어찌 어긴다는 말씀입니까. 자형이나 저나, 선대에서 이미 고초를 당할 만큼 당했잖습니까. 그래서 우리가 요 모양으로 목숨을 부지하고 있는 겁니다. 인이나 흔한테 그 같은 환난을 또 겪게 할 수는 없는 일입니다. 상상도 하지 마십시오."

"내가 그걸 왜 모르겠소. 하도 답답해서, 그냥 망상일 뿐입니다."

"당연히, 그러셔야지요. 차후로는 입에 올리지도 마십시오. 낮말은 새가 듣고, 밤말은 쥐가 듣는다지 않습니까."

"알았소이다. 다시는 그림을 입에 올리지 않겠소."

그러고는 스스로 서러워서 세황이 또 눈물을 흘렸다. 유경종도 따라서 눈물을 찍어냈다. 그러고는 나직하게, 안서우[1]의 시 한 수를 읊었다.

문장을 하자 하니 인생 식자우환시[2]요
공맹[3]을 배우려 하니 도약등천 불가급[4]이로다
이내 몸 쓸데 없으니 성대 농보[5] 되오리라

유경종이 시 읊기를 마치자, 세황이 "학문을 한다는 것이 결국 허망한 일인 것 같구려. 예술도 역시 마찬가지구요." 하고 고개를 주억거렸다. 그러자 유경종이 한숨을 내쉬며 고개를 끄덕였다.

"공자께서도, 학문이란 추구할수록 뜻한 바를 잃을까 두려워

---

1) 안서우(安瑞羽) : 숙종 때의 학자, 문장가.
2) 식자우환시(識字憂患始) : 글줄이나 안다고 나서는 것이 오히려 인생의 근심거리의 시초가 된다.
3) 공맹(孔孟) : 공자와 맹자, 즉 학문을 뜻함.
4) 도약등천 불가급(道若登天不可伋) : 도에 이르기가 하늘에 오르는 것 같아서, 도저히 따를 수가 없다. 학문의 어려움을 비유.
5) 성대 농보(聖代農甫) : 태평성대의 농부.

하는 것이라고 했습니다. 예술도 다를 게 없겠지요."

"내가 붓을 잡지 못하게 된 것을 안타까워하는 것은 감각마저 잃을까 두려워하는 것이오. 그렇게 되면, 내 그림은 끝내 사멸하고 말 것 아니겠소."

"자형께서는 그렇지 않을 겁니다."

"어째서, 나는 그렇지 않다는 말씀이오?"

"사방을 둘러보면, 온통 그림 아닙니까. 여기도 그림, 저기도 그림…. 저 그림들을 보는 것만으로도, 감각을 잃지 않을 것입니다. 그러니 너무 초조해 하지 마십시오. 그러다가 몹쓸 병이라도 얻을까 걱정됩니다. 불안하고 초조한 마음이 길어지면, 정신병이 생길 수도 있다지 않습니까."

"차라리 그림에 미쳐버렸으면 좋겠어요."

"말씀이 좀 지나치십니다. 자형이 정신병에 걸린대서야…."

잠시 후 유경종이 돌아갔다. 세황은 계속 누워서 이 궁리 저 궁리로 시간을 보냈다. 요즘 들어서 그림에 대한 집착이 부쩍 늘었다. 그건 나이를 자꾸 먹어가는 탓인 것 같았다. 허필이 죽고 난 후부터 더욱 심해졌다. 이러다가는 방금 유경종이 경고한 대로 정신에 이상이 생기는 건 아닐까 하는 걱정도 때로는 가졌다.

병석에서 일어난 세황이 오랜만에 늦둥이 신과 놀아주었다. 마침 가을 햇살이 마당에 가득하여, 평상에 앉아서 아이의 재롱을 바라보고 있었다. 이제 몇 개월 후면 두 돌을 맞을 만큼 건강하게 잘 자라주었다. 아비로서는 고마운 일이었다.

이 아이가 장차 효도할지, 불효할지에 대해서는 하늘만이 알고 있는 일이다. 그건 부모가 할 탓이다. 물이 위에서 아래로 흐르듯이 자식은 부모가 하는 모습을 보며 자라기 마련인 것이다.

그래서 중국의 관자도 '자식을 아는 데, 아비를 따를 사람이 없다'고 했고, 우리 속담에도 '아비만한 자식 없다'고 했다. 자식이 아무리 훌륭하게 되었어도 그 아비만은 못하다는 것이다. 그만큼 아비가 훌륭해야 자식도 그 본을 받는다는 뜻이다.

그러나 아비가 어찌 자식을 사랑만 하겠는가. 자식이 바르게 성장하도록 가르쳐야 한다. 한퇴지가 '아들을 사랑하거든, 먼저 선생을 골라 가르치라.'고 한 것도 결국 자식을 교육으로 키워야 함을 강조한 말이다. 이는 역자이교(易子而敎) 즉 자신은 남의 자식을 가르치고, 제 자식은 다른 사람에게 맡겨서 가르친다는 말과 다르지 않다.

세황은 평상에서 이리저리 뒹굴며 노는 아이를 내려보며 갑자기 한숨이 나왔다. 속담에 '새끼 많이 둔 소, 길마 벗을 날 없다'고 했다. 자식을 많이 둔 부모는 늘 바쁘고 짐이 무겁다는 뜻이다.

세황이 아들들을 세어 보았다. 큰아들 인으로부터 늦둥이 신까지 무려 다섯이나 되었다. 자신도 결국 '새끼 많이 둔 소'나 다를 것이 없다고 생각하자 그만 웃음이 터지는 것이었다. 그러자 마침 부엌에서 나오던 아내가 세황이 웃는 것을 보고 의아한 표정으로 다가섰다.

"왜 웃으십니까?"

"내가 바로 새끼 많이 둔 소 같아서 웃는 것이오."

"하필, 소에다 비유하십니까?"

세황이 또 웃으면서 속담을 가르쳐 주었다. 그러자 아내의 얼굴이 발갛게 상기되었다.

"자식이 부모한테 짐이 되어서야 되겠습니까. 제가 신을 괜히 낳은 것 같기도 합니다."

"어허, 부인. 내 말을 어찌 그런 뜻으로 받아들이시오? 어떻게 하면, 자식들을 바르고 훌륭하게 키울 것인가를 걱정하는 것이오."

"그렇기도 하시겠습니다. 마침 저 아이가 서자이니, 장차 출사도 못할 것 아닙니까. 저도 그게 마음 아픕니다."

"그렇게 비관적으로만 생각할 일이 아니오. 시대가 변함에 따라 적서의 차별도 자연히 없어지게 마련이라오. 괜한 근심일랑 하지 마시구려."

세황은 아내 보기가 민망해서 슬그머니 자리를 떴다. 그러자 아내가 신을 안으면서 한숨을 내쉬는 것이었다. 세황은 아내의 심정을 모르는 바 아니어서 그 역시 마음이 편치 않았다.

그러나 당장 어찌 하겠는가. 예부터 사회제도가 그렇게 정해진 것을.

'어서, 평등한 세상이 와야 할 터인데….'

32

기축년(1769) 12월, 현재 심사정이 기어이 눈을 감았다. 정해년(1707) 생이니 62년밖에 살지 못한 것이다.

세황은 그의 부음을 전해 듣는 순간, 갑자기 정신이 아득하게 멀리 달아나는 것이었다. 친한 화우(畵友) 허필이 죽은 지 불과 일 년여밖에 안 되었다. 이런 중에 심사정마저 잃고 나니, 마치 풍우막이가 무너져 없어진 것처럼 허전해서 어찌할 바를 몰랐다.

그는 작년에 〈경구팔경〉을 보내 세황에게 평을 의뢰했었다. 그때 이미 지병을 앓고 있음을 편지에서 밝힌 바 있었다.

그 역시 세황 못지 않게 한이 많은 사람이었다. 그는 소론의 명문가 출신이었다. 그러나 조부가 신임사화에 연루되자 그마저 출사할 길이 막혀버린 것이다. 그때부터 그는 그림을 팔아서 생계를 유지했다.

그는 정선의 문하에 들어가 그림을 배웠다. 그 후 대표적인 문인화가로 대성하여 '조선남종화'라는 독특한 화법을 추구했다.

지난 을축년(1745)에 세황이 넷째 아들 빈을 얻었을 때 그가 축하할 뜻으로 미역을 사들고 온 적이 있었다. 서울에서 안산까지 그 먼 길을 마다하지 않고 찾아주었다. 그때 세황이 얼마나 고마웠는지 모른다. 그 당시 그의 나이 불과 38살이었다.

그때 심사정이 세상을 한탄하며 신정하가 남긴 시 한 수를 읊었었다. 결국 그때가 그와의 마지막이 돼버렸다.

세황은 금년에 들어와서 안타까운 죽음을 두 번이나 맞았다. 몇달 전에는 그의 둘째 형님 세원(世元)이 64세를 일기로 세상을 떴다. 한양 조씨 소생의 맏형 세윤과는 달리, 세원은 세황과 함께 광주 이씨 소생이었다.

세황은 세원과 심사정의 죽음을 같은 해에 맞고 보니 그 슬픔이 다른 때보다 더욱 깊었고 그만큼 더 허망했다.

세원은 세황이 늦둥이로 태어나자 누이들보다 더 기뻐했다. 자기보다 8살이나 아래인 세황을 특별히 귀여워해서 항상 같이 놀아주었다. 그러면서 동생이 이치에 맞지 않게 떼를 쓰거나 투정을 부려도, 좀처럼 골을 내는 법이 없었다. 오히려 부드러운 말로 달래며 곧잘 업어주곤 했다.

그래서 세황도 나이 차가 많은 맏형보다는 세원을 더 따랐다.

주위에서는 이들의 우애를 놓고 같은 배로 태어난 때문이라고 수군거리기도 했다. 특히 다른 배로 태어난 두 누이들이 시샘을 많이 냈다. 그러나 두 형제는 그런 것쯤 조금도 개의치 않았다.

세황은 기축년을 며칠 남겨두고 마음이 몹시 착잡했다. 허필이 이승을 떠난 지 채 일 년도 안 되어 세원 형과 심사정마저 세상을 뜨자, 갑자기 묘한 기분에 사로잡혀 있었다. 사람이나 짐승이나 나이를 먹으면 결국 죽을 수밖에 없다는 현실이 자신한테도 가깝게 다가오는 것 같았다. 죽음은 그림자처럼 혹은 소리 없이 스며드는 안개와 같다고 생각했다.

사람에게 행복한 죽음은 앓지 않다가 죽는 것이고, 그보다 더 좋은 죽음은 급살이라고도 했다. 그러나 죽음은 하늘의 뜻인 걸 어찌 사람이 바라는 대로 되겠는가. 결국 '운명은 재천'이라는 진리에 따르는 수밖에 없다고 단정해 버렸다.

기어이 해가 바뀌어 경인년(1770)을 맞았다. 해마다 가뭄으로 인한 기근과 전염병으로 많은 사람들이 예사로 죽었다. 전염병은 흔히 여름철에 발생하는 것이 상례였는데 뜻밖에도 금년에는 정월 한겨울에 전염병이 돌기 시작하는 것이었다. 떠도는 소문에 의하면 벌써 전국적으로 수백 명이 죽었다.

증세는 감기와 다를 것이 없다고 했다. 그러나 기침과 두통에만 시달리는 게 아니고, 고열을 앓다가 눈이 토끼 눈처럼 시뻘겋게 충혈되는 것이 보통 감기와 다르다고 했다. 그러다가 호흡곤

란이 와서 숨이 넘어간다는 것이다.

그뿐만 아니라 전염성이 매우 빠르고 광범위했다. 특히 허약 체질의 어린아이와 노인들한테는 치명적이라는 소문이 돌아 집집마다 공포에 떨었다.

세황의 집도 예외가 아니었다. 그의 막내 아들 신이 며칠 전부터 감기 증세를 보이기 시작했다. 세황이나 그의 아내도 처음에는 가볍게 생각했다.

그러나 차도가 있기는커녕 고열로 인하여 몸이 불덩이처럼 달아오르는 것이었다. 아무래도 단순한 감기가 아닌 것 같았다. 비로소 아이가 전염병에 걸린 것이라고 단정했다.

서둘러 의원을 불렀다. 의원 역시 아이가 전염병에 걸린 것이라고 했다. 신이 마침 세 돌을 맞는 나이여서 아픈 데를 말로 표현할 수 있어 덜 답답했다. 오한으로 몸을 덜덜덜 떨면서도 자꾸 냉수를 찾았다. 갈증 때문인 것 같았다. 자다가 헛소리를 자주 했다.

어미가 찬 물수건으로 몸을 자주 닦아 주면서도 안절부절못했다. 그녀도 전염병의 무서움을 알고 있어 긴장하는 게 분명했다. 의원의 처방에도 마음을 놓지 못했다.

"약을 잘 달여 먹이면 나을 것이라고 했으니, 너무 염려 마시구려. 마침 용한 의원을 만났으니, 곧 차도가 있을 것이오."

"우리 아이한테 왜 그런 몹쓸 병이 온답니까. 불안해서 견딜 수가 없습니다. 만에 하나, 잘못되기라도 하면…."

"어허, 부인. 어찌 그런 경망한 생각을 하시오? 괜찮을 것이오."

"정말, 괜찮을까요?"

"내 말을 믿으시구려."

신이 그렇게 열흘을 앓다가 다행히 차도를 보이기 시작했다. 신열도 많이 내리고, 보기 흉하게 충혈됐던 눈도 차츰 흰자위로 돌아오기 시작했다. 세황도 그의 아내도 비로소 한숨 돌렸다.

사람한테는 세 가지 큰 적이 있다고 했다. 열병과 기근과 전쟁이 그것이다. 이 중에서 가장 무서운 것이 열병이라고 했다. 결국 열병이 생사를 갈라놓는 셈이다.

《사기열전(史記列傳)》에 이르기를, 사람한테는 여섯 가지 불치병이 있다고 했다. 첫째는 교만해서 도리를 무시하는 것이고, 둘째는 몸을 가벼히 하고 재물을 중히 여기는 것이고, 셋째는 생각이 온당치 못한 것이고, 넷째는 음양이 오장에서 합병하고 기운이 불안정한 것이고, 다섯째는 생긴 모양까지 쇠약하여 약을 받아들이지 않는 것이고, 여섯째는 무당과 박수의 말만 듣고 의원을 믿지 않는 것 등이었다. 이 중에서 한 가지라도 있으면 병을 치료하기 어렵다는 것이다.

이 중에서 첫째, 둘째, 셋째의 경우는 치료에 앞서 수신(修身) 즉 마음과 행실을 바르게 닦을 것을 가르친 것이다. 뒤에 세 가지는 육신을 돌보지 않고, 의원을 신뢰하지 않음을 깨우친 말이다. 결국 병은 정신과 육신을 바르게 지키지 못했을 때 침투하는 것이다.

전염병이 전국적으로 퍼지면서 수원지방 역시 예외일 수가 없었다. 여기에 수련옥 기생들도 걸려들어, 이 방 저 방에서 기침소리가 경쟁하듯이 터졌다. 기침뿐만 아니라 신열과 근육통으로 더욱 고통스러워했다.

이들 중에 당화의 증세가 제일 심해서 의원이 다른 방에다 격리토록 했다. 기침할 때마다 몸이 자지러지고, 때로는 눈이 뒤집어질 만큼 사경을 헤매고 있었다. 의식도 자주 잃었다. 의원이 침을 놓고 약 처방을 했는데도 효험을 보지 못했다.

당화는 잠깐씩 의식이 돌아올 때마다 자신의 명이 다한 것으로 체념하기 시작했다. 그러고는 20년을 겨우 넘긴 자신의 생애를 한탄했다. 어미 손에 이끌려 6살 어린 나이에 기생학교에 들어갔다. 그리고 8살에 동기(童妓)로 시작하여 지금까지 기생 노릇을 하고 있었다.

술자리에서 사내들한테 몹시 시달릴 때는 부모를 원망한 적도 있었다. 어린 딸을 기생학교에 팔아먹은 것이라고 생각했던 것이다. 돌이켜 생각하면 당시에는 부모로서도 어쩔 수 없었다. 자식 7남매를 먹여 살리기에는 힘에 부쳤을 것이고, 그래서 입 하나 줄일 양으로 막내딸을 기생학교로 보냈던 것이다.

고달프고 서러운 인생을 살면서도 단 한 번 보람을 느낀 적이 있었다. 그건 지체가 하늘처럼 높은 강세황을 만난 것이었다. 그에게 처녀를 바친 것이 조금도 아깝지 않았다. 오히려 행복했고 영광으로 생각했다.

만약 그를 만나지 못했다면 결국은 엉뚱한 사내한테 몸을 내줄 수밖에 없었을 것이다. 창기로 나서지 않더라도 기생 신분으로는 어쩔 수 없는 일이다. 그가 토호가 되었든 한량이 되었든 돈의 유혹에 넘어갔을 것이다.

당화가 매화를 불러달라고 했다. 그러나 의원의 엄명이 있어 만날 수가 없다고 했다. 그래서 매화를 문 앞까지만 오라고 했다. 그제서야 매화가 기침을 토하면서 다가왔다.

"당화야. 내가 들어갈 수가 없어서, 안타깝구나. 나를 왜 보자고 했니?"

"매화한테 부탁이 있어."

"무슨 부탁인데? 먹고 싶은 거라도 있니?"

"나는 아무래도 곧 죽을 것 같아. 그래서 너한테 마지막으로 부탁하려고 해. 편지 써놓은 게 있는데, 그걸 나 죽은 다음에 강세황 나으리한테 드렸으면 좋겠어."

"네가 왜 죽는다는 거니? 조금만 참으면 나을 수 있어. 그러니까, 마음을 약하게 먹으면 안 돼."

"고마운 말이구나. 그러나 내 병은 내가 알고 있어. 그러니 내 부탁을 꼭 들어 줘."

"부탁을 들어주는 거야 어렵지 않지만, 내가 그 어른을 어떻게 만날 수 있겠니?"

"네가 내 부탁을 잊지만 않는다면, 그분을 만날 날이 있을 거야."

"알았으니, 말은 그만 해라. 말을 많이 하면, 기운이 더 빠져."

"내 청을 들어준다니, 고맙구나. 편지는 내 옷장 서랍에 있단다."

33

세황이 한참 자고 있는데 누군가 그의 어깨를 연신 흔드는 것이었다. 그제서야 세황이 잠에서 깨어나 허리를 발딱 세웠다. 그의 아내가 근심하는 얼굴로 마주 앉아 있음을 알았다. 문 창호지에 마치 먹물을 뿌린 것처럼 아직 밖이 새카맣게 어두운 시각이었다.

"부인이 나를 깨운 것이오?"

"웬 잠꼬대를 그리 심하게 하십니까? 하도 괴로워하시길래, 제가 깨웠습니다. 나쁜 꿈을 꾸시는 것 같았습니다."

아내가 수건으로 세황 얼굴에 맺힌 땀을 닦아 주었다. 그의 적삼까지 땀이 흥건했다.

"그게 꿈이었구먼…."

"정말, 나쁜 꿈이었습니까?"

"별것 아니었소."

세황이 비로소 머리맡에 놓인 자리끼를 벌컥벌컥 들이켰다. 그러고는 머리를 흔들면서 한숨을 내쉬었다.

'당화가 왜 꿈에 나타났을까?'

너무 생생한 꿈이었다. 그녀가 여태 한 번도 꿈에 보인 적이 없었기 때문에 더욱 이상했다.

꿈에서의 당화가 처음에는 예전의 모습으로 생글생글 웃고 있었다. 그러던 그녀가 갑자기 소복을 입고 나타나 애써 팔을 내젓는 것이었다. 누군가의 손을 잡고 싶어 안달하는 것처럼 보였다. 그녀의 얼굴은 섬뜩하리 만큼 창백했고 흉하게 딱지가 앉아 있었다. 입술도 새파랗게 죽어 있었다. 그녀가 무슨 말인가 하는 듯 입을 연해 달싹거리고 있었지만 전혀 알아들을 수가 없었다. 잠시 후 바람이 회오리치면서 당화를 말아가지고 어디론가 사라져 버렸다. 이때 세황이 잠에서 깨어난 것이다.

'참으로, 요상한 꿈이네….'

세황은 다시 자리에 누웠지만 잠은 다시 오지 않았다. 한번도 꿈에 보이지 않던 당화가 갑자기 나타난 것이 예사롭지 않았던 것이다. 아무래도 그녀에게 큰 변이 생긴 것 같았다.

'혹시, 당화한테까지 전염병이?'

세황은 비로소 전염병의 현실을 깨달았다. 전염병이 무서운

속도로 확산되고 있는 마당이라 수련옥이라고 안전할 수는 없을 것이다.

'당화가 죽은 건 아닐까?'

그래서 당화가 소복차림으로 나타난 것이라고 단정했다. 생각을 그렇게 몰아가자 자책감이 목을 짓누르는 것 같았다. 그녀가 꿈에까지 나타났다는 것은 자신을 오매불망했다는 뜻이다. 자신을 가슴에 품겠다던 당화의 마지막 말을 비로소 떠올렸다.

'불쌍한 것이….'

세황은 자신도 모르는 사이에 눈물이 귓밥으로 흘러내리는 것을 알았다. 그는 아내가 눈치 못채도록 슬그머니 돌아누웠다.

'한 번쯤 내려가는 건데, 내가 무심했어.'

당화한테는 정말 미안한 일이었다. 그녀를 그저 천한 기생으로만 내쳤던 것은 아니지만 가볍게 여기고 무심했던 건 사실이었다. 당화가 여염집 처녀였더라면 그렇게는 하지 않았을 것이다.

역시 당화를 천한 신분으로 인식했던 것이고, 그 즈음에 세황이 마침 후실을 맞아들여 잊을 수밖에 없는 상황이었던 것이다.

당화가 어떻게 죽었는지는 알 수 없으나, 목숨이 끊어질 때까지 자신을 기다리고 원망했던 게 분명하다. 그래서 꿈에라도 나타나 그 한을 보여준 것이다.

세황은 꿈 속의 당화가 좀처럼 머리에서 떠나지를 않았다. 꿈이 너무 생생한 데다가 자책감에 묶여, 그녀의 모습을 지울 수가 없는 것이다.

그의 아내도 세황이 며칠째 먼 산을 바라보며 한숨만 쉬고 있는 모습을 지켜보면서, 심상치 않은 일임을 느끼고 있었다. 그렇다고 차마 물어볼 수도 없는 노릇이다. 남정네 속내를 함부로 들여다 봐서는 안 되는 일이었다.

그렇게 며칠을 보내던 세황이 갑자기 외출 차비를 했다. 그의 아내한테는 바람 좀 쐬고 오겠다는 말로 입을 막아버렸다.

세황이 가는 곳은 혜환재 이용휴 집이었다. 답답한 마음을 하소연할 사람은 이용휴뿐이었다. 자신의 마음을 이해할 수 있는 사람 중에 허필이 있으나 이미 저 세상 사람이 되었다.

이용휴가 느닷없이 나타난 세황을 보자 자신의 눈을 의심한듯 한동안 멀뚱히 바라보기만 했다. 그가 먼저 이용휴를 찾아나선 적이 한 번도 없었기 때문에 그럴 만도 했다.

"표암이 어쩐 일로…."

"갑자기, 혜환재가 뵙고 싶어서 왔습니다."

"표암이 이리 찾아주시다니, 오래 살고 볼 일입니다. 대체 꿈입니까, 생시입니까?"

"갑자기 나타나, 혜환재께서 놀라신 것 같습니다."

"놀라다마다요. 대체, 어쩐 일이십니까?"

"별 것은 아니고…."

세황이 선뜻 대답을 못하고 내리 한숨만 내쉬었다. 더욱 궁금해진 이용휴가 세황의 손을 잡아 앉혔다. 그러고도 세황의 표정을 유심히 살폈다.

"아무래도, 표암한테 무슨 일이 있었던 것 같습니다. 속 시원하게 말씀을 해 보세요. 답답합니다."

"실은…."

세황이 비로소 며칠 전의 꿈 얘기를 털어놓았다. 그러고는 "그 아이가 죽은 게 틀림없는 것 같습니다."를 사족으로 달았다. 그러자 이용휴가 고개를 주억거리면서 한동안 입을 꾹 닫고 있었다.

"그러면 표암은 어떡할 작정이시오?"

"저한테 무슨 방도가 있겠습니까. 그래서 혜환재를 찾아온 것입니다. 그 아이의 생사만이라도 알아볼 길이 없겠습니까?"

"글쎄올시다. 방법을 굳이 찾는다면, 직접 내려가 보는 길밖에요."

"제 처지에, 어찌 갑니까. 제 생각에는, 사람을 시켜 알아보는 길이 있기는 합니다만…."

"그것도 한 방법이겠습니다. 그런데 어쩌면 우리가 수원으로 내려 갈 일이 생길 것도 같습니다."

"수원으로 내려가다니요?"

"수원 유수 영장께서 전근을 하게 된 모양입니다. 그분이 수원을 떠나기 전에, 아회를 한 번 더 가졌으면 좋겠다는 뜻을 전해왔어요. 그러면 그 기회에 수련옥에 잠깐 들를 수도 있지 않겠습니까."

"그게 언제가 될는지도 모르는 일 아닙니까."

"표암도 원… 성질도 급하시구려. 지금까지 잊고 있었는데, 그쯤 못참으신다는 말씀이오?"

"영장께서 꼭 아회를 연다는 보장이 없어서 드리는 말씀입니다."

"내 말을 믿으시구려. 틀림없이 아회가 있을 겁니다."

이때 술상이 들여졌다. 이용휴가 잔 두 개에 술을 채웠다. 세황이 잔을 단숨에 비웠다. 이용휴는 세황의 마음을 헤아려 말리지 않았다. 그의 생애에 외도한 경험이 없었을 것이므로 마음이 매우 복잡할 것이다.

사실 사내가 기생하고 동침한 것쯤 그다지 흠이 될 것도 없다. 그러나 원체 샌님이었던 세황한테는 하나의 사건일 수도 있는 것이다.

이용휴는 세황이 거푸 한숨을 내뿜는 것을 보고 측은한 마음이 들었다. 60을 바라보는 나이에도 저리 순진한가 싶어 웃음이 자꾸 나왔다.

"천한 기생이 뭐 그리 대수라고, 전전긍긍하시오?"

"기생이라도, 그 아이는 좀 다릅니다. 그날 제가 첫 남자라고 했습니다. 하는 짓이 여느 기생하고는 많이 달랐구요."

"표암하고 정을 통하지 않았더라도, 언젠가는 다른 사내한테 몸을 내줬을 것이오. 그게 기생입니다. 기생이 뭡니까? 가무와 웃음을 팔아 살아가는 것들이 아닙니까. 그러다가 창기로 전락하는 것이고."

"혜환재께서는 그 아이를 잘 모르셔서 하시는 말씀입니다. 이 늙은이한테 순정을 바친 아입니다. 젊은이도 아닌, 이 늙은이한테 말입니다. 그때를 생각하면, 제가 너무 무심했어요. 저를 얼마나 원망했으면, 꿈에까지 나타났겠습니까. 불쌍한 것!"

세황이 기어이 눈물을 글썽거렸다. 그러고도 "불쌍한 것, 불쌍한 것"을 되풀이하는 것이었다.

이용휴는 세황이 하도 딱해서 그의 잔을 가득 채웠다. 그러자 조금도 주저하지 않고 또 단숨에 들이키는 것이었다.

"영장께서 곧 기별을 할 것이니, 조금만 참으시구려. 그때 당화를 만나서, 마음껏 회포를 풀면 되지 않겠소."

"회포를 풀다니요. 저는 그 아이의 생사 여부를 걱정하는 것입니다. 꿈이 예사롭지 않아서 그럽니다."

세황이 또 한숨을 내쉬더니 갑자기 시를 읊는 것이었다. 매창[1]이 남긴 것이었다. 남정네를 잊지 못하는 당화의 처지를 생각하는 것 같았다. 시를 읊조리는 그 표정이 꼭 순진무구한 어린아이 같았다.

이화우[2] 흩뿌릴 제 울며 잡고 이별한 님
추풍낙엽에 저도 나를 생각하는가
천리에 외로운 꿈만 오락가락 하노매라.

---

1) 매창(梅窓) : 부안(扶安)의 명기(1513-1550)로, 황진이와 비견할 만한 여류시인이다. 부안읍에 그녀의 시비가 있다.
2) 이화우(梨花雨) : 비 오듯이 흩날리는 하얀 배꽃.

34

이용휴 말대로 나승룡 유수 영장으로부터 기별이 왔다. 새 부임지로 떠나기 전에 아회를 한 번 더 열었으면 좋겠다는 뜻이었다.

지난번처럼 그가 구종을 붙여 말 두 필을 보냈다. 세황이 행장을 꾸리자 그의 아내가 매우 기뻐했다. 세황의 속내를 까맣게 모르고 있는 그녀는 친정아버지가 남편을 초대한 것이 마냥 좋은 것이다.

세황은 그러한 아내를 모르는 척하고는 서둘러 말에 올랐다. 그러고는 마치 도망치듯이 말을 몰았다. 그의 마음을 이미 알아챈 이용휴가 빙긋이 웃었다. 세황이 어색한 분위기를 슬그머니 바꿔버렸다.

"연객이 살아 있었으면, 더 좋았을 걸 그랬습니다."

"누가 아니랍니까. 그리도 빨리 눈을 감다니…. 저 세상에 가면, 더 좋은 친구와 맛있는 술이 있었던 모양이지요."

"그분이 이승에서 죄가 되는 일을 하지 않았으니, 염라대왕이 연옥이나 지옥으로는 보내지 않았겠지요?"

"당연한 말씀이오. 우리를 잊지나 않으셨는지 모르겠소."

"내가 죽더라도 연객 곁으로는 못갈 것 같습니다. 어린 계집의 마음에 상처를 낸 죄인이니 말입니다."

"표암도 참! 마음이 그리도 여려서야 원…."

집에서 일찍 출발한 탓에 수원에 당도했을 때는 한낮에서 조금 벗어난 시각이었다. 세황은 수원성이 저만치 보이면서부터 가슴이 두근거리기 시작했다. 마치 당화가 어디엔가 미리 숨어서 자신을 엿보고 있을 것만 같았던 것이다.

몇 해 전에 왔을 때처럼 오늘도 성 안에 장이 서는 날이었다. 상인들과 구매자들로 거리가 매우 붐볐다. 세황은 인파 속에 혹시 당화가 끼어 있지나 않을까 하는 기대감을 가졌다. 사실이라면 그녀가 달려와 아는 척하기를 바라기도 했다.

세황이 수련옥이 있는 방향으로 자주 눈길을 돌리자, 이용휴가 눈치를 채고 말머리를 세황 쪽으로 바싹 붙였다.

"표암. 수련옥에는 언제 들르는 것이 좋으시겠소?"

"제 생각 같아서는…."

왠지 세황이 말을 잇지 못하고 한동안 뜸을 들였다. 선뜻 결정할 수가 없는 눈치였다. 일의 순서를 저울질하는 것 같았다. 예의상으로는 나승룡한테 먼저 인사하는 것이 옳을 것 같고, 갈급한 마음으로는 당화 소식부터 듣고 싶을 것이다.

"그러면 수련옥에는 구종을 보내는 것이 어떻겠소? 우리가 직접 가는 것보다, 그 방법이 나을 것 같아서 그래요."

"혜환재 생각이 괜찮을 듯싶습니다."

그러자 이용휴가 자신의 구종을 가까이 오게 하여, 수련옥에 가서 알아볼 일을 일러 주었다. 당화한테 별일이 없는지만 물어보라는 것이었다.

세황과 이용휴는 구종이 돌아올 때까지 성곽 모퉁이로 가서 바람을 피하기로 했다. 바람이 꽤 쌀쌀했다. 하늘도 구름이 모여들면서 끄무레했다. 심부름 간 구종이 돌아오기를 기다리는 세황의 마음은 마치 춘향이한테 심부름 보낸 방자가 돌아오기를 기다리는 이몽룡과 같았다. 구종이 전하는 말 한 마디에 따라 세황의 마음에 일어나는 파장이 다를 것이다. 이용휴도 그 점을 생각하여 함께 초조해했다.

구종이 한참만에 돌아왔다. 그는 세황의 마음은 아랑곳하지 않고 아주 무심한 표정으로 소식을 전했다. 당화가 전염병을 앓다가 보름 전에 죽어 이미 화장했다는 것이다. 그러고는 세황한테 웬 봉투 하나를 내밀었다. 이용휴가 무엇이냐고 묻자 세황한테 전할 편지라고 했다.

세황이 손 끝을 부들부들 떨며 피봉을 뜯었다. 이용휴도 편지

내용이 궁금하여 잔뜩 긴장하고 있었다. 세황이 계속 손을 떨고 있었다. 편지를 읽어 내리는 세황의 창백해진 얼굴이 낭패한 표정으로 일그러지고 있었다.

내용을 다 읽고 난 세황이 눈물을 글썽거리며 편지를 이용휴한테 내밀었다. 읽어보라는 뜻 같았다.

존귀하신 나리.

소녀, 나리께 삼가 몇 자 올립니다. 전생에 죄를 많이 지은 소녀가 갑자기 몹쓸 돌림병이 들었습니다. 소녀 생각에, 병마에서 끝내 벗어나지 못할 것 같아, 눈 감기 전에 나리께 하직 인사를 드리고자 합니다.

하늘처럼 높으신 나리.

나리를 처음 뵙던 열여덟 나이에 소녀는 너무 감읍하여, 고이는 눈물을 간신히 참았습니다. 나리를 뵙는 것만으로도 황송한 소녀한테 나리께서 깊은 마음까지 선뜻 주시어, 소녀는 차마 생시로 받아들일 수가 없었습니다. 그러고서 나리께서는 춘삼월의 버들바람처럼 홀연히 떠나셨습니다.

바다보다도 광활하신 나리.

나리께서 그렇게 떠나시고 오늘까지, 소녀는 하루를 여삼추로 보냈습니다. 언감생심 나리를 다시 뵈올 수 있다는 마음을 품어서는 아니 되는 줄 알면서도, 소녀가 미욱하여 나리를 차마 마음에서 놓아드릴 수가 없었습니다. 수련옥 대문이 열릴 때마다 혹시 나리께서 오신 것은 아닐까 하여, 마음을 졸인 적이 한두 번이 아니었습니다. 어디 대문 열리는 소리뿐이었겠습니까.

바람 소리에도 가슴이 떨리고, 수련옥을 지나가는 행인의 발걸음 소리에도 가슴을 떨었습니다.

영영 뵙지 못할 나리.

소녀, 이승 떠날 날이 가까워진 듯합니다. 소녀의 가슴에서 한 번도 떠나신 적이 없는 나리.

아무쪼록 강녕하시어, 아름다운 옥체를 보존하십시오. 그리하여 조선 화단에 태두가 되시어, 만만세 후대에까지 나리의 존함을 남기십시오. 소녀, 지하에 가서도 학수고대하겠습니다. 다시 한 번, 나리께서 강녕하시고 축수하시기를 기원하오며, 소녀 붓을 놓겠습니다.

경인년 선달, 삼가 당화가 올립니다.

이용휴는 차마 편지를 접지 못하고 잠시 넋을 놓고 있었다. 제삼자인 자신의 심금을 울리고 있으니, 세황의 마음은 그 아픔이 오죽하랴 싶었다. 이용휴는 세황 손에 편지를 쥐어주면서 마치 자신 때문에 일이 이렇게 된 것 같은 마음이었다. 처음 수련옥에 왔을 당시, 세황과 당화를 부추겨서 두 사람을 합방케 한 결과가 결국 한을 안겨준 것 같았던 것이다.

"표암의 꿈자리가 예사롭지 않다고 하시더니, 결국 이리 되었구려."

"당화가 불쌍해서 어쩝니까. 무심했던 제가 미울 뿐입니다."

"너무 자책하지 마시구려. 그 아이가 오매불망으로 자결한 것이 아니지 않습니까. 전염병 때문이에요."

"당화가 죽은 것이 전염병 때문이기는 하나, 하루를 여삼추로 여기며 저를 기다렸다는 것이 안타깝습니다. 저를 얼마나 원망했겠습니까. 그걸 생각하면, 가슴이 찢어지는 것 같아요. 불쌍한 것이…."

"그래도 편지에는 표암을 원망하지 않았어요."

"아닙니다. 당화가 꿈에 나타났다는 것은, 그만큼 저를 원망했다는 뜻이었습니다."

"세월에 맡길 수밖에 없겠어요. 차차 잊혀지겠지요. 바람이 차니, 그만 가는 게 좋겠어요. 지금쯤 영장이 기다릴 것입니다."

세황이 비로소 고개를 끄덕이며 편지를 소매에다 간직했다. 세황의 마음을 아는지 말들도 걸음을 무겁게 내디뎠다. 세황이 수련옥 쪽에 거듭 눈길을 주면서 소매 끝으로 눈물을 자주 찍어냈다.

이용휴는 세황이 자신을 찾아왔을 때 읊었던 매창의 시를 떠올렸다. 자신을 오매불망하고 있을 당화의 처지를 생각해서 읊은 것이라고 생각했었다. 돌이켜 생각하면 그것이 꼭 이렇게 될 것을 예상한 것 같기도 했다. 사람한테는 예감이라는 것이 있기 때문에 그럴지도 모르는 일이었다.

'마음이 여린 표암이 불쌍해서 어쩌누.'

나승룡이 마련한 이번 아회가 세황한테는 조금도 즐겁지 않았다. 한겨울에 갖는 것이어서 아회 기분이 전혀 들지 않는 것이었다. 동헌 별채에 앉아서 술 마시며 눈 덮인 여기산 등성이나 바라보는 자리에 불과했다.

또 세황의 마음이 매우 착잡한 중이라, 오히려 거북한 자리가 되고 말았다. 게다가 나승룡이 이제 장인의 처지로 바뀌어 사위 입장에서 더욱 서먹한 것이다.

세황의 심정을 알고 이용휴가 슬그머니 화제를 돌렸다. 세황은 되도록 말을 아끼고 옆에서 듣고만 있었다.

"영장께서 개성으로 전근을 가신다구요?"

"그렇게 되었습니다. 오수채 유수께서 사임하시면서, 후임으로 저를 천거하셨습니다. 저 또한 그리 청을 넣었구요. 표암이 남긴 〈송도기행첩〉이 지금껏 눈에 선하여, 제가 개성으로 자청한 것입니다."

"영장께서 원하시는 곳으로 가시게 되어, 다행입니다."

"헌데, 우리 사위님의 안색이 그리 좋지 않아 보이는군요. 어디 불편한 데라도?"

"죄송합니다. 감기 기운이 조금 있는 데다가, 찬바람을 오래 맞아서 그런 것 같습니다."

"허어. 내 욕심만 차리느라고, 두 분한테 불편만 드렸습니다. 그만 자리를 파하고, 얼른 쉬는 게 좋겠습니다."

세황이 그제서야 힘에 겨운 자리에서 벗어날 수가 있었다. 그의 머리에는 오로지 당화의 편지만이 들어가 있어, 다른 것은 생각할 여유가 없었다.

관기들이 손님이 묵을 방에 들어와 침구를 깔아놓고 갔다. 그러면서 불편한 것이 있으면 언제라도 자기들을 부르라고 했다.

이용휴가 잠자리에 들려고 하자, 세황이 한숨을 쉬며 "당화의 넋을 어떻게 위로하면 좋겠습니까?" 하고 물었다. 갑작스럽게 묻는 것이라 이용휴로서도 좋은 방법이 금방 떠오르지 않았다.

세황이 또 한숨을 내쉬었다. 그러고는 무엇인가 알아들을 수 없는 말을 혼자 중얼거렸다. 물어보나마나 그건 '불쌍한 것…'이었을 것이다.

35

세황의 아내가 행장을 꾸려 일찍 집을 나섰다. 세황이 아내의 거동을 눈치 챘으면서도 짐짓 모르는 체했다. 낯이 뜨거워 차마 내다볼 면목이 없기 때문이었다.

그녀가 찾아가는 곳은 인근에 있는 절이었다. 세황이 수원에 다녀오고부터 며칠 동안 내내 시름에 잠겨 있었다. 아내가 그걸 보고 이유를 물었다. 그러나 세황은 무구포로 일관할 뿐이었다.

혹시 친정아버지와 언짢은 일이 있었는가 해서 한동안 마음을 졸였다. 궁금하고 답답한 그의 아내가 묻기를 되풀이했다. 세황은 아내의 눈길을 피해 아예 돌아앉았다. 그래도 아내는 포기할 뜻이 없는 것 같았다.

"답답해서 그럽니다. 서방님께서 저한테 꼭 숨기셔야 할 일입니까?"

"남정네 일이니, 그냥 모르는 척하시구려."

"부부가 무엇입니까? 서방님 근심은 제것이나 다름이 없는 것입니다. 그러니 말씀해 주십시오."

"차마, 입이 떨어지지 않아요."

"지금 아니라도, 언젠가는 알게 될 일입니다. 차라리 일찍 말씀하시어, 마음을 편히 가지십시오."

"부인한테는 차마 못할 얘기라오."

"남정네가 처한테 못할 얘기라면, 시앗 본 것밖에 더 있겠습니까. 저는 조금도 괘념치 마시고, 속 시원히 말씀을 하십시오."

"부인을 두고, 내 어찌 시앗을 본다는 말이오. 그런 게 아니라오."

"그러면 말씀 못하실 일이 아니잖습니까."

"이거야 참… 그게 어찌 된 일인고 하니…."

세황이 얼굴을 벌겋게 물 들이더니 갑자기 연상 서랍을 여는 것이었다. 그러고는 서찰을 꺼내 아내에게 내밀었다.

"이게 무엇입니까?"

"이거야 참… 어쨌든, 펴보구려."

세황이 헛기침을 하며 슬그머니 돌아앉았다. 그의 아내가 비로소 봉투를 열었다. 편지가 바스락거리는 소리가 세황의 귓등을 간지럽혔다. 아내가 앙칼지게 반응하지는 않겠지만 마음이 켕기는 것은 사실이었다.

편지를 다 읽고 난 아내가 기어이 한숨을 내쉬었다. 그 한숨소리가 세황의 가슴을 압박했다.

"서방님. 이 여인네를 언제 만나셨습니까?"

"그게 어떻게 된 일인고 하니… 이거야 참."

세황이 비로소 당화를 만나게 된 사연을 사실대로 털어놓고 말았다. 어차피 들통이 난 마당에 더 숨길 필요가 없었던 것이다.

"서방님 말씀을 듣고 보니, 이 여인네가 참으로 불쌍합니다. 서방님께서 어찌 그리도 무심하셨습니까? 이토록 오매불망했으니, 그 마음이 얼마나 아팠겠습니까? 참으로, 무심하셨습니다."

"부인…."

"그렇게 괴로워하고 계실 일만은 아닌 것 같습니다."

"무슨 말이오?"

"이토록 한을 풀지 못하고 눈을 감았으니, 그 넋을 위로해야 한다는 말씀입니다."

"부인, 정말 그리 생각하시오?"

"서방님. 저에게 바깥 출입을 한 번만 허락해 주십시오."

"어디, 갈 곳이 있소?"

"가까운 사찰에 좀 다녀올까 합니다. 진혼(鎭魂)이라도 하는 것이 옳을 듯싶습니다. 그렇지 않으면, 서방님께 여한이 될 것입니다."

"부인…."

세황은 감동한 나머지 아내의 손을 끌어잡고 싶었다. 그러나 남자가 너무 간사한 짓이다 싶어서 차마 실행은 못했다.

아내가 사립문 여는 소리를 들으면서 세황이 가슴을 쓸어내렸다. 아내가 서운한 기색을 감춘 것이 고맙고, 비로소 당화의 넋을 위로할 수 있다는 것에 마음이 놓이는 것이다.

'부인, 참으로 고맙구려.'

그로부터 며칠 후 세황이 또 이용휴를 찾아갔다. 아내 덕분에 가벼워진 마음을 그에게 전하지 않고는 조바심이 일 것 같았기 때문이다.

이용휴가 지난번처럼 또 의아스런 눈길로 세황을 바라보았다. 세황이 당화 때문에 아직도 전전긍긍하는가 싶어서 걱정이 되었다. 그러나 세황의 표정이 의외로 밝았다. 그게 또 이상했다.

"표암… 갑자기, 어쩐 일이시오?"

"혜환재가 뵙고 싶어서, 그냥 집을 나섰습니다."

"제가 보기에는 그렇게 보이지 않아요. 무슨 일이 있었소? 역시 당화 일입니까?"

"그렇기는 하지만…."

그가 말을 아끼듯이 한동안 뜸을 들였다. 그 표정은 전에 없이 평온했다. 나쁜 일은 아닌 것 같아서 일단 마음을 놓았다.

한참만에 세황이 입을 열어, 아내와 주고 받았던 얘기를 상기된 얼굴로 털어놓았다. 이용휴가 대뜸 가슴을 쓸어내렸다.

"부인이 참으로 후덕하신 분이시오. 시앗을 보면, 길가의 돌부처도 돌아앉는다지 않습니까. 참으로 후덕하시오."

"제가 첩을 본 것은 아니잖습니까. 외도 한 번 했을 뿐인데."

"표암도 참…. 그게 그거 아닙니까. 부인을 매일 업어주셔야 되겠어요."

"생각하면, 고마운 일이지요. 그보다는 당화의 넋을 위로하게 되어 다행입니다. 이제야, 다리를 뻗고 잘 수 있을 것 같습니다."

"물론, 당화한테도 좋은 일이고 말구요. 이제야, 당화도 편히 눈을 감았겠어요."

"저는 지금도 아내한테 얼굴을 바로 들 수가 없습니다."

"표암도 이제는 당화 일을 잊으셔야 합니다. 그래야 부인한테 보답하는 일이기도 하구요."

"그래야 될 것 같습니다."

이때 술상이 들여지는 바람에 얘기가 잠시 끊어졌다. 이용휴가 세황의 잔을 채우면서 오늘은 마음껏 마시라고 했다. 그러자 세황이 걸걸걸 웃음을 터뜨렸다. 그의 마음이 홀가분한 게 분명했다. 이용휴도 더불어 마음이 가벼웠다.

세황은 모처럼 마음이 가벼워 다시 책을 보기 시작했다. 그동안 마음고생하느라고 책 따위는 눈에 들어오지도 않았다. 그렇게 죽은 당화가 불쌍한 것 말고도, 그녀의 넋을 달랠 방법을 찾지 못해 마치 맷돌을 안고 있는 기분이었다.

아직도 아내를 바로 바라보지 못하고 자주 눈치를 살폈다. 그러나 아내는 어떠한 내색도 드러내지 않았다. 그러한 아내가 그저 고마울 따름이었다. 시앗을 보면 길가의 돌부처도 돌아앉는 마당에, 아내의 마음인들 왜 서운하지 않겠는가. 그런데도 아무 일이 없었던 것처럼 얼굴이 평온한 것이다.

'장가를 잘 들었어.'

세황은 자신도 모르게 자꾸 웃음을 흘렸다. 만일 아내가 강샘이라도 냈더라면 한동안 죽을 맛이었을 것이다. 남자로서는 정말 감당치 못할 일이다.

'당화야. 너한테는 미안한 일이나, 이제는 편히 눈을 감거라.'

세황이 잠시 당화와의 한 순간을 떠올리고 있을 때 밖에 손님이 와 있음을 아내가 알렸다. 그제서야 세황이 정신을 수습하고 밖으로 나갔다. 뜻밖에 김홍도와 이인문이 서 있었다. 이인문은 김홍도와 함께 어린 시절에 세황한테 그림을 배웠고, 둘이 을축생 동갑이고 계촌간이라 각별하게 지냈다.

"이 군을 오랜만에 보겠구먼."

"자주 찾아뵙지 못하여, 죄송합니다. 용서하십시오."

"서울에서 안산까지, 가까운 길이 아닌 걸. 요즘에는 주로 어떤 그림을 그리는가?"

"산수에 전념하고 있습니다만, 선생님의 가르침을 옳게 받들지 못하고 있습니다."

"평생 해야 할 일이니, 마음을 조급해하지 말게. 김 군처럼, 이

군도 도화서 화원이 되면 좋겠는데….”

“소생도 그럴 생각으로, 열심히 그리고 있습니다.”

“아암, 그래야지.”

마침 세황의 아내가 술상을 들여왔다. 그러자 이인문이 갑자기 밖으로 나가더니, 무엇인가 꾸러미를 들고 왔다. 무엇이냐고 세황이 묻자 매화주와 건어물이라고 했다.

“허어, 매화주라…. 오늘은 박주산채를 면하겠구먼.”

세황은 술상을 앞에 놓고 두 제자와 마주 앉으니 격세지감이 들어 감회가 새로웠다. 두 사람이 코흘리개 시절부터 그의 문하에 들어왔던 것이 엊그제 같은데 이미 아범의 나이가 돼 버린 것이다.

세황은 두 사람 다 그림에 재주가 많아 장차 조선 화단에 이름을 떨칠 것으로 믿고 있었다. 그래서 그들에게 특별한 애정을 가지고 있었다. 홍도는 이미 도화서 화원이 되었고, 인문이도 곧 그렇게 될 것이므로, 스승의 입장에서도 매우 흐뭇했다.

‘문하에, 훌륭한 제자를 두었음은 보람 중에 보람이지.’

세황은 두 제자의 잔을 각각 채워주면서 새삼 그윽한 눈길로 바라보았다. 그들이 지금까지 안산에 머물러 있었다면 자주 만났을 것이다. 그러나 김홍도는 도화서에 출근해야 하므로 주거지를 서울로 옮길 수밖에 없었다. 이인문도 장차 도화서에 들어갈 뜻을 가지고 있어, 안산 촌구석에 마냥 머무를 수가 없었던 것이다.

‘부디, 화단에서 이름을 떨쳐야지.’

36

계사년(1773) 봄을 맞아, 영조임금이 궁중에서 연로한 신하들에게 양로연(養老宴)을 베풀었다. 이때 세황의 큰아들 인이 주서(注書)로 임금을 모시고 있었다. 주서는 승정원 소속의 정7품으로 전신이 당후관(堂後官)이었다.

이 자리에서, 영조는 숙종임금이 기해년(1719)에 나이가 많은 신하 열 명에게 연회를 열어 주었던 것을 떠올렸다. 그 당시 인의 조부인 강현이 그 중에 끼어 있었음도 기억하고 있었다.

영조가 갑자기 인을 가까이 부르더니, "강 주서의 아비 나이가 몇인고?" 하고 물었다. 이에, 올해 61세라고 아뢰었다. 그러자 영조가 "그때 기로(耆老)의 아들로서 현존한 사람이 강 주서의 아비

뿐이니, 어찌 귀하지 않겠느냐." 하는 것이었다. 그러고는 바로 그 자리에서 "입시[1]한 주서 강인의 아비는 곧 전 대제학의 아들로서, 나이 61세에 아직도 유생(儒生)의 명부에 있으니 즉시 그를 올려 써서 내가 그 아비를 잊지 않는 뜻을 보이도록 하라."는 전교를 내리고, 영릉[2] 참봉[3]을 제수했다.

인으로부터 이 소식을 들은 세황은 곧장 마당으로 뛰어나갔다. 그러고는 대궐이 있는 쪽을 향해서 사은숙배하며 한참을 울었다.

그러나 세황은 깊은 갈등에 빠졌다. 임금의 은혜가 황공하기 그지없으나, 선뜻 받아들이기에는 자신의 나이가 너무 많다고 생각한 것이다.

이때부터 세황은 매일 고뇌에 빠져 있었다. 임금이 뜻밖에 내린 은혜를 사양하기에는 송구한 일이었다. 게다가 임지가 경기도 여주에 있어 그것 또한 난감한 일이었다. 낯선 곳에 가서 참봉의 직무를 수행하는 것도 쉬운 일이 아닐 것 같았던 것이다.

'어떻게 해야 하나….'

계사년(1773) 같은 해 5월 21일, 세황이 환갑을 맞았다. 큰아들 인이 아버지를 위해서 잔치를 베풀었다. 그 바람에 집안이 모처럼

---

1) 입시(入侍) : 왕을 알현하는 것.
2) 영릉(英陵) : 세종임금과 그의 비(妃)인 소헌왕후(昭憲王后)의 능.
3) 참봉(參奉) : 여기서는 능을 관리하는 종9품 벼슬. 종친부(宗親府)·돈령부(敦寧府)·사옹원(司饔院)·내의원(內醫院) 등에 소속.

시끌벅적했다. 늦둥이 신을 빼고는 네 아들이 모두 장가를 들어 며느리만도 넷이었다. 더불어 손자 손녀도 각각 넷이나 되었다.

인이 어느덧 44살이 되었고, 둘째 혼이 34살, 셋째 관이 30살, 넷째 빈이 28살이었다. 막내 신은 겨우 6살로 아직 젖내도 벗지 못했다.

인과 혼은 이미 과거에 급제하여 출사하고 있으나, 관과 빈이 아직 무명소졸[1]로 있어 세황의 마음이 안타까웠다. 그러나 궁핍한 살림 가운데에서도 네 아들이 건재하여 그것만으로도 고맙게 생각했다. 이들 중에 병을 앓아 죽은 자식이 있었더라면 세황의 마음이 많이 아팠을 것이다.

세황이 아들들로부터 차례로 수연주(壽宴酒)를 받으면서, 죽은 아내 유씨의 모습이 떠올랐다. 그녀도 세황과 동갑이었다. 살아 있었다면 그녀도 세황과 나란히 앉아서 자식들의 수연주를 받았을 것이다.

세황은 아내 생각에 그만 눈물이 고였다. 그걸 자식들한테 보이지 않으려고 슬그머니 고개를 돌렸다.

잠시 후 유경종과 이용휴가 때를 맞춰 찾아왔다. 이어서 안산의 지우들이 여럿 몰려들었다. 문하생의 자격으로 김홍도와 이인문이 또 와 주었다.

이들이 축하하는 것은 세황의 환갑연과 영릉 참봉직이었다.

---

1) 무명소졸(無名小卒) : 이름이 알려지지 않은 하찮은 사람.

세황이 겪었던 고난의 세월을 잘 알고 있는 이들로서는 경하하지 않을 수 없는 일이었다. 마침 신록의 계절이었다. 문 밖의 아름다운 풍경 속에서 노닐던 새들이 시끄럽게 지저귀고 있어, 마치 세황의 장수와 출사를 축하하는 것 같았다.

세황은 손님들을 녹화헌으로 따로 안내하여 잔치를 열었다. 방 문을 모두 열어 놓아 신록의 향기가 바람에 실려 방안에 가득했다.

한동안 오늘의 주인공한테 덕담이 쏟아지면서 술잔이 바쁘게 오고 갔다. 세황도 마음이 흡족하여 그들이 주는 술을 거의 다 받아 마셨다.

이용휴가 잠시 입을 달싹거리더니, 세황에게 출사하게 된 기분이 어떠냐고 물었다. 그러자 세황이 한숨을 내쉬는 것이었다.

"상감의 은혜가 하해와 같아, 황공하기 그지없습니다."

"그러실 겁니다. 곧 임지로 떠나야 되지 않겠소?"

"실은, 그것 때문에 잠을 이룰 수가 없습니다. 상감의 은혜를 생각하면, 어명을 받는 것이 마땅한 일입니다. 그러나 제 나이가 몇입니까. 이 나이에 관직을 받아들이는 것 또한 도리가 아닐 듯싶습니다. 그래서 때를 보아 사임할 생각입니다."

"표암…."

"경우가 그렇지 않습니까? 환갑 나이에, 어찌 관직에 들어간단 말씀입니까. 세상 사람들이 비웃을 일입니다."

"어명을 어찌 사양한다는 말씀이오?"

"상감께서도 저의 뜻을 헤아려 주실 것으로 믿습니다."

"글쎄올시다…."

세황은 이래저래 술을 많이 마셨다. 그렇지 않고는 복잡한 마음을 풀 길이 없었던 것이다.

이때 유경종이 좌중을 둘러보더니 특별히 할 얘기가 있다고 했다. 시선이 모두 그에게 쏠리며 궁금해했다. 유경종이 그들의 이해를 돕기 위해 간략하게 귀띔했다. 세황이 안산으로 내려온 이후 교유했던 문사 15명에 대한 촌평을 노래로 들려주겠다고 했다.

유경종도 세황이 갈등에 빠져 있는 것을 이미 알고 있어 분위기를 바꾸려는 의도였던 것이다.

넓은 학문과 시문에 뛰어난 '이용휴'
뜰에 내려와 아이와 노는 학과 같은 '강세황'
늙어도 일편단심의 '임희성(任希聖)'
창문에 드리운 산죽 같은 '허필'
글 속의 밝은 달과 같은 '유중임(柳重臨)'
시냇가의 꽃과 나무 같은 '조중보(趙重普)'
눈빛이 달과 같은 '엄경응(嚴慶膺)'
시냇가 날아오르는 백로 같은 '이수봉(李壽鳳)'
남쪽 봉우리 소나무 그림자 같은 '최인우(崔仁祐)'
따스한 산마을의 버들 같은 '이맹휴(李孟休)'
소나무 아래 가을꽃 같은 '이광환(李匡煥)'
바다의 성스러운 붉은 연꽃 같은 '채제공(蔡濟恭)'

구름 걷힌 하늘의 학과 같은 '박도맹(朴道孟)'
서역에서 온 부처 같은 '신택권(申宅權)'

_ 정신문화연구원 박용만 전문위원, 〈안산시절 강세황의 교유와 문예활동〉에서 인용.

여기에 들어간 인물은 모두 14명이었다. 결국 15인 문사들 중에 유경종 자신만 빼놓은 셈이었다. 그러자 세황이 나서서, 유경종에 대한 촌평을 '춘설 가운데 피는 매화 같은 유경종'으로 끼워 넣었다. 유경종과 세황에게 화답하는 뜻으로 모두가 박수를 보냈다.

이들의 잔치는 해가 중천에서 한참 기울어질 때까지 이어졌다. 저마다 마음 같아서는 밤새 놀고 싶었다. 그러나 갈 길이 먼 사람도 있고, 이미 술에 취한 사람이 많아 더 계속할 수가 없었다. 그뿐만 아니라 세황부터 대취했다. 두 잔 주량에 지우들이 권하는 술을 마다하지 않았기 때문이다. 결국 유경종의 제안으로 서둘러 자리에서 일어났다. 세황이 너무 취하여 그들을 배웅조차 하지 못했다.

그로부터 며칠 후, 세황은 마당으로 나가 대궐이 있는 쪽을 향하여 다시 사은숙배했다. 그러고는 인을 시켜서 승정원에 참봉직 사임서를 제출했다.

사임서 내용은 늙은 나이에 출사하는 것은 도리가 아니라는 것이었다. 그가 사임을 결심한 이유 그대로였다.

세황은 비로소 마음이 홀가분했다. 깊은 고심 끝에 내린 결단이었다. 임금이 대제학이었던 강현과의 인연을 생각해서 특별히 제수한 벼슬을 사양한다는 것은 매우 불충한 짓이기 때문이다.

그러나 남의 충정을 받아들여야 할 경우가 있지만 그렇지 못할 경우도 있는 것이다. 사람은 그것을 옳게 분별하고 판단하는 겸양이 있어야 한다.

그걸 깨닫지 못하는 사람은 '눈앞의 벼슬이 홍모(鴻毛)로다.' 하는 시구를 모르는 사람이다. 홍모는 기러기 털이다. 즉 기러기 털처럼 가볍게 여겨야 할 벼슬에 연연하지 말라는 뜻이다.

세황은 문득 《장자(莊子)》에 나오는 글 하나를 떠올렸다.

> 공자가 안연[1]에게 물었다. "집이 가난한데, 왜 벼슬하지 않는가?" 안연이 대답하기를 "벼슬을 원치 않습니다. 곽외(郭外)에 밭 50묘가 있으니 호구는 면할 수 있고, 곽내에 밭 10묘가 있으니 옷을 기워입을 수 있으며, 거문고를 가지고 자오(自寤)할 수 있고, 선생님께 배운 것으로 자락(自樂)할 수 있으니, 저는 벼슬하고 싶지 않습니다."라고 했다.

세황은 이 글을 생각하며, 참봉직을 선뜻 받아들였다면 '벼슬하기 전에 일산(日傘) 준비'라는 속담도 모르는 사람이 되는 것이었다. 이는 일이 장차 어떻게 될는지도 모르면서 다 된 것처럼 서

---

1) 안연(顔淵) : 안회(顔回)의 자(字). 공자의 수제자로, 스승의 총애를 받았다. 제자들 가운데 학문이 가장 높았고, 가난하면서도 이를 괴로워하지 않았고, 한 번도 과오를 저지르지 않았다.

둘러 준비한다는 뜻이다. 이 얼마나 경솔한 짓인가. 조정 대신들 중에는 아직도 소북(小北)파의 아버지 강현을 못마땅하게 생각하는 사람이 있을 것이다.

결국 그들의 눈총이 세황한테 몰릴 것이고 경계할 것이 뻔한 것이다. 더구나 임금이 갑자기 전교하여 내린 벼슬이 아닌가.

'눈치 없는 늙은이라고 혀를 차겠지.'

37

이듬해인 갑오년(1774) 4월, 세황이 드디어 안산생활을 청산하고 다시 서울로 올라왔다. 세황이 32살 때인 갑자년(1744)에 안산으로 내려와, 어느덧 30년이 흘렀다.

이 30년이 세황한테는 궁핍의 고통과 외로움의 세월이었다. 이 세월을 견디는 동안, 아내 유씨의 죽음은 큰 충격이었다. 이로써 또 통한의 세월을 보내야 했다.

그러나 안산에 있는 동안 처남 유경종과의 우애는 더욱 돈독했고, 15인의 문사들과의 교유는 큰 보람이었다. 또 혜환재 이용휴의 주선으로, 나씨 여인을 후실로 맞아 늦둥이 아들까지 얻었다.

더 큰 보람은 둘째 혼과 첫째 인이 차례로 과거에 급제한 것이었다. 출사를 포기하고 있었던 세황의 한을 풀어준 쾌거이기도 했다.

그러나 영조임금의 애정으로, 뜻하지 않게 절필을 해야 하는 또 다른 아픔을 겪어야 했다. 그런 중에도, 임금이 특별한 은혜를 베풀어, 영릉 참봉의 벼슬을 제수 받았다.

세황이 서울로 이사한 것은 아들 인과 흔의 권유 때문이었다. 그들이 모두 관직에 들어가 있었으므로 아버지를 가까이 모시고 싶었던 것이다.

서울 수표동에 둥지를 튼 세황은 장자 인과 함께 살게 되었다. 인이 1남 3녀를 두어, 그들 여섯 식구와 세황의 세 식구를 합쳐 모두 아홉이나 되었다. 이로써, 세황은 모처럼 화목한 집안의 틀에서 살 수 있었다. 역시 화목한 가족의 구성은 부부와 자식들과 손자 손녀들이 함께 모여 사는 것이었다. 그래서 세황도 모처럼 마음이 흐뭇했다.

집을 옮기고도, 세간과 서적들을 완전히 정리하는 데 근 한 달여가 걸렸다. 인이 아버지를 위해서 작은 별채 하나를 마련했다. 세황이 거기에 안산에서 만들었던 〈녹화헌〉 편액을 걸어놓고 서재로 썼다.

비로소 안정을 찾은 세황은 서재에 묻혀 오로지 독서에만 마음을 썼다. 이제는 전처럼 양식 걱정을 하지 않아도 되었다. 인과 흔이 녹봉(祿俸)을 받기 때문이다.

녹봉이란 나라에서 관원에게 주는 연액(年額)으로 주는 돈이나 쌀·보리·콩·명주·베 등을 말한다. 연액이 넉넉지는 못했다. 그러나 조석에 굶지 않고, 벌거벗을 염려가 없어 그것만으로도 다행이었다. 평소 청빈과 근검절약이 몸에 밴 세황으로서는 오히려 풍족한 살림이었다.

같은 해 갑오년 12월, 영조임금이 세황한테 또 은혜를 베풀었다. 사포서(司圃署)의 별제(別提)직을 제수한 것이다.

세황의 둘째 아들 흔이 영조임금을 알현하는 자리에서, "짐이 지난 계사년(1773)에 부군(父君)에게 영릉 참봉에 제수하였으나, 나이가 많다 하고 사의를 표하여 체직[1]했다. 이를 안타깝게 여겨, 짐이 특별히 중신의 벼슬을 생각하여 사포 별제로 임명코자 하노라." 하고 전교를 내린 것이다.

세황이 영릉 참봉직을 사양했던 처지라, 이번에는 차마 사양할 수가 없었다. 만일 또 사양한다면, 그건 임금의 충정을 무시하는 처사인 것이다.

사포서는 호조(戶曹)에 속하여 정6품의 사포와 종6품의 별제를 두고, 그 밑에 종7품의 직장(直長)과 정8품의 별검(別檢)을 각각 한 명씩 두고 있다.

사포서에는 마침 김홍도가 종6품의 별제로 먼저 와 있었다. 영조임금의 어진(御眞) 제작에 참여한 공로로 제수 받은 것이다. 세황이 김홍도보다 2개월 늦게 사포서에 들어온 셈이다.

---

1) 체직(遞職) : 벼슬을 갈아냄.

그러나 세황이 영조의 특별한 배려가 있는 데다가 고령이어서, 김홍도보다 한 급 높은 정6품의 품계를 내린 것이다. 그래서 김홍도가 세황을 보좌했다.

사포서는 궁중에서 쓰이는 채소와 과실 따위를 관리하는 곳이다. 마침 때가 한겨울이라 가을에 수확한 각종 과일과 채소 따위가 시들거나 상하지 않도록 관리를 잘해야 한다. 궁중 연회와 왕실의 음식상에 오를 식품들이라 한시도 소홀히 할 수 없는 중책이었다.

김홍도는 연로한 스승을 대신하여 별검과 이속들로 하여금 책무에 소홀함이 없도록 감독을 철저히 했다.

세황은 김홍도와 함께 사포서에 있게 된 것을 매우 다행스럽게 생각했다. 믿을 만한 사람이 옆에 붙어 있어 마음이 놓였던 것이다.

"사능과 함께 일하게 돼서, 마음이 한결 놓이는구먼."

"신명을 다해서, 선생님을 보필하겠습니다."

"고맙구먼. 이 나이에 벼슬한다는 게 벅찬 일인데, 마침 사능이 곁에 있어서 다행이야."

"선생님한테 부족함이 없어야 하는데, 걱정이 됩니다."

"소임에 충실하면 되는 것이니, 걱정할 일은 아니야. 더구나 사능은 매사 명철하고 부지런하니, 잘할 거구먼."

"과찬이십니다."

"어쨌든 상감께서 특별히 내리신 직분이니, 각별히 명심해야 되겠지."

"명심하겠습니다."

김홍도한테 내린 품계가 비록 종6품에 불과하지만, 중인 계급의 화원 처지로는 대단한 영광이 아닐 수 없는 것이다. 더구나 임금의 눈에 들어 특별히 제수 받은 직분이라, 이를 계기로 장차 더 높은 지위로 출세할 길이 열릴 수가 있고, 그만큼 신분상승의 초석이 될 것이기 때문이다. 이미 세상 사람들한테는 뛰어난 화가로 명성을 얻은 터에, 임금의 눈에까지 들었으니 어찌 영광스럽지 않겠는가.

세황은 김홍도를 바라보면서 마음이 흐뭇했다. 사포서에 그와 함께 있는 것도 그러려니와, 어린 나이에 와서 그림을 배우던 때가 엊그제 같은데, 이제 화가로 명성을 얻고 있어 더욱 보람을 느낀 것이다. 장차 조선 화단에 태두가 될 것임을 조금도 의심하고 싶지 않았다.

또 한 해가 가고 을미년(1775)을 맞았다. 새해 휴가를 얻은 세황은 녹화헌에 틀어박혀 모처럼 독서 삼매경에 빠졌다. 사포서에 나가는 바람에 전처럼 책과 가까이 할 수가 없었다. 다만 그림을 그릴 수 없는 것이 여전히 안타까웠다.

그러나 임금이 두 번이나 관직을 제수하는 은혜를 입었으니 차마 불만을 가질 수도 없었다.

뜻밖에 유경종과 이용휴가 찾아왔다. 세황이 서울로 이사온 이후 처음 만나는 것이라 더없이 반가웠다.

"이 엄동설한에, 두 분께서 먼 길을 마다하지 않으시고 찾아 주셨습니다."

"표암 얼굴을 잊어버릴까 염려가 되어, 기별도 없이 왔소이다."

"잘 오셨습니다."

세황은 그들의 손을 잡고 녹화헌으로 이끌었다. 그러자 유경종이 집 구경부터 하겠다고 했다. 비로소 세황이 집 구조를 대충 설명했다. 디귿자 구조의 본채가 있고, 거기서 조금 떨어진 곳에 녹화헌이 별채로 있었다.

그리고 마당에 연못이 있고, 위로 언덕진 곳에 평평한 터까지 있어, 한여름에 작은 모임을 갖기에 안성맞춤이었다.

"사포서 일은 하실 만합니까?"

"제 나이에, 염치 없이 자리를 꿰차고 앉아 있습니다. 상감께서 이번에 또 관직을 제수하셨으니, 차마 사양할 수가 없었습니다."

"만일 표암이 또 사양했더라면, 상감께서 노여워하실 일입니다."

"그럴지도 모르겠습니다."

잠시 후 술상이 들여졌다. 세황은 손님들의 언 몸을 녹여 줄 생각으로, 서둘러 잔부터 채웠다. 살림이 조금 나아져서 그런지 안주가 전 같지 않게 푸짐했다.

"추위에 오시느라고, 몸이 얼었을 것입니다. 우선, 잔부터 비우시지요."

"표암께서 모처럼 출사를 하셨으니, 우선 축하의 말씀부터 드려야 되겠소이다. 아무쪼록, 지금보다 더 높은 자리에 오르시기 바랍니다."

"사포서 자리도 저한테는 과분한 걸요. 이 나이에, 무엇을 더 바랍니까."

"그렇지 않아요. 상감께서, 표암을 생각하시는 마음이 특별하지 않습니까. 틀림없이, 또 다른 전교를 내리실 겁니다. 두고 보십시오."

"아닙니다. 《법구경》[1]에서도 욕심을 경계하고 있지 않습니까. 하늘이 칠보(七寶)를 비처럼 내려도 욕심은 오히려 배부를 줄 모르니, 즐거움은 잠깐이요, 괴로움이 더 많음을 어진 이는 이것을 깨달아 안다고 하였습니다. 고삐 잡으면, 승마하고 싶다는 속담도 있구요. 욕심은 경계해야 할 일입니다."

"그러나 사람이 욕심을 품지 않고서야, 어찌 발전을 바라겠소. 동가식 서가숙(東家食 西家宿)이라는 말에 재미 있는 유래가 있지요. 중국 제나라 사람한테 혼기를 맞은 딸이 하나 있었답니다. 마침 두 혼처가 났지요. 동쪽에 사는 남자는 집은 부자지만 얼굴이 못생겼고, 서쪽에 사는 남자는 얼굴은 잘생겼으나 집이 가난했답니다. 그 부모가 딸에게 네가 동쪽으로 가고 싶으면 왼손을 들고,

---

1) 법구경(法句經) : 인도의 법구(法救)가 서술한 원시불교의 경전으로, 석가의 금언(金言)을 모아서 적은 것이다. 현실의 깊은 통찰 위에, 인간의 진실된 삶을 쉽게 설명했다.

서쪽으로 가고 싶으면 오른손을 들라고 했지요. 그랬더니 딸이 두 손을 다 들더랍니다. 부모가 이유를 물었지요. 그랬더니 딸이 대답하기를, 밥은 동쪽에서 먹고, 잠은 서쪽에 와서 자면 되지 않느냐고 하더랍니다."

"참으로, 명쾌한 대답입니다."

"웃자고 한 얘기지만, 그 여식이 욕심의 대가가 아닌가 싶습니다."

묵묵히 얘기만 듣고 있던 유경종이 갑자기 한숨을 내쉬는 것이었다. 세황이 그의 잔을 다시 채워주며 걱정거리가 있느냐고 물었다.

"저는 자형께서 벼슬에 오르는 것보다는, 그림을 다시 그릴 수 있게 되었으면 좋겠습니다. 상감께서는 자형께서 절필하신 사실을 까맣게 잊으신 건 아닌지 모르겠습니다. 답답한 일입니다."

유경종의 이 한 마디에 그만 술자리가 숙연해졌다. 세황은 말할 것도 없고, 이용휴도 그 점을 늘 안타깝게 생각하고 있었기 때문이다.

"진인사 대천명이라고 했어요. 지금 그마저 상감께 기대한다면, 그것이야 말로 과욕이 아니겠소. 기다릴 밖에요."

세 사람은 저마다 입에 빗장을 지르고 한동안 묵묵히 술만 마셨다.

38

갑자기 세황의 마음을 아프게 한 일이 생겼다. 을미년(1775) 10월 26일, 둘째 아들 흔이 불과 36세로 죽은 것이다. 부모 마음에는 부처가 들어 있고, 자식의 마음에는 앙칼이 들어 있다는 것처럼 자식이 아비보다 먼저 죽는 불효를 저지른 것이다. 그가 특별히 세황의 체질을 많이 닮아 어릴 때부터 허약한 편이었다. 그러나 책 읽기를 좋아해서 형 인보다 먼저 과거에 붙어 세황한테 제일 먼저 효도했다. 그러한 자식이 늙은 아비보다 먼저 세상을 떠, 짧은 세월 동안 효도와 불효를 번갈아 안겨준 셈이 되었다.

세황은 흔이 살아 있을 때 지었던 시 〈송중아환성우(送仲兒還省郵)〉 즉 '둘째가 성현역으로 돌아가는 것을 보내며'를 다시 꺼내

보았다.

날이 저물어 네가 오기를 기다리며
뜬 눈으로 보내니 마음은 맺힌 듯
이르렀다 또 갈 길이 급하여
다만 며칠만 머무르게 되었네
가을 비가 불어난 때라
강을 건널 수 없구나
조심해서 가거라
행여 넘어지지 말고
슬픈 마음과 근심 어린 생각에
잠시도 쉴 날이 없구나
지금 나의 이 마음을 생각하여
자주 자주 편지를 보내거라
(하략)

_ 김종진, 〈표암 강세황 시의 몇 가지 국면들〉에서 부분 인용.

영조임금도 흔의 죽음을 안타깝게 여겨 세황한테 다시 관심을 가지게 되었다. 이에 세황이 상의원[1] 주부와 사헌부 감찰로 잇달아 옮기게 되었고, 이어서 한성판관[2]에까지 이르게 되었다. 세황

1) 상의원(尙衣院) : 임금의 옷과 띠를 만들어 진상하고, 대궐 안의 재물과 보물을 맡아 관리하는 관청.
2) 한성판관(漢城判官) : 서울의 행정과 사법상 발생하는 사건의 시비를 가리는 재판관.

으로서는 전혀 예상치 못했던 일이었다.

아들의 죽음과 세황의 뜻밖의 승진, 이와 같은 일련의 일들이 모두 을미년 한 해에 있었던 것이다.

병신년(1776) 3월 5일, 오랜 병마에 시달리던 영조임금이 82세를 일기로 승하했다. 왕위에 오른 지 무려 52년이었다. 역대 임금 중에서 재위기간이 가장 길었을 뿐만 아니라, 어느 선왕보다도 장수했다. 그는 재위기간 중에 치적이 많은 임금이었다. 왕위에 오르자마자 제일 먼저 한 일이 탕평책이었다. 이는 붕당의 폐해를 고치기 위해 조정 대신들로 하요금 일 당에 치우치지 않도록 인재를 공평하게 쓰는 제도였다.

아울러 신료들을 비롯해서 상민에 이르기까지 사치를 금하게 하고, 농사를 장려하여 민생 안정에 힘썼고, 세제(稅制)를 개혁하여 균역법[1]과 같은 제도를 확립했다.

또 백성들의 억울함을 들어주기 위해 태종 때 설치했다가 없앤 신문고(申聞鼓)를 다시 세웠다. 이로써 억울한 일을 당한 백성들의 원한을 풀어 줄 수 있게 되었다. 신문고가 다시 세워지기 전까지는 부패한 관리들의 횡포와 폭압 때문에 백성들의 원성이 하늘을 찌를 듯하였던 것이다.

---

1) 균역법(均役法) : 백성들의 부담을 덜어주기 위해서 만든 법률로, 특권층의 독점이었던 어염업(漁鹽業)을 국가에 귀속시켰다.

그리고 압슬[1]과 낙형[2], 그리고 난장형[3] 등과 같은 모진 형벌을 폐지하여, 선량한 백성들로 하여금 뚜렷한 이유도 없이 겪어야 하는 고통에서 벗어날 수 있게 했다.

호국책으로는 국방의 충실을 도모하여 장졸들에게 조총(鳥銃) 훈련을 장려하면서, 수어청[4]에 명하여 총포를 제작토록 독려했다.

이뿐만이 아니었다. 문치(文治)를 위해 인쇄술을 개량하여 많은 서적을 발간하였고, 학자들을 양성하는 등 문화사업을 부흥시켰다. 그리고 과거제도의 일종인 기로과를 특별히 만들어 60세 이상의 선비와 무인들에게 시험을 보게 하여 관리로 등용했다.

그러나 옥에도 티가 있듯이, 임오화변으로 세자를 뒤주에 가둬 굶겨 죽인 것만큼은 씻을 수 없는 과오로 남아 있는 것이다.

이러한 영조임금이 승하하기 딱 한 달 전인 2월에, 예순 살이 넘은 늙은 선비들한테 특별히 과거시험을 보게 했다. 이것이 기로과, 즉 기구유생과(耆耉儒生科)였다. 여기에 세황이 한성판관의 몸으로 응시하여 수석으로 합격했다.

영조가 승하하자 정조가 즉위하여 국장(國葬)이 치러졌다. 국장

1) 압슬(壓膝) : 죄인을 묶고 무릎 위에 목판이나 무거운 돌로 누르는 형벌.
2) 낙형(烙刑) : 쇠를 불에 달구어 몸을 지지는 단근질.
3) 난장형(亂杖刑) : 몽둥이로 마구 때리는 형벌.
4) 수어청(守禦廳) : 외환을 막는 군부대. 남한산성을 외침으로부터 보호하고, 경기도 일부 지역의 군무를 담당했다.

은 혼전도감[1]에서 관장했다. 그 중에 구의[2]와 보불[3]을 제작하는 것도 매우 중요한 일이었다. 이러한 작업은 도화서에서 차출된 화원들이 맡았다. 여기에 김홍도가 다른 화원들과 함께 참여했다.

정조는 등극하면서 규장각[4]을 설치하여, 학문과 예술을 진흥시키는 일에 착수했다. 이때 정조는 김홍도에게 〈규장각도(奎章閣圖)〉를 그리게 했다.

〈규장각도〉는 비단 채색화로서, 규장각 건물과 주변 환경을 부감법으로 배치했다. 건물 주위를 에워싸고 있는 울창한 수목들과 멀리 보이는 산은 산수화의 정취를 한껏 살렸다. 정조임금이 이 그림을 보고 매우 흡족해하였고, 포상으로 곡식과 베를 특별히 하사했다. 이 소식을 들은 세황이 김홍도를 불러 그의 공로를 크게 치하했다. 불과 31살밖에 안 된 그가 임금의 사랑을 받게 된 것에, 마냥 기쁘면서도 장했던 것이다.

"상감께서 〈규장각도〉를 보시고, 매우 흡족해하셨다는 얘기를 나도 들었구먼. 사능이 장한 일을 하였어."

"저는 상감께서 꾸중이나 하시지 않을까, 노심초사하였습니다. 제가 영조대왕의 어진 제작에 참여했을 때, 당시 세자이셨던 상감의 초상화도 그리지 않았습니까. 그걸 세자가 보시고, 닮지

---

1) 혼전도감(魂殿都監) : 임금과 왕비의 국장이 있은 뒤에, 신위를 종묘에 모실 때까지의 일체를 관장하던 관청.
2) 구의(柩衣) : 관 위에 덮는 긴 보자기.
3) 보불(黼黻) : 구의나 임금의 예복인 곤복에 아(亞) 자 모양으로 놓는 수.
4) 규장각(奎章閣) : 역대 임금의 글·글씨·교시적인 유언 등과 정조임금의 어진을 보관한 관청. 학자들을 이곳에 모아, 정치와 문화사업을 하게 했다.

않았다고 노여워하셨습니다. 그때 일이 새삼 떠올라서, 이번에도 진땀을 많이 흘렸습니다."

"그때는 세자가 너무 어린 나이라, 그럴 수도 있었겠지. 그러나 상감께서 예술에 조예가 깊으시어, 앞으로도 사능을 깊이 헤아릴 것이네."

"상감께서 그러실수록, 저의 책임이 천근으로 무거울 것입니다."

"사능은 매사 잘할 것이니, 나는 그다지 걱정하지 않는구먼."

"저는 그저 선생님의 끊임없는 지도와 편달을 기다릴 뿐입니다. 한시도, 저를 마음에서 멀리 하지 않으셨으면 합니다."

"내 마음이 변할 리야 없겠지만, 이제는 이 늙은이의 가르침에서 벗어날 때가 되었어. 어쨌든 오늘은 내 마음이 매우 기쁜 날이니, 나하고 술 한잔 하세."

세황이 김홍도를 그윽한 눈길로 바라보면서, 당장 술상을 들이도록 밖에다 큰 소리로 일렀다.

정조임금은 선왕 영조가 세황을 특별히 사랑했음을 알고, 그에게 병조참의[1]에 이어 서추[2]를 제수했다. 즉 체찰사[3]의 주영(駐營)을 의미한다. 이 즈음에, 안산에서 올라와 수표동에서 살던 세황

---

1) 병조참의(兵曹參議) : 군무와 서울의 경비를 맡는 정3품 벼슬.

2) 서추(西樞) : 중추부(中樞府)의 별칭.

3) 체찰사(體察使) : 지방에 군란이 있을 때 왕의 대신으로 그 지방에 나아가, 군란의 진상을 파악하는 군직(軍職).

이 남산 기슭에다 집을 새로 지어 이사했다. 주위 경관이 매우 아름다웠다. 집 뒤에서는 작은 폭포가 흐르고, 노송이 울창하여 주변이 모두 정원이나 다름이 없었다.

세황은 본채 한 옆에다 누각까지 지었다. 그러고는 〈차헌(借軒)〉이라는 편액을 걸어놓았다. 이 누각이 자신의 집인데도 불구하고 '빌린 집'이라는 의미로 이 같은 편액을 달아놓았던 것이다. 자신의 소유가 분명하지만, 천하 만물에는 주인이 없는 것이라 한 세상 잠시 쉬었다가 가려고 빌려 쓴다는 의미인 것이다.

그래서 이광려(李匡呂)[1]가 이 편액에 대해서 '강옹(姜翁)이 그 서재 이름을 짓고는/편액을 써서 이생(李生)에게 보여주네/이생이 이를 보고/갓끈이 끊어지게 웃었네….'로 운을 뗀 오언고시(五言古詩) 〈강광지차헌(姜光之借軒)〉 시를 지었다.

세황 집에 많은 문사와 화가들이 모였다. 모두 잇단 그의 출세를 축하하기 위해서 온 것이다. 이들은 남인, 소북 인사와 중인, 서인 출신들이다. 유경종과 이용휴를 비롯해서 신광수, 정란, 홍신유, 마성린, 정범조, 박지원 등 당대 내로라하는 시인 문장가, 여행가, 감식가들이다. 화원으로는 김홍도를 필두로 신윤복의 아버지 신한평과 한종유, 김응환, 이인문, 김득신 등이 참석하였다.

주연이 열렸다. 마침 초가을의 쾌청한 날씨였다. 뒤에는 폭포

---

1) 이광려(李匡呂) : 영조 때의 학자로, 문장이 뛰어나고 학행이 높아, 사림(士林)의 제1인자였다. 호는 월암(月巖).

가 있고, 노송이 우거지고, 앞으로는 연못이 내려다 보이는 정원 언덕에다 자리를 만들었다. 내방객 모두가 나름대로 자기 세계에 걸출로 자처하고 있어, 송나라 왕진경이 마련했던 '서원아집' 못지 않게 모임이 화려했다.

이들 중에, 동생 신광하와 함께 시인으로 명성을 날리고 있는 신광수는 강세황과 비슷한 연배로, 임진년(1772) 61세에 '기로과'에 장원급제하여 비로소 벼슬에 올랐다. 그는 젊은 시절 포의[1]로 지내면서, 고달픈 심정을 시로 써서 동병상련의 세황에게 보내기도 했다.

장안에 이름이 자자한 강광지
그대 삼절(三絶) 풍류가 한세상을 압도하네
백발에 집이 가난하니 속인들은 웃고
주현에 세밑 들어 벗들이 슬퍼한다
눈 내린 뒤 어느 집에서 새로 그림을 펼쳐 볼꼬
어젯밤 성 남쪽에서 함께 시를 읊었네
헛되어라 이름만 세상에 가득차게 하지 말게나
궁한 길에도 하마 이 뜻을 자네는 짐작하리라.

또 강세황이 특별히 교유하는 인물이 창해(滄海) 정란이었다.

---

1) 포의(布衣) : 벼슬 없는 선비.

그는 여행벽이 심한 기인으로 전국 각지를 유람했던 인물이기도 했다. 그는 여행에서 돌아오면 으레 세황을 찾아와 체험담을 들려주곤 했다.

세황과의 교유 인물 중에 백화자(白華子) 홍신유를 빼놓을 수가 없다. 그는 무자년(1768)에 정시 문과에 급제하였으나 역관의 아들이라는 이유로 벼슬이 '전적[1]'에 그쳤다. 그러나 작가 정신이 매우 치열한 여항시인으로, 〈백화자집초(白華子集抄)〉 〈백화시초(白華詩抄)〉 등의 시집을 남겼다.

서화가 마성린은 화가들의 그림에 화제를 즐겨 쓴 재사였고, 연암 박지원은 서인 중심의 '문학동호인'의 지도자 격으로 학문에 깊이를 가진 문사로서 세황이 특별히 애정을 가지고 만나는 사람이었다.

세황은 연회 중에 문사들한테는 흥에 겨운 대로 시를 짓게 하거나 글씨를 쓰게 하였고, 화가들한테는 자기 화격에 맞추어 그림을 그리게 했다. '서원아집'의 풍류를 즐기고 싶었던 그는 김홍도한테 오늘의 연회를 그림으로 남길 것을 주문했다. 그러면 그림에다 자신이 화제를 넣겠다고 했다.

이때 당연히 대궐에 있어야 할 세황의 큰아들 인이 갑자기 나타났다. 그는 승정원의 주서로 있었다.

"네가 어인 일로 왔느냐?"

---

1) 전적(典籍) : 성균관의 정6품 벼슬.

"상감마마께서 오늘의 주연을 축하하신다는 하교가 계셨습니다."

그러고는 정조가 친히 하사한 것이라면서, 난분을 내려놓는 것이었다. 일행 모두가 놀라는 가운데, 세황은 감격해서 아들과 난분을 번갈아 보며 눈물을 글썽거렸다.

"이리 황공할 수가…."

비로소 정신을 수습한 그는 버선발로 내려가 대궐쪽을 향해 사은숙배할 채비를 차리자, 앉아 있던 하객 모두가 자리에서 일어나 함께 엎드렸다.

"상감마마. 성은이 하해와 같사옵니다. 미천한 것을 이리 헤아려 주시오니, 성은이 망극하옵니다."

세황이 엎드린 채 기어코 눈물을 쏟았다. 임금의 특별한 배려로 66세의 늙은 나이임에도 불구하고 벼슬을 내린 것만으로도 황공한 일인데, 연회를 축하하기 위해 선물까지 하사한 은총을 어찌 받아야 할지 정신을 수습할 수가 없었던 것이다.

주위의 부축으로 겨우 몸을 세운 그는 임금 쪽을 향해 다시 절을 올렸다. 아직도 눈물이 마르지 않은 채로 자리에 돌아온 그는 수건을 꺼내 멈추지 않는 눈물을 연신 닦아냈다.

그 바람에 연회가 잠시 숙연한 분위기로 바뀐 것을, 신광수의 제안으로 다시 술잔을 잡았다.

그러는 사이에, 이미 한쪽으로 물러앉은 김홍도는 구도를 잡아 화면에 인물들을 배치하기 시작했다. 그 속도가 어찌나 빠른지,

잠깐 사이에 하객 모두를 들어앉혔다. 배경은 실물보다는 더 화려하게 깔았고, 오늘의 주인공한테 초점을 맞춰 〈서원아집도(西園雅集圖)〉의 소동파처럼 세황이 글씨 쓰는 모습을 둘러서 구경하는 장면과, 먼 산을 바라보며 시를 짓는 장면까지 고르게 그렸다.

급한 마음으로 그린 것이라 채색이 만족스럽지 않았지만 그대로 세황한테 보이자, 대뜸 화제를 넣겠다면서 그림을 넘겨 받았다. 세황이 하객들에게 그림을 펼쳐 보이며 평가를 청하자, 어느 누구도 칭찬하기를 주저하는 사람이 없었다. 김응환과 이인문은 이공린[1]의 〈서원아집도〉보다 훨씬 훌륭한 그림이라고 칭찬을 거듭했다.

〈서원아집도〉란 중국 송나라 때 문사 왕진경이 '서원' 동산에서 친구 소동파 등 당대의 명사들을 초빙하여 시를 짓고 글씨를 쓰면서 놀았던 모임이다. 이를 문인이자 화가였던 이공린이 그림으로 남긴 것이다.

세황이 붓을 들어, 화제를 써내려 갔다.

높은 하늘 청명한 국추(菊秋)에
조선의 쟁쟁한 문사와 화가들이 다 모였네
왕진경의 '서원아집'을 한양으로 옮겨 놓은 듯하니
그때의 명사들이 조금도 부러울 것 없네

---

1) 이공린(李公麟) : 중국 북송 때의 문인·화가로, 박학다식하고 문장이 뛰어남.

북송(北宋)에는 이백시[1]가 있으나
조선에는 김홍도가 있으니 더 부러울 것이 없네
정조대왕께서 귀하고 귀한 난을 하사하셨으니
이제 무엇을 더 바라고 여생을 생각할 것인가
아름답도다 오늘의 연회가 더없이 아름답도다

〈무술년 국추에 강표암이 쓰다〉

1) 이백시(李伯時) : 이공린의 자(字).

39

원교 이광사가 기어이 세상과 작별했다. 정유년(1777) 정월, 전라도 남단 해진에서 유배생활을 하던 그가 72세를 일기로, 가족의 품으로 돌아오지도 못한 채 생을 마감한 것이다.

그는 유배생활을 하면서도 학문과 시·서를 끊지 않았다. 〈원교체(圓嶠體)〉라는 자신만의 독특한 필체를 만들었는가 하면, 후학들을 위해 귀중한 자료가 될 저서를 많이 남겼다. 그것이 〈동국악부〉[1] 《원교집선》[2] 《원교서결》[3] 등이다.

---

1) 동국악부(東國樂府) : 우리나라 한시(漢詩)의 한 형식으로, 장단을 넣어 풍속을 읊은 것. 악장(樂章).

2) 원교집선(圓嶠集選) : 원교 이광사의 문집.

3) 원교서결(圓嶠書訣) : 원교 이광사의 서법.

세황은 그의 부음을 듣고 한동안 망연자실해 있었다. 그가 함경도 유배지로 떠날 때나 해진으로 유배지가 옮겨졌을 때도 마음으로만 안타까워했을 뿐 전송조차 하지 못한 것이 회한으로 남았다.

그는 평생을 청빈하고 고결하게 살았던 학자이고 문인이었다. 그러한 그가 속세의 당쟁에 휘둘려 객지에서 죽었으니, 눈이나 제대로 감았을까 싶어 더욱 안타까웠다.

'원교. 차라리, 속세를 떠남이 좋을 듯싶소. 편히 가시구려.'

같은 해인 정유년에 정조임금은 병조(兵曹)의 일부를 개편하여, 세황으로 하여금 특별히 소현세자(昭顯世子)의 묘(廟)를 모시게 했다.

소현세자는 인조(仁朝)의 세자다. 병자년(1636) 인조14년에 병자호란을 당하여 남한산성에서 항거하던 중에, 척화파(斥和派)와 주화파(主和派)의 치열한 싸움이 있었다.

결국 주화파의 승리로, 인조 자신이 성을 나서서 삼전도[1]에서 청나라 옷을 입고 치욕적인 항복을 하기에 이르렀다. 그뿐만 아니라, 청나라와 군신(君臣)의 의까지 맺었다. 이때 소현세자와 봉림대군(鳳林大君) 두 왕자가 중국 심양(瀋陽)에 인질로 보내졌고, 소현이 8년간 볼모로 가 있다가 돌아왔다.

그러나 소현세자는 귀국 후 2개월만에 병으로 죽었다. 소현의 죽음에 대해서 후문이 돌았다. 그 중에 하나가 소현이 인조 후궁

1) 삼전도(三田渡) : 지금의 송파(松坡).

과의 불화설이었고, 또 하나는 소현이 약에 중독되어 죽었다는 설이었다. 두 가지 설 중에 어느 것이 사실인지에 대해서는 모른다.

세황의 출세는 끊이지 않고 이어졌다. 이듬해 무술년(1778)에 세황이 문신정시[1]에 수석으로 합격한 것이다. 이는 세황의 조부인 강백년이 문정(文貞) 시호를, 아버지 강현이 문안(文安) 시호를 받아 모두 2품의 품계에 올랐으므로, 정조임금이 특별히 세황으로 하여금 문신정시를 거치게 하였던 것이다.

문신정시에 합격한 세황이 가선대부[2]에 올라, 한성부 우윤[3]과 오위도총부 부총관[4]을 제수받게 되었다. 임금의 총애를 받아 칙임관[5]이 된 것이니만큼, 세황으로서는 수천지소명[6]에 다름 아닌 것이다.

세황은 이러한 높은 관직에 들어가 있으면서 공사다망하게 보냈다. 서첩(書帖)의 발문을 의뢰 받는가 하면, 화평도 서슴지 않고 해 주었다.

화평은 김홍도의 〈선면서원아집도(扇面西園雅集圖)〉와 〈서원아

---

1) 문신정시(文臣庭試) : 임금의 특별한 명령으로, 대궐 뜰에서 당상관 이하 문관에게 보이던 과거.
2) 가선대부(嘉善大夫) : 종2품의 문무관 품계.
3) 한성부 우윤(漢城府右尹) : 한성부는 서울의 행정·사법을 맡은 관아. 여기에 우윤은 판윤 다음으로 품계가 종2품이다.
4) 오위도총부(五衛都摠府) 부총관(副摠管) : 오위는 전국의 군사조직이고, 도총부는 오위의 군무를 관장하던 관아. 여기에 정2품의 도총관이 있고, 종2품의 부총관이 있다.
5) 칙임관(勅任官) : 어명으로 오른 벼슬.
6) 수천지소명(受天之召命) : 하늘의 명을 받음.

집〉 6첩 병풍, 그리고 〈행려풍속도(行旅風俗圖)〉 8폭이었다.

〈선면서원아집도〉는 '서원아집'을 부채에다 그린 것이고, 〈서원아집〉 6첩 병풍 그림은 왕실의 주문을 받아 특별히 제작했다. 따라서 부채 그림과는 많이 다르게 그렸다. 번듯한 대문이 있고, 사방에다 울타리처럼 난간을 만들어 공간적 제한을 설정했다.

또 소동파가 글씨 쓰는 모습을 지켜보는 사람들 중에 여자 시종이 끼어 있고, 부채 그림에는 없었던 아이가 등장하여 소동파가 펴 놓은 종이를 익살스런 모습으로 붙들고 있고, 정원에서는 학과 사슴이 노닐게 했다.

필선도 부채 그림보다 섬세하여 훨씬 화려하고 깔끔했다. 여기에 관지는 넣지 않았고, 그 대신 세황의 발문을 넣어 화격(畵格)을 높였다.

이에 대한 세황의 화평은 매우 구체적인 데다가 신필(神筆)이라는 표현을 써 극찬했다.

> 내가 과거에 본 아집도가 수십 장인데 그 중에서 구십주가 그린 것이 제일이었고, 그 밖의 변변찮은 것은 다 지적할 만한 가치가 없다. 이제 사능의 이 그림을 보니 필치가 뛰어나고 배치가 적당하며, 인물이 살아 움직이는 듯하다. 미불이 석벽에 글씨를 쓰는 것, 이공린이 그림을 그리는 것, 소동파가 글씨를 쓰는 것들이 모두 그 참된 정신을 살려서 그 사람과 서로 들어맞게 하였으니, 이는 선천적으로 깨달았거니와 하늘이 가르쳐 준 것이다. 구십주의 가냘프고 약한 필치에 비하면, 이 그림이 훨

씬 더 좋다. 곧장 이공린의 원본과 우열을 다룰 정도다. 우리나라, 그리고 현대에서 이러한 신필이 있으리라는 것은 생각 못했다. 그림은 원본에 못지 않은데 나의 글씨가 서툴러서 미불에게 비할 수 없으니, 다만 좋은 그림을 더럽힐까 부끄럽다. 보는 이의 비난을 어찌 면할 수 있으랴.

_ 변영섭, 같은 책, pp.195-196에서 인용.

이 같은 세황의 극찬은 결코 사제간의 관계에 매인 것이 아니었다. 화평인 만큼 어디까지나 객관적 관점에서 조금도 벗어난 것이 아니었다. 그만큼 당대 김홍도의 화격이 매우 높다는 것을 의미하는 것이다.

〈행려풍속도〉는 김홍도가 20대 중반에 그렸던 〈산수풍속도〉 8첩 병풍 그림을 개작하여 발전시킨 것이고, 복헌 김응환이 임진년(1772)에 김홍도한테 그려준 〈금강전도(金剛全圖)〉에 대한 답례로 그린 것이다. 여기에 세황이 각 폭마다 일일이 화제를 써 주었다.

이 8첩 병풍 그림들은 노새를 탄 나그네가 폭이 좁은 다리를 위태롭게 건너는 〈위교과객(危橋過客)〉, 비바람을 맞으며 산길을 지나고 있는 〈풍우여행(風雨旅行)〉, 아낙네들이 계곡을 지나고 있는 〈산곡연군(山谷練裙)〉, 녹음이 우거진 산중에서 더위를 식히고 있는 〈녹음납량(綠陰納凉)〉, 붉은 치마와 녹색 저고리를 입은 여인들이 있는 산중 풍경 〈홍군녹의(紅裙綠衣)〉, 나그네가 소나무 그늘에서 쉬고 있는 〈송음각저(松陰脚抵)〉, 여인들이 쑥을 캐고 있는 〈채애(採艾)〉, 여인들이 암벽 사이로 절을 찾아가는 〈산사방문(山寺

訪問)〉 등을 섬세한 필선으로 그린 것이다.

세황이 여기에다 일일이 화평을 써 넣었다. 이는 사제간의 정리가 여전히 돈독함을 보여줬음을 물론이고, 화평이 들어감으로써 그림의 일부가 되어 화격이 더욱 높아진 것이다.

세황은 특히 〈위교과객〉에 대한 평에서, "다리 밑의 물새는 나귀의 발굽 소리에 놀라고, 나귀는 또 물새에 놀라고, 사람은 나귀에 놀라는 것을 보고, 놀라는 모양을 그린 것이 신품(神品)의 경지에 들어갔다."라고 하여, 순간을 포착하는 김홍도의 솜씨가 매우 뛰어났음을 '신품'에 비유했다. 이는 제자의 필력을 최상으로 평가했음을 알 수 있는 것이다.

이토록 세황과 김홍도와는 불가분의 관계로 이어지고 있었던 것이다. 이들은 각자 서로의 인생에서 사제간의 연을 뛰어넘어, 세황이 김홍도에게 말했듯이 "그대와 나는 나이와 지위를 무시하는 친구라고 하여도 좋을 것이다."의 경지로, 하늘이 맺어준 인연이라고 표현하는 것이 옳을 것이다.

결국 김홍도한테 세황은 '풍류사종'이고, 《예기(禮記)》의 악기편(樂記篇)에서 말한 '고지이소자소명'[1]에서 한 치도 벗어나지 않은 것이다. 이 점은 당대의 서화가라면 어느 누구도 부인할 수 없었던 것이다.

---

1) 고지이소자소명(叩之以小者小鳴) : 종(鐘)은 크게 치면 크게 울리고, 작게 치면 작게 울리듯이, 스승은 종과 같은 것이다.

40

기해년(1779) 10월 하순, 세황이 남양부사(南陽府使)를 제수 받고 임지로 떠나게 되었다. 이때 세황의 나이가 67세였다.

부사는 지방관직으로, 대도호부사(大都護府使)와 도호부사(都護府使)를 가리키는 종3품의 품계가 내려진다. 그러나 경주(慶州)와 같이 종2품관을 배치하는 도호부의 수령은 '부사'라 하지 않고 부윤(府尹)이라고 불렀다.

도호부는 지방의 행정기관으로 각 도에 설치했다. 충청도처럼 적게는 한 개만 있으나 함경도에는 무려 18개나 두어, 전국적으로 모두 75개의 도호부가 있었다.

세황이 임지로 내려갈 남양은 수원·화성 일대를 가리킨다. 정조임금이 그의 생부인 사도세자의 묘소를 이전하고, 장차 화성에 신도시를 건설할 명당으로 정한 곳이라 역량 있는 인물을 일찌감치 내려보내는 의도가 있었던 것이다.

세황이 임지로 떠나기 하루 전, 마침 김홍도가 찾아와 임지까지 동행할 뜻을 비쳤다. 그러자 세황이 펄쩍 뛰며 사양했다.

“사능이 그렇게 한가한 몸인가. 도화서 화원은 항상 대기하고 있어야 해. 언제 부름이 있을지 모르는 일 아닌가.”

“노구이신데, 고달픈 여정이 될 것입니다. 선생님의 말벗이라도 돼 드리고 싶습니다.”

“사능의 충정을 내가 왜 모르겠는가. 그러나 공무를 맡고 있는 사람은 사사로운 일에 매어서는 아니 되는 것이야.”

“남양으로 가시면, 언제 뵙게 될지도 모르는 일입니다. 부디 동행을 허락해 주십시오.”

“아니 된대두 그러는구먼. 사능은 나를 따를 시간에, 그림을 그리는 것이 좋아. 나는 절필한 지 이미 오래나, 사능은 젊었을 때 작품을 많이 남기게나. 그것이 나를 기쁘게 하는 것이야.”

김홍도는 스승의 마음을 돌릴 수 없음을 깨달아, 큰절을 올리는 것으로 전송을 대신했다. 김홍도가 기어이 눈물을 글썽거렸다. 그러자 세황이 혀를 차면서 제자의 손을 끌어잡았다.

“사능도 언젠가는 더 높은 관직에 들어설 날이 있을 것이야. 사능에 대한 상감의 총애가 특별하시니만큼, 반드시 그럴 날이 있을 것이구먼. 그러니 언행을 특별히 조심해야 할 것이야. 사람들 중에는 남의 출세를 진심으로 축하하는 이도 있으나, 대개는 그것을 시기하는 법이야. 오죽하면, 영조대왕께서 살아계실 때에 나한테 그림 잘 그린다는 말을 하지 말라고 하셨겠는가. 대왕께서도 세상 인심을 알고 계셨음이야."

"선생님 말씀을 마음에 깊이 간직하겠습니다."

"사능이 관직에 있든 아니든, 항상 간교하고 교활한 자들과는 가까이 하지 않는 것이 좋아."

세황이 김홍도한테 한 충고가 실은 자기 자신한테 하는 다짐이었다. 지방관들 중에는 부패와 비리와 출세지향적인 자들이 많음을 알고 있는 그로서도 매사 조심할 일이었던 것이다. 과거에 비춰 볼 때, 모함할 뜻으로 거짓 장계를 올려 충직한 관리들이 오히려 곤욕을 치르는 일이 비일비재했던 것이다.

그로부터 한 달여가 지나자, 김홍도가 갑자기 남양으로 세황을 찾아왔다. 세황은 너무 뜻밖이라, 그를 마치 낯선 사람을 맞듯이 한동안 바라보기만 했다. 그토록 반가웠던 것이다.

"날씨가 쌀쌀한데, 사능이 예까지 어쩐 일인가?"

"선생님의 안부도 궁금하고 또…."

"달리, 할 얘기가 있는 것 같구먼."

"실은, 선생님께 화평을 청하고자 합니다만…."

"허면, 그 사이에 새로 그림을 그렸다는 말인가? 부지런하구먼."

김홍도가 비로소 세황 앞에 두루마리 그림을 내려놓았다. 세황은 그림과 김홍도의 얼굴을 번갈아 보며, 감탄에 빠진 듯 오랫동안 고개를 주억거렸다. 견본담채의 〈신선도(神仙圖)〉로, 무려 8폭이나 되는 대작이었다. 그가 지난 병신년(1776) 초에, 도석인물[1]이 많이 들어간 〈군선도(群仙圖)〉 8첩 병풍을 그린 적이 있었다. 세황이 그때도 그림을 보고 감탄했던 것을 기억하고 있는 것이다.

이번의 〈신선도〉는 신선들이 무려 20여 명 가까운 〈군선도〉와는 달리, 각 폭마다 신선이 적게는 한 명, 많게는 다섯 명이나 들어가 있었다. 그리고 진채가 두드러질 뿐만 아니라 금채[2]까지 가했다.

그림 속의 신선들의 모습은 〈선동취적(仙童吹笛)〉처럼 젊은 신선이 사슴 옆에 서서 피리를 불거나, 늙은 신선과 선동(仙童)들이 함께 어울려 악기를 연주하거나, 신선들이 모여 담소하며 노니는 것들이다.

세황이 이들 그림 상단에다 발문과 화평을 넣어, 신선들의 이름과 그들이 노니는 모습들을 상세하게 설명했다.

화평을 받은 김홍도가 얼마나 감동하였는지는 굳이 말할 필요가 없을 지경이었다. 그는 한동안 몸둘 바를 몰라 눈물을 글썽거렸다.

"선생님의 화평이 있어, 그림이 더욱 빛나게 되었습니다."

---

1) 도석인물(道釋人物) : 도교·불교 관계의 인물.
2) 금채(金彩) : 채색감으로 쓰는 금가루나, 금가루를 아교풀에 갠 이금(泥金).

"오히려, 그림의 진가를 훼손하지나 않았는지 걱정이구먼."

"그럴 리가 있겠습니까. 이것이 후대까지 전해진다면, 사람들이 그림보다는 화평을 더 귀히 여길 것입니다."

"사제간에 서로 과찬만 할 게 아니라, 오랜만에 술이나 한잔 하세."

세황이 즉시 아전을 불러 술상을 들이도록 일렀다. 한겨울이라 바깥 날씨가 매우 쌀쌀했다. 그러나 사제간의 훈훈한 정이 방안에 가득하여 추위를 그다지 느낄 수가 없었다.

세황이 남양부사직에서 물러나 집에서 잠시 쉬고 있었다. 김홍도가 스승의 노고를 위로하기 위하여 찾아왔다. 세황이 연로한 나이임에도 여전히 자세가 꼿꼿할 만큼 정정했고, 얼굴의 혈색도 젊은 사람 못지 않게 붉은 기운이 돌고 있었다.

김홍도는 건강한 스승의 얼굴을 흐뭇한 마음으로 바라보더니, 갑자기 청이 있다고 했다. 세황은 그가 그림을 새로 그려, 화평을 부탁하려니 짐작했다. 그러나 그는 뜻밖의 제안을 하는 것이었다.

"사능이 청하는 게 무엇인고?"

"아뢰기 송구한 말씀이오나, 선생님과 합작한 그림 한 편 남기면 어떨까 싶습니다만…."

"둘이서 합작한 그림이라… 화제는 무엇으로 하고?"

"호랑이 그림을 생각하고 있었습니다."

"괜찮은 생각이기는 한데… 사능도 알다시피 내가 눈이 어두운 데다가, 붓을 놓은 지 오래되어 쉽지 않을 것이야."

"호랑이는 세필이 요구되므로 소생이 그리고, 선생님께서는 배경을 맡으시면 어떠실는지요."

"그거 좋은 생각이구먼. 허면, 호랑이한테 어떠한 배경이 좋겠는가?"

"소생의 생각으로는, 노송(老松)이 좋을 것 같습니다."

"노송이라…. 내가 해낼까 모르겠구먼. 어쨌든 해 보세."

그로부터 보름 정도 지나서, 김홍도가 정말 호랑이 그림을 가지고 나타났다. 견본채색화로, 가로 세로 43.8X90.4cm 크기의 장방형이었다.

그림은 화폭을 중앙에서 하단까지 배경 없이 호랑이로만 가득 채운 구도였다. 호랑이를 옆으로 세워 전신이 다 드러나게 하였고, 얼굴은 정면을 응시케 했다. 허리를 둥글게 굽힌 자세에서 무섭게 부릅뜬 눈으로 정면을 바라보고 있어, 곧 목표물로 돌진하기 위한 준비단계로 인식시켰다.

그리고 짙은 갈색 몸에 검은 줄무늬를 매우 사실적으로 묘사하여 생동감을 주었고, 거기에 유연하게 굽으면서 치켜 올라간 꼬리는 긴장감을 주기에 충분했다.

호랑이의 턱과 배, 그리고 엉덩이 부분에는 담록색으로 채색하였고, 터럭 하나하나에 낱낱이 세필로 가하여 사실성을 더욱 돋보이게 했다. 정면을 노려보는 눈은 크고 둥글며, 눈동자의 초점은 날카로웠다. 눈썹과 입 언저리에 빳빳하게 솟은 수염은 흰

색으로 길게 그렸다.

화면의 전체적인 배색은 담적색과 담황색으로 처리하여 우람한 호랑이 몸이 더욱 돋보였다. 그리고 화면 상단은 스승이 그려 넣을 노송 자리로 남겨 두었다.

세황이 호랑이를 보고는 그 사실성에 감탄하여, 벌어진 입을 좀처럼 다물지 못하고 있었다.

"참으로 놀라워. 힘이 넘쳐, 금방이라도 그림에서 뛰쳐나올 것 같구먼."

"선생님께서 그리 보셨다면, 천만다행입니다."

"결코 과찬이 아니야. 참으로, 신기에 가까운 솜씨야. 갑자기 내가 난감하군그래. 노송을 어떤 모양으로 그리면 좋을지…."

그로부터 장고에 들어간 세황이 화선지에다 노송의 여러 모양을 수십 장 습작했다. 그러고는 김홍도가 선택하도록 일임했다. 김홍도 역시 한참을 생각하다가 "소생 생각으로는…" 하고, 그 중에 하나를 짚었다.

세황이 비로소 붓을 내렸다. 푸른 솔잎과 솔방울을 달고 있는 가느다란 가지 하나를 화면 중앙에까지 늘어뜨린 노송이 상단의 팔분면(八分面)을 채웠다. 곧 웅비할 듯한 호랑이의 배경에 딱 들어맞는 그림이었다.

"훌륭합니다. 선생님. 이 노송으로 말미암아, 호랑이가 더욱 생동감 있게 보입니다."

"사능 마음에 든다니, 다행이구먼."

세황은 그림 상단 오른쪽 여백에다 '표암화송(豹菴畵松)'이라는 글을 넣어, 이 그림이 김홍도와의 합작임을 분명히 했다. 김홍도는 화폭 하단 왼쪽 여백에다 '사능(士能)'을 쓰고, 그 아래에다 주문방인과 백문방인을 눌러 그림을 마쳤다.

그로부터 며칠 후, 세황의 처남 유경종이 이 〈송하맹호도(松下猛虎圖)〉를 보고 감탄하여 시를 지었다.

> 두 사람이 한 호랑이를 그리는데, 너무도 비슷하여 실물과 똑같네.
> 옛날에는 왕개보가 있었고, 오늘날에는 표암과 사능일세.
> 그림을 보노라니 시 쓸 생각이 절로 나네.
> 누가 있어, 두 사람을 계승하겠나.
> 마치 낙락장송 소나무 아래 오뉴월 마파람이 일어날 듯하네.

41

신축년(1781) 2월, 세황이 정조임금으로부터 병조참판[1]직을 제수 받았다. 작년 경자년에 제수 받은 한성부 도총부 '부총관'에 이어, 일 년만에 승진한 것이다.

그뿐만 아니라 이 해 8월, 세황이 어진제작의 감동[2]으로 임명되었다. 정조임금은 자신의 어진 외에도, 선왕인 영조대왕의 31세 상(像)과 80세 상 두 본의 모사도 하교했다.

이번 어진제작에서 주관화사[3]는 한종유가 맡고, 수종화사[4]는

1) 병조참판(兵曹參判) : 병조판서 다음 품계인 종2품 벼슬.
2) 감동(監董) : 나라에 역사(役事)가 있을 때, 이를 감독하기 위하여 임시로 임명하던 직책.
3) 주관화사(主管畵師) : 어진제작을 주관하는 직책.
4) 수종화사(隨從畵師) : 주관화사를 도와 어진제작에 참여하는 직책.

신한평, 김후신, 김응환, 장시홍, 허감 등이고, 김홍도도 동참화사로 참여했다. 이때 김홍도는 37세의 나이로, 두 번째 어용화사(御容畵師)가 되었다.

정조임금이 마침 세황을 희우정(喜雨亭)으로 부르더니, "내 화상을 그리려고 하는데, 들으니까 경이 그림을 잘 그린다고 하고, 또 숙종대에 김진규의 과거 예도 있으니, 경이 한 벌을 그리도록 하시오."고 하명을 내렸다. 갑자기 난감해진 세황은 할 수 없이 형편을 사실대로 고했다.

"황공한 분부이오나, 신이 늙어서 눈이 어둡고 잘 보이지 아니하옵니다. 지존의 용안을 그리다가 잘못됨이 있을까 심히 두렵습니다. 신의 생각으로는 옆에서 협조하여 부족한 점을 도와줄까 하옵니다."

"허면, 화원들의 생각이 못 미치는 것을 옆에서 지휘하시오."

그래서 세황이 이번 어진 제작에 감동을 맡게 된 것이다.

용안(龍顔)의 도사(圖寫)는 밑그림의 소묘 능력이 뛰어난 주관화사가 맡고, 동참화사[1]는 주관화사와 수종화사의 도움을 받았다. 김홍도는 전체적인 윤곽을 그리고, 임금의 곤룡포와 의복 등에 문양을 넣어, 보다 아름답고 위엄 있게 채색하는 역할을 맡았다.

김홍도는 29세 때였던 계사년(1773) 1월 7일부터 22일까지, 영조어진과 세손 때의 정조 초상화를 그리는 데 동참화사로 이미

1) 동참화사(同參畵師) : 주관화사와 수종화사를 보조하는 직책.

참여했었다. 이때는 80세의 영조가 자신의 얼굴 두 본과 세손의 초상을 그리게 했다. 그러나 세손은 초상화가 자신의 얼굴과 닮지 않았다고 해서 없애 버렸다.

그때 영조는 어진도사의 공을 인정하여 화사들을 포상하는 중에, 김홍도한테도 동반직[1]이나 변장[2] 중에서 자리가 나면 임용하도록 교시를 내렸다. 그래서 지난 갑오년(1774)에 사포서 별제로 임명되었던 것이다. 정조는 초상화를 보는 안목이 매우 높은 임금이었다. 이번 어진제작에서도 밑그림을 다섯 차례 이상 그리게 하여, 장단점을 일일이 지적했다. 그뿐만 아니라, 기로소에 든 공신들의 화상첩(畵像帖)과 선대 문신들의 초상화를 가져오게 하여 세심히 비교할 정도였다.

특히 초상화 그리는 법을 논할 때는 '고개지'[3]의 이론을 인용하여 "초상화는 눈 모습이 제일 중요하다."라고, 역점부분을 강조했다.

어진이 완성되자, 정조가 특별히 김홍도만을 가까이 불렀다.

"내 김 화사한테 가끔 안 되었다는 생각을 가지고 있어."

"어인 말씀이시온지, 받자옵기 황공하옵니다."

"선왕께서 여든이 되시던 계사년에, 어용을 그리면서 내 것도 한 본 그렸으나 닮지 않았다는 생각에 없앤 적이 있었지. 지금 생

---

1) 동반직(東班職) : 의정부나 육조 소속의 관직.
2) 변장(邊將) : 첨사(僉使)나 만호(萬戶) 등의 총칭.
3) 고개지(顧愷之) : 중국 동진(東晉)의 화가. 동양화 이론의 시조로, 인물과 산수화에 뛰어났다.

각하니, 애석한 마음이 들어서 하는 말이니라."

"소인, 비천하기 그지없사온데 어인 말씀이시옵니까. 심히 황공하옵니다. 계사년에는 소인이 아직 서른을 채우지 못한 나이였고, 화력(畫歷) 또한 미천한 때이오니, 상감마마께서 하교하심은 당연한 것이옵니다. 용안을 훼손한 죄가 하늘에 닿아 있사옵니다."

"그때는 어린 마음에 그런 것이니, 차후로도 마음에 두지 말라."

"성은이 망극하옵니다."

임금 앞에 엎드린 단원은 정신이 아찔하여 등짝에 식은땀이 주르르 흘렀다. 혹시 그때의 초상화를 거론하며, 노여움이 다시 되살아나는 게 아닐까 두려웠던 것이다.

정조는 어진제작에 참여했던 화사들의 노고를 치하하고, 특별히 편전에서 음식과 술을 하사했다.

어진제작이 끝난 9월 3일, 세황이 정조임금의 명을 받고 규장각에 있는 희우정(喜雨亭)으로 들어갔다. 이때 정조임금이 대금전[1]을 내놓고 병풍 글씨를 쓰라고 했다.

"마침 궁내에 구경할 만한 좋은 곳이 있어 짐이 안내할 생각인데 글씨를 먼저 쓴 뒤에 놀러가겠는가, 아니면 먼저 놀고 난 뒤에 글씨를 쓰겠는가?"

1) 대금전(大錦牋) : 임금에게 보고할 때 비단에 쓰는 글.

임금이 너무 갑작스럽게 묻는 것이라, 세황이 즉시 대답을 못 하고 잠시 우물쭈물했다. 그러자 임금이 껄껄껄 웃었다.

"곧바로 대답을 안 하는 것을 보니, 먼저 놀고 싶다는 뜻이로다."

그러고는 임금이 남여[1]를 타고 금원[2]을 향해 앞장 서는 것이었다. 그 뒤를 세황을 비롯해서, 여러 승지들과 제학[3], 직각[4], 사관(史官), 그리고 도화서 화원인 김응환이 따라붙었다.

임금이 이들을 데리고 영화당(暎花堂), 금문원(擒文院), 어수당(魚水堂), 태극정(太極亭) 등을 차례로 지나갔다. 마침 태극정 남쪽에 작은 우물이 있었다. 이때 승지 둘이서 물을 떠 마시며, 세황에게도 마시기를 청했다. 세황도 마침 목이 마르던 차라, 옆 사람이 은잔에 물을 떠 와서 두어 잔을 마셨다. 그러자 늙은 나이에도 찬 것을 꺼려하지 않는다고 칭찬까지 했다.

이때 임금이 신료들의 갈증을 알아차리고 "비가 온 뒤라면 물이 상당히 많아서 매우 볼 만할 터인데, 물이 줄어서 조금씩 흐르는 것이 유감이로다." 하고는 배 수십 개를 하사했다.

그러고는 김응환으로 하여금 정자 세 곳의 진경을 그리게 했다. 너무 갑작스러운 지시여서, 김응환이 미처 초본을 마치지 못했다.

---

1) 남여(藍輿) : 의자 비슷하고, 위를 덮지 않은 가마.
2) 금원(禁苑) : 지금의 비원.
3) 제학(提學) : 홍문관 혹은 규장각의 종2품 벼슬.
4) 직각(直閣) : 규장각의 정3품에서 종6품까지의 벼슬.

임금이 다시 길을 재촉하여 만송정(萬松亭), 망춘정(望春亭), 존덕정(尊德亭), 태청문(太清門), 인평대군 구궁(麟平大君 舊宮) 등을 돌아보고, 영숙문(永肅門)과 공진문(拱辰門)을 돌아 다시 희우정으로 돌아왔다.

임금이 궁중의 음식을 내려, 세황도 모든 신료들과 함께 배 부르게 먹고 마셨다. 마침 날씨가 청명하고 미풍까지 간간이 불어, 세황은 기분이 맑고 유쾌하여 피곤을 느끼지 못했다.

이런 경우에 중국 명나라 고사에 비유하면, 임금이 내시들을 시켜서 놀게 할 일이었다. 그러나 정조임금은 직접 신하들을 거느리고 좋은 경치를 낱낱이 일러주며, 온화한 얼굴과 부드러운 음성으로 한 집안 식구나 다름없이 대했다. 세황은 이 날을 마치 꿈을 꾼 것처럼 오랫동안 감격했다.

그로부터 8일 후인 9월 11일, 세황은 마침 규장각에서 화사 한종유[1]를 만났다. 세황은 그 자리에서 자신의 초상화를 부채에다 그려줄 것을 부탁했다.

한종유가 그린 초상화는 〈선면육십구세상(扇面六十九歲像)〉이었다. 평상복 차림으로 노송 밑에서 방석을 깔고 앉아 독서하는 모습이었다. 전형적인 초상화라기보다는 고사(故事) 인물도를 풍자적으로 표현했다.

세황은 이 그림을 후에 막내 아들 신이 자식을 낳으면 기념으로 줄 생각으로 간직했다.

---

1) 한종유(韓宗裕) : 도화서 화원으로, 산수와 초상화에 능하다.

42

임인년(1782)에 세황이 가의대부[1]에 올라 의금부 총관[2]이 되었다. 그가 고희를 맞는 해였다. 이 나이에 벼슬이 끊어지지 않고 계속 이어지는 예도 그리 흔치 않았다. 조부 강백년과 아버지 강현시대의 영화를 뒤늦게나마 다시 잇고 있는 셈이었다.

이를 조상의 음덕으로 보는 측면도 있겠으나, 문치(文治)를 표방하는 정조임금의 시각으로는 세황이 마땅했던 것이다. 그의 선대가 당쟁에 휘말려 불우한 말년을 보냈으나, 세황만큼은 당파와 무관한 청렴한 사람이라 정조 역시 편안한 마음으로 기용한 것이다.

---

1) 가의대부(嘉義大夫) : 종2품의 문무관 품계. 영조 때의 가정대부(嘉靖大夫)를 고친 이름.
2) 의금부총관(義禁府摠管) : 지금의 법원장 내지 검사장 급.

조정 대신들 중에 어느 누구도 임금의 생각에 이의를 다는 사람이 없었다. 물론 시기하는 사람이 없는 것도 아니었다. 그러나 그들에게도 대세의 흐름에 딴죽을 걸 명분이 없었던 것이다.

정조가 특별히 세황을 배려하는 데는 그만한 이유가 또 있었다. 그의 충정에 늘 고마운 마음을 가지고 있었던 것이다. 일찍이 사도세자가 죽었을 때 세황이 3일 동안이나 곡기를 끊어 애도하였고, 부왕인 영조의 기일에는 반드시 소식했다는 얘기를 들었기 때문이다.

이토록 벼슬이 끊기지 않고 있는 상황에서도, 세황은 한 순간도 자만하는 마음을 갖지 않았다. 세상에는 남의 출세를 시기하여 어떻게든 그에 흠집을 내려는 자들이 있기 마련임을 잘 알기 때문이다. 이는 '하찮은 개미가 고목을 흔든다.'는 격언을 생각한 것이다.

하루는 큰아들 인이 아버지가 의금부 총관에 오른 것을 축하하는 뜻으로 잔치를 크게 열자고 제안했다. 그러나 세황이 일언지하에 거절했다.

"이럴 때일수록, 더욱 겸허해야 되는 것이야. 그래서 벼슬은 높이고 뜻은 낮추라는 격언이 생겼어. 세상에는 남을 시기하는 자들이 반드시 있기 마련이라, 우리를 지켜본다는 걸 알아야지."

"소자의 판단으로는 그럴 사람이 없을 것 같습니다. 아버님께서 원하셔서 총관에 오르신 게 아니잖습니까."

"그건 결국 내가 상감의 총애를 받는다는 뜻이 되겠는데, 세상에는 임금의 사랑을 받고자 하는 자들이 얼마나 많겠는가. 그들의 눈이 모두 나한테 쏠려 있음을 생각해서도, 마음과 몸가짐을 항상 단속해야 되는 법이야. 더구나 굶주려 죽는 사람들이 부지기수인데, 어찌 모르는 척할 수 있겠는가. 우리가 그들의 배를 채워주지는 못할망정, 나만이 호화로운 음식을 먹을 수는 없어. 그러니 더는 거론하지 말도록 해."

"그래도 서운하지 않으시겠습니까?"

"내가 상감의 총애를 받는 것만으로도 황감한 일이거늘, 무엇이 서운하겠는가. 그리고 식솔들한테 일러서, 조석마다 더욱 검소하게 차리도록 해."

"아버님의 뜻을 받들겠습니다."

세황은 방에서 나가는 인의 뒷모습을 바라보면서, 죽은 둘째 아들 혼의 모습이 갑자기 떠올랐다. 그가 살아 있다면 지금 43살이다. 늦둥이 신을 제외한 네 아들 중에서 제일 똑똑해서 제 형보다 먼저 출사했다. 그러나 유독 몸이 약해서 명을 다 채우지 못한 것 같았다.

인의 나이도 어느덧 53살로 늙은이가 다 되었다. 그의 아들 이벽(彝璧)이 벌써 23살이니 그럴 만한 나이다. 인이 동생보다는 다소 늦게 출사했으나, 지금은 승정원의 정3품 좌승지(左承旨)에 올라 임금을 가까이 모시고 있다.

그리고 세황의 넷째 아들 빈도 문과에 급제하여 홍문관 교리[1]에 올라 있다. 이처럼 아버지와 자식들이 함께 높은 품계의 벼슬에 들어 있음은 보기 드문 일로 주위에서 모두 부러워했다.

단지 셋째 아들 관은 문과에 급제하지 못하고 진사과[2]에만 합격한 상태로 있었다. 지금은 심신을 수련하기 위해서 산사(山寺)에 머물러 있는 중이었다.

이러한 중에도 세황은 예부터 전해지고 있는 중국의 고사 하나를 자주 떠올리면서, 스스로 자중할 것을 다짐하곤 했다.

> 중국의 초나라 왕이 신하를 보내 어릉(於陵)에 살고 있는 자종(子終)에게 높은 관직을 제수할 뜻을 전했다. 그러자 자종이 아내에게 "임금께서 나를 국가 원로직에 청빙하시겠다는 분부를 내리셨소. 그렇게 되면 나는 사두마차를 탈 수 있고, 좋은 음식도 먹게 될 것이오."라고 기뻐했다. 그러자 그의 아내가 조용히 말했다. "당신이 비록 신을 삼으면서 살고 있을 망정, 나는 행복합니다. 집에 거문고가 없습니까, 책이 없습니까? 사두마차를 타고 맛있는 음식을 먹게 된다 해도, 결국은 지금과 별로 다를 것이 없어요. 분수를 넘어서 조금 더 호강하고 조금 더 좋은 것을 먹는 대가로, 초나라 전체의 근심을 도맡으시렵니까? 허망한 일이지요. 결국 명을 재촉하는 일이 아닙니까?" 하고 만류했다. 그래서 자종은 임

---

1) 교리(校理) : 홍문관의 정5품 벼슬.

2) 진사과(進士科) : 일종의 자격시험인 사마시(司馬試)로, 유생(儒生)들에게 제술(製述) 즉 시나 문장을 짓게 하여 진사를 뽑았다.

금의 제의를 정중하게 거절했다. 자종은 어명을 거역한지라, 그는 아내와 함께 그 땅을 떠나 다른 곳으로 가서 농사를 지으며 안락하게 살았다.

세황이 고희를 기념하여 견본채색의 자화상을 남겼다. 세로 88.7cm, 가로 51cm 크기의 화폭에다, 오사모[1]를 쓴 평상복인 도포 차림의 전신 좌상으로 그렸다. 그리고 초상화를 가운데 두고 양 옆 상단에다 자찬문(自讚文)도 썼다. 세황이 절필한 이후 실로 20년만에 다시 붓을 잡은 셈이 되었다.

저 사람은 어떤 사람인가. 수염과 눈썹이 하얗구나.
머리에 오사모를 쓰고 야인(野人)의 옷을 입었네.
여기에서 볼 수 있네. 마음은 산림에 있지만 이름이 조정에 있는 것을.
가슴에는 이유[2]를 간직하고 필력은 오악[3]을 뒤흔드네.
세상 사람이 어찌 알겠는가. 나 홀로 즐길 뿐이라오.
늙은이의 나이는 일흔이고 호는 노죽(露竹)이라네.
그 화상은 자신이 그린 것이고 그 화상찬도 스스로 지었다네.
때는 현익섭제격[4]

_ 예술의 전당 발행, 〈표암 강세황〉 도판해설, p.375에서 인용.

---

1) 오사모(烏紗帽) : 관모(官帽)의 하나.
2) 이유(二酉) : 많은 서적.
3) 오악(五嶽) : 우리나라의 다섯 명산. 곧 금강산·묘향산·지리산·백두산·삼각산.
4) 현익섭제격(玄黓攝提格) : 임인년(1782).

이 같은 자찬문을 써 넣음으로써, 세황 자신의 현재 처지와 심중을 회화화한 셈이 되었고, 당대 초상화의 새로운 형식의 서화 작품으로 남겼다.

이렇게 자신의 초상화를 남김으로써, 후손들에게 조상의 모습을 확실하게 보여줄 수가 있는 것이다. 이로써 세황은 자신의 예술적 업적과 함께 영화로웠던 말년의 삶을 후손들에게 남길 수 있게 되었다. 세황처럼 초상화를 남기지 못한 사람들의 후손은 구전에 의해서만 조상의 모습을 짐작할 뿐이었다.

이 해에 혜환재 이용휴가 74세를 일기로 세상과 하직했다. 그는 안산 남촌에서 실학을 정립한 이익의 조카이며, 그의 학문과 문학을 계승한 인물이었다. 정약용(丁若鏞)이 재야의 문단을 장악하고 있었다면, 이용휴는 경기도를 중심으로 한 황해도와 충청도 일원의 문단 좌장격이었다.

그는 무자생(1708)으로 세황보다 5살 위였으나 서로 마음이 깊이 통했다. 그가 진사시(進士試)에 합격했으나, 스스로 포의지사를 자처해 시·서에만 정진했다.

그는 원교나 최북과도 매우 가깝게 지냈고, 특히 최북한테 호감을 더 가졌다. 최북이 남에게 오만하게 보일 만큼 자존심이 강하면서도 정이 많은 성품에 반했다고 실토한 적이 있었다.

최북의 자 '칠칠(七七)'의 의미를 새롭게 해석하기도 했다. 산수를 잘 그리는 최북의 화격에 반해서, 중국 당나라 때 계절과 무관하게 꽃을 피운 도술로 이름을 떨쳤던 '은칠칠(殷七七)'에 비유하여 칭송했던 것이다. 그 후로 최북은 자신의 자에 대해서 더욱 자부심을 가졌다고 했다.

세황이 이용휴한테 특별히 고마워했다. 세황이 유씨 부인과 사별한 후 십여 년을 혼자 쓸쓸하게 지내는 것을 안타까워하면서, 지금의 나씨 부인과의 혼사를 적극적으로 주선했기 때문이었다.

세황이 안산을 떠나 서울에 정착하고부터 왕래가 뜸했다. 게다가 세황이 관직에 들어가고, 벼슬이 계속 이어짐에 따라 관계가 다소 소원해졌던 것이다. 포의지사의 입장에서는 공사다망한 세황을 찾기가 쉽지 않았을 것이다.

세황이 노구에도 불구하고 그의 빈소를 찾아 5일장을 함께 했다. 이용휴가 이승을 하직함으로써 평소에 세황과 친하게 지냈던 문사들이 자꾸 줄어들어 세월의 무상함을 또 한 번 실감했다.

43

세황이 계묘년(1783)을 맞아, 병조참판과 동중추 부총관을 거쳐 한성부 판윤(漢城府判尹) 자리에 올랐다. 한성부 판윤은 정2품의 품계로, 한성부의 으뜸벼슬이다.

세황이 맞은 영광이 이것뿐만이 아니었다. 올해 71세가 되어 기로소에 들어가는 또 하나의 영광을 안은 것이다. 기로소는 70세가 넘은 노인들 중에 정2품의 문관만이 들어가 대우 받던 곳이다.

이번에 세황이 기로소에 들어감으로써, 그의 가문이 '삼세기영지가(三世耆英之家)'의 영광을 갖게 된 것이다. 일찍이 조부 강백년이 계축년이었던 현종14년(1673)에 기로소에 들어갔고, 그 대를 이어 아버지 강현도 숙종45년(1719)에 기로소에 들었던 것이다.

정조임금이 마침 국조보감[1]을 보다가 현종 계축년에 강백년 문정공이 71세 때 기로소 유사[2]의 일을 보게 한 항목을 지적하면서, "이 재신[3]이 할아버지와 손자가 71세에 모두 계(癸)자가 들어 있는 해이니, 우연한 일이 아니다." 하고 특별히 중추부 지사(知事)에게 하교하여, 세황으로 하여금 기로소에 들어갈 것을 허락했던 것이다. 이때가 세황의 생일이 든 5월이었다.

또 정조임금은 세황이 기로소에 든 것을 기념하여 그의 초상화를 제작하도록 전교를 내렸다. 임금이 세황의 셋째 아들 관을 불러 "아버지의 초상화가 있는가?"라고 물었다. 이에 관이 없다고 대답하자, "어찌 이명기(李命基)에게 시켜 그리도록 하지 않았는가?" 하고 안타깝게 여겨 제작하게 되었다.

그 당시 이명기는 초상화 제작에 독보적인 인물이어서, 문무고관들이 그에게 초상화를 맡겼다. 세황의 아들 관이 남긴 계추기사[4]에 초상화 제작과정과 비용 등을 상세하게 기록해 놓았다.

특히 제작 과정을 날짜별로 낱낱이 밝혔다. 7월 18일 남산 회현동 집에서 초상화 초본을 그리기 시작해서 완성하기까지 모두 19일이 소요되었다.

그리고 제작 비용은 총 50냥이 들었다. 비단 10냥, 이명기한테

---

1) 국조보감(國朝寶鑑) : 역대 군주의 치적에서 모범이 될 일을 실록에 의하여 편년체(編年體) 즉 연대 순으로 편찬한 역사책.

2) 유사(有司) : 사무를 맡아 보는 직무.

3) 재신(宰臣) : 재상(宰相). 당상(堂上) 정3품 이상 벼슬의 통칭.

4) 계추기사(癸秋記事) : 계묘년(1783) 8월 7일 행서체로 계묘년 가을에 있었던 집안 일을 기록한 것.

준 사례비 10냥, 족자 재료비와 공임이 10냥, 족자 마무리 배접용 명주값 3냥, 초상화 담는 궤 제작비 4냥, 빌려다 쓴 배접용 도구와 중국산 고급 재료비 등이다.(이태호, 〈조선후기 초상화의 제작공정과 그 비용〉에서 인용.)

이번 〈강세황 71세상〉은 호피를 덮은 의자에 앉은 전신상이다. 의관은 오사모에 관대를 둘렀고, 오색찬란한 구름 무늬를 바탕으로 두 마리 학이 날고 있는 흉배의 흑단령포[1] 대례복 차림이다.

바닥에는 화려한 무늬의 화문석이 깔려 있고, 그 위에 놓여진 발 받침대 역시 화려한 무늬가 조각돼 있었다.

이번 초상화에서 특이한 것은 인물의 손 처리였다. 일반적으로는 초상화에서 손이 도포 속에 들어가 있어 보이지 않게 그렸다. 그러나 여기서는 무릎 위에 올려놓은 오른손 다섯 손가락의 손톱과 손마디와 그 주름까지 세밀하게 드러나 있는 것이다.

얼굴은 긴데다가 깡마르고, 71세 고령답게 안면 주름이 깊게 패었다. 그리고 흰 구레나룻과 콧수염이 흑단령포 색깔과 대조를 이루어 노경의 실물을 한껏 살려냈다. 특히 안면과 눈자위의 음영을 입체적으로 드러내 생동감이 매우 돋보였다.

초상화 우측 상단에는 조윤형[2]이 쓴 '강공71세진(姜公七十一歲眞)'과 정조임금의 '어제제문(御製祭文)'이 있다.

정조임금은 이 제문에다가 '소탈함과 고상함으로 필묵의 흔적

---

1) 흑단령포(黑團領布) : 검은 빛깔의 단령 즉 공복(公服).
2) 조윤형(曹允亨) : 정조 때의 문관으로 서화에 뛰어남.

을 남겼네. 많은 종이에 휘호하여 병풍과 서첩을 남겼네. 벼슬도 낮지 않았으며 시서화 삼절은 정건[1]을 닮았네. 중국에 사절로 다녀왔고 기로소에 들어 선대를 이었네. 인재를 얻기 어렵다는 생각으로 술잔을 올리네.'라고 밝혀, 세황에 대한 정조임금의 총애가 얼마나 깊었는가를 알 수 있는 것이다.

이듬해인 갑진년(1784)에 오위도총부의 정2품 도총관(都摠管)이 되고, 같은 해 10월 12일 세황이 건륭황제[2] 80세 천수연[3]에 부사(副使)가 되어 중국 연경으로 떠났다.

이때 청나라에서는 조선에서 보낼 축하 사신을 나이 많고 덕이 있는 사람으로 못을 박았다. 이에 조정에서 신중히 논의한 끝에 기로소의 대신(大臣) 이휘지(李徽之)를 정사(正使)로 임명했다.

그러나 부사(副使)로 보낼 사람이 마땅치 않아 고심하다가 세황한테 낙점이 된 것이다. 이는 "상경[4]이 부사로 간 예가 많이 있고, 이 중신[5]이 중국을 한 번 가보지 않으면 안 된다."는 어명에 따른 것이었다.

사실은 세황 자신도 중국에 가보고 싶어했다. 지난 무술년

---

1) 정건(鄭虔) : 중국 당나라의 서화가.
2) 건륭황제(乾隆皇帝) : 중국 청나라 제6대 황제 고종. 당시 세계에서 가장 강한 국가를 형성했다.
3) 천수연(千叟宴) : 장수를 축하하는 잔치.
4) 상경(上卿) : 정1품과 종1품의 판서 벼슬.
5) 중신(重臣) : 정2품 이상의 벼슬. 여기서는 강세황을 지목한 것임.

(1778) 3월에 박제가[1]가 사은 겸 진주사[2] 정사(正使)로 임명된 채제공[3]을 따라 중국에 갈 때 세황이 '증별은수부성경(贈別恩叟赴盛京)' 제하로, 그에게 전송시를 써 주었다.

> 나는 평생에 한이 있는데 중국에서 출생하지 못한 것이 그러하다
> 사는 곳이 멀리 떨어진 궁벽한 곳이기에 지식을 넓힐 도리가 없다
> 중국 학자들을 만나서 나의 막힌 가슴을 터놓기가 소원이었다
> 어느덧 백발이 되었으니 어떻게 날개가 돋힐 수 있겠는가
> 그대가 사절을 따라서 멀리 요동과 북경의 북쪽으로 떠남을 들었다
> 만 리 밖이 곧 문 앞이나 마찬가지니 잠깐 헤어지는 것은 섭섭해할 것이 없다
> 지금 황제가 사냥하러 나오고 따라온 신하들이 모두 영특한 사람일 것이다
> 만일 훌륭한 사람들을 만나거든 취중에 쓴 이 글씨를 펼쳐 보이고 뜻있는 사람이 조선 땅에 있다는 것을 알게 하여라.
>
> _ 변영섭, 같은 책, p.24에서 인용.

이번에 세황이 연경에 가게 됨으로써 한을 풀게 되었음은 물론

---

1) 박제가(朴齊家) : 경오생(1750)으로 실학자. 연암 박지원에게 사사하여 북학파(北學派)를 이루고, 중국에서 조선의 시문 4대가의 한 사람으로 알려짐.

2) 사은 겸 진주사(謝恩兼陳奏使) : 사은사를 겸하는 주청사(奏請使). 주청사는 중국에 임시로 보고할 일이 있을 때 보내는 사절.

3) 채제공(蔡濟恭) : 명상(名相). 규장각 제학(提學)으로 서명응과 함께 《국조보감》을 편찬함.

이고, 조부 강백년과 아버지 강현에 이어 3대가 간 셈이었다.

세황이 건륭50년(1785) 1월 6일에 드디어 천수연에 참석하여, 황제가 '어제천수연시(御製千叟宴詩)' 각본(刻本)과 지·필·묵 등을 하사품으로 내려 크게 감동했다.

그러나 세황이 연경에서 얻은 보람은 황제의 하사품 외에, 당시 중국 지식인들과의 만남이었다. 이 자리에서 세황은 자신의 시·서·화에 대한 자부심을 유감없이 발휘할 수 있었던 것이다.

이들 중에 요동순무(遼東巡撫) 박명(博明)은 세황의 시서를 보고 "시는 방옹(放翁)을 주로 하였고, 글씨는 진대(晉代) 사람의 풍골이 있다."라고 하였고, 당시 중국에서 글씨로 유명한 옹방강(翁方綱)은 타고난 재능을 널리 펼쳐놓은 것 같다는 뜻의 '천골개장(天骨開張)'이라고 칭찬했다.

이것뿐이 아니었다. 건륭황제까지 세황의 글씨에 감동하여 〈미하동상(米下董上)〉[1]이라는 편액을 써 주었다.

당대의 중국 사람들이 이 소문을 듣고, 세황한테 글씨를 받으려고 구름같이 몰려들었다. 어떤 이는 세황의 글씨를 오래전에 비싼 값으로 구한 것이라며 확인하기도 했다.

세황이 연경을 떠나 마침 용만(龍灣) 즉 의주(義州)에 이르렀다. 이때 정조임금이 신하를 시켜 인삼과 보약으로 영접하여 세황을 또 한 번 감동시켰다.

---

1) 미하동상 : 중국 북송 때의 서화가인 미불보다는 조금 못하나, 동기창보다는 낫다.

세황이 지난 임인년(1782)에 남긴 70세상 초상화를 계기로 다시 그림을 그리기 시작했다. 연경으로 가기 전에 남긴 〈선면고목죽석도(扇面枯木竹石圖)〉 2폭과 서화 작품 〈서산누각(西山樓閣)〉과 〈고죽성(孤竹城)〉이 그것이다.

그리고 연경에 머물러 있는 동안 괴석과 대나무를 그린 〈삼청도(三淸圖)〉를 그렸고, 돌아와서는 〈석류도(石榴圖)〉를 서화로 남겼다.

정조임금이 세황을 한성판윤에 제수하고 총관을 겸하게 했다. 공직 일에 바쁜 중에도 그는 서화 제작을 멈추지 않아, 〈고목죽석도(枯木竹石圖)〉와 〈송석도(松石圖)〉를 서화로 남겼다.

어느날 김홍도가 찾아왔다. 연경에 다녀온 이후 첫 만남이었다. 김홍도는 세황이 중국으로 떠나던 해 정월에 안기(安奇) 지방의 찰방[1] 직을 제수 받아 서울에 없었던 것이다.

그는 지난 신축년(1781)에 '단원(檀園)'이라는 호를 새로 지었다. 이 호는 김홍도의 창작이 아니라, 중국 명나라 말기의 문인화가 이유방(李流芳)의 호였다. 김홍도가 굳이 그의 호를 빌어 쓰는 것은 이유방이 문사로서 고상하고 그림에 기묘한 아취가 있어, 평소 사모해왔기 때문이다. 세황도 김홍도의 새로운 호를 매우 좋아해, '사능' 대신에 '단원'으로 즐겨 불렀다.

"우리가 만난 지 오래되었군그래."

"선생님을 가까이 모시지 못하여, 늘 안타까웠습니다."

---

1) 찰방(察訪) : 각 역에서 말을 갈아타는 곳의 일을 맡아 보던 종6품의 문관벼슬.

"단원이나 내 처지가 그렇지 않았는가. 나라에서 시키는 일이니, 서로 떨어져 있을 수밖에."

"건강은 어떠십니까?"

"괜찮아. 원체 긴 여정이라, 늙은이 몸으로는 힘이 들었지. 그래, 찰방 일은 어떠했는가?"

"대과 없이, 무사히 마친 셈입니다."

"그러면 되었지 뭐."

"하온데, 선생님께 어려운 청이 있습니다."

"무엇인고?"

"문하생 처지에, 아뢰기 송구한 말씀입니다."

"무슨 청이길래…."

"선생님께서 그 동안 보아오신 소생에 대해서 몇 말씀 문장으로 평가해 주시면, 인생의 거울로 삼겠습니다."

"단원기(檀園記)를 쓰라는 얘기구먼. 내가 본 대로 느낀 대로 쓰는 것이니, 그리 어려울 건 없겠지."

"급한 일이 아니니, 여독이 다 풀리신 후에 생각하심이 좋을 듯 싶습니다."

세황이 주안상을 들이라고 이르는 동안, 단원은 계속 식은땀을 흘렸다. 스승과 비록 간담상조하는 관계이기는 하나, 스스로 칭찬 받기를 은근히 기대하는 것이 부끄러웠던 것이다. 결국 고매한 스승 앞에서 구상유취(口尙乳臭)한 속내만 드러낸 셈이었다.

그러나 세황은 얼굴에 전혀 불쾌한 기색을 드러내지 않고, 오히려 미소를 지어 단원을 바라보는 것이었다.

산사에 머물러 있는 관이 세황한테 편지를 보냈다. 그가 학문하는 가운데 의문나는 것을 묻는 내용이었다. 중국 명나라 때의 학자와 문인들 중에 종신, 장가윤, 여응거, 장구일, 왕세무, 사진, 유윤문, 서중행, 오국윤, 양유예 등[1]에 관한 것이었다.

이에 세황이 꾸짖 듯한 답장을 보냈다.

> 이들은 명나라 때 재자[2]들로, 일찍이 아침저녁으로 이야기하며 자기 주장을 펼쳤다. 이러한 사람들은 우레같이 귀에 익숙할 뿐만이 아닌데, 이제 이런 질문을 하는 것은 어째서인가? 너의 총명함은 네 작은형에 크게 못미치는 듯하구나. 마침 손님이 계셔서 책을 찾을 겨를이 없으므로, 어느 지역 사람인지는 쓰지 않는다. 예를 들어 엄주[3]는 태창(太倉)이고, 유중울은 곤산(崑山)이며, 종자상은 흥화(興化)이다. 편지로 다 써주기를 바라지는 마라.
>
> _ 박동욱 · 서신혜, 《표암 강세황 산문전집》, pp.77-80에서 인용.

---

1) 종신(宗臣) : 호는 방성(方城). 명나라 후칠자(後七子 : 시인 일곱 사람)의 한 사람. / 장가윤(張佳胤) : 가정칠자(嘉靖七子 : 후칠자)의 한 사람. / 여응거(余應擧) : 여일덕(余日德)의 초명. 호는 오거(午渠). / 장구일(張九一) : 명나라 신채(新蔡) 사람. / 왕세무(王世懋) : 명나라 문학가. 호는 인주(麟洲). / 사진(謝榛) : 호는 사명산인(四溟山人). 후칠자의 한 사람. / 유윤문(兪允文) : 자가 중울(仲蔚). / 서중행(徐中行) : 호는 용만(龍灣). 후칠자의 한 사람. / 오국윤(吳國允) : 호는 담추동(甔甀洞). 후칠자의 한 사람. / 양유예(梁有譽) : 호는 난정(蘭亭). 후칠자의 한 사람.

2) 재자(才子) : 칠재자(七才子). 혹은 후칠자(後七子). 전칠자(前七子) 이후의 학자들.

3) 엄주(弇洲) : 왕세정(王世貞). 호는 엄주산인(山人).

세황의 이 같은 답신은 자식에 대한 아비의 자상한 배려이면서도, 자식한테 자학자습의 길을 가르쳐 주는 일면이기도 했다.

산사에 있는 관에게 보낸 또 다른 서신에서는 평소 술에 대한 소신을 자상하게 밝히기도 했다.

> 나는 평소 술을 즐기지 않는다. 주량 또한 매우 적다. 한 잔만 마셔도 으레 취하여 고꾸라진다…. 제사라는 것은 마땅히 죽은 이가 좋아하는 것을 기억해야 하는데, 나와 같은 사람은 술을 좋아한다고 말할 수 없으니, 내가 죽은 뒤에 아침저녁으로 음식을 올릴 때 절대로 술을 쓰지 않는 것이 마땅하다. 큰 제사를 지낼 때에만은 굳이 이것에 얽매어 술을 쓰지 않을 필요는 없다. 이것은 비록 내가 좋아하는 것은 아니지만 또한 간혹 음복을 위해 준비할 필요가 있기 때문이다…. 가난한 집안에서 술을 계속 대기란 매우 어려운 일이니, 절대로 무리해서 평소에 술을 좋아하는 사람이나 부유한 사람들이 하는 것을 따를 필요는 없다….
>
> _ 박동욱 · 서신혜, 《표암 강세황 산문전집》, pp.77-80에서 인용.

그런가 하면, 세황 자신이 고안한 '놋 술병'에 대한 제작 방법과 사용의 편리함을 예상해서 소상하게 밝힌 서신도 있다.

> 놋쇠로 작은 술단지를 만들었다. 서너 되들이쯤 된다. 뚜껑이 있고, 술통의 손잡이에 끈을 매달아서 기울여 따르기에 편리하

다…. 대개 술병은 안에 이따금 때가 끼더라도 문질러 씻을 수가 없어서 몹시 불편했다. 이것은 마음껏 안팎을 씻을 수 있어 아주 좋다. 간혹 술을 담고, 혹은 맑은 꿀이나 고약 종류를 담을 수 있겠다. 제법 매우 아름답구나…. 또 한 가지 만드는 법이 떠올랐다. 세상에서 동로(銅爐)라고 하는 것이다. 주둥이 중간에 구리판을 만들어 두 칸으로 만든다. 한 칸은 숯을 사르고, 다른 한 칸에는 끓일 물을 담는다. 중간에 둔 판이 가열되면 저절로 물이 펄펄 끓는다…. 숯불 칸 아래에는 세 개의 구멍을 뚫고, 또 아래에 둥근 다리를 만든다…. 이것은 보통 당나라 방법과 다를 바가 없다. 다만 중간 격판에 섬(칸)을 만드는 방법만 바꿨을 뿐이다…. 이 방법은 옛날 책에서는 보이지 않고, 오직 내 생각으로 만든 것이나 반드시 성공할 것을 의심치 않는다….

_ 박동욱 · 서신혜, 《표암 강세황 산문전집》, pp.77-80에서 인용.

44

김홍도가 세황한테 〈단원기〉를 부탁한 날로부터 열흘 정도 지나자, 세황이 사람을 시켜 그를 집으로 불러들였다.

단원이 세황 앞에 조심스럽게 다가앉자, 연상에서 두툼한 접지 하나를 꺼내 내밀었다. 〈단원기〉라고 했다. 단원은 또 한 번 송구스러웠다. 아직 여독을 풀지 못하였을 노구임에도 제자의 청을 서둘러 이행한 스승의 깊은 사려에 그저 고맙고 부끄러울 따름이었다.

"쓰기는 썼지만, 단원 마음에 들는지 모르겠구먼."

"소생이 그만 미망(迷妄)하여, 선생님께 차마 못할 청을 올렸습니다."

"그렇지 않아. 내가 미랭시[1]가 되기 전에 단원에 대해서 꼭 내 생각을 남기려고 했어. 그러니 인사는 그만하고, 어여 읽어보기나 해. 내 유고문집에 대비해서 따로 필사해 두었구먼."

단원은 세황 앞에 무릎을 꿇고 그가 내민 접지를 조심스럽게 펼쳤다. 놀랍게도 거기에 무려 육백여 자나 되는 예서체가 빼곡하게 들어차 있었다. 글씨는 물이 흐르듯 유려하게 이어져 있었다.

〈단원기〉

고금(古今)의 화가가 각기 한 가지만 잘하고 여러 가지를 다 잘하지는 못했다. 김 군(金君) 사능(士能)은 우리나라 근대에 출생하였는데 어릴 적부터 그림을 공부하여 못하는 것이 없었다. 인물·산수·신선과 불상·화과(花果)·조충(鳥蟲)·어해(魚蟹)에 이르기까지 모두 묘품(妙品)에 해당되어 옛사람과 비교할지라도 거의 그와 대항할 사람이 없다. 더욱 신선과 화조(花鳥)를 잘 그려 그것만 가지고도 한 세대를 울리며 후대에까지 전하기에 충분하다. 또 우리나라 인물과 풍속 모사하기를 잘하여 공부하는 선비, 시장에 가는 장사꾼, 나그네, 규방, 농부, 누에 치는 여자, 이중으로 된 가옥, 겹으로 난 문, 거친 산, 들의 나무에 이르기까지 그 형태를 꼭 닮게 그려서 모양이 틀리는 것이 없으니 옛적에도 이런 솜씨가 없었다. 모든 화가들은 대체로 천과 종이에 그려진 것을 보고 배우고 익혀서 공력을 쌓아야 비로소 비슷하게 할 수 있는데 독창적으로 스스로 알아내고 교묘하게 자연의 조

---

1) 미랭시(未冷尸) : 늙어서 제 구실을 못하는 사람.

화를 빼앗을 수 있는 데까지 이르는 것은 천부적인 소질이 보통 사람보다 훨씬 뛰어나지 않고서는 될 수 없다. 옛사람이 이르기를 '닭이나 개를 그리기는 어렵고, 귀신을 그리기는 쉽다'고 했다. 그것은 눈으로 쉽게 볼 수 있는 것은 아무렇게나 꿰어 맞추어 사람을 속이지 못하기 때문이다. 세상 사람들이 사능의 절묘한 기술에 대하여 놀라지 않는 사람이 없으며 지금 사람으로서는 따를 사람이 없다고 칭찬했다. 그리하여 그림을 청하는 사람이 날로 많아져서 비단이 무더기로 쌓이고 재촉하는 사람이 문 앞에 가득하여 미처 잠자고 밥 먹을 시간도 없기에 이르렀다. 영조임금이 당신의 화상을 그릴 때에 사능이 부름을 받고 그리는 일을 도왔으며 또 지금 임금(정조)에게도 명을 받들어 임금의 화상을 그려서 크게 칭찬을 받고 특히 도로의 행정을 담당하는 벼슬(찰방)을 받았다. 돌아와서 방 하나를 치우고 깨끗이 마당을 쓸고 좋은 나무도 가꾸고 집안 탁자와 걸상 사이에는 다만 오래된 벼루와 좋은 붓, 좋은 먹, 빛나는 천이 있을 뿐이다.

마침내 스스로 단원(檀園)이라고 호를 짓고 나에게 이에 대한 글을 지어 주기를 부탁했다. 내가 생각하기에는 '단원'은 명나라 이장형[1]의 호다. 그대가 그것을 따서 자기의 호를 삼은 것은 그 뜻이 어디에 있는가. 그가 문사로서 고상하고 맑으며 그림이 기묘하고 아취가 있는 것을 사모한데 불과할 것이다.

이제 사능의 인품을 보면 얼굴이 청수하고 정신이 깨끗하여 보는 사람은 모두 고상하고 세속을 초월하여 아무데서나 볼 수

1) 이장형(李長衡) : 이유방의 자(字).

있는 평범한 사람이 아님을 다 알 수 있을 것이다. 성품이 또한 거문고와 피리의 청아한 음악을 좋아하여 꽃 피고 달 밝은 밤이면 간혹 한 두어 곡조를 연주하며 스스로를 즐긴다. 그의 기예가 옛사람을 따를 수 있는 것은 물론이고 풍채가 헌칠하고 우뚝하며 진나라와 송나라시대의 고상한 인물 가운데서나 이와 같은 사람을 찾을 수 있을 것이니 이장형 같은 사람에게 비교한다면 벌써 그보다 훨씬 지나칠지언정 그만 못지 않은 것이 없을 것이다.

다만 이제 쇠약한 나로서는 과거 군과 사포서에 동료로 있을 적에 일이 있을 적마다 군은 곧 내가 쇠약한 것을 딱하게 여겨 수고를 대신하였으니 이것은 더욱 내가 잊을 수 없는 일이요, 근일에는 그대의 그림을 얻은 사람이 곧 나에게 와서 한두 마디의 논평을 써주기를 요구하였고, 궁중에 들어간 병풍과 권축에도 내 글씨가 뒤에 붙은 것이 더러 있다. 그대와 나는 나이와 지위를 무시하는 친구라고 하여도 좋을 것이다.

내가 단원에 대한 글을 짓는데 있어서 사양하지 못하였으며 또한 단원이라는 호에 대한 설명을 미처 서술하지 못하고 대강 군의 평소의 생활을 서술하여 이에 응답한다. 옛사람은 취백당기(醉白堂記)를 가지고 한기(韓琦)와 백낙천(白樂天)의 우열을 논한 것이라고 비난했다. 지금 이 기분을 가지고 어떤 사람이 이장형과 김사능의 우열을 논했다고 나를 비난하지나 않을는지.

내가 사능과 사귄 것이 전후하여 모두 세 번 변했다. 처음에는 사능이 어려서 내 문하에 다닐 때 그의 재능을 칭찬하기도 하였고 그에게 그림을 가르치기도 했다. 중간에는 관청에 같이 있으면서 아침저녁으로 함께 거처하였고 나중에는 예술계에 있으면서 지기(知己)다운 느낌을 가졌다. 사능이 다른 사람에게 가지 않고 반드시 나에게 글을 지어달라고 청탁하는 것은 까닭이 있는 것이다.

_ 진준현, 《단원 김홍도 연구》, pp.40-41에서 인용.

읽기를 마친 단원은 차마 글을 접지 못하고, 고개를 떨어뜨린 채 눈물만 글썽거렸다. 어떠한 표현으로든 어느 정도 칭찬은 있으려니 기대하였지만, 이토록 처음부터 끝까지 극찬 일색일 줄은 상상하지 않았다. 읽어 내리는 동안 내내 낯이 뜨겁고 황송해서 문하생 처지로는 당황하지 않을 수 없었다. 만인이 생각해도 결코 청출어람할 만큼 우수한 제자가 못되는데도, 이토록 극찬한 스승의 마음을 어떻게 받아들여야 할지 판단이 서지 않는 것이다.

"선생님. 어찌 칭찬으로만 일관하셨습니까. 심히 민망하여 몸둘 바를 모르겠습니다."

"그럴 만하니까, 민망할 필요 없네."

"하오나, 소생한테 어찌 흠이 없고 부족함이 없을 수 있겠습니까."

"단원한테 부족함이 있어 느낀다면, 스스로 고치면 되는 일이지. 다만 다른 환쟁이들이 시기나 하지 않을까 그 염려뿐이야. 일찍이 영조임금께서 나한테 이르시기를, 말세에는 남을 시기하는 마음이 많기 마련이라 혹시 천기를 가진 소인이라고 비난할까 두렵다시면서, 앞으로 그림을 잘 그린다는 말을 하지 말라고 충고하신 적이 있어서 하는 말이야."

"소생이 어찌 선생님 경지에 비교될 수 있겠습니까. 아직도 손끝으로만 붓을 놀려 졸품이나 겨우 생산하는 처집니다."

"나로서는 그리 쓸 수밖에 없었던 것이니, 이제 그 얘기는 그만하게. 노파심으로, 당부하고자 하는 것은 예술의 개척은 한도 끝도 없는 일이니, 절차탁마를 멈추지 말아야 해. 그래야만 유방백세[1]할 수 있을 것이고."

"말씀, 명심하겠습니다."

단원은 큰절로 스승에게서 물러났다. 저자를 걷고 있으면서도 마음은 마치 돌에 짓눌린 것처럼 여전히 무겁고 답답했다. 중국 송나라시대에 사마광(司馬光)이 《자치통감(資治通鑑)》을 통해 말하기를 "경서(經書)를 가르치는 스승은 만나기 쉽고, 사람을 인도하는 스승은 만나기 어렵다."고 했다. 단원에게는 강세황이 곧 어버이 같은 유일한 스승인 것이다.

그로부터 또 열흘이 지나자, 세황이 하인을 시켜 단원을 오게 했다. 단원은 무슨 일인가 싶어 궁금한 마음으로 달려가자 그가 빙긋이 웃었더니, 지난번처럼 연상에서 접지를 꺼내 건네는 것이었다.

---

1) 유방백세(流芳百世) : 명성을 후세에 길이 남김.

단원이 영문을 몰라 접지와 그를 번갈아 바라보고만 있자, 그가 턱을 들어 어서 펴보라고 했다. 단원이 비로소 접지를 조심스럽게 열었다. 장문으로 빼곡한 글머리에 〈단원기우일본(檀園記又一本)〉이 큰 글씨로 써 있었다.

"지난번에 이미 〈단원기〉를 청해 받았는데, '우일본(又一本)'은 무엇입니까?"

"지난번 것에 미처 밝히지 못한 점이 많다고 생각해서 추가한 것이야."

"선생님…."

"어서 읽어 봐. 마음에 드는지 모르겠어."

단원은 스승 앞에 무릎을 꿇고 찬찬히 읽어가기 시작했다.

〈단원기우일본〉

찰방 김홍도의 자는 사능이다. 어렸을 적부터 나의 집에 다녔는데 그는 눈썹이 맑고 외모가 잘 생겨서 세속사람 같지 않았다. 일찍부터 뛰어난 재주를 지녀서 화원에서 말하는 진(秦), 박(朴), 변(卞), 장(張) 씨[1]는 모두 그의 수준에 달하지 못했다. 건물, 산수, 인물, 화훼, 충어(蟲魚), 조류를 그 모양대로 꼭 닮게 그렸으며 간혹 자연의 조화를 빼앗은 듯한 데가 있었다.

우리나라 사백 년 동안에 파천황(破天荒)적 솜씨라 하여도 가할 것이다. 더욱 풍속을 그리는 데에 능하여 인간이 일상생활하

---

1) 진·박·변·장 씨 : 모두 조선후기 화가들이다.

는 모든 것과 길거리, 나루터, 점포, 가게, 고사장, 놀이마당 같은 것도 한 번 붓이 떨어지면 손뼉을 치며 신기하다고 부르짖지 않는 사람이 없다. 세상에서 말하는 김사능의 풍속화가 바로 이것이다. 머리가 명석하고 신비한 깨달음이 있어서 홀로 천고의 오묘한 터득이 없었다면 어떻게 이러한 경지에 이를 수 있었으랴. 영조임금 말년에 화상을 그리기 위하여 일대에서 초상화를 가장 잘 그리는 사람을 선택하는데 군이 이에 뽑혔다. 일을 끝내고 그 공로로 궁중에 식품을 공급하는 관직에 임명되었다. 이때 나도 관직에 종사하여 군과 함께 동료가 되었다. 과거에 어린 아이로 보던 사람이 이제는 나와 대열을 나란히 했다. 내가 감히 낮게 보려는 심정을 갖지 않았는데도 군이 자만하는 마음이 없는 데에 감복했다.

정조임금께서 왕위에 오른 지 5년에 영조가 한 일을 따라서 화상을 그리려하는데 반드시 뛰어난 솜씨를 찾게 되었다. 관료들이 모두 말하기를 김홍도가 있으니 다른 사람을 구할 필요가 없다고 했다. 은혜를 받들어 전상에 올라가서 감목(監牧) 한종유와 함께 그리는 일을 마치고 얼마 후에 경상도에 도로행정을 관장하는 관리가 되었다. 나라에서 기술자를 등용한 것이 본시 여간해서 없던 일이며 군에게 있어서도 서민으로서 최고의 영예를 누린 것이다. 임기가 끝나 화원에 다시 돌아와서 때로 궁중에 들어가 궁중에서 연회하는 모습을 그렸지마는 외부의 사람들은 이 사실을 아는 사람이 적었다. 임금께서 미천한 사람을 버리지 아니한데 대하여 군은 반드시 밤중에 감격하며 눈물을 흘리며 어떻게 해야 보답할 수 있는지를 몰라 했다.

사능은 일면으로 음악에 통하여 거문고와 피리가 매우 절묘하였고 풍류가 호탕하여 칼을 치면서 슬픈 노래를 부르는 생각을 가지고 더러는 비장하게 눈물을 흘리는 적도 있었다. 이는 사능의 심정을 아는 사람이나 알 것이다. 들으니까 그가 거처하는 곳은 걸상이나 책상이 깨끗이 정돈되었고 뜨락과 계단이 조촐하여 그 집안을 둘러보면 곧 속세에서 벗어난 생각을 가지게 된다고 한다. 세상에 저속하고 옹졸한 사람은 겉으로는 사능과 어깨를 치며 네나거리[1]를 하고 있지마는 또한 사능이 어떠한 인물인 것이야 어떻게 알 수 있으랴.

사능은 평소에 이유방의 인품을 사모하여 그의 호를 따다가 단원이라 하고 나에게 기(記)를 지어주기를 청했다. 사능은 본시 농장을 갖지 못했다. 내가 지을 수가 없기에 마침내 소전을 서술하여 이와 같이 그 벽 위에 써 붙이게 했다.

_ 진준현, 《단원 김홍도 연구》, pp. 42-44에서 인용.

단원은 이를 다 읽고도 한동안 고개를 들지 못했다. 비록 어렸을 때부터 그에게서 그림을 배운 사제간이라 해도 자신에 대한 것을 일일이 꿰뚫고 있다고는 생각지 않았던 것이다. 그에게 글을 받았다는 감사와 송구함 이전에, 자신을 늘 지켜보고 놓치는 것이 한 가지도 없다는 사실에 그저 놀라울 뿐이었다.

한동안 고개를 들지 못하고 있자, 세황이 헛기침을 내며 생각

---

1) 박견이여(拍肩爾汝) : 서로가 거리를 가까이 두는 사이

이 어떠하냐고 물었다. 단원은 스승에게 큰절을 올려 감사했다.

"선생님. 차마 고개를 들 수 없습니다. 아직도 겨우 환이나 치는 주제에, 스승으로부터 분에 넘치는 칭찬을 들으니, 감히 무슨 말씀을 드릴 수 있겠습니까."

"마음에 든다는 뜻인 것 같으니, 다행이구먼. 아무튼, 내가 보기에 그런 것이니, 조금도 지나치다고 할 수는 없을 것이야."

"소생에게 주신 선생님 말씀을 회초리로 삼아, 더욱 정진하겠습니다."

"그런 결심이면, 되었어."

세황이 단원 앞으로 한 무릎 다가와 손을 끌어잡았다. 단원의 손등을 쓸면서 바라보는 그윽한 눈길은 봄볕보다 따스하고 바다보다 더 깊었다.

단원이 기어이 눈물을 떨어뜨리면서, 자리에서 일어나 스승에게 다시 큰절로 감사했다.

45

무신년(1788)에 들어와 지중추[1]가 된 세황이 이 해 9월, 난생 처음으로 금강산 유람을 떠났다. 마침 맏아들 인이 강원도 동북부에 위치한 회양(淮陽)의 부사(府使)[2]로 가 있었기 때문이다.

그렇지 않았으면 세황 혼자서는 엄두도 못낼 일이었다. 그뿐만 아니라, 굳이 가고 싶지도 않았을 것이다. 그는 평소에도 금강산에 대해서 부정적인 인식을 가지고 있었던 것이다. 그래서 언젠가 지인들에게 금강산에 대한 자신의 뜻을 피력한 적이 있었다.

---

1) 지중추(知中樞) : 정2품의 지중추부사(知中樞府事).
2) 부사(府使) : 지방관직으로, 대도호부사(大都護府使)와 도호부사(都護府使)의 총칭.

실은, 금강산을 속악되다고 생각해 유람을 꺼려했던 건 사실이지. 옛날에는 금강산을 온통 중놈들이 차지하여, 선량한 아녀자들을 속여서 모여들게 하였어. 뿐만 아니라, 사악한 자들이 '금강산을 한 번 보면, 죽어도 지옥에 떨어지지 않는다'고 허세를 부렸지. 그 말을 듣고 하찮은 행상, 품팔이, 거지, 시골 노파들까지 무리를 지어 다녀와서는 마치 옥황상제가 사는 곳에 가본 것처럼 허풍을 떨었다지 않은가.

세황은 이토록 금강산을 속된 곳이라 단정하여, 누군가 가는 비용을 대주겠다고 해도 거절한 적도 있었다. 그러나 이번에는 속된 것을 미워하는 마음이 원래 산을 좋아하는 마음을 막지 못하였던 것이다.

이때 공교롭게도 정조임금이 단원과 김응환을 불러, 영동지방 아홉 개 군과 금강산을 돌아보고 자세히 사경(寫景)해 오라는 명을 내렸다. 특별히 김응환을 동행시킨 것은 그가 이미 지난 임진년(1772)에 금강산을 유람한 후 〈금강전도(金剛全圖)〉를 남긴 사실을 알고 있었던 것이다.

정조임금은 이 두 사람을 보내면서, 여정에 불편함이 없도록 경연[1]에서 모시는 대신처럼 대접하라고 각 고을에 전하도록 하명했다. 그럴 만큼 임금이 금강산 실경에 관심이 많았던 것이다.

---

1) 경연(經筵) : 임금 앞에서 경서(經書)를 강론하는 자리.

그로부터 사흘 후에 단원과 김응환이 행장을 꾸려 금강산으로 출발했다. 두 사람이 정한 여정은 오대산 월정사를 거쳐 관동팔경 · 죽서루 · 망양정 · 경포대 · 청간정 등 동해안을 사생하고, 내금강으로 들어가기 전에 회양에 들를 계획이었다.

회양을 거쳐가는 것은 내금강으로 드는 길목이기도 하지만, 그곳에 마침 세황이 머물고 있기 때문이다.

회양까지 가는 동안 역참을 지날 때마다 그곳 찰방들이 말을 내주고, 고을 현감들의 극진한 대접을 받아 고달픈 여행은 하지 않았다. 이 모든 것이 임금의 특별한 배려가 있었기 때문이다.

회양 관아에 당도하자 세황이 영문을 몰라, 두 사람을 한동안 바라보기만 할 뿐 말문을 열지 못했다. 인사를 차리는데도 받는 둥 마는 둥, 마치 낯선 사람을 맞이하듯 했다.

"대체, 이곳까지 어인 일인가?"

"상감의 하명을 받고 오는 길입니다."

"상감의 하명? 설마, 이 늙은이를 잡아오라는 분부는 아닐 터이고…."

"실은…."

단원이 비로소 여정에 오르게 된 연유를 자세히 설명했다. 그러자 그가 반가운 낯빛으로 고개를 끄덕이며 두 사람의 손을 끌어잡았다. 특히 단원이 여전히 임금의 총애를 받고 있음을 대견하게 생각하는 눈치였다.

"허긴, 일찍이 상감께서도 금강산을 유람하고 싶다는 말씀을 하신 적이 있었지. 그러나 몸소 실행하실 수가 없는 처지이고 보니, 그림으로라도 보고 싶으셨던 게야."

"저희들의 책무가 매우 큽니다."

"아무렴. 상감의 뜻을 깊이 헤아려야 할 것이야."

단원과 김응환이 사경하러 곧 내금강으로 들어간다고 하자, 뜻밖에 세황도 동행할 뜻을 비쳤다. 산길이 험하여 힘들 것이라고 만류하는데도 굳이 함께 가겠다는 것이다. 이때 세황의 나이 76세였다.

9월 13일. 일행은 드디어 등정에 들어갔다. 마침 세황을 따라 함께 머물고 있던 넷째 아들 빈과 다섯째 아들 신도 따라붙었다. 모두 말을 타고 갔지만, 세황만은 노구여서 남여에 앉혔다.

가는 길에는 곳곳에 단풍잎이 울긋불긋하여 마치 비단병풍을 두른 것처럼 황홀했다. 그러나 깊은 산중이라 갑자기 기온이 내려갈 때는 눈발까지 내렸다. 세황이 추위를 견디기 힘든 눈치여서 일행이 모두 걱정하여, 그로 하여금 추위를 잊게 하는 방도를 찾아야 했다.

단원이 말에 앉은 채로 갑자기 피리를 불었다. 그러자 세황의 아들 신이 눈치 빠르게 퉁소를 뽑아 단원과 음을 맞추었다.

"어느 글에 '추위에 벌벌 떨면서도, 나를 알아주는 자 드물다고 큰소리 친다'고 했거늘, 나를 위해 억지로 피리를 연주하니 참으로 기쁘구먼."

"추위를 잊으시라는 뜻입니다."

"고맙구먼."

날이 저물어서야 장안사(長安寺)에 겨우 당도했다. 장안사는 역사가 깊은 명찰로, 금강산으로 들어가는 문호(門戶)여서 주위 산세와 계곡의 물소리가 매우 웅장했다. 너무 높아 산의 높이를 가늠할 수 없고, 위엄 있는 기운이 충만했다. 세황은 "마치 거인이 아무것에도 의지하지 않고 우뚝 서 있는 것 같다."고 표현했다.

그러나 사찰이 많이 훼손되어 다리가 무너지고, 누각은 볼품없이 퇴락했다. 게다가 중들까지 어디론가 흩어져 절이 텅 비어 쓸쓸했다. 일행은 법당 내 요사[1]에서 하룻밤 묵기로 했다.

다음 날 9월 15일. 일행은 혈망봉(穴望峰)을 구경하고, 오후에는 옥경대(玉鏡臺) 넓은 바위에 앉아 마치 거울자루가 경대 위에 꽂힌 듯이 우뚝 서 있는 명경대(明鏡臺)를 감상하자, 어느덧 해거름이 되었다. 일행은 정양사(正陽寺)를 거쳐 곧장 표훈사(表訓寺)로 가 하룻밤을 묵었다.

이튿날 일행이 원통암으로 떠날 때 세황은 피곤하여 아들 신과 표훈사에 그냥 머물렀고, 단원과 김응환은 밤중에야 돌아와 표훈사에서 하루 더 머물렀다.

9월 17일. 세황과 아들 일행은 회양 관아로 돌아갔으나, 단원과 김응환은 유점사(楡岾寺)까지 들렀다가 관아에서 합류하기로 하

---

1) 요사(寮舍) : 중들이 거처하는 방.

여 잠시 헤어졌다.

여정을 모두 마친 일행은 함께 둘러앉아 단원과 김응환이 사생한 백여 폭의 그림들을 감상했다. 세황이 그림을 낱낱이 살펴본 후에 "그림 하나하나가 고상하고 웅건하며 울창하고 빼어난 운치를 살리기도 하고, 아름답고 섬세하고 교묘한 형태를 극진히 하여, 과거에는 볼 수 없는 신필"이라고 극찬했다.

"겸재 정선과 현재 심사정도 〈금강산도〉를 몇 점 남겼지. 그러나 겸재는 평생 익힌 필법 하나 가지고 붓을 마음대로 휘둘렀어. 바위의 기세나 봉우리 형태를 불문하고 하나같이 열마준법으로 어지럽게 그렸으니, 모습대로 그렸다는 점에서는 말하기 어렵지. 현재는 겸재보다 다소 나으나, 역시 높은 식견과 넓은 안목이 부족해."

"하오나, 두 분의 화법은 후대에 길이 전해지지 않겠습니까?"

"그들 두 사람의 실경이 과장돼서 하는 말이야."

단원은 조선 예원의 총수격인 스승이 이같이 언급한 것에 적이 놀랐다. 아직까지는 진경산수화가 여전히 유행하고 있으나, 정선과 심사정의 영향이 서서히 쇠퇴해 가고 있는 화단의 양상을 대변한 것이라 생각할 수밖에 없었다.

단원과 김응환은 정조임금과 약속한 날짜에 맞추기 위해 부득이 먼저 상경할 수밖에 없었다. 세황은 두 사람을 전송한 다음, 회양에 계속 머물면서 〈풍악장유첩(楓嶽壯遊帖)〉 10폭과 〈피금정도

(披襟亭圖)〉를 서화로 남겼다.

〈풍악장유첩〉 10폭은 일곱 폭이 그림이고, 나머지 세 폭은 그림과 관계되는 시였다. 지본수묵화인 이들 그림은 〈백산(柏山)〉〈회양관아(淮陽官衙)〉〈학소대(鶴巢臺)〉〈죽서루(竹棲樓)〉 등이었다. 그리고 세 폭의 시제는 〈등헐성루(登歇惺樓)〉〈중구등회양의관령차두운(重九登淮陽義館嶺次杜韻)〉〈중양등의관령기(重陽登義館嶺記)〉 등이다.

46

기유년(1789) 12월, 세황이 금강산 유람을 마치고 서울로 돌아왔다. 마음 같아서는 회양에 계속 머물면서, 금강산을 더 둘러보고 그림도 더 남기고 싶었다. 그러나 정조임금이 '한성부 판윤'직을 다시 제수하는 바람에 급히 상경할 수밖에 없었다.

세황은 금강산 여행의 피로를 별로 느끼지 못할 만큼 좋은 건강을 유지하고 있었다. 그의 나이 이미 77세인데도 불구하고, 스스로 "근래에 상당히 건강하여, 조금도 병이 없고 간혹 거문고와 노래로 긴긴 해를 보내고 있다."고 할 만큼 유유자적했다.

그는 한가한 시간에 남산 기슭에 위치한 저택의 소나무와 참나무 사이를 거니는 것을 즐겼다.

그가 바람을 맞으며 수목 사이를 산책하는 동안, 백발이 휘날리는 모습을 사람들이 보고 "마치 하늘에서 학이 내려와 거니는 것 같다."고 했다. 정조임금까지도 말년의 세황의 모습을 "풍채가 고상하여, 늙은 신선도와 같다."고 표현했다.

세황이 안산에서 중년 시절을 보내면서, 자신의 모습을 "옹(翁)은 키가 작고 외모가 보잘 것이 없어서 모르는 사람은 그 속에 이러한 탁월한 지식과 견해가 있으리라는 것을 모르고, 만만히 보고 업신여기는 사람까지 있었지마는 그럴 적마다 빙긋이 웃고 말았다."고 자평한 것으로 보아, 그 시절에 심신이 얼마나 고달펐는지 짐작할 만한 것이었다.

그가 대지팡이에 짚신을 신고 들판을 거닐었던 만큼, 사람들이 그를 그저 촌로로 보았던 것이다. 시절이 어찌 변하였든, 늘 조용하고 매사를 담담하게 받아들이는 그의 성품은 한결같음을 알 수 있는 것이다.

마침 눈이 내리고 있어 세황은 방문을 활짝 열었다. 마치 발을 드리운 것처럼 쏟아지는 눈을 바라보며 새삼 단원을 그리워했다. 그가 지난 11월 초에 중국 연경으로 떠났다는 소식만 들어 더욱 궁금했다.

그는 청나라에 '진하 겸 사은사'로 떠나는 판중추부사 이성원(李性源)을 수행하는 자격으로 갔다.

단원이 수행원으로 따라붙게 된 것은 임금의 특별한 하명이 있었기 때문이다. 정조임금은 금년 7월에, 양주 배봉산에 있던 부친 사도세자의 묘소 영우원(永祐園)을 경기도 화성으로 옮기고, 현륭원(顯隆園)으로 개명했다. 그뿐만 아니라, 내년에는 원찰(願刹)인 용주사(龍珠寺)를 창건할 계획도 세워놓고 있었다.

정조는 용주사 대웅전에 들어갈 탱화 제작에 단원을 내정하여, 청나라 사찰과 연경의 천주당(天主堂) 벽화를 관찰토록 한 것이다.

현륭원이 들어앉은 화성은 팔백여 개의 산봉우리가 마치 꽃잎처럼 둘러싸여 있고, 용이 여의주를 희롱하는 모양이라, 조선 제일의 명당으로 꼽히고 있었다. 정조는 현륭원을 국왕의 위상에 준하는 치장을 하려고 온갖 정성을 다했다.

따라서 왕세자를 안장한 기존의 격식과는 다른 새로운 분묘격식을 갖추려고 했다. 그리하여 조선 최고의 조각가들을 동원하였고, 이들로 하여금 묘소를 둘러싼 병풍석을 세련된 조각기술로 집성토록 했다.

특히 현륭원에 세워진 문인석은 조각의 백미에 들었다. 언제나 아버지 옆에 있고 싶은 정조의 효심이 얼굴에 잘 드러난 조각품으로, 최고의 조각가 정우태(丁遇泰)를 특별히 불러 만든 것이다.

이처럼 사도세자의 한을 풀어주고 싶은 자식의 마음이 얼마나 애절하게 드러났는지를 충분히 짐작케 했다.

세황은 단원의 여정이 매우 고달플 것으로 예상하고 있었다. 세황이 회양에 머물고 있었던 금년 3월에, 정조임금이 단원과 김응환을 대마도(對馬島)로 보내 그곳 지도를 비밀히 그려오라고 했고, 다녀온 지 얼마 되지 않았기 때문이다.

대마도는 조선 남해와 일본 규슈(九州) 사이에 위치한 섬으로, 조선과 일본의 무역상들이 만나는 곳이었다. 그러던 중에, 일본의 곤궁한 백성들이 이곳으로 건너와 굴을 파거나 움막을 짓고 살기 시작했다.

그러나 토지가 워낙 좁고 척박하여 농사가 제대로 되지 않자, 고려 말부터 그들이 조선에 해산물로 조공을 바치고 그 대신 쌀·콩 등 곡물을 답례로 얻어가곤 했다.

흉년이 들어 식량사정이 극도로 악화되는 해에는, 아예 해적으로 돌변하여 조선의 해안지대를 습격하곤 했다.

근래에 와서도 왜구들이 대마도를 거점으로 하여, 조선 해역에 침투하는 사건이 자주 일어난다는 동래부사의 장계가 있었다. 이에 정조가 특별히 단원과 김응환을 보내, 그곳 지도를 비밀히 그려오도록 지시한 것이다.

그러나 그들이 부산포(釜山浦)에 당도했을 때, 김응환이 갑자기 병을 얻어 그만 객사하고 말았다. 결국 단원 혼자서 대마도를 다녀와야 했다. 그 여독이 미처 풀리기도 전에, 또 연경으로 떠난 것이다. 그가 11월에 떠났으니 아무래도 해가 바뀌어야 돌아올 것 같았다.

'단원한테 별일 없어야 하는데….'

세황은 잠시 근심을 잊은 생각으로, 그가 회양에서 그린 〈피금정도(披襟亭圖)〉를 다시 펴 보았다. 이것은 가로 세로 69.4X 126.7cm 크기로, 견본담채의 웅장한 능선 그림이다. '피금정'은 세황이 평소 가보고 싶었던 곳이라, 그림에다 그 사연을 화제로 써 넣었다.

> 내가 어릴 적부터 성(城)의 동쪽에 묘령(妙嶺)이 있다는 말을 듣고 마음 속으로 그리워하지 않은 적이 없었으며, 다만 세월이 지나가는 것을 유감으로 여겼다. 우연히 금성[1]의 피금정을 지나다가 강 언덕이 침침하고 고목들이 가지런한데 지나가는 수레를 잠깐 멈추니 석양이 나지막하다. 바빠서 미처 피금정에서 옷깃을 헤치고 앉지 못하고 뒷날의 약속으로 남겨 두고 짤막한 글을 쓰노라. 회양의 와치헌(臥治軒)에 와 앉아서 이 그림을 그린다.
>
> 〈을유년 가을 8월 표옹〉
>
> _ 변영섭, 같은 책, p.124에서 인용.

정조임금이 이 그림을 보고 싶다고 하여, 회양에서 그린 원본을 임금한테 바쳤다. 그래서 지금 가지고 있는 것은 필사본이었다.

세황이 집에 있으면 사람들이 찾아와 그림과 글씨 중에 무엇 하나라도 얻어가려고 해서 잠시도 편히 쉴 새가 없었다. 그래서

1) 금성(金城) : 현재의 철원군에 속함.

생각해 낸 것이 판각(板刻)이었다. 나무에다 새긴 것을 종이나 견본으로 찍어서 원하는 사람들에게 줄 생각이었다.

그래서 요즘에 새로 제작한 작품이 〈화죽팔폭입각우서팔절구(畵竹八幅入刻又書八絕句)〉 8폭이었다. 대나무 여덟 폭을 그려서 목판에 새기고, 또 절구(絕句) 여덟 수를 써서 함께 찍은 것이다. 이 가운데 제5수와 제6수를 보면 세황의 심정이 잘 드러나 있었다.

제5수
먹물 질펀하게 대나무를 그리고
대추와 배나무에 옮겨 새기느라고 몹시 힘을 들이네
각수(刻手)의 칼끝과 화가의 붓끝, 누가 신묘한가.
지팡이에 의지한 덕망 높은 사람이 자세히 품평하라.

〈대나무를 새기고 지은 8수 가운데 한 수. 기유년 봄에 표옹〉

제6수
사람들은 모두 세밀하고 번잡한 그림을 요구하지만
성품은 게으른데다 눈마저 어두우니 어찌 감당하랴
대나무 몇 가지를 치는 것도 견디지 못하여
판각으로 전하니 번거롭게 응수함을 면하려는 것이네.

〈대나무 8수를 새기고 지은 각각 절구 한 수를 지음. 기유년 봄에 표옹〉

_ 예술의 전당 발행, 〈표암 강세황〉 도판해설, p.365에서 인용.

이들 시에서 볼 수 있듯이, 사람들이 세황의 글씨를 받고자 얼마나 많이 몰려왔는지를 짐작할 만했다. 이때 세황의 나이 무려 78세였다. 기력도 쇠진했을 것이고, 시력 또한 좋을 리가 없었다.

그래도 사람들의 청을 거절하지 않고 이렇게라도 응한 것을 보면, 세황의 심성이 어떠했는지 알 만한 것이다.

47

단원이 연경에서 돌아온 것은 그 이듬해인 경술년(1790) 2월 중순이었다. 이때 정조는 용주사 건립을 위한 준비를 마치고, 곧 터 닦을 날 2월 19일만 기다리고 있었다.

후일 대웅전이 세워지면, 단원의 주관감동 하에 후불탱화(後佛幀畵)를 제작하도록 돼 있었다.

2월 19일 오시(午時), 드디어 용주사 터전에 첫삽을 꽂아 착공이 시작되었다. 건립에 드는 비용은 전국에서 시주 받은 8만 냥으로 충당했다.

3월에 들어서면서 단원이 기어코 몸져 눕고 말았다. 지병인 천식이 매우 심한 상태였다. 본인뿐만 아니라, 주위에서 모두가 걱정했던 일이었다. 불과 일 년 동안 그 먼 땅 대마도와 중국을 다녀왔으니 병이 날 만도 할 것이다.

젊은 사람도 아닌 마흔여섯의 나이에, 두 번의 장거리 여행은 누가 봐도 무리였다. 더구나 천식까지 있어 긴 여행은 삼가해야 할 처지였던 것이다.

단원이 병석에서 일어났다는 소식을 듣고 세황이 단원을 불러들였다. 그와 함께 그렸던 〈송하맹호도〉처럼 또 한 번 합작품을 만들자는 것이었다.

스승의 나이 이미 78세였다. 그가 제안한 것이 어떤 유의 그림인지는 모르나, 둘이 합작품을 남긴다는 것은 영광이고 의미 있는 일이었다. 그러나 팔순을 눈앞에 둔 노구로는 무리일 것 같아 걱정이 앞섰다.

"소생한테는 더 없는 영광입니다만, 어떤 소재를 생각하고 계시는지요?"

"화첩을 만들까 해. 이번 그림은 창작이 아니고, 옛 그림을 재생하는 작업이야. 노인들이 모여 가졌던 아회를 그리고 싶은데, 내 나이에 붓을 든다는 건 무리지 않은가. 그래서 단원을 부른 것이야."

세황이 말하는 아집도는 〈십노도상첩(十老圖像帖)〉을 말하는 것이다. 이 화첩은 특별한 유래를 가지고 있는 화집이다. 연산군 시절인 무오년(1498), 신숙주의 동생 신말주(申末舟)가 중국의 '향산구로지회(香山九老之會)'를 모방하여 자신의 집 귀래정(歸來亭)에서 덕망 있는 팔순 노인 아홉 명과 모임을 가졌다. 그리고 신말주 자신이 직접 글을 쓰고 그림을 그려, 이를 각각 한 본씩 나눠 가졌던 것이다.

이 그림들이 임진왜란 때 대부분 없어졌으나, 마침 어떤 노승이 신씨 8대손을 찾아와 이 그림 한 벌을 전해 주었다. 이것이 다시 10대손에게 전해진 것을 금년 7월 하순에, 그의 아들 신상렴(申尙濂)이 세황한테 보여주며 새로 한 본을 만들어 달라고 부탁했던 것이다.

"그림은 주로 단원이 그려야 할 터인데, 어떠한가?"

"소생은 선생님 뜻에 따를 것입니다."

그래서 세황이 발문과 아집의 머릿그림을 맡고, 단원은 참석한 노인들의 다양한 행색을 지본수묵으로 화폭에 담았다.

이들 중에 〈신말주고사도(申末舟故事圖)〉는 주인공인 신말주가 정원에 놓인 탁자에다 팔꿈치를 대고 앉아서, 두 여인으로부터 차와 음식을 대접 받고 있는 장면이다.

〈장조평고사도(張肇平故事圖)〉는 소나무 아래에서 주인공이 두 여인의 대접을 기다리고, 〈이윤철고사도(李允哲故事圖)〉는 주인공 홀로 소나무 아래에 앉아 사색에 잠겨 있는 모습이다.

그리고 이들 주인공들의 성품을 묘사한 칠언절구를 그림들 왼쪽 혹은 오른쪽에다 행서체로 써넣었다.

단원은 〈십노도상〉에서 필선을 여리고 약하게 처리했다. 이는 자신의 고유 필선을 접어두고, 되도록 신말주의 원화에 충실을 기하려고 애썼다. 세황은 발문에서, 단원의 솜씨를 들어 '역가위회사중신수(亦可謂繪事中神手) 즉 역시 그림 그리는 일 중에 과연 신의 손이다'라고 극찬을 아끼지 않았다.

작업을 마친 세황과 단원은 술상을 앞에 놓고 잠시 한담을 나눴다. 얘기는 주로 연경에 가서 보고 느낀 것들이고, 그 중에서도 특히 천주당의 벽화에 관한 얘기가 많았다.

"선생님께서 연경에 가셨을 때는 미처 천주당에 들르지 못했다고 하셨습니다."

"지금도 나는 그것이 마음에 걸리는구먼. 단원이 보기에, 천주당에 그린 서양 그림들이 어떠하던가."

"처음 보는 기법들이라, 매우 신기하고 놀랐을 뿐입니다."

이때는 중국이 이미 '사면척량화법(四面尺量畵法)'과 같은 서양의 명암 화법을 받아들이고 있었다. 연경의 천주교회에 성모마리아가 아기예수를 안고 있는 성모자(聖母子)를 벽화로 장식해 놓고 있었던 것이다.

단원은 지금껏 벽화에서 받은 충격에서 깨어나지 못하고 있었다. 단원이 보기에는 필선이 다소 거칠고 허술했다. 그러나 성모와 천사들의 이목구비와 살결, 심지어 힘줄까지 드러낸 사실성에 놀란 것이다.

"마치 인물들이 숨을 쉬며 꿈틀거리듯이, 음과 양이 잘 어우러져 있었습니다. 그뿐만 아니라, 밝고 어두운 곳을 자연스럽게 표현한 솜씨에는 그저 놀라울 뿐이었습니다."

"단원이 그토록 감동했다니, 더욱 궁금하구먼."

"천정 그림에서는 어린 동자(천사)들이 오색 구름 속에서 자유롭게 뛰놀고 있었는데, 피부를 만져 보면 금세 온기가 느껴질 것만 같았습니다. 게다가 팔뚝이며 종아리에 살이 통통하게 붙어서, 인물마다 생동감이 넘쳐 있었습니다."

"상감께서 단원을 연경에 보내신 것도 용주사의 후불탱화에서 그 점을 기대하셨던 게야. 그러나 중국이나 조선의 안료(顔料)를 가지고는 그렇게 표현하기 어렵지."

그건 사실이었다. 석가모니불과 아미타불, 삼세여래, 보살, 사천왕 등을 보다 생동감 있게 드러낼 수 있는 서양의 음양법을 정조가 기대했던 것이다.

경술년(1790)으로 해가 바뀌자, 정조임금이 세황한테 정헌대부[1]를 내려 지중추에 제수했다.

세황이 61세가 되던 계사년(1773)에 생애 처음으로 '영릉 참봉'이라는 벼슬을 제수 받은 이후 78세가 된 지금까지 관직에서 물러난 적이 없었다.

이는 영조대왕과 정조임금의 총애가 있었고, 할아버지 강백년과 아버지 강현의 음덕도 있었던 것이다.

---

1) 정헌대부(正憲大夫) : 문무관의 정2품 품계.

그뿐만 아니라, 세황 자신이 항상 겸허한 생활철학으로 일관해 왔기 때문에 어느 누구도 감히 시기하거나 모함할 수가 없었을 것이다.

세황은 작년에 이어 금년에도 많은 서화 작품과 화평을 남겨, 나이를 무색케 하는 노익장을 과시했다. 서화 〈난죽도(蘭竹圖)〉, 〈묵죽(墨竹)〉 6폭과 같은 묵죽 그림의 8폭 병풍, 〈송정한담도(松亭閑談圖)〉, 그리고 단원의 〈선면산수인물도(扇面山水人物圖)〉에 대한 화평 등이다.

〈난죽도〉는 가로 세로 283.7X39.3cm 크기의 지본수묵화로, 대나무와 괴석과 난을 소재로 한 것이다. 화폭 중앙에 대나무를, 좌우로 석죽과 석란을 배치하여 균형적인 구도를 시도했다. 중앙의 대나무와 왼쪽 석죽까지 대나무로 치우친 점을 감안하여, 오른쪽 석란의 난잎을 크고 길게 뻗쳐 놓음으로써 소재의 균형도 맞추고 있었다.

〈묵죽〉 6폭과 8폭 병풍의 소재는 대나무와 석죽으로 일관된 그림이고, 〈송정한담도〉는 얼마 전에 세황의 부탁을 받아 단원이 그린 〈십노도상첩〉에 들어가 있는 작품이다.

〈송정한담도〉는 가로 세로 28.9X33.3cm 크기의 지본수묵화로, 노송이 있는 정자에 노인들이 앉아서 한담을 즐기고 있는 장면을 소재로 했다. 세황은 〈십노도상첩〉을 만들면서 '십노도상도'와의 인연을 서문에다 상세히 밝혔고, 이 서문에 이어 〈송정한

담도〉를 붙인 것이다. 그리고 〈십노도상도〉 뒤에다 발문을 썼다.

십노도상은 곧 찰방(察訪) 김홍도가 모사한 것이다. 그렇게 공들이지 않고 그렸으나 본래의 면목을 잃지 아니하였으니 화가로서의 신수(神手)라고 할 수 있다.

〈경술추일(庚戌秋日) 표옹〉

48

호사다마라고 했던가.

세황이 신해년(1791) 벽두부터 뜻밖의 충격에 휩싸였다. 회양부사로 가 있던 큰아들 인이 갑자기 죽은 것이다.

지난 무신년(1788)에 금강산 유람을 위해서 회양에 갔었던 세황이 이듬해까지 있는 동안 아들한테 아무 일도 없었다. 그때 마침 세황이 한성판윤이 되어 서울로 돌아왔다.

그러고는 편안한 마음으로 그림 제작에 몰두하고 있었던 것이다. 그러는 동안 인한테는 엄청난 시련이 있었던 것 같았다. 아들한테 그런 일이 있을 것으로 어찌 상상이나 했겠는가.

후에 세황이 알아본 바에 의하면 인이 모종의 부정사건에 연루되었다는 것이다. 세황으로서는 좀처럼 믿어지지 않는 일이었다. 자식이 부정한 짓을 했다니….

세황한테 전해진 얘기로는 인이 뇌물을 받았고, 이를 관찰사가 알고 사헌부에 장계를 올렸던 것이다. 사헌부는 관리들의 비행을 조사하여 그 책임을 묻는 곳이다.

세황이 대충 전해 들은 장계의 내용은 "회양부사 강인이 그곳 토호들로부터 뇌물을 받고 토지세를 탕감하는가 하면, 장사치나 농민들한테 멋대로 명목을 붙여 강제로 징세하여 그들을 도탄에 빠뜨렸고, 토호들과 밤낮으로 어울려 주지육림의 향연을 수시로 열어 공무를 도외시 했다."는 것이다.

장계를 접수한 사헌부에서 균전사(均田使)를 회양에 급파하기에 이르렀다. 균전사란 백성들의 부담을 공평하게 할 목적으로, 지방 관리들의 실정을 살피거나 토지의 등급을 다시 사정하기 위해서 지방에 파견하던 어사(御使)다.

균전사의 권한이 막강하여 자기가 맡은 도의 수령이 범죄를 문초할 때 수령이 당하관일 경우에는 직접 단죄하고, 당상관일 경우에는 왕에게 보고하여 처단토록 했다.

회양부사는 종3품의 도호부사로 당상관이다. 결국 정조임금한테 이 사실이 보고되었고, 인은 함경도 변방으로 유배된 것이다. 인이 균전사에게 사실이 아니라고 결백을 주장하였으나 끝내 받아들이지 않았다.

사건의 전말을 알게 된 세황도 자식의 결백을 믿고 싶었다. 그러나 이미 왕명이 떨어진 뒤라 이를 번복시킬 수는 없었다.

세황은 그 즉시 지중추 자리에서 스스로 물러났다. 그러고는 인의 아들 이벽을 유배지로 보내 자세한 사정을 알아오게 했다.

그러나 이벽이 가져온 소식은 아비의 부음과 그가 죽기 전에 세황한테 쓴 편지뿐이었다. 편지는 자신의 결백과 관찰사의 음해가 있었음을 피력한 것이었다.

삼가 아버님께 올리나이다.

가문의 명예를 더럽힌 불효막심한 소자한테 입이 있다 한들 어찌 세 치 혀를 놀릴 수 있겠습니까. 하오나, 아버님께 소자의 진실만은 아뢰지 않을 수 없어, 감히 붓을 들었나이다.

아버님.

소자는 어릴 때부터 지금까지, 평생을 오로지 정직 청렴으로만 살아오신 아버님을 우러르며 살았나이다.

그러한 소자가 어찌 가문과 아버님의 명예를 더럽힐 생각을 하였겠습니까. 소자, 조상님과 아버님께 누가 될 일은 결코 하지 않았음을 천지신명께 맹세하나이다.

금번 일의 전말은 결과적으로 소자가 부덕한 소치로 인하여 발생한 것임을 담박한 마음으로 아뢰나이다.

지난 시월 상달에 토호 중에 박만국이라는 자가 소자를 찾아와 토지세 탕감을 전제로 거금을 제시한 적이 있었습니다. 소자는 그 자리에서 호통을 쳐 물리쳤습니다.

소자한테 무슨 욕심이 있어, 그런 비천(鄙淺)한 자의 제의를 받아들이겠습니까. 맹세코 아니옵니다.

그 후로도 몇몇 토호들이 소자를 기생방으로 초빙코자 하였습니다. 소자는 일언지하에 거절하고 그 자들을 엄히 꾸짖었음은 물론이고, 오히려 체납한 세금을 한 푼도 감하지 않고 엄히 전액을 납부케 하였습니다.

그러자 그 자들이 작당하여, 소자가 그 자들이 제시한 거금만 받아 챙긴 다음 세금을 과다하게 부과했다는 허위 고발문을 지어 관찰사에게 올린 것이옵니다.

관찰사 김병무는 소자한테 소명 기회조차 주지 않고, 토호들의 말만 듣고 장계를 올린 것으로 아옵니다.

균전사한테도 소자의 결백을 주장하였으나, 그 자 역시 관찰사 말만 믿고 소자를 이 지경으로 몰았던 것입니다.

그리고 장사치나 농민들한테 강제로 징세한 적이 한 번도 없었습니다. 오히려 가뭄과 흉년으로 굶주리는 백성들에게 관곡을 풀어 죽을 쒀서 마음을 위로했을 뿐입니다.

아버님.

이미 지엄하신 상감마마의 영이 떨어져 유배돼 있는 몸으로, 억울하고 참담한 심정을 하소연할 길조차 완전히 끊어져, 수지오지자웅[1]의 처지가 되었나이다.

아버님.

아버님만이라도 이 소자의 결백함을 믿어주시기 앙망할 뿐이옵니다. 소자는 이제 죄인의 사슬에서 벗어날 길이 없는 처지가 되었습니다.

---

1) 수지오지자웅(誰知烏之雌雄) : 까마귀의 암수를 분간 못하듯이, 옳고 그름을 가릴 수 없다는 뜻.

이것만으로도 소자는 조상님과 아버님께 씻을 수 없는 죄인이옵니다.

아버님.

소자, 이제 무엇을 더 바라고 목숨을 부지하겠습니까. 부질없는 헛된 욕심일 뿐입니다. 차라리 스스로 목숨을 끊는 것만이 소자의 결백을 만천하에 펴고 누명을 벗는 길인 줄로 아옵니다. 이 길만이 조상님과 아버님께 불효를 씻고, 후손들에게 떳떳하고 의연한 모습을 남기는 것으로 아옵니다.

아버님.

불효자 인을 크게 꾸짖으시고, 용서하여 주시기를 다시 한 번 앙망하나이다. 부디 옥체 보전하옵소서.

〈신해년 정월 초여드레. 불효자 인이 삼가 올리나이다.〉

세황은 아들의 편지를 손에서 내려놓지도 못하고 망연자실한 채 그저 천정만 올려보았다. 너무 기가 막혀서 눈물조차 나오지 않았다. 인이 오죽했으면 스스로 목숨을 끊어 결백을 호소했을까를 생각하면 불쌍한 마음부터 드는 것이었다.

'우리 가문에, 어쩌다 이런 일이…. 이제 무슨 면목으로 조상을 뵙는다는 말인가.'

세황이 말없이 일어나더니 갑자기 행장을 꾸리기 시작했다. 셋째 아들 관이 영문을 몰라 세황한테 물었다.

"아버님, 어디 가십니까? 바깥 날씨가 매우 춥습니다."

"내 다녀올 곳이 있으니, 너희는 더 알려고 하지 말거라."

"그러면 소자들 중에 누구라도 데리고 가십시오. 눈이 얼어서, 빙판길입니다."

"내가 알아서 조심할 것이니, 누구도 따르지 말거라."

"아버님…."

"할아버님…."

세 아들 관과 빈과 신과 그리고 손자들이 앞을 가로막으려고 하자, 세황이 눈을 부릅떠 크게 꾸짖었다. 그 표정이 하도 엄하여 차마 더는 말을 붙일 수가 없었다.

남바위를 깊이 눌러쓴 세황은 목도리를 챙겨 들고 대문을 나섰다. 그를 따라붙은 것은 하인 박 서방과 나귀뿐이었다. 세 아들과 며느리들과 손자들이 그의 뒤를 따라붙지 못해 안달하며 발만 동동 굴렀다.

정월 중순의 날씨는 형언할 수 없을 만큼 추웠다. 집을 나선지 얼마 되지 않았는데도, 벌써 손과 발이 얼기 시작했다. 길도 이미 빙판이 되어 나귀가 건듯하면 미끄러졌다.

바람이 불 때마다 눈가루까지 몰고 와, 얼굴을 할퀼 때는 꼭 유릿가루가 박히는 것 같았다. 나귀도 바람이 버거웠던지 대가리를 흔들며 거친 숨을 쉭쉭 내뿜었다.

49

세황이 당도한 곳은 아버지 강현이 묻혀 있는 충청도 천원 땅[1]이었다. 여기까지 오는 데 사흘이나 걸렸다. 날씨도 추운데다가, 도중에 눈이 자주 쏟아진 탓이었다. 하인과 나귀의 무릎도리까지 눈에 파묻혀 도저히 걸음을 내디딜 수가 없었다. 그때마다 객사에서 잠시 머물러야 했다.

세황한테 기어이 고뿔이 찾아왔다. 원인을 따질 것도 없이 오직 추위 탓이었다. 살을 도려낼 듯이 매서운 눈바람이 옷의 틈새마다 비집고 들어와 뼛골까지 얼려놓았다.

---

1) 충남 천원군(天原郡) 풍세면(豊歲面) 풍서리(豊西里). 천원군은 지금의 천안시에 흡수되었음.

가는 도중에 박 서방이 세황의 파리한 안색을 살피며 강행이 무리라고 했다. 세황의 심중을 헤아리지 못하는 하인으로서는 당연한 만류였다.

"대감마님. 옥체 상하실까, 쇤네 심히 염려되옵니다. 객사에서 며칠 쉬었다 가심이 좋을 듯싶습니다."

"그럴 수 없느니라. 박 서방도 힘이 들겠지만, 그저 따르거라."

"쇤네는 오로지 대감마님의 옥체를 걱정할 뿐이옵니다."

세황은 그저 고개만 끄덕일 뿐 정한 방향만 바라보았다. 하인의 충정 쯤 귀담아 들을 수가 없었던 것이다.

묘소가 있는 산자락이 희미하게 보이는 풍서리(豊西里) 초입에 들어서면서 세황은 가슴이 뛰고 한숨이 절로 나왔다. 불민한 자식으로 인해서 가문에 누를 끼친 죄를 아버지한테 어떤 말로 고해야 할지 정신이 아득했다.

세황은 박 서방과 나귀를 마을 어귀에서 기다리게 하고 묘소를 향해 혼자 올라갔다. 골짜기를 타고 내려오는 바람이 숨을 턱턱 막히게 하였고, 무릎까지 빠질 만큼 쌓인 눈이 자주 걸음을 막았다.

중간중간에 쓰러지기를 여러 차례 거듭하면서 간신히 묘소 앞에 이르렀다. 봉분에 눈이 소복히 쌓여 근처의 둔덕과 구분하기 어려울 지경이었다. 봉분뿐만 아니라 묘비와 상석도 눈을 하얗게 쓰고 있었다.

이때 신기하게도 시커먼 구름장이 조금씩 걷히기 시작했다.

그러더니 밝은 햇살이 유독 봉분에만 하얗게 비추는 것이었다. 마치 아버지가 내내 누워 있다가, 아들이 온 것을 알고 문을 활짝 열어놓는 것 같았다.

세황은 그만 놀라서 봉분에 몸을 반나마 엎드려 황급히 눈을 쓸어내기 시작했다. 마치 대문 앞까지 마중 나올 아버지로 하여금 눈을 밟지 못하도록 치우는 마음이었다.

묘비와 상석의 눈까지 말끔하게 치운 세황이 비로소 아버지 앞에 무릎을 꿇었다. 지레 눈물부터 쏟아졌다.

"불효자 세황이 아버님께 삼가 아뢸 말씀이 있어 왔나이다. 먼 듯하면서도 늘 가까이 계시면서 소자의 만사를 지켜보시는 아버님께 불효를 아뢰자니, 차마 입을 열 수가 없나이다. 입이 열이라도 언감생심 무슨 말씀을 아뢰겠습니까마는, '자식 둔 부모는 알을 둔 새와 같다'[1]는 말뜻을 이토록 뼈저리게 느낀 적이 없는 듯하옵니다. 아버님의 덕망과 유업을 이어받지 못한 불초를 이제 소자의 자식놈한테까지 이어진 패덕을 아뢰자니, 눈물이 앞서 망무두서[2]조차 고할 수가 없나이다.

소자의 자식놈 인이 회양부사로 있으면서 녹봉을 받아 먹는 처지에 있음에도 부정한 일에 연루되어 유배까지 당하고, 낙명(落命)하기에까지 이르렀으니, 아버님께 어떤 말씀으로 변명하겠나이까. 자식놈은 결백을 호소하며 구구한 변명을 늘어놓았지만, 그

---

1) 부모는 항상 자식의 신변을 걱정한다는 말.
2) 망무두서(茫無頭緖) : 정신이 아득하여, 아무 두서가 없음.

또한 부덕의 소치로 얻은 자업자득인가 하옵니다.

이같이 망덕한 일을 아버님께 아뢰는 마음으로는 소자가 '기로소'에 든 영광이 비로소 부끄러워 차마 고개를 들 수 없나이다. 일찍이 할아버님과 아버님께서 득하신 기로소의 명예에 흠집만 내고 말았으니, 이 죄 값을 어찌 치르면 좋을지 그저 정신이 아득할 뿐이옵니다.

아버님. 조상님과 아버님의 음덕조차 소중히 지키지 못한 이 불초자제를 엄히 꾸짖으시옵소서. 이 말씀밖에는 더 올릴 언구(言句)를 찾지 못하겠나이다.

아버님. 불초자가 이제 아버님께 하직인사 올리나이다. 불효막심한 이 소자를 부디 잊으시옵고, 천상에서 편히 만세하시옵소서."

세황이 통곡하며 배례했다. 그러자 지금까지 밝게 비추던 햇살이 흔적까지 걷어가 구름 속으로 숨어버리는 것이었다. 세황은 이를 아버지가 다시 문을 닫고 들어간 것임을 깨닫고는, 서 있던 몸이 스스르 무너지고 말았다.

주인이 산소에 너무 오래 있다 싶었던 박 서방이 걱정스러운 마음으로 올라왔다가, 마침 쓰러져 있는 세황을 발견했다.

"어이쿠, 대감마님."

박 서방이 세황의 어깨를 흔들었으나 이미 혼절한 뒤였다. 몸이 거의 반송장으로 굳어 있었다.

"대감마님, 여기서 돌아가시면 안 됩니다요."

박 서방이 세황을 들쳐업고는 서둘러 언덕에서 내려왔다. 그는 세황을 우선 객사에다 눕히고 아랫목부터 뜨겁게 달궜다. 그러고는 그 길로 의원한테 달려갔다.

가까스로 서울로 돌아온 세황이 기어이 자리 보전에 들어갔다. 79세의 노구에, 엄동설한을 무릅쓰고 이백 리가 넘는 길을 떠난 것 자체부터 무리였다. 객사하지 않은 것만도 천만다행이었다. 만약 하인이 따라붙지 않았더라면, 틀림없이 아버지 무덤 앞에서 동사하고 말았을 것이다.

천원에서 돌아온 지 사흘이 됐는데도 일어나 앉기는커녕, 눈도 제대로 뜨지 못하고 숨만 겨우 내쉴 뿐이었다. 아들 셋과 손자들이 사흘 낮밤을 꼼짝 않고 지키고 있었다.

의원 말로는 몸에 박혔던 얼음이 채 빠지지 않아, 피가 제대로 돌지 않은 탓이라고만 했다. 중병은 아닌 것 같다는 것이다. 그러나 아들 셋은 차마 마음을 놓을 수가 없었다. 세황이 원체 연로한 나이인 데다가, 이번처럼 오래 앓은 적이 없어 더욱 불안했던 것이다.

넷째 빈이 형 관을 밖으로 따로 불러내 조심스럽게 입을 열었다.

"아무래도 제 예감이 좋지 않습니다만, 형님 생각은 어떠십니까?"

"예감이 좋지 않다면, 아버님께서 돌아가시기라도 한다는 말인가?"

"자꾸 불안해서 그러는 것입니다. 만일을 생각해서, 미리 마음의 준비를 하는 게 어떨까 싶습니다."

"아버님은 절대 돌아가시지 않을 것이니, 염려하지 말게."

"형님 뜻이 정 그러시다면야…."

그러나 빈의 예감이 전혀 틀린 게 아니었다. 그날 술시(戌時)에 즈음하여, 세황이 갑자기 셋째 아들 관을 향해서 손을 젓는 것이었다. 가까이 오라는 뜻이었다.

비로소 의식이 돌아왔는가 싶어, 아내와 아들들과 손자들의 얼굴에 안도의 화색이 돌기 시작했다.

세황이 입술을 달싹거려, 관이 아버지 입에 귀를 바싹 붙였다. 뜻밖에 종이와 붓을 가져오라는 것이었다. 관이 영문도 모른 채 종이와 먹물을 묻힌 붓을 들고서 다음 지시를 기다렸다.

세황이 다시 손짓하여 자신을 일으켜 앉히라고 했다. 궁금한 낯으로 다가가 그를 조심스럽게 앉혔다. 막내 신이 아버지가 뒤로 넘어가지 않도록 등을 받쳤다.

세황이 숨을 길게 몰아쉬더니 잠시 눈을 감았다. 무엇인가를 생각하는 모습이었다. 그를 지켜보는 가족들 모두가 숨을 죽이고 있었다.

그로부터 시간이 조금 흘렀다 싶을 때 세황이 붓을 달라고 했다. 관이 그의 손에 붓을 쥐어주고는 종이를 앞으로 당겨 놓았다.

빈이 서둘러 방에 불 하나를 더 밝혔다.

잠시 후 세황이 붓 끝을 종이에 내려놓는가 싶더니, 천천히 획을 긋기 시작했다. 획이 이어질 때마다 붓 끝에 힘이 들어가 있는 듯했다. 어떤 깊은 깨달음을 쓰겠다는 의지를 역력하게 엿볼 수 있었다.

蒼松不老 鶴鹿齊鳴

세황은 딱 이 여덟 자만 쓰고는 다시 눕겠다는 뜻을 비쳤다. 아버지의 등을 받치고 있던 신이 조심스럽게 그를 자리에 눕혔다. 세황은 잠이 오는 듯 이내 눈에 풀칠을 했다.

아들 셋과 손자들의 눈이 온통 이 여덟 자에 몰려 있었다. 신이 관에게 뜻을 물었다.

"창송불로 학록제명이라…. 어떻게 풀이하는 게 옳습니까?"

"쓰신 대로 풀이하면 '푸른 소나무는 늙지 않고, 학과 사슴이 일제히 운다.'이겠구나."

"아버님께서는 무슨 뜻으로 쓰신 걸까요?"

"글쎄…. 나도 그 뜻을 생각하는 중이니, 아버님께서 잠에서 깨어나시면 여쭙기로 하자."

그러나 세황은 끝내 눈을 뜨지 않았다.

신해년(1791) 1월 23일 술시에, 조선의 시·서·화 삼절이고 예원의 총수인 표암 강세황이 뜻모를 이 여덟 글자만 남긴 채, 이 세상과 하직한 것이다.

이로써, 표암 강세황은 생애 79년 동안의 끔찍한 치욕과 오랜 빈곤과 온갖 영화를 훌훌 털어버려, '공수래공수거(空手來空手去)'의 참뜻을 몸소 보여준 셈이었다.

- 끝 -

소설을 마치며

나는 이 소설을 탈고하자마자, 표암의 묘소를 찾아 곧장 충북 진천으로 내려갔다. 묘소는 군내 문백면 도하리 상대음에 있었다.

실은 이 소설을 쓰기 전에 묘소부터 찾으려고 했었다. 그러나 표암과 그의 예술 세계를 깊이 안 후에 찾는 것이 더 의미가 있을 것 같아서 비로소 온 것이다.

이미 가을에 깊이 들어와 있는데도 한낮이라 날씨가 더웠다. 나는 표암의 후손인 강태우 씨한테 전화를 걸어 표암의 신도비(神道碑)가 있는 곳부터 안내 받았다. 강태수 씨는 여묘살이를 하듯 표암의 묘소 옆에서 50여 년을 살고 있었다.

마을 가옥들은 높지 않은 산자락에 옹기종기 모여 있었고, 매우 깨끗하고 조용했다. '생거진천 사후용인'[1]이라는 의미를 새삼 생각하게 했다.

표암 신도비의 비신(碑身)은 귀부[2] 위에 올라가 있었고, 비신에는 가첨석[3] 대신에 이수[4]가 얹혀 있었다.

---

1) 생거진천 사후용인(生居鎭川 死後龍仁) : 생전에는 진천에서 살고, 죽은 후에는 용인으로 간다는 의미로, 그만큼 진천이 살기 좋은 곳이라는 뜻.

2) 귀부(龜趺) : 거북 형상으로 만든 비석의 받침돌.

3) 가첨석(加檐石) : 비석 위에 지붕 모양으로 덮어 얹는 돌.

4) 이수(螭首) : 비석 머리에 뿔 없는 용이 서린 모양을 아로새긴 형상.

나는 이미 진주 강씨 세보(世譜)에서 신도비 내용을 읽었으나, 실물을 대하니 새삼 감회가 깊었다. 마침 이 비문을 대학 은사였던 이가원(李家源) 선생께서 지으셨기 때문에 더욱 뜻 깊었다.

비문은 《표암유고》와 표암의 넷째 아들 빈이 기록한 행적 등에서 주요 부분을 추리고 다듬어 지은 것이다. 이가원 선생께서 평소 표암의 서법과 화풍을 부러워하고 찬탄하였음을 밝힌 터라, 유려하게 흘러 이어지는 비문의 서체 역시 문장만큼이나 빛났다.

나는 신도비에서 물러나와 곧장 묘소로 발길을 돌렸다. 묘소는 야트막한 산자락 양지바른 곳에 오롯이 자리 잡고 있었다. 봉분 주위를 곡장[1] 대신에 둔덕으로 빙 둘러쳤고, 여느 묘소처럼 상석과 향로석과 그 양 옆으로 한 쌍의 동자석[2]이 지키고 있었고, 두 개의 망주[3]도 있었다.

나는 동자석을 보면서 하나는 장남 인이고, 또 하나는 둘째 흔이거나 셋째 관이거나, 아니면 넷째 빈일 수도 있다고 생각했다. 이도 저도 아니면 늦둥이로 태어난 신일 수도 있고.

---

1) 곡장(曲墻) : 무덤 주위에 둘러 쌓은 나지막한 담장.
2) 동자석(童子石) : 동자의 형상으로 만들어서 무덤 앞에 세우는 돌.
3) 망주(望柱) : 무덤 앞 양쪽에 세우는 한 쌍의 돌기둥.

정조임금이 뒤주에 갇혀 죽은 아버지 사도세자를 그리워한 나머지 문석(文石)의 모습으로 수 세기가 흐른 지금껏 능을 지키고 있는 효심을 생각하자, 표암의 묘소 역시 다섯 아들들이 서로 아버지를 모시고 싶었을 것 같았다.

게다가 묘소 바로 위에 표암의 백부(伯父) 강계년(姜桂年) 부부의 쌍분이 있고, 그 옆에 표암의 장자 인과 장손 이벽의 납골함이 있었다. 결국 4대가 한 자리에 모여 있어, 그들의 영혼이 매일 만나 담소할 것을 생각하니 사후에도 결코 외로울 일이 없을 것 같아 내 마음 역시 흐뭇했다.

나는 정갈하게 다듬어진 봉분 앞으로 다가가 미리 준비한 맑은 술을 올려 참배하고, 당신을 찾아온 이유를 고했다.

이때 호랑나비 대여섯 마리가 묘소 주위를 맴돌았다. 더 신기한 것은 그 중의 한 마리가 표암한테 올린 술잔에 사뿐히 내려앉는 것이었다. 거짓말 같지만 사실이다.

순간, 나는 '표암 선생이 내가 올린 술을 드시는구나' 하고 생각했다. 사람의 영혼이 때로는 나비가 되어 나타난다는 전설이 떠올랐기 때문이다.

나는 잠시 묘소 앞에 앉아서, 표암의 고영(枯榮)했던 삶과 그런 중에도 치열했던 예술 정신을 되짚으면서, 나도 모르게 한숨을 내쉬었다. 새삼스럽기는 하지만, 그것이 어떤 형태이든 인생이란 결코 단순할 수 없음을 또 한 번 깨닫게 한 것이다.

그러면서 한편으로는 단원 김홍도, 혜원 신윤복, 오원 장승업, 그리고 칠칠 최북의 삶까지 돌아보게 했다. 사대부 집안의 표암과는 달리 그들은 중인 출신이라 족보도 없고, 그래서 후손도 알아볼 길이 없는 형편이다.

그러다 보니 그들의 무덤이 있을 리 없고, 언감생심 신도비는 생각조차 할 수가 없는 것이다. 이들을 소설의 인물로 등재했던 작가의 한 사람으로서 나 역시 안타까웠다.

나는 언덕을 내려오면서 표암의 묘소를 다시 돌아보았다. 다시 온다는 보장이 없어 회한의 마음으로 돌아섰다. 문득 시조 한 수가 떠올랐다.

> 백일(白日)은 서산에 들고 황하는 동해로 들고
> 고금 영웅은 북망(北邙)으로 든단 말가
> 두어라 물유성쇠(物有盛衰)니 한할 줄이 있으랴

현정승집도

지상편도

도산도

송도기행첩

풍악장유첩

송하맹호도

정선 산수도

현정승집도(玄亭勝集圖)

《현정승집도권》 중 부분. 1747년 초복날, 강세황과 그의 친구들은 진주 유씨 대종가의 서재였던 유경종의 청문당(淸聞堂)에서 모였다. 현재 청문당은 경기도 안산시 상곡동에 남아있으며 경기도문화재자료 45호로 등록되어 있다. 강세황은 유경종의 부탁으로 청문당 아회를 그 자리에서 간략하게 그렸고 작품 제목을 [현정승집도(玄亭勝集圖)]라고 했다. 강세황의 그림에는 금기서화(거문고, 바둑, 그림, 글씨)를 즐기는 아회인이 등장한다. 댓돌에는 땋은 머리를 한 시동 '귀남'이도 서 있다. 유경종의 기록과 일치한다. 문인의 자유로운 모임과 예술의 장인 아회가 강세황에 의해 시서화로 재현된 것이다.

1747년 | 종이에 담채 | 개인 소장

지상편도(池上篇圖)

1748년에 친구인 유경용을 위하여 그린 작품이다. 이 그림에서는 건물이나 난간 등의 윤곽선을 그릴 때 붓을 들었다 떼었다 하면서 꼬불꼬불 그어진 선이 특징적이다. 격조있게 꾸며놓은 중국식의 정원에 작은 배를 띄울 수 있는 연못이 있고 집채만한 태호석도 눈에 띈다. 조용히 마당을 쓸고있는 하인들과 한적하게 노닐고 있는 학의 모습 뒤에는 집 주인이 느긋하게 앉아서 연못을 바라보고 있다. 나무숲에 파묻힌 건물의 지붕선이 강하게 살아있다. 특히 다른 경물은 대부분 묵빛으로 처리한 반면에, 숲은 맑은 담채로 산뜻하게 채색하여 화면전체에 생동감과 청신함을 부여하고 있다.

1748년 | 종이에 담채 | 20.3 x 237 cm | 개인 소장

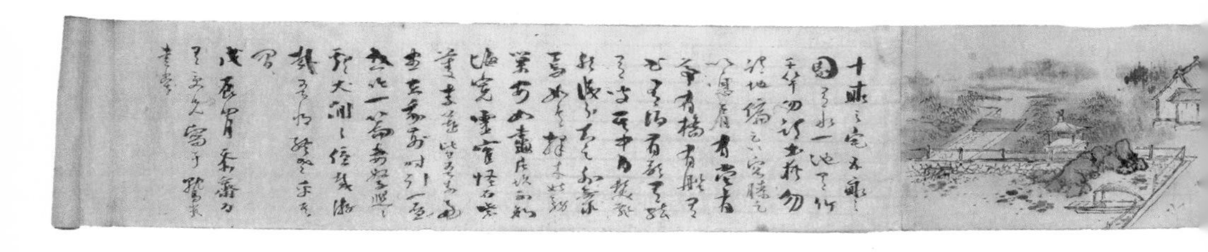

池上篇圖

도산도 (陶山圖)

강세황이 병석에 누워 있던 성호 이익 선생의 부탁을 받고 그가 소장한 필자미상의 구본을 보고 도산서원 주위의 경치를 그린 작품이다. 이 그림에 대하여 스스로 쓴 화제가 함께 전한다. 그 화제에 "그림 중에 산수화 그리기가 어렵고, 또 진경은 닮게 그리기가 어려우며, 특히 우리나라 실경은 실제와 다른 것을 숨기기 어렵기 때문에 가장 그리기 어렵다"는 내용이 있어 그의 진경관을 알 수 있다.

1751년 | 종이에 담채 | 26.5×138.0cm | 국립중앙박물관 소장

宜仁村

송도기행첩 (松都紀行帖)

〈송도기행첩〉은 송도(현 개성)와 북쪽의 천마산, 성거산, 오관산 등의 명승지를 여행하고 그린 화첩으로 그의 실경산수화 중 대표작으로 꼽힌다. 그림 16장면과 글씨 2폭으로 구성되어 있다. 강세황이 스스로 이 화첩에 대해 "세상 사람들이 일찍이 한 번도 보지 못한 것(此帖世人不曾一日擊)"이라 평했듯이, 이 화첩의 그림들은 조선시대 다른 그림들에 비해 원근법, 음영법 등의 서양화법을 적극적으로 수용한 점에서 주목된다.

1757년 | 종이에 담채 | 국립중앙박물관 소장

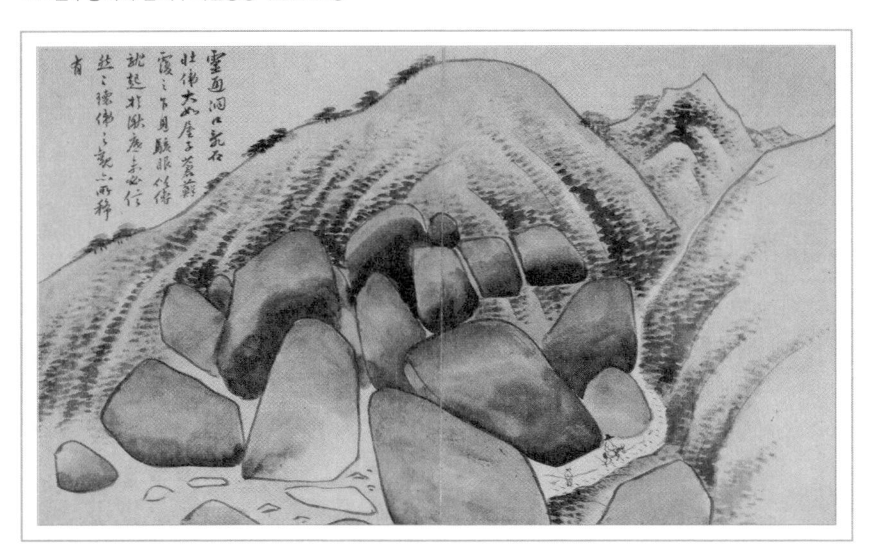

영통동구

산성남초

개성시가

화담

풍악장유첩(楓嶽壯遊帖)

〈풍악장유첩〉은 1788년 9월 13일부터 17일까지 강세황이 김홍도, 김응환 등과 함께 금강산을 여행할 때 그린 그림으로, 14면으로 제작된 시서화 합벽첩이다. 시서화 합벽첩으로 내제와 제발 및 제시가 있는 7폭과 그림 7폭으로 구성된 총 14폭짜리 화첩이다. 1폭과 2폭에 '영구(靈區)', '아운(雅韻)'의 대자로 내제가 있고, 3폭부터 7폭까지 각각 시로 구성되었다. 그림 부분인 8폭부터 14폭까지는 각각 백산, 회양관아, 학소대, 의관령, 죽서루, 청간정, 월송정의 순서로 구성되었다. 〈풍악장유첩〉은 강세황의 말년 작품이지만 고졸하면서도 고결한 문기를 보여주며, 산수화 창작 활동의 근본을 와유(臥遊)에서 찾고자 했던 과정을 잘 보여준다. 전체적으로 감정이 절제된 가는 선과 옅은 담묵의 선염법을 써서 형세를 생략하고 간략하게 표현하여 깨끗한 분위기, 담박한 느낌을 준다. 이는 대상을 눈에 보이는 만큼 취하되 남종화적인 기법으로 처리하여 사생성과 문기를 동시에 보여주고자 한 것이다.

1788년 | 종이에 담채 | 국립중앙박물관 소장

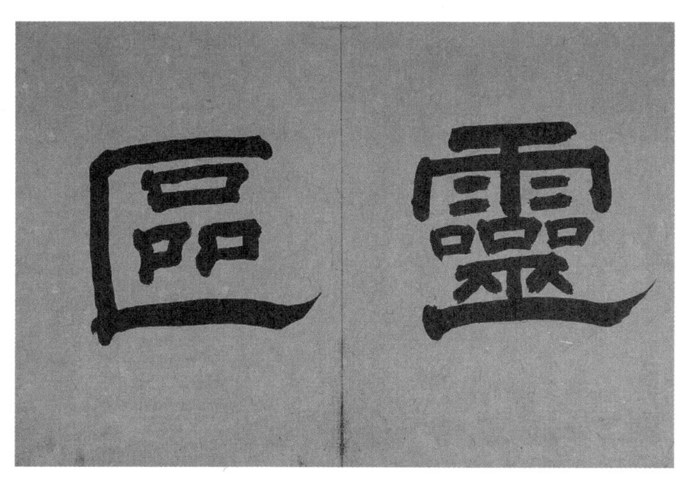

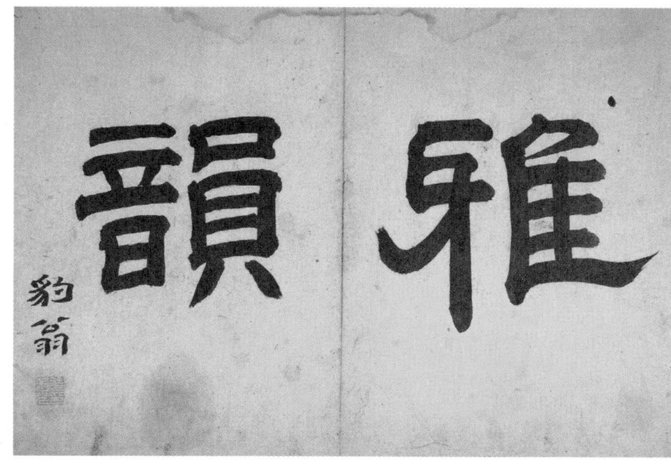

영구(靈區), 아운(雅韻)

10폭 학소대

송하맹호도 (松下猛虎圖)

호랑이는 김홍도가 소나무는 강세황이 그린 스승과 제자의 합작품이다. 김홍도는 잔바늘처럼 가늘고 빳빳한 붓으로 호랑이의 터럭 한 올 한 올을 무려 수천 번 반복해서 세밀하게 묘사했고, 강세황은 소나무를 비교적 간결하게 그렸으나 굵은 나무둥치와 상대적으로 가는 가지를 사실적으로 표현하여 대비시켰다. 송하맹호도는 단연 호랑이 그림의 백미다.

비단에 수묵담채 | 90.4×43.8㎝ | 호암미술관 소장

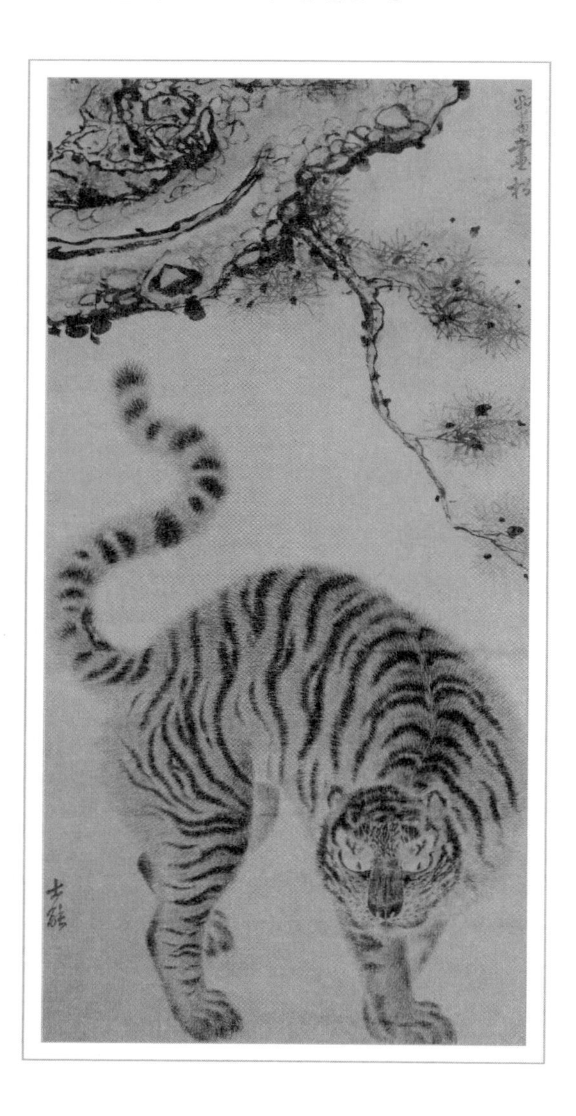

정선 산수도(鄭敾 山水圖)

당대 최고의 미술비평가였던 표암 강세황은 겸재 정선의 무수한 화평(畵評)과 화제(畵題)를 쓰기도 했는데 아래 정선 산수도에 대해 "한 조각 산과 한 그루 나무에 노인 한사람, 그다지 뜻을 다하지 않아도 절로 신묘한 운치가 있도다."라고 평했다.

종이에 수묵 | 21.8 x 33.7 cm | 개인 소장

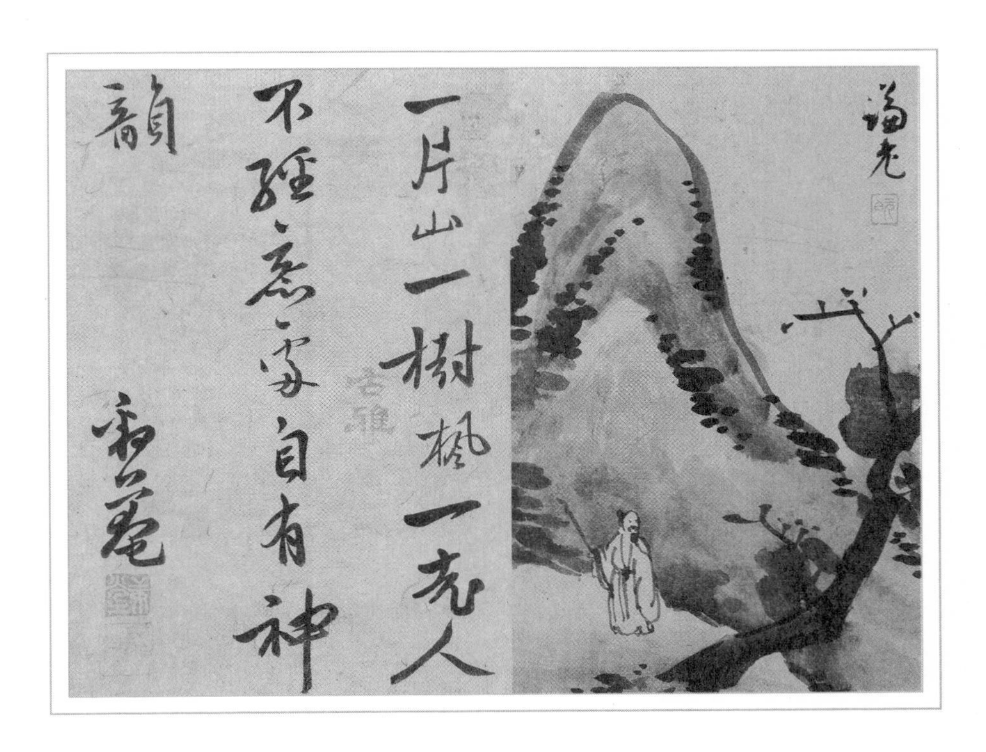

인용 및 참고문헌

* 변영섭,《豹菴 姜世晃 繪畫研究》
* 변영섭,〈문인화가 표암 강세황〉
* 안휘준,《韓國繪畫史》
* 안휘준,《한국미술사연구》
* 유홍준,《화인열전2》
* 이구열,《近代 韓國畫의 흐름》
* 이동주,《우리나라의 옛그림》
* 진준현,《단원 김홍도 연구》
* 박동욱 · 서신혜 역주,《표암 강세황 산문전집》
* 강경훈 · 박용만 · 김덕수 역주,《竹窓先生集》
* 강경훈,〈표암 강세황의 가문과 생애〉
* 강관식,《조선후기 궁중화원 연구(상)》
*《晉州姜氏 世譜》
* 예술의 전당 발행,〈표암 강세황〉의 도판과 해설.
* 최완수,〈표암 강세황 예술의 성격과 형성배경〉
* 이태호,〈조선후기 초상화의 제작공정과 그 비용〉
* 김종진,〈표암 강세황 시의 몇 가지 국면들〉
* 박용만,〈안산시절 강세황의 교유와 문예활동〉
* 정명아,〈표암 강세황의 서예 세계〉
* 한국정신문화연구원,《豹菴遺稿》
* 한국의 미(21),《檀園 金弘道》
* 조선실록 중에서 숙종, 경종, 영조실록.
* 이한우,《숙종》
* 유봉학,《정조대왕의 꿈》

※ 책 · 잡지《 》, 논문 · 작품〈 〉